中国古典文学名著

负曝闲谈 市声

[清] 蓬园 姫文 著

华夏出版社
HUAXIA PUBLISHING HOUSE

图书在版编目（CIP）数据

负曝闲谈 市声／（清）蘧园 姬文著. —北京：华夏
出版社，2013.01（2024.09重印）
（中国古典文学名著丛书）
ISBN 978 - 7 - 5080 - 6440 - 6

Ⅰ. ①负… Ⅱ. ①蘧… ②姬… Ⅲ. ①章回小说 - 中
国 - 清代 Ⅳ. ①I242.4

中国版本图书馆 CIP 数据核字（2011）第 065357 号

出版发行：华夏出版社
　　　　　（北京市东直门外香河园北里 4 号　邮编 100028）
经　　销：新华书店
印　　制：永清县晔盛亚胶印有限公司
版　　次：2013 年 01 月北京第 1 版
　　　　　2024 年 09 月北京第 2 次印刷
开　　本：670×970　1/16 开
印　　张：21.0
字　　数：315.2 千字
定　　价：42.00 元

本版图书凡印制、装订错误，可及时向我社发行部调换

篇目目录

负曝闲谈

前　言

《负曝闲谈》,清末谴责小说,共三十四回。

《负曝闲谈》的作者欧阳巨源(1883～1907),名淦,别号惜秋生、蘧园,江苏苏州人。1899 年,开始在晚清谴责小说家李伯元主办的《游戏报》发表文章,不久便成了《游戏报》的编撰,协助李伯元办报。欧阳巨源擅长文章词赋,下笔敏捷,除了在《游戏报》写稿编报外,还经常为上海其他文艺小报撰写诗文。1901 年,参与创办并编辑《世界繁华报》;1903 年,参与创办和编辑《绣像小说》。在这段时间里,他开始创作小说和戏剧,代表作品有《负曝闲谈》、《维新梦传奇》等。

《负曝闲谈》记事率于一人而起,又与其人俱讫。小说涉及的人物阶层与活动场所较广。人物有士子、佐杂、买办、出洋随员、维新派、官宦子弟、朝廷大臣等;活动场所有公园、烟馆、学堂、集市、戏院、妓院、县府衙门、皇宫朝廷等;地域包括江浙、上海、广州、北京等。它比较广泛地反映了晚清腐败的社会风气和黑暗政治。小说所展现的是一个腐败霉烂的社会肌体,一群浑浑噩噩的芸芸众生,其中有儒林酸腐,也有赃官诉棍、纨绔子弟,绘情慕状,笑话百出,引人发噱,从中足可窥见晚清官场中蝇营狗苟行径之一斑。

《负曝闲谈》还以相当篇幅描绘了招摇撞骗的假维新人物丑史。小说中的黄子文就是这样一个典型的假新党,他口口声声地要拯救四万万同胞,但对自己的寡母却颇为无情:他母亲生活无着到上海找他,他却对母亲说:"一个人总要自立,你苦苦地来寻我做什么?"他娘正没好气,对他道:"来寻你做什么? 寻你要吃! 寻你要穿!"子文道:"既然要吃要穿,更不可不自立!"他娘道:"你张口自立,闭口自立,怎样才叫做自立?"子文道:"自立是全靠自己不依仗人家的意思。"他娘道:"我这样大一把年纪了,天上没有掉下来,地上没有长出来,难道还叫我去当婊子不成?"子文道:"胡说,胡说! 谁叫你当婊子! 我只是要叫你读书。读书就是自立的根基。这里头什么都有。"他把他母亲推荐到了强种女学堂，因为他母亲是文盲，年纪又大，结果被退了回来。最后没有办法，才拿出些钱来，把他母亲打发回乡下老家。小说评价人物的标准不是政治，而是道德，不认为道德有新旧之别，所以对这些自以为领时代风骚的新党，并不欣赏，且对其堕落的道德，非常敏感，不惜以夸大笔墨嘲讽挖苦之。

从整体上看，《负曝闲谈》虽然缺乏内在的主线，内容不够协调、统一，人物形象有些单薄，有的则夸张失实，缺乏说服力；但是，小说文笔劲练、爽健，工于描写，笔墨极超脱、极灵活，生趣盎然，情韵不匮，十分引人入胜。

此次再版，我们对原书中的笔误、缺漏和难解字词进行了更正、校勘和释义，对原书原来缺字的地方用□表示了出来，以方便读者阅读。由于时间仓促，水平有限，其中难免有所疏失，望专家和读者予以指正。

编　者
2011 年 4 月

目　录

第　一　回

甪直镇当筵说嘴　元和县掷禀伤心

　　俗语说的好：上有天堂，下有苏杭。单说这苏州，自从吴王阖闾筑了城池，直到如今，那些古迹，都班班可考，不要说什么唐、宋、元、明了。却说苏州城外，有一所地方，叫作甪直①，古时候叫作甫里。千家诗上"甫里先生乌角巾"，就是指它而说。这甪直姓陆的人，居其大半。据他们自己说，一个个俱是陆龟蒙②先生的后裔。明哲之后，代有达人，也有两个发过榜、做过官的，也有两个中过举、进过学的。列公不信，只要到三高祠③门口看那报条贴得密密层层，有两张新鲜的，有两张被风吹雨打得旧的，都写着贵祠裔孙某某大人、某某老爷、某某相公，扳了指头也算不了。春秋二祭，城里抚台派了官下来，开着锣，喝着道，到祠堂里主祭。旁边站着房分族长，朝珠补褂，顶子花翎，没有一个不是乡绅面孔，所以甪直那些挖泥挑粪的平头百姓，都敬重姓陆的如天地鬼神一般。

　　如今单表一个姓陆的人，单名叫鹏，表字霄翥④。他父亲陆华园，务农为业，平日省吃俭用，挣了几十亩肥田，又盖了三四间瓦房，家中又养了两三条耕牛，籴⑤了十多担粮食，甪直人眼浅奉承他，称他作财主大老官。陆鹏自小有些聪明，他老子花了三百文一年的束脩⑥，把他送在村塾里念书，不上数月，斗大的字就认识了不少。念到了十三四岁，更是来煞了，写封把不要紧的信，虽有几个别字，人家看了，都还懂得。于是甪直镇一传十，十传百，都说陆家孩子将来是个人物。这风吹在陆华园耳朵里，自是

---

　　①　甪(lù)直——市镇名，在江苏省吴县东。
　　②　陆龟蒙——晚唐诗人，住在甪直镇。甫里先生是他的别号。
　　③　三高祠——这个祠堂里祭祀的三位高士，是范蠡、张翰、陆龟蒙。
　　④　翥(zhù)——向上飞。
　　⑤　籴(dí)——买进。
　　⑥　束脩(xiū)——学费。

欢喜。等到陆鹏十五六岁,他老子叫他跟了一个本家叔子,开笔作文章。这本家叔子虽是个老童生,到了县府考复试团案出来,总有他的名字。学台大人也曾赏识过,说他文章做得平正,就可惜解错了题,几回要想进他,几回又把他搁下了。他负此才学,不能见用于时,也就无志功名,在镇上招几个走从学生,一年弄个三四十吊钱,将就度日。那天陆华园亲自把儿子陆鹏送过来,求他指教。两面言明:每年束脩六吊,还有一钱银子一封的贽见①。他何乐而不为,满口答应了。从此以后,要陆鹏拿些钱,交给航船上,叫航船上到城里书坊店,买了几本《启悟集》之类,朝夕用功。

光阴似箭,日月如梭,陆鹏已是十九岁了,文章做得粗粗的通顺,就是起、承、转、合的法子,也会了个齐全八套。他叔子有天对他说:"你有了这点本事,可以去考它一考了。自古道:场中莫论文。一战而捷,也是难说的事。"陆鹏听了,回家与他老子陆华园商量。他老子陆华园一力撺掇,叫他去考。当下收拾行李,雇了一只柴船,父子两个,一同进城。到了考棚左右,看明白了告示上开考的日期,又寻到礼房买了卷子;为着要搭几个砂壳子②的小钱,和礼房大闹,经旁人劝散。考过县考,取了名字,接着府考。府太爷姓钱,名有用,旗人出身,当过笔帖式③,满文却十分精通,汉文上就不免吃亏了。幸喜幕中一位老夫子,是个通品,无论哪一路文章,他都识货。陆鹏的卷子,恰好落在他手里,打开一看,原来做的是未冠题④,却还清楚,便取了复试。一连两复,到了三复的时候,因为抢粉汤包子吃,被人推跌了一个筋斗,一只右手登时青肿起来,不能拿笔,只好气愤愤的回船坐着。因他终复跌坏了手,没有进去,发出长案,取在五十多名上。陆鹏看看离着道考尚远,父子两个,趁了原船,回到角直。

他叔子就是教文章的先生,知道侄子府考取了终复,过来道喜,说:"我说如何?头一遭就高高取了,这是很不容易的事呢。不瞒你们说,我观场的时候,府考连卷子都不曾完;除了名,扣了考,只得改了名字补考。整整用了四吊多钱,才够得上道考,到现在想着,还是肉痛的呢。"他老子

---

① 贽(zhì)见——这里指拜师时送的礼。

② 砂壳子——一种质量很低的铜钱。

③ 笔帖式——官职名,以满族人充任,职掌翻译。

④ 未冠题——给未满二十岁者所出的考题,较易解答。

陆华园再三致谢,说:"这是你老弟的教法好,所以把这么一个糊涂孩子都弄明白了。道考如果侥幸,那时候要好好送几担陈米,补补你的情。"他叔子说:"那倒不在乎此。"又说了些别的话自去。

过了数日,便是关帝菩萨圣诞。甪直镇上,大男小女,都要到关帝庙去进香。这庙在王家村后,树荫里面,房屋甚是宽大。到了这日,庙祝清早把地面打扫净了,便有许多烧头香的,一群去了一群来。到了晌午,有个王家村上的王老爹,备了副三牲,整齐了衣帽,来替关帝菩萨祝寿。住持和尚法雨,晓得是大檀越①到了,赶忙出来招呼着。摆上茶盘,斟上茶,请王老爹坐下。恰好陆鹏也来了,法雨便请他陪客。二人本来认识,彼此闲谈着。王老爹抹着胡子道:"陆相公,你不日就是秀才了。我却记得你抓周②的日子,犹如在目前一样,叫我怎样的不老!"陆鹏道:"可不是么?"王老爹又道:"陆相公,你们老人家巴了一辈子,才巴了你这么一条根,也不枉东庙里烧香,西庙里还愿。再过两日,他倒要做老封君③了。"说罢,哈哈大笑。

少时摆饭,什么豆腐、面筋、素菜、索粉,大盘大碗的端上来。除掉王老爹跟陆鹏两个,法雨又拉了几个做买卖的来,坐了一桌。陆鹏一面吃着,一面说道:"前儿府里终复,照例有一席酒,是大厨房备的。燕窝、鱼翅、海参那些,倒还不稀罕。有一只鹅,里面包着一只鸡,鸡里面包着一只鸽子,鸽子里面包着一只黄雀,味道鲜的了不得。"同桌一个做买卖的,便把筷子放下说:"阿弥陀佛!一样菜伤了四条命,罪过不罪过呢?"陆鹏板着面孔道:"你们没福的人,吃了自然罪过;我们却不相干。"另外有一个人插嘴道:"陆相公,据你如此说法,你是有福气的了?"陆鹏把脸一红道:"怎么没有!不要说别的,就是府太爷下座来替我们斟一巡酒,要不是有福气的,就得一个头晕栽了下来。你们当是玩儿的么?"当下众人听了他的话,默默无言。一时吃完,各自散去。

---

① 檀越——佛教徒称施主为檀越。
② 抓周——旧俗在孩子周岁那天,以盘盛各种器物(如文房四宝等)让他抓,以其所抓之物卜其未来成就,叫做抓周。
③ 老封君——老太爷。

　　不想一天陆华园为了跟西庄李家粜①麦子，李家一会说他升斛不对，一会说他麦子里又掺了砻糠②，口角了几句。李家倚着人多势众，就打起来。陆华园挨了几下拳头，心下不服，便千方百计的想出出气儿。他有个小舅子，叫周老三，是在城里元和县③当快班伙计。自己特地费了二十四文航船钱，赶到城里，找他小舅子。哪里知道，他小舅子跟着本县大老爷，到黄埭镇相验去了，要三四天才回来。他小舅子有个妹子，是他的小姨，留他住下，问明来意，就说："这个不妨。县里的针线娘④，跟我就如亲姊妹一般。让我过去言语一声，托她在里头帮忙，外头的事托了老三，李家小子叫他吃不了兜着走。"陆华园千多万谢。

　　不上五天，他小舅子果然回来了。陆华园见了面，如此长短，述了一遍。周老三把帽子一扔，拿小辫子望头上一盘，说："这还了得！不是太岁头上动土么？"赶忙出去，找着头儿，细细的商量了半天。又叫代书做了张呈子，说是行凶伤人。陆华园装作受伤，弄两个人扶着，扶到县里。元和县大老爷把呈子看了一遍，叫仵作⑤下去验伤。仵作禀说："腰里有伤一处。"大老爷离座一看，却一些影儿都没有，便问仵作："既然有伤，为什么瞧不见？"仵作回说："这是内伤。"县大老爷道："胡说！"仵作吓得连忙退下。又问陆华园道："你家里还有什么人没有？"陆华园说："有一个儿子。"县大老爷说："你儿子为什么不来？"陆华园道："小的本来要他同来的，他说，'一字入公门，九牛拔不出。'"县大老爷道："更胡说了！"把呈子丢了下来，不准。

　　陆华园回到他小舅子家里，互相埋怨。周老三想了半日，想出了一个主意道："何不叫外甥上来，只说他也在场被打，叫他到学老师那里去哭诉。学老师准了，移到县里，县里不好意思不答应他。"大家都说有理。周老三随即替他姊夫写了一封信，烧上许多香洞，专门派了一个人下去，

---

① 粜（tiào）——卖出（粮食），与"籴"相对。
② 砻糠——稻谷砻过后套脱下的外壳。砻（lóng）——考去掉稻谷外壳的工具。
③ 元和县——旧县名，清亡后并入吴县。
④ 针线娘——替富贵人家做针线活的妇女。
⑤ 仵（wǔ）作——旧时官府中担任验尸、验伤的吏役。

把陆鹏逼了上来。陆鹏心里不情愿，对他老子说道："祸是你闯的。如今却要我出头，我哪里有闲工夫管你的账！"他老子再三央告，陆鹏方始允了。

　　次日照计行事。陆鹏去了。等到下午，只见陆鹏怒冲冲的来了，一屁股坐在第一把椅子上，说："你们用的好计，哪知依旧落了空！"大家问起情由。陆鹏道："不要说起！我跑到学里，门斗①进去回了，足足等了三个时辰，学老师才出来。我把情节说上去，学老师说我多事，把禀帖掷在地下，他竟自进去了。"说罢，在袖中拿出禀帖，面上果然有许多泥迹。大家面面相觑②，正在没法的时候，忽然闯进一个人来。

　　这人是谁，且听下回分解。

①　门斗——旧时学官的侍役。
②　相觑(qù)——互相看。

第 二 回

沈金标无颜考月课　柳国斌得意打盐枭

　　却说这人闯了进来,大家定睛一看,不是别人,乃是周老三的伙计,走的气急败坏的,说:"头儿,老爷叫了你两遍了,你还不去么?"周老三正躺在铺上抽着鸦片烟吃,赶忙爬起来。他头上那顶帽子,本来只剩一根帽襻①儿,扣在脖子底下,那帽子却撇在脑后,用手往前一推就是。站起来,头也不回,跟着他伙计,到了衙门里。知县正坐在堂上,问了两件别的公事。周老三退了下来,刚刚出得头门,觉得有人在他肩上拍了一下道:"老三,哪里去?"引转头来一看,原来是捕快王九,便道:"老九,我倒被你吓了一跳。"王九说:"咱们去香一筒②好吗?"老三伸了一个懒腰,打了一个哈欠,把眼睛揩揩,一声儿不言语。王九说:"你放心,不要你请啊。"老三方才摇摇头道:"那倒不在乎此,我还有差使。"王九道:"你别弄鬼了,跟着我走吧。"说毕,拖了老三就走。

　　老三搭讪着,一同到了一家小烟馆。推门进去,里面横七竖八,有个十几张铺。也有做买卖的。也有县前朋友。老板过来招呼道:"周头儿,王头儿,请这里来。"二人对面躺下,王九让老三先烧。老三道:"我刚抽了几口,还是你先烧吧。"原来老三是要吃热枪的,第一口冷枪,白费了许多烟,不能过瘾。王九知道他这个脾气,自己便嚓嚓嚓吃了几筒,然后递与老三。

　　二人正在谈心,瞥见一个人,头上戴着八品军功③,倒拖着一杆洋枪,拿着一块毛布手巾,擦那脑门子上的汗,一脚跨进了门槛。老板迎着说

---

① 襻(pàn)——用布做的扣住钮扣的套,亦指形状或功用像襻的东西。
② 香一筒——旧时俗语,意为抽一筒大烟。
③ 八品军功——品是官级。八品军功即军功第八品的顶戴,一看就知道职位很低。

道:"老爷,今儿恭喜是超等?"那人撇着庐州府腔道:"你妹子①,说什么超等,一等都不等!"周老三跟王九才知道他是候补的武官,今儿上辕门考月课,打靶子回来的。别转头来,又见他探帽子、脱衣裳,一面叫道:"快给我排十摊烟。"烟馆里的伙计拿了过去。又叫道:"快给我去端面,另外打四两高粱。"忙得个不亦乐乎。旁边铺上有两个老头儿,在那里窃窃私语道:"像他这样子,将来打起仗来如何呢?"一个老头儿答道:"他到了那个时候,我知道他准是躺在地上等死。"这话不打紧,倒把周老三跟王九两人引的大笑。当下周老三跟王九吃完了烟,会了钞自去。按下不提。

　　却说这位打靶的老爷,姓沈,名金标,安徽省合肥县人氏,出身是在江湖上耍拳弄棒的。有年在杭州梅花碑底下,摆下场子,胡乱弄几个钱混饭吃。因他四门开得好②,蒙本处提标营营官的少爷赏识了,替他补了一分粮,又给了他一道八品军功的奖札。过了一年,便升什长。由什长升哨官,把他兴头的了不得。驻扎凤山门③汛地。这凤山门外,有个小小的市集,不过百十家人家,却还热闹。

　　有天,沈老爷正伏在桌子上打盹儿,独听得外面大喊大叫,和着一片锣声,心上着了一惊。打发一个副爷,悄悄地往后门溜出去打听,原来是镇上闹强盗呢。把个沈老爷吓得魂不附体,正待叫手底下的关门,找石头把门顶住,禁不住镇上的百姓飞风也似地来报。沈老爷一想不好:若待出去,那些强盗都是亡命之徒,我若被他害了,岂不白死? 若待不出去,将来被上司知道了,这个罪名可吃不起。一时心上就如有十五个吊桶,在那里七上八落。到后来咬咬紧牙齿,硬硬头皮,吩咐手下副爷,捎了洋枪,自己骑着一匹别人家的马,一面催手下那些副爷进发。那些副爷东藏西躲,总在沈老爷的马前马后打转。沈老爷发了急了,嘴里就骂他们道:"养兵千日,用在一朝。你们这些脓包,一个都没有中用的么?"正骂着,忽听前面树林里訇④的一声,沈老爷在马上着了忙,对手下的副爷说:"你们赶紧跑

---

　　①　你妹子——骂人话,与"他妈的"相似。
　　②　四门开得好——开四门,是耍拳棒的一种术语。
　　③　凤山门——杭州城门之一,靠近钱塘江。
　　④　訇(hōng)——很大的响声。

到前头去看，看看这枪是空枪还是实枪。要是空枪，我老爷可不怕。"那副爷寻思道："我们这位老爷，他的胆量比绿豆还大，不要管别的，我姑且哄他一哄再说。"主意定了，往前奔了几步，转了一个弯，随即缩回来。跑到沈老爷马前禀道："不好了，不好了！强盗就在面前了！"沈老爷登时面如冬瓜一般的青，忙说："回马，回马！"哪里知道那匹马，两天没有吃草料了，饿得在槽头上打晃，被副爷们硬牵了出来装上笼头，配上鞍辔，又被沈老爷打了两鞭子，此刻站在那里发愣，任你如何吆喝，它动都不动。沈老爷又是狠狠的几鞭子，那马索性伏了下来，把沈老爷一个倒栽葱栽了下来。沈老爷生怕强盗杀来，一骨碌从地上爬起来，也顾不得腰胯痛，撇了众人，如飞地跑回去了。众人见老爷跑了，也都一哄而散。镇上被打劫的那家人家，看着强盗把东西一件一件搬下了划子①，还放了两枪，如飞而去。这里沈老爷在屋子里，把石头顶住了门，过了半天，毫无动静，才敢探出头来，问了一问。落后又呼吆喝六的去踏勘了一遍，详报了上去。上头将他撤任，幸亏还没有"限期缉获"的字样，这却是提标营营官少爷替他想的法子。

沈老爷看看浙江站不住脚，打听得江苏太湖留防营有个帮带，跟他是同乡，又有点亲，从前在浙江也曾会过面。他横竖是单枪独马，一无牵挂，当下由杭赴苏，寻着了那位帮带，说明来意，意思想要投效。那帮带说："现在人浮于事，实在无从安插。老兄暂请住下，再行想法吧。"沈老爷住了下来，终日催那帮带替他想法。那帮带被他闹得急了，只得写了封信，荐他到抚标营里去。抚标营里收留了下来，叫他候补。目下新抚台定了新章，凡营里候补的人，到了三六九，一概都要打靶。中了三枪的算超等，中两枪的算特等，中一枪的算一等。这回月课，他老人家正犯了肝气，又不能不去。哪里知道把枪端上，准头对了又对，这枪子却个个从斜里飞掉了。打完了靶，又气又急；烟瘾又上了，实在熬不住，所以打抚台辕门上溜了下来，到这烟馆里，狂抽了一会，又乱吃了一会，他的肚子这才不受委屈。直挨到上灯时候，才一步一步地挨回家来。

他的家住在一个实窒胡同里，到了门口，在身上掏出钥匙，开了门进去，把墙上挂的油盏点着了。歇息了一会，又央隔壁的小厮买了些菜，打

---

①　划子——江南水乡一种用桨划的小快船。

锅做饭。坐在烧火凳上,把柴引着了,一面往灶堂里送,一面唱着京调《取成都》。耳边忽听见有人打门的声音,想了一想,今天二十九,是个小尽①,大约讨账的来了,一时间不得主意。又听见那门外的人叫道:"沈大哥,快些开门。"却是同事柳国斌的声音。才一块石头落地,赶忙站起身来,答应道:"来了,来了。"把门开了,彼此见了面,请进客堂坐下。沈老爷道:"柳大哥,不怕你见笑。舍下实在乏人,烧茶煮饭,都是我兄弟自己动手的。如今且请宽坐,待我到灶下把饭弄熟,再和柳大哥谈心。"柳国斌道:"请便,请便。"足足等了一个多时辰,才见沈老爷捧着一把紫砂茶壶,一个黄砂碗,把酱油颜色一般的茶斟上一杯,连说:"怠慢得很!"柳国斌接了茶,说了几句别的闲话,就提起:"现在新抚台为着盐枭②闹事,想要发兵剿捕,你我何不跟了去? 不要说打败了盐枭,可以得保举;就是好歹抢了几条船,拾着几包盐,都可以卖好些钱呢。"沈老爷连连摇手道:"柳大哥,这些事情却只好让你们去做了。我的身子又弱,在风口儿尚且站不住,何况打盐枭呢。至于说弄钱这桩事,哪个不想,但是也有命在那里。命里该应得钱,一个也不会短;命里该应不得钱,一个也不会多。"柳国斌见他说出这种话来,当下插住道:"算了,算了! 天不早了,我要走了。"沈老爷也不留他,送了出来,关门进去。

柳国斌正在自言自语,说沈金标无用,远远地看见一顶轿子、一对灯笼,如飞而来。

欲知是谁,且听下回分解。

---

①　小尽——阴历月底为二十九日称小尽,月底为三十日称大尽。
②　盐枭(xiāo)——贩卖私盐的人,大都勇猛强悍。

第 三 回

什长有才击船获利　老爷发怒隔壁担心

却说柳国斌走到前面街上,看那一对灯笼,簇拥着一顶轿子,轿子里面坐着一位官。这官架着碗口这么大的一对墨晶眼镜,一只手靠在扶手板上,一只手却托着腮,在那里想明天的心事呢。柳国斌正看得出神,一个护勇拿着藤条,上来吆喝道:"深更半夜,什么人还在街上行走? 连老爷来,都不回避么?"柳国斌吃了一惊,转过头来,看见是护勇,便笑了一笑道:"老弟兄,推扳点①吧。咱们是一块土上的人,谁欺得了谁?"这护勇听柳国斌的话来得硬扎,顺手把那个护勇手里的一对灯笼夺了过来,望柳国斌面上照了一照,慌忙说道:"原来是柳老爷! 请便,请便!"柳国斌也不理会他,慢慢地走。

走到家中。妻子迎着他,问道:"回来了?"柳国斌道:"回来了。"他妻子道:"早上跟你说的话,怎么样了?"柳国斌愣了一愣道:"什么话?"他妻子便骂道:"天杀的! 难道连吃饭的事体,都不打算打算么?"柳国斌道:"饭是天天吃下肚子去的,有什么打算?"他妻子道:"前儿吃的是锅巴,昨儿吃的是粥,已经两天没见饭面了。你还装什么幌子呢?"柳国斌恐怕他妻子一吵起来,单墙薄壁,街坊邻舍听了,便要笑话,只得佯笑道:"原来如此,怪不得你这样的猴急。你别嚷,一到明儿,就有钱了。"他妻子道:"你要有钱,除非去偷人家一票②!"柳国斌当下正色道:"你越说越不是了! 我们当老爷的都做了贼,那些平头百姓,不一个个都该做强盗么?"他妻子道:"你开口老爷,闭口老爷,你也不撒泡尿,把自己的影子照照,看配当老爷不配!"柳国斌当下被他妻子抢白了一顿,气得哑口无言,后来连鸦片烟都抽不进,把手揉着胃脘③,只喊啊唷。原来犯了他肝气了。

---

① 推扳点——意思是马虎一点,不要太认真。

② 一票——一笔(钱财)。

③ 胃脘(guǎn)——胃腔。

等到第二日，一早营里头的差官就跑来打门，说："大人都上了炮船了，老爷还只管慢吞吞，到底要这功名不要？"柳国斌无奈，只得掩着衣襟，跋①了双鞋，勉强挣扎下得床来。随着这差官，垂头丧气而走。

看官，你道柳国斌是什么人？他也是个把总②，现在盐捕营右营做了一个哨官。他的官运不佳，刚刚这个时候，太湖里的盐枭闹得不亦乐乎，要去拿他，他竟开枪拒捕。营官把这情节通禀抚台，抚台批下来："着该管带认真巡缉，毋任盐荚③之利，任彼侵占。如有拒捕等事，格杀勿论。"营官得着了这道札子，一面准备军器，一面调齐船只，定在平望镇会齐，分头巡缉。这一下子可把柳国斌派在里头了。可怜他自从做了哨官以来，前任的顶收④就去了一百多吊，另外还有营官那边，号房里、门房里、厨房里，都得点染点染，把这位柳老爷弄了个家产尽绝。刚刚到舢板子上过得几天安逸日子，家里奶奶一会儿说没有米了，一会儿说没有柴了。看看关饷的日子，离得尚远，便把他熬得像热锅上的蚂蚁一般。昨天晚上跟沈金标说的话，原是拼死吃河豚的意思，哪里知道果不期然把他架弄上了。他又是苦，又是恨，又是怕，又是急。及到得营官那里，营官照例吩咐几句话，什么奋勇当先，不得退后，又是什么吃了皇上家的粮，该应做皇上家的事，那些老套头。下来了，只得整理船只，收拾枪炮，硬着头皮，跟了营官，一同向太湖进发。

古人说的好："太湖三万六千顷。"远望过去，白茫茫一片，无边无岸。有些打鱼的小划子，看见大队舢板子来了，他早已远远的躲开了，省得那些副爷们这个要虾子，那个要黄鳝，应酬他们不了。巡缉了一日，一些儿没有。寻着了收口的地方，把舢板子一溜儿弯了。等到明天天亮，大家正在烧饭，听见咿咿哑哑的声响，看见芦苇里摇出几只快船来。大众还不在意。一会儿砰的一声，有颗枪子刚刚穿在柳国斌带的那只舢板子上的布篷上，打了一个窟窿。柳国斌大喊："盐枭来了，你们快些预备！"说完了这句话，便把两只手捧住了头，往舱底下一滚，连气都不敢出一出。这里

---

① 跋（tā）——拖的意思。

② 把总——武职的末级。

③ 盐荚——指食盐者的户口册籍。

④ 顶收——前任所欠公款，后任代偿谓之顶收。

到底人多势众，登时呜呜的掌起号来，把舢板子排开，装枪的装枪，上炮的上炮。忙了一会，刚刚完毕，那盐枭的快船就蜂屯蚁聚而来。只听见枪声如爆竹一般，夹着喊杀之声，真是惊天动地。

柳国斌这只舢板子上，有个什长，倒是个胆识俱优的人物。一眼觑定一只人少的盐枭快船上，就是一个田鸡炮。那炮子落下来，正中这只快船，哗啦一声，这船成了齑粉①。那盐一包一包地沉下去。什长急得跺脚说："你们这些饭桶，挠钩在哪里？还不快快的搭起来！"众人听了，赶紧把挠钩寻到手中，一包一包的搭起来，可惜一大半已送到海龙王的厨房里去了。有一个烧饭的伙子，这人最是鲁莽，举起一大包盐来，往舱里一丢。不想他老爷在底下蹲着呢，这一下子把柳国斌砸了一个狗吃屎，头昏眼黑。那浸过水的盐，分量又重，几乎把他压死。幸亏什长眼快，喊声且慢，三脚两步，跨下舱去，把盐包推开，把他老爷拖上来，往后艄头一送，说："老爷，别害怕，歇息歇息吧。什么事都没有！"柳国斌气喘吁吁的道："老弟兄，全仗大力，只要保全我的性命，就是感恩不浅了。"这里两人说话的当口，那边盐枭早已败阵下去，一声呼哨，都走了。营官发令，擂鼓扬威，紧紧地追赶。追赶了一阵，领哨上来禀道："前面的汊港太多，恐有埋伏。况且古人说的话，叫做穷寇勿追。卑职不敢做主，请大人示下。"营官点了点头，传令收军。那些舢板子又放了几个炮，这才"鞭敲金镫响，人唱凯歌回"。按下不提。

且说苏州有一座大酒馆，开在阊②门城外，名叫近水楼。打开了窗户，就是山塘河。这山塘河里全是灯船。到晚上点了灯，明晃晃的，在河里一来一往，甚是好看。因此这近水楼吃酒吃菜的人，更来得多了，每天挤不开。这近水楼有座河厅，十分轩敞，可以摆得下十几席酒。老板会出主意，把它用落地罩一间一间的隔开了，算作房间。这些吃酒吃菜的，也可以方便方便。这日柳国斌得胜回来，有些同事的要与他庆功，大家凑凑份子，在这近水楼定了一间宽大的房间。这些同事的都先到了，等到将要夜了，方才看见柳国斌踱了进来。五月天气，渐渐热了，他穿着半新旧的熟罗长褂，外罩天青实地纱没有领头的对襟马褂，袖子放下来，足足有二

① 齑(jī)粉——细粉，碎屑。
② 阊(chāng)——宫门。

尺三四寸长。这身行头，他本来是没有的，全靠那几包盐卖在盐公堂①
里，得了几十两银子，这才跑到估衣铺里，选了一身。今日因为是大家和
他庆功，所以要穿出来光辉光辉。当下众人看见了他，一起作揖。柳国斌
也还了一揖道："兄弟何德何能，敢劳诸位破钞？"众人齐声说道："一杯水
酒，幸勿见哂②。"等到入了座，堂倌送上酒，送上菜，众人又一个一个跟柳
国斌把盏。

正喝得兴头的时候，忽听见隔壁房间内，有个人撇着京腔骂道："这
些王八羔子，不晓得是干什么的！酒也凉了，菜也凉了，叫破了嗓子，连人
影儿都不见一个。我问他忙些什么！"又听见旁边一个人也气愤愤道：
"老三，别这么着！咱们打他几下，骂他几句，倒便宜了他。回来告诉了
老爷，一条链子，把他锁到衙门里，他这才吃不了，兜着走呢！"柳国斌听
了，把舌头一伸，道："好大的势头！"少时，便听见老板出来招呼的声音，
跑堂的过来赔不是的声音，甚是热闹。这个当口，由外头跑进一个人，脚
步赶的噔噔噔的响，一揭开帘子，便道："我的大爷呀，叫我哪里没有找
到，却在这里作乐呢！"那个劝老三别这么着的，就赶紧问道："有什么事
情没有？"外头来的说道："怎么没有！老爷正在那里发气，坐堂打人，大
爷们要迟去了一会子，说不定三十五十板子一个！"那两个人嘴里阿呀阿
呀，脚底下却似沾了油的一样，一步一滑地忙着去了。

这里大家笑道："原来是虎头蛇尾！"柳国斌和众同事直吃到二更多
天气，才谢了扰，回家而走。众人也各自西东。

欲知后事如何，且听下回分解。

---

① 盐公堂——盐商的盐栈。
② 哂(shěn)——笑。

第 四 回

装模样乡绅摆酒　运财物知县贪赃

却说苏州有一个顶阔的阔乡绅,姓吴,官名一个图字。父亲吴祝,由翰林出身,开了坊,升到工部侍郎。虽没有外放,钱却弄得不少。是什么缘故呢?原来这吴祝跟一个军机大臣是亲戚。他在这军机大臣面上,说一是一,说二是二。有些人想放缺的,想得差的,总得孝敬这吴祝几个,求他在军机大臣面上吹嘘吹嘘。或者写封把书字给该省督抚,那是比圣旨还灵。而且这吴祝"公平交易,童叟无欺。如蒙枉驾,不误主顾"这个名气传扬开了,他的生意就十分拥挤,日积月累,他的官囊也就可想而知矣。等到吴图出世,吴祝早已一病身亡,幸喜丢下万顷良田,千间广厦,过的日子着实富裕。

吴图幼年在书房里用功,等到十七八岁,就出去考小考。学台大人点名的时候,看见他的三代,就晓得是吴祝的儿子,因此留了神。等到发案,高高地进了。次年乡试三文一诗,做得花团锦簇;只不过请人家抢了一个头场,又买了三场誊录①。等到发榜,又高高地中了。吴图进学中举,却如此容易,人家总以为他这进士,总憋在荷包里了。哪里知道三上春官②,挣不到一名进士,便把他气得死去活来。幸亏他有的是家当,便援海防新例,报捐了一个道台,分省浙江,也当过几回差使。只是他的人糊涂不过,无论什么事,一味的敷衍。抚台见他这样,便叫人通个风给他,劝他不要候补了,还是回去享现成福吧;倘然恋栈,就要把"心里糊涂,遇事颟顸③"八个字,参④他用银子换来的功名。吴图无可如何。后来一想,

————————

① 誊录——誊写试卷的誊录员。

② 春官——礼部的别名。三上春官,意思是三次赴京应试。

③ 颟顸(mān hān)——不明事理,毫无能力。

④ 参——弹劾。

索性趁老太太还在，告个终养①；不为忠臣，便为孝子，也叫人家说得好听些。

　　光阴似箭，日月如梭。吴图在家，不知不觉已是两年多了。在苏州颇结交得两个势要：一个叫潘明，是位丁艰②回籍的太史公；一位李百德，是位原品休致的臬台③。这三个人如兄若弟，天天聚在一块儿，饮酒看花，倒也不至于寂寞。有天潘明写封信给他道，明日在仓桥浜张红玉家，请一位北京来的同年④，要吴图跟李百德二人作陪。吴图答应了。等到明日，吴图一早起来，梳洗过了，用过早膳，便传轿夫伺候。顺路拜过几个客，看看到了午牌时分，轿子便望仓轿浜如飞而来。原来苏州的规矩，要是有人到妓女家里请客，上半天就得过来，起码要扰她一顿中饭，一顿点心，这妓女家里，就得伺候他一天。这是各处的风俗不同，也不用细述。

　　话说这张红玉巳牌抽身而起，才洗脸，潘明已经来了。正在闲谈着看张红玉梳洗，外面传呼吴大人进来。婢女打起帘子，吴图早已进来了。张红玉把他上上下下一打量，见他穿的是竹根青宁绸夹袍子，枣红摹本缎马褂，脚下一双三套云的镶鞋，袜子却是乌黑，想是许久不换之故。只见他坐下来，对着潘明寒暄几句，嘴里就叫一声："来！"房门外一个二爷⑤，答应了个"是"。只听见他吩咐道："把东西拿进来吧！"二爷又答应了个"是"，才匆匆地走了出去。先搬进一只小轿箱，外面是用青布套套就的，却不曾落锁。二爷随手把轿箱开了，取出一件又长又大的品蓝线绉的背心来。吴图立起身来，把马褂解开纽子，两只手就不动了。二爷轻轻的替他脱去，把背心替他披上，这才回过身来，把马褂叠好，放在轿箱里。又在轿箱里拿出一套白铜的漱盂，一只江西细窑的饭碗，一双镶银的象牙筷，把轿箱关了，望美女榻底下一塞。吴图还骂道："混账东西！你什么要紧？回来把衣裳倒乱了，又得收拾！"二爷一声不言语，只咕嘟着嘴，跑了

---

①　终养——辞官奉养老亲。

②　丁艰——遭父母之丧。

③　原品休致的臬（niè）台——原品休致，以原来官职告老退休；臬台，一省的司法长官。

④　同年——科举时代，乡试或会试同榜考中的互称同年。

⑤　二爷——跟班，随从。

出去。少时又拿进一只白铜的小面盆来,白铜面盆里还搁着一条雪白的毛巾。张红玉看了,不禁好笑,随即问他道:"吴大人,你的铺盖来了没有?"吴图觉着有点不好意思,仰着脸,只看壁上挂的单条字画。一会儿,张红玉也梳洗完了,下人等搬进饭来,是四盆四碗,也很精致。另外有一壶酒。就请二人对坐,又斟过酒,自己打横相陪。一时饭毕,李百德也来了,三人坐下说笑。

春天天气,容易天变。一霎时太阳阴阴,便潇潇地落起雨来。潘明急得跺脚,说:"我们那位老同年,要下雨,他一定不得来了!"李百德道:"何不用你的轿子去接他?"一句话提醒了潘明,随即喊自己的靠班进来,到西门斌升客栈,接昨天京里下来的黄大人。一面吩咐他到家里拿了油衣再去。轿夫答应。等到三点多钟,轿夫仍旧抬着空轿子回来,说:"黄大人早出门了。他们管家说是就要回来的,所以叫小的们等了半天。后来看看雨越发大了,黄大人尚未回来,小的们恐大人等得心焦,所以先来复大人的命。"潘明听了无话。直等到上灯时分,方听底下喊客人上来。三人都喜道:"这一定是黄兄了!"岂知是隔壁房间内陈媛媛的客人,前来躲雨的。潘明急得搓手。

不多一会,楼梯上一阵怪响,只见一人像水淋鸡一样,手里倒提着一把雨伞,大踏步径至房里来。潘明眼快,抢前一步道:"乐材兄,你怎么这个时候才来? 小弟候之久矣!"黄乐材一时不得劲儿,赶忙把手里的雨伞往红木炕床旁边墙角上一戤①,那伞上的雨,早点点滴滴流了一地。回过身来,方和他二人拱手,随口寒暄几句,然后坐下。他的管家也跟了来了,拿过一双鞋,把他主人脚上一双钉靴换下。潘明又述了打轿子来接的一篇话。黄乐材连忙道歉,说道:"对不住得很! 刚才是拜周方伯②。不瞒三位说,方伯是小弟的年伯③,拉住了,一定叫吃了饭去。小弟脱身不得。只好扰了他一顿,不想就下起雨来。方伯本来要传衙门里的轿子,送小弟回栈房。小弟恐怕开发他们少了,于面子上不好看;开发多了,小弟却不值得。因此苦苦辞了,冒雨回了栈房,又换了雨具,才望潘兄这儿来。可

---

① 戤(gài)——倚靠。

② 方伯——明、清时称布政使为方伯,这是掌一省政务的长官。

③ 年伯——对父的同年或同年的父和伯叔都称年伯。

是有累候久了,实在对不住得很!"潘明又谦逊了几句,便喊摆台面。一时看盛玉碗,酒进金壶,也说不尽当时情景。

看官可晓得这黄乐材的履历?原来这黄乐材,是榜下即用知县,分发江西。到了省,却是好班子,自然容易补缺。不上半年,便补了万载县。这万载县是出夏布的地方,虽不算十分富饶,也还过得去。谁想这位黄乐材是个穷读书出身,见了钱,便如苍蝇见血,到任不久,腰包里着实多了几文。有天,因为一桩弟兄争产的官司,他接了词状,便肚里打主意道:"好买卖来了!"一面准了,拘集两造①,当堂判断。弟兄两个,呈上一包田契,一包房券,还有二十几个庄折,至少三千一个。他一时没了主意,便发落道:"你们祖上又不曾做官做府,哪里来这许多产业?一定是盘剥重利,所以有这些不义之财。现在本县既往不咎,一概充公便了。"这弟兄两个,如何肯依呢?急得眼中出火。他还大喝道:"你们当这些东西是本县要么?"这弟兄两个异口同声道:"不算老爷要,难道算是朝廷要不成?"他听了大怒,便喝:"掌嘴!"快班过来,把这弟兄两个,一人五十嘴巴,赶了出去。这弟兄两个越想越气,就在府里告了他一呈子。府里在外面,也听见些风声,便道:"这还了得!"一面具禀禀过抚台。抚台马上把他撤任,缴印听参②。他一想:"我的官没得做了,我的产业倒是现成的了。"哪知田地房屋都是呆货,一点不能搬动,要把它变价,一时也无人敢买,只好丢了。提了庄款,满满地装上几箱子,带着家眷,连夜运出城。就在埠头叫了一只船,叫家眷们押着,运回原籍去了。他在省里耗了两个月,部文回来,把他革职。他又一想:"知县革了,叫花子没有猢狲了。何不进京去打干打干,拼着多花些钱,弄个开复?"主意定了,便端整行李,打算到上海趁了轮船到天津,由天津坐火车进京。他原籍是湖州府长兴县,从长兴到上海去,苏州是必由之路,所以顺便看望看望潘明。

潘明倒并无势利之见,不因他革职人员,把他两样看待。一听他到了,第二天就在张红玉家替他洗尘,也算是仁至义尽了。

欲知后事如何,且听下回分解。

---

① 两造——原告、被告旧称两造。

② 缴印听参——缴出官印听候发落。

第　五　回

两角洋钱动嗟轮舶　　一封电报败兴勾栏

却说黄乐材与潘明、吴图、李百德，欢呼畅饮，直到三更时分，他那管家方才提着一盏没有革职以前糊的灯笼，照他回去。一宵无话。

次日，黄乐材便叫管家去买了小火轮船的票子，打算动身到上海，由上海动身到天津，由天津搭火车进京，好谋干他开复功名的大事。一面又叫管家拿张片子，到潘明家里辞行。潘明少不得又送两色礼物，以代程仪。黄氏材收拾停当，算还店钱，雇了个挑子，把行李挑至盘门外青旸地小火轮船码头。管家一件件点明白了，打发挑子去后，自有船上的伙计接进中舱。铺陈好了，黄乐材躺下抽烟。一会儿搭客都满了，言语嘈杂之声，夹着做小买卖叫唤之声，喧成一片。等到汽笛一响，小火轮船解缆开行，方觉得耳根清净。黄乐材这时已经把烟抽足，立起身来，趴着舱门，观看沿路的景致。瞥见一个少年，嘴里衔着一支纸卷烟，露出半个面孔，在后面舱门口，呆呆的对着岸上瞧着，一时又把只手拳着在篷边的铁柱，露出指头上一个晶莹澄澈的金刚钻戒指。黄乐材心里想，这人必是个公子哥儿。心上正在盘算，船上的伙计进来开饭。黄乐材胡乱吃了一顿，管家也饱餐了。看看到二更时分，只听见后面舱里有人仿着小叫天①唱那《卖马》一段的戏，临了，又听见自己喝彩道："好呀！"黄乐材猜去，一定是白天看见的那个少年了。

第二天天亮，黄乐材尚在朦胧睡着，船上伙计早喊："客人们洗面，快要到码头了。"黄乐材被他惊醒，一骨碌爬起来，把衣裳穿好。管家伺候盥漱已毕，船上伙计来讨酒钱，管家只给他两角钱，船上伙计掼②在地下不要。黄乐材便骂道："好个混账东西！这样的撒野，回来拿片子送你到上海县去！"船上伙计把两只眼睛睁得圆彪彪地道："你不要说是上海县，

---

①　小叫天——当时著名京剧演员谭鑫培的艺名。

②　掼（guàn）——扔摔。

就是上海道也没奈我何！要不好好地添上几角钱,回来看你上得成岸上不成岸!"黄乐材不觉叹了一口气道:"现在的人都要靠洋势了,你看他只不过做了洋人造的小火轮船上的一个伙计,就有这样的威风杀气,真真了不得!"后来还是管家做好做歹,添了两角洋钱,方才嘟嘟囔囔地走了。主仆二人上了岸,叫好小车子,把行李分装在上面,二人跟在后头,径向雅仙居栈房进发。

　　黄乐材是初次到上海,不免东张西望,猛听见隆隆声响,一部马车如飞而过。马车上坐着的,正是昨天同船的那个少年。二人也不理会。到了栈房门口,接客的连忙领进,看定了一间房间住下,忽然想起城里有个朋友,姓邹名齐贤,现在正在上海县当钱谷老夫子①,甚是得意,何不去找找他呢。饭罢,吩咐管家看了门,一个人叫了部东洋车,讲明拖到城门口。进城之后,逢人问讯,来到上海县衙门,向宅门上说明来意,领入钱谷房。那位邹老夫子正架着大眼镜,在那里三七二十一,四七二十八算本年的粮串②呢。看见了他,慌忙作揖让座,送了茶,问了些别后的景况,便道:"乐材兄是难得到上海的。兄弟横竖没有什么大事情,可以奉陪逛个两三天,今天姑且到酒馆子上去谈谈如何?"黄乐材道:"只是打搅不敢当。"邹老夫子道:"乐材兄,说什么话来?多年朋友,都要这般客套,那就难了。"说着,掀开嘴唇皮,翘起两撇黄胡子,哈哈地笑了。乐材无话。邹老夫子又把粮串收拾收拾,向抽屉内一塞,把暗锁锁了,回过头来又换衣服。那时已经天快黑了,两人踱出上海县衙门,出了城。邹老夫子低头想道:到哪里去呢?一会儿道:"还是鸿运楼。"黄乐材也不晓得什么红运楼、黑运楼,唯唯而已。

　　邹老夫了一路上又和他说长说短,不知不觉,走到一座金碧辉煌的大酒馆,邹老夫子让他先进去,黄乐材便知道是鸿运楼了。进去拣了座头坐下。堂倌奉过烟茶二事,便请点菜。邹老夫子点了一席壳子③,堂倌答应,自去安排。少时酒到,邹老夫子又同他把过盏,就问他这番来意。他把进京谋干开复的事略说了几句,邹老夫子点头道:"这是桩极容易的事

---

① 钱谷老夫子——旧时地方官署中主持会计、钱粮的师爷。
② 粮串——钱粮收据。
③ 壳子——类似和菜,但仅有热菜而无冷盘。

体,说不得多花几个钱就是了。"黄乐材道:"可不是呢?"邹老夫子忽然笑嘻嘻地道:"乐材兄如果再得了缺,这钱谷一席,有个小徒很过得去,可以叫他过来效劳。"黄乐材满口答应。邹老夫子不胜之喜。直到酒阑席散,堂倌送上开的横单,邹老夫子拈着胡子,看了一看,吩咐记在账上。堂倌一叠连声的答应。邹老夫子仍旧让黄乐材先走。刚刚出得鸿运楼门口,又看见昨天同船的那个少年。吃得醉醺醺的,同着两三个朋友,脚底下趔趔趄趄,嘴里说道:"老江,咱们上西公和去打个茶围①吧。"一个人接着道:"毓翁,你真醉了。这儿是法兰西,西公和在大英地界四马路,这么远的道,你走得动吗?少年道:"你这人真是不开眼!咱们还拿鸭子②吗?有的是马车、东洋车,一会儿就到了。"说着,嘻嘻哈哈地去了。邹老夫子回转头来对黄乐材道:"你认得他么?"黄乐材道:"是却是同船来的,认可不认得。"邹老夫子道:"他是现在贵州巡抚的儿子,阔得很,与敝东极其要好,到苏州去是到省去的。"黄乐材道:"他这个样子,难道也是个官么?"邹老夫子道:"如何不是? 还是个盐运使衔的尽先即补道哩。"黄乐材听了,不禁肃然起敬。邹老夫子又叮咛道:"明日千万在栈房里候我,我迟到掌灯时分来。"黄乐材答应了,彼此拱手而别。黄乐材仍旧叫了东洋车,回栈房不提。

且说那少年姓陈名毓俊,父亲现任贵州巡抚,单生他这一子,便十分的溺爱。因此书也不怎么读,等到十三岁上,就给他捐了一个官。看看长成,加捐道台,并捐盐运使衔。他原籍是浙江人,指省江苏③,这回由贵州进京引见,带了无数银子。他的手段又撒漫④,整捧地拿出来给人用,从不皱一皱眉头,因此在京中,颇结交了几个朋友。引见已毕,领凭到省。拜过了客,看看无事可做,心里想:不如住到上海去,离苏州又近,况且上海的堂子是甲于天下的,借此也可以消遣消遣。故此在上海新马路租了一所六楼六底的房子,门口贴起陈公馆,用了四个跟班的、一个厨子、一个打杂的。自己又打了一部马车,用两个马夫。另外还有一位书启师爷。

---

① 打茶围——玩妓院。
② 拿鸭子——北京方言,跑路之意。
③ 指省江苏——分发在江苏省。
④ 撒漫——随便,手头阔绰。

这位书启师爷,是贵州巡抚衙门里教读王师爷的儿子,为人甚是伶俐。陈毓俊此番引见,是他陪着去的,摸着了这少东家的脾气,说一是一,说二是二,也就很红。既在上海公馆里,虽没有什么事可做,不妨做做现成篾片①,等少东家得了差缺,再作道理。

这天是一个洋行里做买办②的叫做江裴度,替陈毓俊在鸿运楼接风。散了席,看看时候还早,所以要到西公和去打茶围。当下马夫拉过马车,便让江裴度,还有江裴度舅子叫作范仲华的,搭了一车。马夫加上一鞭,不多一刻,就到了西公和门口。三人跳下马车,陈毓俊吩咐马车在第一楼后面等。踱进弄堂,找着江裴度的相好王小香牌子。三个人走进院子,看见楼上灯烛辉煌,夹着呼幺喝六的声音,甚是热闹。江裴度道:"我们回去吧,他们这儿不空。"陈毓俊道:"就是不空,他们也得找个地方给咱们坐。"江裴度无法,只得头一个上楼。二人跟着。相帮喊了一声,楼上自有娘姨③接着,连说:"对不住,请亭子房间里坐。"少时,王小香出来,应酬了一遍,便飞了陈毓俊一眼。陈毓俊是个中老手,哪有不领会的道理,当下喜的他手舞足蹈。三人正在说笑,听见院子里有人问道:"江老爷可在这里?"娘姨答应,那人便噔噔的上来了。娘姨领着他进了亭子房间,也来不及招呼,说:"老江,行里来了电报,叫你快去!"江裴度惊惶失色,便道:"什么事?"陈毓俊道:"只怕是外国的货来了。你忙什么?"江裴度道:"委实不放心,容兄弟回行去看一看。"陈毓俊道:"要走咱们一块儿走。这是你的地方,你走了,咱们还坐得住吗?"说罢,一哄而出,王小香送之不迭。

欲知江裴度行里接到的什么电报,且听下回分解。

---

① 篾片——俗称专门趋奉凑趣以沾取余润的门客。
② 买办——在洋行中帮办的华人称为买办。
③ 娘姨——上海话,即女仆。

第 六 回

家室勃谿阔买办无端忍气　园林消遣穷候补初次开心

却说江裴度跟着那人，一起赶回行里，其时已有十二点钟模样。自来火①半明不灭，江裴度把它拧亮了，急将电报新编一个一个字地翻出来，方知道什么地方倒了一座银行，他行里也关到十多万。江裴度正如一瓢凉水，从顶门上直灌下来，口内无言。他舅子范仲华道："姊夫何必如此？只等明天，与洋东碰了头，再商量一个绝好的主意。"江裴度无法，只得咳声叹气得出了门，偏偏包车夫又不知去向，把他恨得跺脚。只得叫了一部东洋车子，拖回新闸。等到到了，给了铜钱，寻着自家的门口，嘭、嘭、嘭敲了三下。老娘姨在内接应，将门开放。江裴度刚刚踏进门口，看见天井里放着一部包车，认了认是自己的。再回头一看，他那个车夫披着衣裳，揉着眼睛，昏头奄脑地撞将出来。江裴度正是一肚子没好气，开口就骂。那车夫不服道："我本来等在行门口的。后来你为着坐了陈大人的马车，所以叫我回来的。"江裴度仔细一想，果然不错，便没得什么话说，噔、噔、噔一直上楼。

走进外间，看见他娶的那位姨太太，正低着头在灯底弄什么呢。听见脚步声音，回头一看，便问道："回来了，替我买的东西在什么地方？"江裴度一愣道："什么？"他姨太太道："就是外国缎子。颜色漂亮不漂亮？花头新鲜不新鲜？"江裴度啐了一口道："还顾得买外国缎子哩！我们的身家性命都要不保了！"他姨太太道："什么身家性命，什么保不保，我都不管。我的东西是不能少的。"江裴度又好气，又好笑，随手一屁股坐在躺椅上，两只眼睛直勾勾的对她瞧着。停了一会，他姨太太又发话道："我给个信给你。这下半月是跑马汛②，马车呢倒不用愁，已经叫人包好了。就少一件出色的行头。你明后天无论如何总要替我去买。要不然，我自

---

①　自来火——这里指煤气灯。
②　跑马汛——跑马的季节。

己会到洋货铺里去,看定了货色,记上你的账,不怕他们不相信!"江裴度恨极,说:"你们这种人,不管人家死活,一味要装自己的场面,真正可恶!"他姨太太道:"这个场面,是装你的场面,难道还是装我的场面么?"江裴度听了诧异道:"怎么说是装我的场面?"他姨太太道:"你是个有体面的大买办,要是你家里的人出来,拖一爿①,挂一块,那还像什么样?"江裴度道:"装你的场面也罢,装我的场面也罢,到那个时候再看吧。"他姨太太方始无言。

如今且提陈毓俊。陈毓俊自与江裴度作别,坐了马车,回到新马路公馆,即有家人们伺候着。洗了脸,漱了口,便到书房里过瘾。问问小王师爷回来没有,家人答道:"睡下多时了。"他伸手便从桌子上抓过一张新闻纸来,又在怀内掏出一支麻色的雪茄烟来。家人们赶着点上火来。他一面吸雪茄烟,一面看那新闻纸。翻来覆去看了一会子,把新闻纸搁下。他家人早端上半夜餐来。陈毓俊用毕,便在书房里踱了几个圈子,伸手摸出一只打璜金表②。一拧早听得滴滴地报了两下,又打了三下,便知道是两点三刻了。随即上楼安睡。

到了次日,四点余钟光景,忽然有人敲门甚急。那些家人想道:"我们少爷的朋友,是向来不作兴早上来的。"开门一看,那人有些不对账。你道为何?原来那人年纪只有三十余岁光景,面黄肌瘦,身上穿着天青羽毛的夹马褂,下面一件青不青蓝不蓝的夹袍子。家人便问:"你是来找谁的?"见他袖子里头挖出一张片子来,说:"拜会你家主人。"家人接过片子一看,是冯勋。扬着脑袋一想,仿佛没有来过似的,因此细细盘问了一番。方知道他是陈毓俊的表兄,名字叫冯勋,号叫正帆,是浙江省金华府人氏。幼年进过学,后来改了幕③,处过两回阔馆,多了几文钱,就报捐了个佐杂功名,到省候补。一候候了十多年,候了个家产尽绝。这回幸亏从前的旧

---

① 爿(pán)——量词,田地,一片叫一爿。
② 打璜金表——到一定时刻会发出声音的金表。
③ 改了幕——改行做了幕友。

居停①,替他在方伯面上吹嘘吹嘘,派了个浏河厘局分卡②的委员,总算是苦尽甜来了。因要到差,路过上海,打听得老表弟住在此地,一则探望探望,二则还想借几个到差的使用。一到到了上海,本想住在老表弟家里的,后来一想:他们是阔排场,我这样的行李萧条,未免叫他瞧不起。就在一家小客栈里,暂且住下,第二天才衣冠齐楚的来拜会这位老表弟。

当下家人把他让进书房坐下,家人便上去通禀。过了半天,还没有消息,把他急得抓耳挠腮。停了一会子,小王师爷起来了,先过来招呼了一招呼。落后陈毓俊慢慢的在楼上下来,彼此作了揖,分宾主坐下。小王师爷看见没有他的事了,便溜之乎也。陈毓俊一会儿问问他的景况,一会儿问问他的行径。冯正帆直陈无隐。陈毓俊把眉头皱了又皱,像是不耐烦的光景。谁知这位冯正帆,早晨只拿了八个钱,买了两个烧饼吃了,这会肚子里已经饿着,不住的辘辘地作响。冯正帆不好意思,把背伛③了,竭力得去压住它。陈毓俊看了,不禁好笑,因问:"中饭怎么样了?"家人回称:"还要略停一停。"陈毓俊便提着嗓子,吩咐快拿来。家人答应着,一叠连声地传到厨房里去了。少时,家人们请到对过去用饭。冯正帆一看,只对面摆着两个座头。心里想:那位王公呢,为何不见?又不便问。陈毓俊举筷道请,冯正帆乐不可支。一看桌子上,虽是便饭,却也大盘大碗的,十分齐整。一时吃毕,仍到书房里坐下,陈毓俊便告便上楼去了。冯正帆无聊之极,踱到正间闲望,只见一个厨子端着一盘鱼、一碟菜、一铜锅的饭,往小王师爷房间里去,才知道小王师爷吃的是另有一种东西,心中不禁叹息。

等到陈毓俊下来之后,便道:"表兄今天没事吗?"冯正帆道:"没事。"陈毓俊道:"如此咱们去逛逛吧,你也是难得到上海来的。"冯正帆无语。陈毓俊便问:"马车呢?"家人们答道:"早来了。"陈毓俊道:"叫他们匀一个进来。"家人传出话去。冯正帆眼睛里,忽然看见一个头戴红缨帽子,身穿绿呢袍子,周身滚着阔边的,跑了进来。心里想:这是什么人?后来

---

① 居停——主人。
② 厘局分卡——设在水陆要道征收货物厘金(通行税)的机构叫厘局,分卡即分站。
③ 伛(yǔ)——曲背。

看见他把水烟筒袋子拿了出去,方知道他也是个当跟班的。等到陈毓俊邀他出去,看见马车上还坐着这样打扮的一个人,方才明白就是陈毓俊说的马夫了。霎时一鞭展去,双轮如飞,冯正帆不住的四面留心细看。只见一片大空场,围着铁栏杆。陈毓俊对他说道:“这就是跑马厅了。”冯正帆点头不置。及至到了一处,陈毓俊和他下得车来,一片森林,夹着松柏柳榆之类,青的靛青,绿的碧绿,望上去极像墓道。转了一转,露出一所房子来,那房子却造得十分华丽,上下都是用红砖一块一块砌就的,顶上有几处像宝塔一样,溜尖溜尖。二人踏进门来。好大一间厅,摆着百十副座头,但是人影寥寥。陈毓俊道:“太早了。”冯正帆道:“难道这儿逛的人都要老晚才来么?”陈毓俊道:“可不是!”二人徘徊了半晌,拣个座头坐下,有人泡上茶来,促膝谈心。

良久良久,方看见一串人鱼贯而入,还有些婆娘在内。冯正帆正待要问,陈毓俊忽然不见,心下着了一惊,随即立起身来找寻。

不知找到与否,且听下回分解。

第 七 回

恣游览终朝寻胜地　急打点连夜走京师

却说冯正帆一回头不见了陈毓俊,四边乱找了一会儿,才见他好好儿的那边坐着呢。三脚两步跑地走过去,一看不对账。却是为何?原来陈毓俊与一个二十多岁年纪的妇人,在那里唧唧哝哝地讲话。再把这妇人上上下下的打量,见她穿的甚是时兴,脸上涂脂抹粉,两只水汪汪的眼睛,东张西望。冯正帆心下盘算:这是什么人呢?要说是表弟的姨奶奶,又不像,要说是表弟的亲戚,又不像,志志忑忑了一会子,他才从恍然里跑出了一个大悟来,自忖道:"要不是人家常常说的上海的倌人①吧?"既知道是倌人,回头一想:"我还是远远地走开为是。倘若给什么熟人看见了,说我初得差使,就到上海这般胡闹,那还了得!"心里这么想,眼睛里看出来,便觉得那倌人和天地鬼神一般。少时陈毓俊的话也说完了,便踅②了过来,拣了一张桌子,泡茶坐下。

不多一刻,听见门外车辚辚,马萧萧,一大堆人嘻嘻哈哈,踱将进来。为头一个,穿着雪青湖绉夹衫,登着乌靴,紫巍巍的一张面孔,好部浓须,口里衔了一支东西,那东西在那里出烟呢。冯正帆不胜稀罕,忙问陈毓俊。毓俊道:"这是雪茄,出在吕宋③的,所以又叫吕宋烟。"冯正帆不提防今日倒晓得一个典故。那老头儿后面跟着几个年轻的,都穿得很华丽,就在他二人对面坐下,少停高谈阔论起来。只听那老者大发议论道:"上海张园④一带,栽着许多树木,夏天在边上走,不见天日,可以算它东京帝国城。大马路商务最盛,可以算它英国伦敦。四马路是著名繁华之地,可以算它法国巴黎。黄浦江可以算它泰晤士江。苏州河可以算它尼罗河。"

---

① 倌人——妓女。
② 踅(xué)——中途折回。
③ 吕宋——指菲律宾。
④ 张园——晚清时上海有名的花园。

几个年轻的一齐拍手道妙。一个年轻的说道："上海商务，是要算繁盛的了。天下四大码头，英国伦敦、法国巴黎、美国纽约、中国上海，这是确凿不移的。"冯正帆听了半天，没有一句懂得的，觉得发烦得很。因和陈毓俊谈了些别的事情。看看天色傍晚，便催着陈毓俊要走。看陈毓俊还有些恋恋不舍的样子，催了两遍，陈毓俊才和他上车回去。又在各处兜了几个圈子，直兜到大小店铺俱点灯了，方始在一家门口停住。

二人下得车来，进得门去，冯正帆觉得不是新马路公馆模样了，忙问这是什么地方。毓俊说："你别管。"冯正帆无可奈何，上得楼去，看见一个圆圆的东西，挂在扶梯口，里面也没有蜡烛，却点得雪亮，耀得人眼睛都睁不开。还有一个穿竹布大褂的管家，斜签着身子，引他二人到一间房间里。陈设的器具，也有方的，也有圆的，也有扁的，也有长的。这器具的质地，冯正帆却认得，就是玻璃。毓俊问他要什么菜，他才知道是个吃饭的饭馆子，便道："随便也罢。"毓俊知道他不懂，替他写了几种。少时又见穿竹布大褂的管家，拿了一个盘子进来，盘子里一块一块的东西，摸摸冰凉挺硬，冯正帆就不敢去惊动它了。一会又拿上一盘子汤来，冯正帆端起来一呷，陈毓俊早哈哈的笑了，还说道："你别装着傻呕人了！"一时糊里糊涂的吃毕，也不知道是什么味儿。后来看见刀叉等件，说："你今儿在破费了，难道还请我吃烧烤么？就是吃烧烤，也得厨子来动手，难道自己可以切吗？"陈毓俊道："你别管，看看我的就明白了。"

冯正帆忽然腹胀，想要小解，陈繁俊叫人领了他去；溺毕回来，走过一个门口，里面叮叮咚咚有琵琶的声音，心里想："这是谁在那里唱曲儿呢？"趴着下半截门一瞧，原来都是些穿红着绿的小姑娘。冯正帆想道："这里风气，真真不好！上馆子吃饭，还叫小姑娘们陪着，他也太乐了。"正在呆呆的立着，有个人拿着无数盘子，急忙忙地走过。一个不留心，撞在他身上，豁琅一响，全行碰翻，泼了他一身的汁水，淋漓尽致。冯正帆怕这人要他赔盘子，赶忙一溜，溜到自己房间里。陈毓俊见他这样，便问怎么样了。冯正帆对他摇手，陈毓俊莫名其妙，又叫人拧了把手巾，替他揩抹干净，然后叫开账来。一个人便来诉说，冯正帆碰破他的盘子。陈毓俊睁着眼睛道："你要他赔盘子，他还要你赔衣服呢。到底是你盘子值钱，还是他的衣服值钱？"这人无言而去，冯正帆方晓得有这样一个巧妙。出得这馆子，方才看见门上有三个银朱写的大字，是"金谷香"。

毓俊又带他上戏馆,拣定座位,便告个失陪,匆匆要走。冯正帆一把拉住,问他到哪里去。陈毓俊道:"过瘾去。"冯正帆无可奈何,叮嘱快去快来而已。冯正帆坐又不是,立又不是,背上像有针刺的一般。眼睛看着戏,耳朵里听着锣鼓,台上又跳出一个黑盔黑甲的人,哇呀哇呀的闹了半天,把他头脑子都弄胀了。良久良久,始见陈毓俊回来。戏散,陈毓俊要拿马车送他回栈。他怕陈毓俊拉他去逛窑子,一定不肯,说:"我认得路,我走回去就是了。"陈毓俊无奈,与他作别。

冯正帆出得戏馆,记得一条横马路,跑过去拗一个弯,就是栈房。他便一步一踱地踱了半条马路,看见家家闭户,处处关门。有些女人在屋檐底下,遮遮掩掩,见他到来,个个有招呼之意。冯正帆心中不解。正走之间,有个又粗又麻又胖又黑的扬州婆子,拉了他一把。他着了急,嘴里就骂:"混账东西,连廉耻都不要!"扬州婆子叽叽呱呱回骂了他几句。冯正帆既脱此险,便一直回去,开了房门,带来的小管家,名唤三儿,过来伺候。安睡下去,一宿无话。第二日一早,差小管家送片子到陈毓俊公馆里去辞行;下半日收拾收拾,即往浏河差次而去。后文不提。

且说昨天碰到的那老头儿,姓周名自强,号劲斋,是一个佐杂出身。谋到了一个差使,两年下来,很多了几个钱,加捐知县。正值简放出洋钦差之际,他又钻得路子,当了一个随员。期满回来,便以异常劳绩,保升知府。前年晋直捐①内,又花上许多银子,过了道班,便是一位巍巍乎的观察公②了。因他到过外国,所以开口就是伦敦,闭口就是巴黎。这天回去,接到一封京里打来的电报,是要他进去,大有机会可乘。周劲斋见了,如何不喜呢? 当下嘱咐家人,赶紧到招商局去定轮船上的大餐间,一面归归行李,弄弄铺盖,一夜不曾合眼。次日,又到各处辞行。就有一帮天天见面的朋友,在一个花园里,替他钱行。钱完了行,又到各相好处打了一转,说明进京的说话。看看十点钟左近,周劲斋便一直上船。船上买办叫作施礼仁,与他向来熟识,招呼得十分周到。一路无话。

等到轮船进了塘沽口,由小船驳至紫竹林③,住在鸿安客栈。本来天

---

① 晋直捐——清代公开卖官的一种名目。

② 观察公——清代称道员为观察。

③ 紫竹林——天津码头。

津的客栈,都是用火炕的,这鸿安却比别家讲究,是拿几块松板搭成的床铺。歇息了一夜,次日搭火车进京。不到半天,便到了正阳门。叫了骡车,装了行李铺盖,径奔打电报给他的烂面胡同贾子蛰家。子蛰到衙门去了,早有家人接住,把他安置在书房里。原来北京的房屋,都是三开间一进,两明一暗,接着一个院子。这贾子蛰是工部员外郎,颇通声气,前回曾与周劲斋同事,两个人气味十分相投,便做了拜盟的兄弟,所以这般照顾他。周劲斋外国虽是到过,北京却没有到过,一举一动,都存一点小心,怕人说他怯,笑他不开眼。这回正坐在书房里,四边一瞧,裱糊①的倒也十分干净,就是地上脏一点,桌上铺满了一层灰,心里诧异,说:"好好一个书房,为什么不拾掇②拾掇呢?"后来听见家人们说:"收拾过了,风一刮又是一塌糊涂。"方才明白他们听其自然的道理。看看天要黑了,贾子蛰还不见来,急得他如热锅上蚂蚁一般。等到掌灯时分,忽听一声咳嗽,一个家人回道:"老爷过来。"便打起了帘子,贾子蛰低着头进了书房。二人作揖坐下。

欲知二人谈些什么,且听下回分解。

---

①　裱糊——用纸糊房间的顶棚或墙壁等。
②　拾掇——华北方言,即收拾。

第 八 回

崇效寺聊寄游踪　同庆园快聆妙曲

　　却说贾子蛰走进书房，与周劲斋见礼已毕，谈了一会正经，又说了一会闲话，慢慢地提到写信叫他进京的那桩事。周劲斋忙问如何。贾子蛰道："机会呢是有，只要你肯花上两文。"周劲斋指着自己的鼻子道："老把兄，我难道是不识窍的人么？"贾子蛰道："不是啊，你老弟的事，愚兄有不帮忙的道理么？"又凑着周劲斋的耳朵道："里面张口，张得却不小，愚兄代你磋磨①磋磨再说。至于愚兄这面，同你老弟是自家人，有也罢，没有也罢，都是不在乎此的。"周劲斋听了，起身谢过。从此周劲斋就在贾子蛰家住下，等候消息。

　　有天起来得早，想要出去逛逛，便叫贾家的管家去叫辆车子，讲明了一天给三十吊钱，是明欺周劲斋没有到过京城，所以开他一个大价钱。周劲斋一算三十吊钱，合起来不到四块钱，在上海上趟张园，有的时候还要贵些，何况是一天，因此欣然应允。当下换过衣服，又问贾家借了一个管家，因他自己带去的底下人都是外行之故。劲斋上了车，那管家跨上车沿，掌鞭的拿鞭子一洒，那车便风驰电掣而去。周劲斋在车里望去，人烟稠密，店铺整齐，真不愧首善之区。忽然那里转了弯，望左边一侧，劲斋的头在车上咕咚一响，碰得他疼痛难当。随即把头一侧，哪里知道这车又望右边一侧，劲斋的头又在车上咕咚一响，这两下碰得他眼前金星乱迸。劲斋想道："京里的人可恶，连车也可恶！"

　　好容易熬了半日，熬到一个所在。劲斋下车一看，原来一座大庙，题着"崇效寺"三个字。原来崇效寺是个名胜所在。当初相传，寺里有三株古树，一株是红杏，一株是青松，一株是碧梧。后经兵燹②，把这三株树都砍了。现在只绘着一个卷子，在寺里藏着，凡有名人，皆留题咏。当下劲

---

①　磋磨——切磋琢磨。

②　兵燹(xiǎn)——因战争造成的焚烧破坏等灾害。

斋步进山门,见这崇效寺规模阔大,气象崔巍,心里赞叹了一回。刚刚打从抄手游廊进去,劈面转出三个人:一个是灰色褡裢布的夹袍子,上面穿着蓝呢半袖马褂,却拿黑绒挖了大如意头,周身镶滚。一个把衣裳都掖在身上,系一根元色整匹湖绉的腰带。一个穿着短打①,头上贴着大红布摊的头痛膏药,一手托着画眉笼子,一手盘着两个铁弹,忒儿郎当、忒儿郎当的不住价响。三个人都拖着大辫绳儿,一个看着周劲斋笑了一笑,嘴里说:"糟豆腐②!"劲斋茫然不觉。三个人便挺胸凸肚的扬长而去。回头一问贾家的管家,管家说:"这三个人都是'混混'。"劲斋方知道是流氓。逛了一会,觉得没什么意思,回头又问贾家管家道:"还有什么好玩的所在?"贾家管家道:"那么着琉璃厂吧。"劲斋道好,重新上车,径向琉璃厂进发。

这番光景竟不同了。只见一家一家都是铺子,不是卖字画的,就是卖古董的,还有卖珠宝玉器的。有一家门上贴着"代办泰西学堂图书仪器"。劲斋进去一看,见玻璃盒内,摆着石板、铅笔、墨水壶之类。向掌柜的要一本泰西的图书看看。掌柜的郑重其事,拿将出来,原来是本珀拉玛③。劲斋笑了笑,还了他。掌柜的道:"您老准是不懂,我告诉您,这是洋人造的洋书,您老要是能够念通这本书,就可以当六国翻译。"周劲斋一声儿不言语,往外就走。又到隔壁一家,见玻璃窗内,贴着许多字样儿,都是些状元。什么夏同骤、骆成骧、张謇④。进去一问,可以定写。连润笔,连蜡笺纸价,一股脑儿在内,也不过三四钱银子。劲斋暗暗纳罕⑤,心里想:"这种名公,到了外省,一把扇子,一副对联,起码送他十两二十两程仪;要是多些,就一百八十。如何在京里,倒反减价招徕呢?"随手又买了些铜墨盒、铜镇纸之类。

又逛了一会儿,天色不早,想要去吃馆子,因向贾家管家问京城里面

---

① 短打——短衣打扮。
② 糟豆腐——北京话骂人语。
③ 珀拉玛——英语 primer 的音译,英文初级读本。
④ 这三人都是晚清状元,书法极有名。
⑤ 纳罕——感到纳闷,惊奇和吃惊。

哪一家的馆子好。贾家管家回说："至美斋①。"劲斋交代了掌鞭的。及至
到了至美斋,是小小的一个门面。进去了,堂倌赶着招呼,说:"这边有雅
座。"揭开门帘,进去一望,那个雅座只能够坐四个人。一带短窗,紧靠着
一个院子,院子里堆了半院子的煤炭,把天光都遮住了,觉都乌漆墨黑。
煤炭旁边,还有个溺窝子,此刻已是四月间天气,被倒西太阳晒着,一阵一
阵的臊气,望屋里直灌进来。劲斋闭着鼻管,皱着眉头,将就坐下。跑堂
的送上茶壶茶杯,问道:"老爷请客不请?"劲斋说:"你去拿副笔砚来。"写
明烂面胡同贾宅贾子蛰老爷。跑堂接着去后,左等也不来,右等也不来,
弄得他如热锅上蚂蚁一般。看看日色平西,跑堂的点上一支白蜡,又坐了
一会,才看见贾家的管家回说:"老爷过来。"劲斋连忙起身让座。子蛰口
称:"有劳久候!"跑堂的晓得没有别客了。摆上筷碟,又拿了一叠纸片过
来,便赔着笑脸,问道:"老爷们要什么菜?"劲斋先让子蛰要,子蛰要了糟
溜鱼片儿、炮鸡丁、烩银丝、红烧大肠四样。跑堂的问劲斋要什么菜。劲
斋说:"炒个肉丝,带爸爸!"跑堂的站在一旁愣着。劲斋道:"你怎么难道
连爸爸都没有么?"子蛰听了,哈哈大笑,道:"不要就是饽饽吧!"跑堂的
始诺诺连声而去。劲斋觉得叫错了名字,惹人发笑,脸上很磨不开,一阵
红,一阵白。还亏子蛰是个积年老猾,知道他不好意思,便拿别的话来把
他岔开了。二人喝着酒,吃着菜,口味倒还不错。劲斋觉得身后有些热烘
烘起来,把马褂也脱了,袍子也剥了。及至至院子中小解,方看见这雅座
的隔壁,是连着一副大灶头,烈烈轰轰在那里烧着呢,焉有不热之理? 赶
忙催饭,会过了钞,便和子蛰一车回去不提。

又过了两天,子蛰忽然高兴,邀他到前门外大栅栏听戏。劲斋久闻京
师的戏子甲于天下,今番本打算见识见识,焉有不往之理? 午饭后同车而
出,到了一个很窄很窄胡同里面,门口花花绿绿,贴着许多报条,门上有块
匾,叫同庆园。进得门去,一条土地,七高八低,走起路来,要着实留心,方
不至于蹉跌。劲斋觉得阴森之气,逼得人毛骨悚然,忙问怎么样。子蛰
道:"到了里面就好了。"过得一重栅栏,便觉人多于鲫。子蛰要官座,官
座已经没有了,不得已而求其次。看座的回说没有了。子蛰发怒,混账王
八蛋的大骂了一顿。那看座的受了他的发作,颠倒让出两个座子来。劲

---

① 至美斋——北京有名的饭馆。

斋一想,原来北京人是欺软不欺硬的。

　　劲斋与子蛰坐定,其时台上正唱着《天水关》。子蛰道:"这些都是乏角儿①,不用去听他。"劲斋不懂,回脸一望,只见嚷卖冰糖葫芦的、瓜子儿的,川流不息。还有一个人站在人背后,说:"涝②!"劲斋说:"什么叫做涝?"子蛰道:"端一碗来你喝喝。"少时,管家端上一碗来。劲斋见是雪白的东西,面上点着一个红点儿,十分可爱,用手一摸,觉是冰凉的,便说:"太冷啊! 可要拿点开水冲冲?"子蛰道:"并不凉,你喝下去就知道了。"劲斋喝过一口道:"原来是牛奶。"等到喝到第二口,不知如何的胃里受不了,哇的一声,吐将出来。子蛰道:"别勉强了。"就把它端过去,叫家人喝了。一会,台上唱过了四五出戏,大家嚷道:"叫天儿上来了!"原来叫天儿这日唱的《空城计》。二人听过一段摇板,便有人哄然喝彩。还有闭着眼睛,气都不出的。也有咕咕嚷嚷在那里骂的,说:"你们老爷别只管喝彩,闹得我听不着! 我今天好容易当了当,才来听戏的。"劲斋暗暗诧异。叫天儿唱毕,大家就散了。一片拥挤,就如潮水一般。二人方到得戏园门口,劲斋往身上一摸,忽然啊呀一声。

　　欲知后事如何,且听下回分解。

---

①　乏角儿——没有名气的演员。

②　涝——乳酪。

第 九 回

失钻戒大人恨小利　诓冤桶贱价得名驹

却说周劲斋往身上一摸,一只四喜袋不知去向,便急得面容失色。贾子蛰忙问可是给小利①偷了东西去。劲斋道:"岂敢!"子蛰道:"偷了什么东西去?"劲斋道:"是一只四喜袋。四喜袋里别的不打紧,只有一只五个克拉的金刚钻戒指,要值到一千块洋钱。"子蛰道:"你好糊涂呀!戒指为什么不戴在手上,倒搁在腰里呢?"劲斋道:"我为吃了饭要洗脸,所以把它取了下来,放在四喜袋里。出门的时候,偶然忘记,这回被小利偷去了,才想起来了。"子蛰道:"京城地面,小利最多,一个不留神,就要会把东西丢了。你这个戒指值到一千块钱,那就不是玩的了。咱们姑且回去,想个法子,把它找着才好。"劲斋道:"报官如何?"子蛰笑道:"别说报官,就是出奏也没用的。"劲斋闷闷不乐,只得垂头丧气,随着子蛰,出了戏馆,回到子蛰家中。倒是子蛰过意不去,替他托了衙门里的人到处查缉;又写了一张赏格,贴在正阳门洞中。过了几天,毫无影响,劲斋也只好罢了。

有天,劲斋出门拜客,走在半路上,忽见贾家的管家,跑得满头是汗,在那里东张西望。一见劲斋,如获异宝一样,忙跑过来道:"请周老爷停步!"劲斋便问何事。管家一手在腰里拉下一条绢子来,擦脑门上的汗,一手垂下去,请了一个安,说:"老爷大喜!刚才王中堂②宅里,打发人来,说上海的回信已经来了,老爷委了招商局③的总办。"劲斋一喜,非同小可,便与贾家管家一路,回到子蛰家中。子蛰已经戴着大帽子,在客堂里候着道喜。劲斋忙了两日,打点出京,也不去提他了。

且说京城里有个阔公子,姓孙,排行老六,正是北边人所谓"冤桶",

---

① 小利——小偷。

② 中堂——相当于宰相。

③ 招商局——清末"官督商办"的轮船局。

南边人所谓"洋盘"。据说他的老子是个军机大臣，权倾中外，因此人人叫他孙六公子。这孙老六平日专喜的是斗鸡走狗，家里养着帮闲无数。出起门来，把这些人都带在后面，几十匹马，犹如流星赶月一般。这日正是新秋天气，孙老六忽然高兴，说："咱们到南城去逛窑子①。"帮闲人等哄然应了。马夫牵过马，第一个孙老六坠鞍认镫，其余帮闲人等，还有家人小子，一窝蜂的赶出南城外。南城外有一段人烟冷落的地方，前面一个喇嘛僧，跨下"小银合"②，嘚嘚地走得飞快。孙老六说："咱们抢过他的先！"一使裆劲，那马便两耳一耸，长嘶了一声，直窜过去。那喇嘛僧也是照样一催，孙老六偏偏又落在他的背后了。孙老六一时无名火发，又仗他有几分膂力，逼进一步，照着喇嘛僧的光头上，噔的就是一拳，以为这下总把他揍下来了。哪知喇嘛僧昂然不动，孙老六大为惊异，一想一不做，二不休，爽性再是一拳。喇嘛僧蓦然回转身来，把孙老六的拳头夹在胁肋底下，用力一提，把孙老六就提了过来。幸亏孙老六还有点家数，随即跳上波罗盖③，跟着喇嘛僧你一拳我一拳的打起来了。手下家人小子，见此情形，发了一声喊，使鞭子的鞭子，马棒的马棒，像雨点一样，望喇嘛僧身上落将下来。喇嘛僧虽有功夫，却也双拳难敌四手，早从小银合上掉将下来。孙老六大乐，一看左边有一泥潭，那潭里的泥，满满地浮着，便喝令家人小子："把这撒野的扔下泥潭去！"家人小子一声答应，你推我搡，咕咚一声，那喇嘛僧直沉的沉下去，把泥溅起，家人小子弄了一身，连孙老六的春纱大褂，也沾了几点。孙老六忙用手巾揩去了痕迹，大伙儿便嘻嘻哈哈的一溜烟跑了。后来这喇嘛僧亏得有人救起，才不致有性命之忧。

　　孙老六在窑子里逛了一夜，第二天将要进城，便有人来报，说有许多喇嘛僧在城洞里候着要报仇呢。孙老六一时不得主意。帮闲里面有一个叫智多星的，便附着孙老六的耳朵，如此如此，这般这般，说了一遍。孙老六便叫窑子里的伙计，叫了一辆车子，自己换了一件又长又大的洋布大褂，外加蜜色纱的夹背心，戴上一副大墨晶眼镜，混进城去。这个时候，风声鹤唳，草木皆兵，不要说是看见了和尚头才担心事，就是看见了天生的

---

①　窑子——妓院。
②　小银合——马名。
③　波罗盖——大概指马鞍子。

秃子,也觉得心头小鹿撞个不住。

　　光阴似箭,日月如梭,看看又是初冬光景了。京城内世家子弟,到了这时候,有种兴致,就是斗鹌鹑。那鹌鹑生的不过麻雀般大小,斗起来却奋勇当先,比蟋蟀要厉害到十倍。却是有一种:那鹌鹑天天要把①,把得它瘦骨如柴,然后可以拿出来斗。有些旗人②们,一个个腰里挂了平金绣花的袋,把鹌鹑装在袋里,没有看见过的,真真要把他做新鲜笑话。孙老六是最喜欢这门的,他的鹌鹑分外养得多。有天,腰前腰后,挂了无数的袋,袋里袋了无数的鹌鹑,手里还把着一个雪白雪白的叫做"玉鹑",是好容易花了重价买来的。刚刚出得大门,有个卖冰糖葫芦的喊过,孙老六叫住了,买了一串,在嘴里吃着,劈面遇见一人。这人是谁? 原来是孙老六的舅舅,现任山东道监察御史。这位山东道监察御史,平日十分俭朴,布衣粟食,自命清廉,性情又十分固执,一句话不对,便反插着两只眼睛叫骂起来,所以孙老六畏之如虎。今天冤家碰着对头人,孙老六早已毛骨耸然,将两只手藏在背后,恭恭敬敬地站在一旁。这位山东道监察御史,看见了他,把头点点,便走将开去。

　　孙老六吓出一身冷汗,转回头来,对着后面的小跟班道:"险啊!"顺手又把冰糖葫芦往嘴里送,哪里知道记错了,这手把着一个玉鹑呢。使劲一咬,把个玉鹑的头咔嚓一声,咬将下来。孙老六觉得味道两样,定睛一看,魂不附体,连说道:"糟了,糟了!"他心上气不过,也不顾什么了,用手往屁股背后一拍,道:"唉!"耳朵里听见吱的一声,又拍死了一个"麻花"。这也是鹌鹑当中的健将,战无不胜,孙老六仗着它赢得好些钱。曾经有人还过三百两银子,孙老六不舍得卖,一旦死于非命,叫他怎的不痛呢! 一时哭又哭不得,笑又笑不得,那种神情,实在难过。只得将小跟班喝骂了几句,说:"你们为什么不替我当心当心!"小跟班里面有个叫白张三的,十分狡猾,便回道:"少爷自己都不能当心,小的们如何能当心?"孙老六气极,赶上去打了他一个耳刮子。再要想打第二下,白张三已飞风似的跑了。

　　孙老六正在无可奈何之际,忽听见马蹄声响,由远而近,仔细一看,是

---

　　①　把——训练。

　　②　旗人——满族人。

他挚友快马陈三。这快马陈三,年纪也有五十多了,无论什么马,他骑上去,格外走得快,所以人家送了他一个绰号,叫做快马陈三。剩下的一个小跟班,正想找个人给他解围解围,一看见快马陈三,直着脖子嚷道:"三爷,咱们少爷在这儿呢!"陈三听见,往前一看,连忙收住缰绳,跳将下来,说:"老六,我正要找你。"孙老六道:"你有什么事,咱们家去说。"陈三便叫小跟班牵了马,一直到孙大军机的宅内。二人来至书房内,陈三四面一望,看见墙上挂的胡琴、弦子、笛,那些乐器,就像军器架子一样,十八般兵刃,件件皆全,不觉笑了一笑。值书房的端上茶来喝过,陈三就告诉他道:"昨儿李臊子拉了一匹枣骝来,要卖给我。我试了试,脚底下倒还不错。可惜我这两天家里打着饥荒,哪里有钱给他? 所以我来问问你,你要不要?"孙老六道:"他要多少呢?"陈三道:"他说是二百银子,哪里能够依他? 给他一百五十两银子,也就罢了。"孙老六道:"既然如此,叫他上我这里来拿就是了。"一面吩咐到账房里去交代一声。陈三见事已成,便欢欢喜喜地去了。

　　欲知后事如何,且听下回分解。

第 十 回

试骅骝天桥逞步 放鹰犬西山打围

却说快马陈三欢欢喜喜地回到家中,便打发人去把李膘子叫了来,吩咐他明日把马牵到孙军机宅里去,他家六爷要买呢。李膘子晓得孙老六是个冤大头,哪有不愿之理,当下诺诺连声的去了。

第二日一早,快马陈三正在洗脸,李膘子已经牵了马来了。二人一同到了孙军机宅里,管门的说:"六爷还睡着呢。"白张三见了快马陈三,因为昨日是他的救命恩人,否则至少要挨几下嘴巴子,当下殷殷勤勤让三爷书房里去喝茶,李膘子自在门房里老等。看看十一点钟打过,孙老六睡得糊里糊涂的,两只眼睛还睁不开,一面纽衣扣,一面嘴里哈着气,见了陈三,嚷道:"好早啊!"陈三道:"也不算早了。"孙老六道:"你来了什么时候了?"陈三道:"有一会儿了。"孙老六一屁股先在炕上坐下,这才让陈三上炕,便问:"那马呢?"陈三道:"拴在院子里树上。你可要去瞧瞧?"孙老六道:"别忙,别忙!等我定一定神儿。刚才被他们把我架弄着起来,一点儿没有吃呢,一点儿没有喝呢,闹得我有些发虚。"正说着,家人端了茶点出来。孙老六用过了,白张三又给他装上一袋兰花烟。孙老六接在嘴里,抽着呼噜呼噜的响。抽了一袋,又是一袋,直抽到第三袋上,才略略有些精神。回头叫白张三去叫李膘子,谁知李膘子趁空,已跑出大门外,去吃高汤老饼了。

等了一会,李膘子才慌慌地走进书房,见过孙老六。孙老六先开口道:"昨儿三爷跟我说,你有匹小枣骝,要卖一百银子。有这回事吗?"李膘子道:"有这回事,马已经牵来了。"孙老六道:"好,咱们过去瞧瞧。"说着就走。陈三和李膘子跟着,走到那马身边。那马火炭一般的赤,周身上下,没有一根杂毛,像是个神骏。孙老六点头道:"还勉强过的去。你不是说过的,一百两银子?拿五十两银子去就得了。"李膘子笑道:"货卖实价,哪里有这么大的虚头。"孙老六道:"别累赘,六十两。"李膘子咬定一口要八十两,再少不行。陈三好说歹说,总算七十两银子。一面孙老六叫李臕子到账房里去领银子,一面和陈三说道:"三哥,回来咱们吃了饭,到天桥去出一个锋头看。"陈三答应。李臕了收了银子自去。陈三就在孙老六书房里午饭。

一时饭毕,自有马夫牵了马,孙老六跨上去,倒也合适。另外又叫马夫配了一匹珍珠青,给陈三骑着。二人按辔而行,来到天桥。正是仲冬时候,绿荫已尽,露出一道垂虹,说不尽野旷草低,天高树远。中间一条道路,其平如砥,其直如矢,在京城里是有一无二的了。孙老六一面走,一面将腰一挺,把裆劲一下,那枣骝马呼啦啦跑将开去,四个蹄子如翻铙撒钹一般。孙老六甚是得意。骑了两趟,便跳下马来,一面招呼陈三也下了马,在一个小茶棚子里坐下。跑堂的送上茶来,孙老六便夸说:"三哥好眼力! 这马果然不错,足值一百两银子。"陈三忙回道:"六爷肯出大价钱,哪有买不着好货的道理!"孙老六道:"可不是呢! 南边人的俗语,叫做'贪嘬买猪婆肉'。不要说别人,咱们账房王老顺的儿子,专好贪小便宜儿。上回上黑市①去买东西,有天买了一只烧鸭子,刚想用刀片②,谁知是拿颜色纸糊的,气得他望河里一扔。又有一回去买了一双靴子,有天穿了出去,碰着大雨,靴筒子是高丽纸做的,一碰着潮都化了,只好打着赤脚回来。这不是喜欢贪小便宜的报应吗?"陈三听了,哈哈大笑。

孙老六又说:"咱们喝过了这壶茶,三哥,你上去把那马试试。"陈三道:"好。"一时会了茶钱,陈三攀鞍上去。刚才扫了半个圈子,那马长嘶一声,耳朵一耸,胸脯一挺,但见四个蹄子在肚皮底下滚。旁边看的人,都直着嗓子喝彩,把孙老六乐得跳起来。陈三要显他的能耐,等那马扫过一趟,扫到第二趟,把缰绳往判官头上一搁。在腰里掏出套料的鼻烟壶来,把鼻烟磕在手心里,慢慢地闻着。人坐在上面,丝纹儿不动,犹如端着一碗水似的,把个孙老六看得目瞪口呆。一时陈三把马扣住,下来了。孙老六伸着大拇指,拍着陈三的肩道:"三哥,我真服你!"陈三还赔笑说:"我在六爷面前献丑。"二人说了几句,彼此作别。

又过了几日,孙老六静极思动,约着王尚书的儿子王大傻子,周侍郎

---

① 黑市——不同于今日所说的"黑市"。那时北京等地的黑市在指定地区设地摊交易,时间在夜里,灯光昏暗,看不清货物,购物极易上当。
② 片——动词,即切片。

的儿子周瞎子,沈祭酒的兄弟沈桐侯,李郎中的内侄李毛包,一同去打猎。这些朋友,平时最淘气不过的,人人听了,都是兴兴头头的。大家带了把式匠,挑了帐篷锅灶,拿了器械,把了鹰,牵了驹,家人小子有些气力的,都跟了去。在西山左近,安上帐篷,埋上锅灶,就如行军打仗一般。看看天色晚了,各人坐在一处吃饭。嘻嘻哈哈的,闹得糊里糊涂,孙老六张着嘴合不笼来。沈桐侯是专于绰趣的,什么古典、笑话、灯虎①,记着一肚子。大家每日轮流做东道请他,要他替大家解闷,有时还作揖请安的央告他。王大傻子是只晓得吃喝睡的,真是个傻子。周瞎子人甚精刻,幸亏得登在北边惯了,性情近于豪爽一路,所以还与大家合得来。李毛包心直口快,无论什么事,总是他做挡人牌,因此大家喜欢他。这五个人日日凑在一起,实在热闹。

有一日,在各处搜寻了好半晌,什么东西都没有。孙老六的一只大猎狗,在枯草里,追出一只兔子来。把式匠一眼看见,便把臂上的鹰,解去了红布遮眼,放将出去。那鹰名叫"兔获",每架要卖到百十两银子。在空中打了一转,一翅扑将下来,把爪拳起,就如拳头一样,在兔背上一拳。这兔子正被狗追得发昏,不提防这一下子,便滚在地下。那鹰把它抓了,提在空中,又把它扔下来;扔了下来,又把它抓上去。等兔子死了,把式匠连忙把鹰收了回去。大家一拥前来,早有孙老六的小子,把兔子脚往两下里用力一分,那兔子便裂为两半,鲜血直冒出来。孙老六咕嘟嘟一气喝了,说:"真好鲜味儿!真好鲜味儿!"大家都要争着尝尝,只有沈桐侯便说:"好脏!"孙老六把大家看看,把自己看看,嘴上都是鲜血,淋淋漓漓,连下颏都染红了,不由他不笑。小子打过水来,把手巾擦净,便命将这兔子剥了,回来弄着吃。

周瞎子有个小子,叫做麻花儿。这麻花儿膂力很不小,年纪才十七八岁,因为随着大家赶兔子,把他丢在后面。这小子一时要解手,找着一个坟背后,蹲了下去,看见前面来了一条狗似的,浑身金黄的毛,站了起来,朝着他一扑。麻花儿笑道:"怪好玩的!"也学它的样子,朝它一扑。这东西刚刚压在麻花儿的身子底下,四个爪子,只顾在地上爬。麻花儿道:"你再爬,爬深了,变成一个坑,爽性把你埋下去!"嘴里一边说,心上一边

---

①　灯虎——灯谜又名文虎,因为挂在灯上,所以称为灯虎。

想:把它如何处置呢！浑小子自有浑主意,把一条腿跪在它的腰里,用一只臂膊,把它的头扛起来,用一只臂膊,把它的屁股也扛起来。使劲的一拗,括的一响,把这狗似的东西,生生拗断了。麻花儿不胜之喜,手也不解了,把带解下来,捆住了它四只脚,横拖倒曳的拖了回来,对着大家道:"我得了一条大狗!"大家都不识货,说:"果真是一条大狗。"沈桐侯仔细一看,说:"不对! 狗嘴虽然是尖的,然而不至豁到两边。我看是另外一种异兽。"沈桐侯正在考据,把式匠听见这话,分开众人,上来一看,说:"我的爷! 这是个狼啊! 你怎么得来的?"麻花儿一长二短,诉说了一遍。把式匠道:"幸亏你当它狗,你才敢去扑它。你要晓得它是狼,早吓得一团糟了,说不定明年今日就是你的忌辰!"麻花儿不觉毛骨悚然。连大众都有些害怕起来。

孙老六道:"咱们这几天也玩够了,不如换一个法子吧。"王大傻子便张着嘴笑他道:"你说出这种话来,怯不怯? 要是我,什么豺狼虎豹,大爷一概儿不惧!"孙老六听他说出傻话,便丢了一个眼色,叫两人走开了,背着王大傻子商量说:"咱们悄悄地回去吧。他要在这儿喂狼,让他去,咱们可不奉陪!"沈桐侯本是个文弱书生,首先赞成。当下众人偃旗息鼓,一路回城,王大傻子也只得随着他们。这就是书上所说的"三人占则从二人之言"①了。

欲知后事如何,且听下回分解。

---

① 三人占则从二人之言——见《尚书·洪范》篇。占即占卜。意思是三人占卜听从其中二人相同的卜词。

第 十 一 回

乡秀才省闱观光　老贡生寓楼谈艺

却说江南镇江府属,有一个小地方,叫做谏壁,不过三四百户人家,大半是务农为生的。其中有一家姓殷的,颇有积蓄,在这三四百户中,要算魁首了。这殷家有个儿子,名唤必佑,自幼留心书史。到了二十岁上,恰值学台岁试,报名应考。不知不觉的高高进了,自然荣耀非常。就有镇江城里大户人家,请去教读,一年也可赚四五十吊钱的束脩。况且殷必佑本是有家,过的日子,便着实宽裕了。那年碰着朝廷恩典,特开恩榜①。端午过了,看看已是乞巧之期。殷必佑便告诉东家,要去南京乡试,东家自是应允。殷必佑一面整顿铺盖,以及考篮书箱之类,预备动身;一面找了一个老童生,同他代馆。等到中元②一过,殷必佑打开皇历,拣了一个破日③,约了几个同伴,径往南京。看官,你道殷必佑为何要拣破日呢? 原来是取破壁而飞的预兆。

话休烦叙。且说殷必佑顺风顺水,不上三日,到了南京。进了旱西门,寻到石坝街预先租定的寓所。歇息了一两日,进场录遗④。案发又高高地取了,准其一体乡试。殷必佑自是欢喜,每日在寓里养精蓄锐,专等秋风一战。

到了初八,一早抽身而起。隔夜由东家那里借来的小厮,将吃食买办齐备。殷必佑一样一样放入考篮,还对别人说:“这是功名大事,不可草率。”收拾好了,将辫子挽了个疙瘩,把一件千针帮的背心穿在里面,还有

---

① 恩榜——科举考试本有定期,如遇朝廷庆典,临时开科取士,以示恩典,称为恩榜或恩科。

② 中元——旧称阴历七月望日为中元。

③ 破日——旧历书中,有建、除、满、平、定、执、破、危、成、收、开、闭诸日,以定吉凶宜忌,这是迷信。

④ 录遗——清代科举制度,凡秀才应科试未取或未及参与科试的,在乡试时再行补考,称为录遗。

什么铜边近光眼镜,毛竹旱烟管,戴的戴在脸上,拿的拿在手里。东家那里借来的小厮,一手把考篮扛在肩上,跟着殷必佑,一路吆喝着,直奔贡院而来。远远地看见"天开文运"的灯笼,点得辉煌耀目。

殷必佑往人山人海里抢将进去,早听得丹徒县门斗在那里唱名了。殷必佑心中吃了一惊,侧着耳朵,仔细一听,还不到一半。自忖道:"还好,还好! 我亏得是录遗场里取的,名字还在后头,要是有了正科举,名字排在前头,不早早点过了吗?"等了一会,点到他了。接了卷子,一看是月字四号,打开天地元黄的扇子一找,巧巧在东文场。引着东家那里借来的小厮,进了龙门,找着月字号。号军把他的考篮接了去,归了号。东家那里借来的小厮替他铺好号板,钉起号帘,这才回去。殷必佑忙着把吃食一齐取出,还有砂锅、风炉。叫号军生些炭,拿出半个猪头,用水将就洗了洗,放在砂锅内;又拿出一大把葱蒜,也不切断,就放入砂锅内了。加上两瓢浑水,煮将起来。一会儿,扑鼻喷香的味儿,已渐渐透露出来。这时候进来的人,更加拥挤,有看朋友的,有找号军的,络绎不绝。殷必佑坐在号子里,两眼望着砂锅,是怕有什么人横冲直撞,损伤他这宗宝货。

一会儿,听见三声炮响,夹着明远楼上呜呜呐呐的吹打,大约是封了门,进出的人觉得略略清净了。霎时,一轮红日,推下西山,他的猪头也熟了。拿出一盏风灯,插上一支蜡烛,照得号子内通明雪亮。便动手将猪头盛起,却已烂如泥了。又把砂锅洗过,放米下去,烧起饭来。不到一个时辰,饭也熟了。取过碗筷,将猪头和饭,狼吞虎咽了一顿。饭罢收拾收拾,摊开褥子,待要想睡,无奈堂上人声嘈杂,墙下梆锣四起,闹得他不能入梦。只得把旱烟一袋一袋的慢慢抽去,磨延时刻。良久良久,方才入了黑甜乡。各号的人也睡了,准备明日鏖战。一时鼾声大作,四面都是呼噜呼噜的,和打雷一般。等到殷必佑一觉醒来,觉得满眼漆黑,睡得糊里糊涂的,嘴里便叫道:"小柿子,灯也灭了,还不起来拨拨啊!"这小柿子就是东家那里借来的小厮了。一个号军正在号门外打盹,便接嘴道:"莫慌,莫慌! 要火我这里打呢。"殷必佑才知道叫错了。号军从身上摸出镰刀火石,劈劈啪啪,打了几下,打着了火,点了灯。殷必佑问道:"有多少时候了?"号军道:"大约三更天。"殷必佑一声儿不言语,重新再睡。

看看参横月落,五鼓鸡鸣。殷必佑朦胧中觉得有人推了他一下道:"先生,题纸来了!"殷必佑一听这话,一骨碌爬起,揉揉眼睛,见头题是

《辞达而已矣》,二题是《上律天时,下袭水土》,心里便咕咚一下。三题是
《滕文公问为国》一章,诗题是《小庭月色近中秋》,得秋字五言八韵。殷
必佑将题纸折起,翻开裤子,起身下地。要号军弄了些水,洗过了脸,把带
来的晒干锅巴,在开水内一冲,略放些糖,一块一块地咽了下去,这肚子也
就不为难了。先把带来的木板"大题汇海"细细的将目录一行一行查去。
头题却有一篇对题,二题只有"上律天时"一句的题目,三题全然脱空。
只得将头篇对题刻文翻出,恬吟密咏了一遍,觉得平平无奇,心中甚闷。
想了一会主意,又背了一回上下文,哪知毫不相关的,便放大了胆。转念
这"辞"字是要风华掩映的,赶忙将《文料大成》、《文料触机》、《四书类
典》查查。谁知《文料大成》刚刚缺了一本,是有文学一门的,闷不可言,
只得叹了一口冷气道:"罢了,罢了!"另取了一张纸,将刻文上的浓重字
眼,摘了几个下来,以备用入自己文章里面。构思了半日,研得墨浓,蘸得
笔饱,起起草来。才得了个前八行,涂了又涂,改了又改,看看终究不能当
行出色,急得他抓耳挠腮。好容易敷衍完了八股,藏在一边,二题三题,亦
然如此,不必细表。等到作五言八韵诗,更觉烦难,又怕出韵,又怕失
粘①,又请教隔壁江先生,说没有毛病,这才一块石头落地。誊正了,上堂
交卷,已经放过三排。

　　跨出头门,有些苦人想做这注买卖,抢着考篮往肩上扛,也不管站在
旁边那些穿太极图的②,鞭子板子像雨点般下来。殷必佑看见考篮被一
个后生接去,伸手把这后生的辫子揪牢了。直到石坝街寓里,看这后生把
考篮安在地下,一面掏出一块手巾,擦脑门子上的汗,这才把手一松,随意
拿了几个钱给他。后生去了,上了楼,几位同伴的,早在那里高谈阔论了。
一个丹阳县廪生③开口道:"今年的题目,看似容易,其实烦难。头题《辞
达而已矣》,千手雷同,无所见长。兄弟曾经读过才气文章的,是一个叫
做韩湘南的,有一篇叫做《文不在兹乎》,换了破承④题,抄将上去,却足足

---

① 失粘——平仄不协调。
② 穿太极图的——指兵勇。因清代兵勇所穿号衣,胸背有圆形图案。
③ 廪(lǐn)生——明清两代称由府、州、县按时发给银子和粮食补助生活的生
　　员。也叫廪膳生。
④ 破承——指八股文中的破题与承题。

的有七百多字。诸公想想看，辞达而已矣，文不在兹乎，真是天然的转语！这种蓝本，凑巧不凑巧，现成不现成！"殷必佑听了，茅塞顿开，拱手道："如此说来，今科一准要高中了！"那丹阳廪生道："这也看！"面上却很露出得意之色。旁边椅子上坐着一个溧阳县的监生，便道："晚生是做两版股的：一股辞，一股达，其中还有个枢纽，仿佛是个一浅一深的样子。"丹阳廪生点头道："格局不错，只要措词得当，就可有望了。"这溧阳监生对面，有个扬州甘泉县老贡生，摇头晃脑道："我的念给你们听。破题是：'辞以达意为贵，不以富丽为工也。'"殷必佑嗤的一笑道："这是朱注①。"甘泉老贡生道："惟其是朱注，别人不敢用，我所以抄他。"丹阳廪生默然无语，溧阳监生还咂嘴弄舌的道妙。殷必佑悄悄地扯了他一把道："你真是没有见过文章的！用了朱注，你都要这般的佩服，少时看见我自出心裁的，不要跪下磕头么？"甘泉老贡生愤然作色道："你们这样，不是'非尧舜，薄汤武'②么？"言罢，噔噔噔下楼而去。众人见他动了气，也有埋怨殷必佑不该鄙薄他的，也有说这老贡生不自量的，殷必佑也不理会他们。

　　过了二场，又过了三场，便趁了原船，回到镇江上岸。又带了些土产，送与东家，择日到馆，仍旧当他的教读老夫子。

　　看看满城风雨，渐近重阳。殷必佑因为自己做的文章，抄出来之后，经了许多亲友称赞，他心中也觉得热蓬蓬起来了。看官，要晓得应考的人，在这两天，也最好过，也最难过。求签问卜，测字扶乩③，没有一桩不做到。如饮狂药，如溺迷津，而且方寸中辘轳上下，正应着俗语一句，说是"十五个吊桶打水，七上八下"。虽然可笑，也觉可怜，这都不提。

　　欲知殷必佑果然中否，且听下回分解。

---

　　①　朱注——南宋学者朱熹的注释。
　　②　非尧舜，薄汤武——意思是轻视圣人。
　　③　扶乩——同"扶箕"，一种迷信活动。

第 十 二 回

讲维新副贡失蒙馆　作冶游公子出学堂

　　话说殷必佑好容易熬来熬去,熬到重阳之后,打听得放榜的日子,是在二十四晚上。一面托南京的朋友,要是中了,预先给个信;一面又关照自己家里,二十四晚上,不要关门睡觉。诸事已妥,才略略把心放下。

　　到了二十四这日,便把他急得如热锅上蚂蚁一般,在书房中踱来踱去。有时想着文章内哪句少意义,哪句欠功夫,便心灰意冷,就流下泪来。有时想着文章内哪句极精神,哪句顶光彩,便兴高采烈,哈哈大笑起来。学生们看见先生又是哭,又是笑,弄得丝毫不懂。这晚东家又备出四碗菜来:一碗是炒蚬①肉,一碗是炒鸡蛋,一碗是烩银鱼,一碗是烧猪肝。另外一壶酒。小厮捧将出来,说:"这是东家预备着给先生等榜的。"殷必佑自从到馆之后,每天豆腐青菜,把他闹得慌了。今儿看见这四碗菜、一壶酒,犹如天上落下来的宝贝一般。当下一个人自斟自饮,吃得有些醺醺了,才把饭来吃。吃罢了饭,一头倒在床上,便睡着了。直到大天白亮,方才惊醒,依旧杳无消息,知道举人漂了②,便叹了一口气,一步一步挨出城来。雇了一只跫跫船③,径回谏璧。在船里看见夕阳红树,沙鸟风帆,无穷秋色,也解不脱他心里的牢骚。不到两个时辰,摇进了一个小小村庄,这就是谏璧了。

　　他家中父亲拄着拐杖在门前,和雇着的长工说话,旁边立着两三个邻舍,像是等他似的,见了他,齐说道:"回来了,回来了!"殷必佑忙问:"你们为什么这样乱糟糟的?"他父亲道:"今儿一早,学里的门斗到家里来,

---

①　蚬(xiǎn)——一种水生软体动物,介壳圆形或心脏形,表面有轮状纹。生活在淡水中或河流入海的地方。

②　漂了——没希望了。

③　跫跫船——有篷的小船。

说你中了一名副榜①,闹着要多少钱多少钱。我们不肯,他把囤里米也挑去了,圈里的猪也捉去了,像强盗一般凶狠!如今不得主意,等你回来,和他理论。"殷必佑听了,半忧半喜。忧的是中虽中了,却不是整个儿,将来若要求取功名,还要上南京乡试,不过省了岁科两考。喜的是这么一下,胜于名落孙山②。他平常把做官念头横在胸中,捐局章程,看得烂熟,将来由副贡底子,或是加个知县,是可以免保举一笔钱的,当下开言对他父亲道:"这都是小人之见,父亲不必生气。"一面说,一面引他父亲进去,并让几个邻舍坐下吃茶。长工自去开发船钱。殷必佑刚到堂中,看见报单高高贴起,是"捷报贵府少老爷殷必佑江南乡试中式第二名副元。"又不觉鼓起几分兴致来。又一会,里正图董③得了信息,赶来贺喜。刚才那几个邻舍,也各从家里回来,带了几升炒米和几十个欢喜团,与他贺喜。殷必佑的父亲是个土财主,除了耕种刨锄之外,其余丝毫不懂。早上为着学里门斗挑了他的米,捉了他的猪,心上十分着恼。现在看见里正图董都老封翁长、老封翁短的奉承他,才知儿子这副榜有些用处。转念一想,把一腔怒气,都化在爪哇国去了④。

过了几日,殷必佑也得出门去拜老师,会同年,做那些故事⑤。东家那里明年既连了馆地,又加了束脩,更喜之不尽。眼巴巴到下科去,再中它一个整个儿的。谁知那年皇上家里下诏维新,把八股一齐废去,另换了什么策论,还有叫做四书五经义的。殷必佑听了,赛如打了一个闷雷,心里想:"这策论,书院小课,也常常问的。倒是这四书五经义,自己敢具结,不知它是件什么东西!"无可奈何,请教别人,别人亦只能略举大凡,不能穷原竟委。这个时候,镇江的风气渐渐开通,就如黑暗里得了一线光明,然尚不能十分透彻。有几个念书的,立了一个阅报阅书会,把上海出的各种报纸,译的各种书籍,一种一种地买齐了,放在社里,听凭人家翻

①　副榜——清代科举制度,乡试时在所取正卷之外,另取若干名,称为副榜。
②　名落孙山——相传吴人孙山和同乡的儿子去赴考,孙山考取最后一名。回到家乡,同乡向他打听儿子是否考取。孙山说:"解名尽处是孙山,贤郎更在孙山外。"此后用以称考试不中。
③　里正图董——乡长、保长一类人物。
④　化在爪哇国去了——俗语,意为消失得干干净净。
⑤　故事——按照旧例办事。

看,借以启发愚蒙。殷必佑的东家本做钱庄生意,在上海立有字号,殷必佑特地托东家叫人在上海另外买几种好的报,几种好的书,以便简练揣摹,学战国时候苏秦的样子。

真是光阴似箭,日月如梭。殷必佑在这上用功了半年,心里也有些明白了,懂得有什么二千年历史、五大洲全球那些字面。有时与人谈论,便要举其一二,夸耀于他。比他下一肩的那些秀才们,便送了他一个外号,叫"维新党"。殷必佑想道:"维新党三字,是个好名目,我不妨担在身上。"自此人家叫他做维新党,他亦自居为维新党。动不动说人守旧,说人顽固,人家如何答应他呢,自然而然要闹出口舌来。镇江城里,有两个发科发甲的老前辈,听了便不自在,说:"殷家小子,偶尔侥幸,中了一名副榜,不想巴图上进,却学这种口头禅来吓人家,想来不是个安分的!"他东家听了,便透个风给殷必佑,叫他以后敛迹些。殷必佑大为不然,立时辞了馆地,到家收拾收拾,带了盘缠,要到上海学堂里去念书,竭力做他的国民事业。他父亲也拦阻他不住,只好听其自然。

原来那时候上海地方,几乎做了维新党的巢穴。有本钱有本事的办报,没本钱有本事的译书,没本钱没本事的,全靠带着维新党的幌子,到处煽骗。弄着几文的,便高车驷马,阔得发昏。弄不了几文的,便筚路蓝缕①,穷得淌屎。他们自己给自己起了一个名目,叫做"运动员"。有人说过:"一个上海,一个北京,是两座大炉,无论什么人进去了,都得化成一堆。"殷必佑这维新党,既无本领,又无眼光,到了上海,如何能够立得稳呢? 自然是随波逐流的了。先到一个什么学堂里去投考,投考取了,搬了铺盖,进去念书。上半天念的是西文,下半天念的是中文。吃亏一样,殷必佑是镇江口气,读珀拉玛不能圆转自如,自己心上十分着急。迟之又久,听听自己,听听别人,渐渐的一模一样,方才罢了。学堂里的规矩,除掉念西文念中文之外,另外有一两个时辰,叫他们退到自修室里,做别样的功夫。列公,要晓得自修室就是自己的房间,名为做别样功夫,其实叫他们歇息歇息。有几个好动不好静的,便你跑进我的自修室,我跑进你的自修室。有品行的,不过谈天说地;没品行的,三个一群、四个一簇的,讲

---

① 筚路蓝缕——筚路,用荆竹编的车,亦称柴车;蓝缕,破敝的衣裳。这里借以形容衣衫褴褛。

嫖赌吃着的经络。讲得丝丝入扣,井井有条。殷必佑是没有见过世面的人,听了心痒难熬,想出去小试其技。无奈这学堂除掉礼拜日,可以听凭学生出入,其余日子,门口稽察极严。殷必佑只得礼拜日这个空儿,约了几个同窗,上上茶馆,看看马路上的车水马龙光景,已觉得心旷神怡。晚上回到学堂,不免遐想。

有天礼拜,一个同窗的姓单名幼仁,却是个世家子弟。他父亲是个实缺道台,因见他在任上闹得烟雾尘天,恐怕于自己声名有碍,故此打发他到上海学堂里念念西文,趁此可以拦住他的身子。谁知这位单幼仁是大爷脾气,不曾进学堂的时候,住在栈房里,便终日在窑子人家厮混。及至进了学堂之后,却似飞鸟入笼,常常要溜着出来,做那偷鸡摸狗的事体。学堂总办因与他父亲是会榜同年,想要开除他,怕于他父亲面上不怎么光彩,因此只好睁一只眼,闭一只眼,任他胡行乱走。他不晓得几时又和殷必佑说得入巷,彼此投机,这天悄悄约了殷必佑同去吃花酒。殷必佑喜得心花怒放,把家里带出来的大呢小袖对襟马衬,二蓝线绉绵袍,一齐穿上。跟着单幼仁摇摇摆摆,出了学堂门,径奔四马路而来。

到了一条弄堂里,殷必佑抬头观看,许多密密层层的,都是金字招牌。殷必佑肚里疑心:"这里面不要是我们旧东家说过的那些票号吧?"转眼之间,单幼仁忽然不见了,殷必佑大惊失色。定睛一看,原来在那边等着他呢。于是两人寻到一家,拾级登楼,早有人在扶梯口侍候着。看见单幼仁,便嘻嘻哈哈地拉将进去,殷必佑趑在后面。进了房间,早有倌人过来招呼坐下。殷必佑虽是老外,然而听见那些同窗讲过什么规矩、什么规矩,又亏得他虚心好问,所以各事烂熟于心。不过脸上禁不起一阵热烘烘,登时红了。当下单幼仁提笔写成条子,吩咐分头请客。不多一会,殷必佑耳轮中听见橐橐①之声,一个人阗然而入,穿着一件竹布长衫,下边黑袜皮鞋,头上戴着一顶外国帽子,又宽又大,如复盆一样。殷必佑识得这叫做拿破仑帽,心中暗暗稀奇。

欲知后事如何,且听下回分解。

---

① 橐橐(tuó)——步履声。

第 十 三 回

讲哲学妓院逞豪谈　读荐书寓斋会奇客

却说殷必佑跟了单幼仁在窑子里吃酒，看见那个戴拿破仑帽子的人，上来之后，也不和单幼仁打恭作揖，只用一只手，在耳朵旁边一扬。单幼仁也照他这么回了一个礼。单幼仁当下脸朝着殷必佑道："这位姓李名平等，是国民会的接待员。"殷必佑道声："久仰！"李平等却一声儿不言语。单幼仁又脸朝着李平等道："这位姓殷名必佑，乃是敝同窗，人极开通。李兄和他谈谈，便知分晓。"李平等这才过来，和殷必佑握了一握手。

彼此坐下，正待开言。楼下乌龟①一叠连声地喊着客人来。单幼仁忙扒着门帘一望，说："原来是鹜公到了。"所谓鹜公的，穿得也还体面，只是戴着一顶凹顶的灰色窄边帽。殷必佑到底见多识广，知道这个帽子，名叫卢梭②帽。鹜公之后，继之者还有两三人，一色芝麻呢衣服，也有戴着金丝眼镜的，也有吸着雪茄烟、纸卷烟的。另外还有一个清瘦老头儿，撇着几根鼠须，穿着斜纹布袍子，天青哈拉呢对襟马褂。单幼仁忙着跟殷必佑通名道姓。鹜公姓陆，后面的一个叫做王开化，一个叫做沈自由，清瘦老头儿叫做陈铁血。殷必佑也无暇问他们干什么的，看上去大约都是同志。

单幼仁一数，连自己已经有了七个人，一面招呼他们吃茶抽烟，一面便吩咐摆席。娘姨答应下去，就有几个笨汉，上来搬开椅凳，端上果碟。调排停当了，然后安放杯筷，以及四个大荤盆，另外还有糖食蜜饯，殷必佑一一都看在眼里。单幼仁见诸事妥帖，便请诸位叫局③。李平等兴高采烈，首先叫了两个；此外也有叫一个的，也有一个不叫的。单幼仁又和殷

---

①　乌龟——妓院的男仆。

②　卢梭——18世纪法国著名启蒙思想家。

③　叫局——叫妓女来陪席。

必佑代叫了一个叫什么花月红，说是个清倌人①，将来只要开销半块洋钱
就是了。殷必佑自是乐于从事。坐定了，倌人上来斟过一巡酒，大家举杯
向单幼仁道谢，单幼仁举筷让菜。不消片刻，这些盆子早已如风卷残云。
乌龟把鸡、鱼、鸭、肉一样一样地端上来。众人放量饱餐过了，然后谈锋四
出，满室嚣然。只有陈铁血一人甚是沉静，低眉合目，就如庙中塑的菩萨
一般。殷必佑是初次上这种演说坛，生怕说错了话，被人耻笑，只得唯唯
而已。

　　就中以李平等最为激烈，讲了半天的时事。论到官场，看他眉毛一
扬，胸脯一挺，提着正宫调②的喉咙道："列位要晓得，官是捐来的，升迁
调补是拿着贿赂买来的。就以科甲一途而论，鼎甲翰林是用时文小楷
换来的，尚书宰相是把年纪资格熬出来的。大家下了实在的本钱，实在
的功夫，然后才有这么一日。什么叫做君恩？什么叫做国恩？他既没
有好处给人家，人家哪里有好心对他，无怪乎要革起命来！"这话没有说
完，众人一齐拍手，就和八面春雷一样。殷必佑再拿眼睛去看陈铁血，
见他也在那里颠头播脑。众人乱了一阵，才听见陈铁血开口，一口的杭
州土白。他说得越清楚，大众听得越糊涂。只听他一字一板地说道：
"泰西哲学家说的，一个人有两个公共心，这两个公共心里面，要分出四
派。"刚刚说到这里，一个倌人婷婷袅袅地走将进来，在他肩上一拍道：
"你做啥介③，实梗④叽里咕噜？"陈铁血吃了一惊，回头一看，原来是他
的相好。嘻开嘴笑了一笑，就不往下讲了。大众也哄然道："林先生来
了！林先生来了！"殷必佑就扯了单幼仁一把，问他谁人叫做林先生。
单幼仁低低地告诉他道："就是陈铁血的相好了。叫做林新宝。"殷必
佑方才明白。

　　一转眼粉白黛绿，蝉联而至。这些人却丢了高谈阔论，一个个别转头
去，喁喁私语起来。单幼仁见此光景，忍不住高声嚷道："我有一首诗在
这里，诸公愿闻否？"李平等首先答道："洗耳恭听。"单幼仁道："同席久不

_____

①　清倌人——不曾正式接客的妓女。
②　正宫调——高亢的音调。
③　啥介——什么。
④　实梗——这样。

见,渴想诸公面。"陆鹭公插嘴道:"既说是同席,又说是久不见,这不是自相矛盾么?"单幼仁道:"莫慌,莫慌!底下还有两句,你听了方知其妙。"于是乎王开化、沈自由都催他快说。单幼仁又念道:"而今始得之,只有一条辫!"大众方知道是讥诮他们的,便止不住哈哈大笑起来。闹了一会,乌龟端上干、稀饭,大众随意用了,渐渐散去。只是殷必佑叫的那个局,始终不曾来。单幼仁一叠连声叫去催,殷必佑忙拦道:"不必,不必。"单幼仁方才罢了。看看时候,已是亥正。单幼仁在腰里摸出了四块下脚①,同着殷必佑走出了弄堂,叫了两部东洋车,自回学堂不表。

且说这陈铁血原是浙江省金华县人氏,祖上也是世代书香。他老人家是个饱学秀才,七上乡闱②,文章憎命③,遂改学了幕道。出手之后,就在钱塘县衙门里处馆。及至生了陈铁血,自幼叫他用功念书,十三岁上撷了泮芹④,一时有神童之目。及至乡试,竟步了他老人家的后尘,两次名落孙山,心上十分着恼。刚巧那年七月,朝廷下诏维新,饬⑤各省督抚设立学堂,培养人才,将来好为国家所用。他有个母舅,是个举人,文学兼优,闻名远近,学堂总办以重礼聘为教习。陈铁血得了这个信息,一想自己功不成,名不就,倒不如走了这条捷径,也可以图个出身。当下写封信给他母舅,诉明来意。他母舅平日也把他十分器重,见了信自然答应。把他带进学堂之后,先给他在账房里面位置一席。

这陈铁血天资又好,记性又高,不过跟着洋文教习,念念什么珀拉玛、福斯乎礼特、色根乎礼特。久之又久,颇能贯通。他母舅又拣些新书,叫他阅看。因此学问一日深一日,见识一日高一日,竟成了一个中西一贯的人才。那年上海创办民立学堂,遍地皆是,就有人慕名来请。陈铁血一想:"混在杭州城里,一万年也不会有什么机缘。上海是通商口岸,地大物博,况且又有租界,有什么事,可以受外人保护的。"主意拿定,便向他母舅说知一切。他母舅也无所不可。陈铁血收拾收拾,到了上海。那个

---

①　下脚——客人付给妓院仆役的赏钱。

②　乡闱(wéi)——乡试。

③　文章憎命——意思是文章虽好但命运不佳,因此考不上。

④　撷(xié)了泮芹——入了学;中了秀才。

⑤　饬(chì)——上级命令下级。

学堂叫做蒙养书院,学生都是小孩子,程度尚浅,用不着高等学问,随随便便教些粗浅功夫,过了半年。谁知这开学堂的,因为经费支绌,就此停办。陈铁血失了馆地,弄得进退两难。幸亏有个朋友,叫做张东海,在大马路开了一所翻译新书局,请他暂时住下,帮他翻译翻译,每月送他五十金的束脩。陈铁血这才安心乐意,住在上海。

　　却说上海那些维新党,看看外国一日强似一日,中国一日弱似一日,不由他不脑气掣动,血脉贲张①,拼着下些预备功夫,要在天演物竞②的界上,立个基础。又为着中国政府事事压制,动不动便说他们是乱党,是莠民。请教列位,这些在新空气里涵养过来的人,如何肯受这般恶气? 有的著书立说,指斥政府,唾骂官场。又靠着上海租界外人保护之权,无论什么人,奈何他们不得,因此他们的胆量渐渐地大了,气焰渐渐地高了。又在一个花园里,设了一个演说坛,每逢礼拜,总要到那演说坛里去演说。陈铁血局里的同事,大半是自命为未来主人翁的。俗语说的好:"近朱者赤,近墨者黑。"就以陈铁血这样的矜平躁释③,也要被他们鼓动起来,其余初出茅庐的少年子弟,是更不用说了。陈铁血与单幼仁本不认识,因得张东海介绍,说单幼仁虽然是纨绔子弟,却有爱国的精神,彼此相处起来,却还投合。不过单幼仁有少年盛气的样子,陈铁血有老成持重的派头,这个里头不免分些界限。

　　这日陈铁血赴单幼仁之宴而回,到得局中,上了楼,开了房门,点上一盏洋灯。捡得一张刚才送来的《文汇西报》,正待细看,忽然茶房送上一封信,说是傍晚时候,有个人自己送来的。陈铁血拈在手中,只见信面上写着"陈铁血君启",下署着"鹿原"二字,便沉吟道:"这好像是日本人的名字。"拆开之后,忽然掉下一张白纸的名片来,名片上印着黄明,角上一行是个什么大学堂政治科毕业生。再看那信时,原来是日本东京勖志社总理鹿原中岛写来的。中言"现有敝社运动员黄子文名明,因回国运动政府,久慕先生人品,乞书以为介绍"那些话头。陈铁血把

---

①　血脉贲(fèn)张——血脉因气而张动。

②　天演物竞——清末严复译达尔文《天演论》,有"物竞天择,适者生存"的句子。

③　矜平躁释——有涵养功夫,心平气和的意思。

信和名片搁在一边,重复将《文汇西报》看完,钟上已经敲十二下了,收拾安睡。

次日还没起身下楼,听得下面有人喊:"铁公,铁公!"

欲知此人是谁,且听下回分解。

第 十 四 回

安垲第改装论价值　荟芳里碰和起竞争

话说陈铁血听见有人叫他,连忙爬了起来。穿好衣裳,赶到楼下,看见一个西装朋友,一手拄着根打狗棒,嘴里嘘、嘘、嘘的作响。一转脸看见陈铁血,便把帽子摘将下来,和陈铁血拉了一拉手。陈铁血请他坐下,这才动问尊姓大名。那人道:"兄弟姓黄,号子文。昨儿有封信拿过来,不知先生看见没有?"陈铁血拱手道:"原来就是鹿原先生信里说的黄子文黄兄了。久仰,久仰!"黄子文道:"岂敢,岂敢!"陈铁血道:"请问子文兄是几时到上海的,现在寓在什么地方?"黄子文道:"是前天趁博爱丸轮船来的,现在寓在虹口西华德路一个朋友家里。从前在日本的时候,听见鹿原先生说起,先生热心爱国,出于至诚。兄弟听见了,恨不能插翅飞回来,与先生共图大举。"陈铁血听了,便觉得有些不对账,便沉吟不语。黄子文知道他的心思,便接着说道:"先生老成持重,为守①俱优,兄弟是极佩服的。但是现在的时势,腐败到了极点。古云:剥极必复,贞下起元②。海内同志诸君,想革命的十居其九。就和把炸药埋在地下一样,只要把线引着,便能轰然而起。"陈铁血见他愈说愈不对账,只得敷衍了几句,把他送出大门。

黄子文在路上寻思:"陈铁血这样的人,顽固极了,为什么鹿原中岛说起他来,这般倾倒?"一边想,一边走,早走到黄浦江边上了。觉得有些疲倦,就叫了部东洋车,拉到西华德路,数明门牌,敲门进去。他的朋友正在午餐,他便一屁股往上首交椅上一坐,家人添过碗筷,虎咽狼餐了一顿,盥洗过了,便大踏步出门而去。心里想:许久没有运动了,血脉有些不和;

---

① 为守——行为操守。
② 剥极必复,贞下起元——剥、复,是两种卦名。剥为剥落,复为来复。元、亨、利、贞,四种卦名,元为始,贞为末。这两句意为消长更迭之象。

今日天朗气清,不如到个什么地方去疏散①疏散。主意定了,由西华德路认准了到张园那条路,两只腿一起一落,和外国人似地走得飞快。不多时到了,只是累得他满头是汗,浑身潮津津的。进了安垲第②,看看没有什么熟人,觉得无味。将要想到愚园去,那边转过一队人来,仔细一瞧,不禁大喜。你道是谁?原来是李平等、王开化、沈自由那一班人。你道这黄子文如何认得他们的呢?原来他们这班人,立了一个出洋学生招待所。凡有出洋的学生,及至出洋回来的学生,都要上他们那里去住。也有饭可以吃,也有床铺可以睡,就像客栈一般,而且价廉物美,每日只取二百文。比起客栈里来,既是便宜,又是便当。黄子文虽不住在招待所,然有些同伴回来的,一大半住在招待所。黄子文时时去探望同回的那些朋友,久而久之,自然会熟识起来。

闲话休提。且说李平等那些人,看见了黄子文,赶忙上来招呼,立定了说了一回闲话。大家出至台阶上,留连眺望。那松柏树林里,一阵阵凉风透将过来,吹得衣襟作响。黄子文道:"爽快,爽快!"回头看李平等、王开化、沈自由,却一同走到安垲第去了。黄子文也跟着进去。众人坐下,茶博士泡过茶来。众人闲谈着。黄子文在身上摸出纸卷烟来,吸着了。众人闻着气味两样,便问是什么烟。黄子文说道:"名目叫做菊世界,是日本东京的土产,每盒四十本。日本人的一本就是中国人的一支。价钱也不过金四十钱。金四十钱,就是中国四十个大钱。"众人都道:"好便宜,好便宜!"黄子文道:"还有一种叫大天狗,出在日本大阪。那个铺子极大,足足有半里多路,人家都管着它叫烟草大王。"众人自是赞叹。

李平等因问黄子文道:"请教子文兄,在日本留学了几年了?"子文屈着指头道:"有五年了。"平等道:"那边的饮食起居如何?"子文道:"学校里头,什么被褥、台椅、盆巾、灯水,样样都有,不消自己办得。不过饮食要自己买,自己煮,也不至于十分恶劣,有碍卫生。"王开化抢着说道:"现在这样的时势,岂是我们这种少年求取安乐的时候么?只要有益于国,就是破了身家,舍了性命,也要去做他一做!何况这区区的饮食起居上面?"

---

①　疏散——放松。

②　安垲第——张园内的建筑名。

黄子文听了,肃然起敬。沈自由接着道:"黄大哥,你改这西装,价钱贵不贵呢? 要是合得算,我们这班朋友,通通改了,岂不大妙? 就是竹布大褂,一年也可以省好几件哩。"黄子文道:"说贵呢也不贵,不过在日本穿,跟在上海穿两样。"沈自由道:"这是什么道理?"黄子文道:"日本极冷的天气,也不过像上海二三月天气,买一套厚些的,就可以过冬。你们在上海,虽说是冬天不穿皮袍子,然而棉的总要好几层。不然,一出了门,就被西北风赶回去了。"沈自由道:"你不要去管它,我且问一起要多少钱?"黄子文道:"常用的衣服,要两套,每套合到二十块洋钱,或是二十五块洋钱。软胎颜色领衣四件,每件合到两块洋钱。为什么要用颜色的呢? 白的漂亮是漂亮,然而一过三四天,就要换下来洗。那颜色的耐乌糟些,至少可以过七八天。我看诸位的衣服,都不十分清洁,所以奉劝用颜色的。外国人有穿硬胎的,硬胎不及软胎适意,所以以用软胎颜色者为最宜。白领一打,合到两三块洋钱。领要双层的,不可太低,不可太小,不可过阔,阔了前面容易掉下来。掉下来沾着头颈里的垢泥,那就难看了。黑颈带两条,每条合到半块洋钱。纽扣一副,合到一块洋钱。厚衬衣三套,是冬天穿的,每套合到三块洋钱。薄衬衣三套,春天秋天穿的,每套合到一两块洋钱。软胎黑帽一顶,合到四五块洋钱。靴一双,合到八九块洋钱。吊裤带一条,合到一块洋钱。小帽一顶,外国名字叫做开泼①的,合到一块洋钱。粗夏衣一套,合到七八块洋钱。"

　　黄子文说的时候,沈自由早在身上掏出一本袖珍日记簿来。这日记簿上有支现成铅笔,沈自由拿在手里,黄子文说一句,他写一句,就和刑房书吏录犯人的口供一般。等黄子文说完了,他的笔也停了。而且沈自由还会算学,用笔划了几划,便摇头说道:"这么要一百多块钱!"黄子文道:"我还是往省俭一路算的。"沈自由道:"不行,不行! 像我这样,每月摸不到一二十块洋钱,哪里去筹这等巨款制备西装衣服呢? 我还是穿我的竹布大褂吧。"黄子文见他说得鄙陋可笑,便一声儿不言语,做出一副不瞅不睬的模样来。沈自由还不觉得,坐在那里,问长问短。到底李平等阅历深了些,暗扯了沈自由一把道:"天色快晚了,我们回去吧,改天再谈。"当下一起立起身来,李平等掏出几角洋钱,会了茶钞,一哄而出。

━━━━━━━━━

　　① 开泼——英语 cap 的音译,便帽。

　　黄子文慢慢地走到泥城桥，转了弯，从跑马厅的河浜，有条横街，就是四马路了。看那林木青翠，清气扑人，轮声历碌，鸟语繁碎，别有一番光景。少焉夕阳西下，六街灯上，就如火龙一般。黄子文想道："这时候朋友家里将要开饭了，我就是坐了东洋车赶回去，也来不及了。这便如何是好呢？"转念一想，有个同来的朋友，叫做金慕暾的，在一家春请客，不如去找他，吃了一顿，也就完了事了。想到其间，不觉欣然举步，走到一家春门口。站定脚步，先把门口挂的水牌一瞧，见有"金公馆定六号房间"八字，便踅上去问六号房间。侍者领上了楼，喊道："六号客来！"黄子文进去一看，见金慕暾朝外坐着，两旁有三个客人。金慕暾看见了黄子文，赶忙让座。茶房泡上茶来，侍者又拿过纸片儿来，请他点菜。黄子文写了一样牛汤、一样沙田鱼、一样牛排、一样鸡、一样加利蛋饭、一样泼浪布丁①。金慕暾问他用什么酒。黄子文道："谲脱露斯②吧。"放了笔，金慕暾指着首座的那个胡子，对他说道："这位钱有绅，是江南什么学堂的总办，是位观察公。"又指二座的一个少年说道："这位包占瀛，是什么大律师那里的翻译。"又指三座一个滑头滑脑的中年人道："这位时豪人，是什么洋行买办。"黄子文一一招呼过了。少时，侍者端酒端菜，忙个不了。黄子文一看，盘子里只有两块挺硬的面包，便对侍者道："有康生馒头③没有？"侍者答称没有。黄子文冷笑了一笑。金慕暾道："子文兄，这也难怪他们。这个东西，除了你要，别人只怕连名字都叫不出呢！"黄子文听了，不觉大笑。

　　少时，外面喊"六号局茶一盅"，早见一个又长又大的倌人走将进来，对着钱有绅笑了一笑，叫声钱大人，在他旁边坐下。钱胡子顿时意气飞扬。那倌人核准了琵琶，唱了一支京调，钱胡子更是得意。时豪人望着钱胡子说道："有翁先生，这位贵相好叫啥芳名？住了啥场化？"钱胡子答道："叫做袁宝珠，住在西荟芳。"黄子文心里想道："这么大的个儿，什么袁宝珠，只怕是元宝猪吧！"当下袁宝珠唱完了小曲，和钱胡子肉麻了一

　　① 泼浪布丁——英文 prune pudding 的译音，西餐中的一种甜点。
　　② 谲脱露斯——酒名，原文未详。
　　③ 康生馒头——康生是当时一家西餐馆的名称。康生馒头即指该馆所制的面包。

阵,要钱胡子翻台过去吃酒。钱胡子道:"轮船局里的柳大人和余大人,约我在三马路薛飞琼家里吃酒,还有要紧事情面谈。今天没有空,明天来吧。"袁宝珠一定不依。时豪人还在旁边帮着腔。钱胡子沉吟道:"人太少,吃酒似乎寂寞,还是碰和①吧。"袁宝珠说:"碰和也好,吃酒也好,随你钱大人的便。"钱胡子当下就约时豪人,又约了包占瀛。包占瀛回说:"有事谢谢。"钱胡子只好托金慕暾转约黄子文。黄子文虽在日本留学多年,嫖赌两字却不曾荒疏过,便答应了。钱胡子又催侍者快快上菜,包占瀛道:"我还有个局没有到。"钱胡子不好违拗他,便叫侍者快去催催张媛媛的局。良久良久,张媛媛方才来了,一张刮骨脸,脸上还有几点碎麻子。坐在那里,不言不语。包占瀛与她啧啧地咬耳朵,张媛媛似理不理的。黄子文心下气闷,便想道:"他们这个样子,到底还是包占瀛给张媛媛钱呢?还是张媛媛给包占瀛钱呢?"黄子文正在肚里寻思,张媛媛已倏地起身走了,包占瀛便也趄趄地告辞而去。

当下四人用过咖啡茶,鱼贯而行。出了一家春,钱胡子自有马车,便请三人同坐。时豪人道:"我有包车。"钱胡子请金慕暾、黄子文二人坐下,风驰电掣,不到片刻,到了西荟芳门口。相让登楼,看房间内却冷清清地。钱胡子当下叫娘姨撮台子。娘姨答应,拿出一副麻雀牌,派好筹码,搬了座位。钱胡子便对那娘姨道:"阿珠,你替我碰两副,我去去就来。"一面又向众人告罪,噔、噔、噔下楼而去。阿珠坐了钱胡子的座位,捋动麻雀牌,四人便钩心斗角,碰将起来。黄子文恰恰坐在阿珠对面,一眼望去,见阿珠蛾眉淡扫,丰韵天然,不觉心中一动。阿珠也回眼过来,看看黄子文。见他把帽子脱了,露出了头,就像毛头鹰一般,嘻开了嘴一笑。黄子文以为是有情于他,喜得心花怒发,意蕊横飞。只是碍金慕暾和时豪人,不然便要动手动脚起来。

一霎时间,碰了四圈,看看没有什么大输赢,四人立起身来,拈过座头。这一回黄子文是阿珠的上家,看见阿珠台上碰了三张九索,三张一索,又吃了三、四、五三张索子。轮到黄子文发牌的时候,黄子文故意把一张七索发将出来。阿珠把牌摊下,一数:一索碰四和,九索碰四和,七索与二索对倒两和,加上和底十和,共二十和。一翻四十和,两翻八十和,三翻

---

① 碰和——打牌。

一百六十和。刚刚是时豪人的庄,十块底二四,要输六块四角洋钱。时豪人便鼓噪起来,说黄子文不应该发这张七索。黄子文听他埋怨,不禁发火,便睁圆了眼睛,对着时豪人大喝了一声。

　　欲知后事如何,且听下回分解。

第 十 五 回

入栈房有心学鼠窃　办书报创议起鸿规

却说当下黄子文对着时豪人道:"我要打什么牌就打什么牌,这是我的自由,你难道敢来干预么?"时豪人口中尚在喃喃不绝,黄子文跳起身来,要过去揪他。阿珠连忙把牌摊过一边,上来解劝,把黄子文两只手拉住,嘴里说道:"才是倪①不好,唔笃②勿③动气。"时豪人那边,也有金慕暾解劝,两边这才罢了。又碰了几副,方才听见楼梯上噔、噔、噔的响,娘姨喊声"钱大人进来"。众人回头一望,只见钱胡子吃得醉醺醺的,连面皮都发了紫酱色的了,朝着众人拱手,连说:"对不住! 对不住!"一面脱下马褂,在炕床边坐下。一个大姐递过一支银水烟筒,钱胡子接过,捧着缓缓地吃水烟。一会儿又立起身来,看阿珠手里的牌,一会儿又坐下去,看他忙得似热锅上的蚂蚁一般。少停,将八圈庄一齐打毕,相帮拿上手巾来,众人揩过。检点输赢账,钱胡子大赢;赢了三十多块洋钱。金慕暾也赢了,赢了八块洋钱。时豪人大输,输了三十多块洋钱。黄子文也输,输了六块洋钱。金慕暾知道黄子文没有带钱,便把赢的推给黄子文。黄子文也不同他客气,就连余下的两块头,也一起塞到裤子袋里去了。时豪人却只拿出十块头一张钞票,两块现洋钱,算了头钱;还有输的十多块洋钱,便与钱胡子划过账。

当下众人立起身来,娘姨将台子抬到原处,另外在床前一张红木四仙桌上,放下四副杯筷、八个碟子,什么火腿风鱼之类。袁宝珠上前斟了一巡酒。众人略用几杯,便吃稀饭。吃过稀饭,金慕暾拉着黄子文先生,钱胡子赶紧起身相送。

却说金慕暾与黄子文出了袁宝珠家之后,慕暾与黄子文作别,自回四

① 倪——我,我们。

② 唔笃——你们。

③ 勿(fiào)——不要。

马路鼎升栈。黄子文坐了东洋车,回到朋友家中安歇。次晨起来,盥洗过了,便到四马路鼎升栈,按着金慕暾所说的号头,问明进去。慕暾正在那里洗脸,见了子文,招呼让座。慕暾带来的家人,送上茶来,子文接过,一面喝茶,一面留神细看。见慕暾被褥衾帐,十分华丽。又见床头摆着装夹板的大箱五六口,又堆着十几只网篮,网篮里头,东西放得满满的,可惜上面都盖了油纸,瞧不出是些什么。当下心中十分羡慕,暗想:"这小子从哪里混来这些油水,我何不打打他的主意?"金慕暾洗完了脸,与黄子文寒暄了几句,便问黄子文:"到上海有所高就没有? 景况如何?"黄子文支吾了几句,却细细地盘问金慕暾。金慕暾是个老实人,便一一告诉他道:"兄弟出洋的时候,家里带了十年的学费,共是六千块洋钱。到日本在鸿文学校里肄了五年的业,便有人约到美国纽约去。到了纽约之后,把剩下来的五年学费,一齐买了金刚钻。此番到了上海,卖了两颗金刚钻,已经归了本,余下的多是赚头了。"黄子文听了,不觉把舌头吐了出来道:"老兄的经济学问,实在可以! 兄弟佩服之至!"金慕暾也颇为得意。两人又高谈阔论了一回,金慕暾便约黄子文到雅叙园去吃中饭。两人甚是相处得来,便分外热络,每天闹在一处。金慕暾又是个大手笔①,整把银子撒出来,毫无吝啬。黄子文又是羡慕,又是妒忌。

有天,黄子文欠了他朋友一笔赌账。这朋友非常厉害,立等着要拿去。子文腰无半文,便想和金慕暾相商。到了鼎升栈,谁知金慕暾一早出门去了,就剩一个家人在房门口打盹。黄子文唤醒了他,问他主人的踪迹。家人答称不知道,黄子文甚是怅怅②。家人见他与少爷相好,又时常来的,不得不款待款待他,当下拿了把茶壶,出房泡茶去了。黄子文立起身来闲踱,看见床上丢下一件雪青纺绸夹袄。黄子文将它提起,瞥见夹袄袋里,袋着一卷东西。抽出来一看,原来是一个红签信封内,套着一卷钞票。黄子文又惊又喜,悄悄地把那卷钞票,藏在自己身上,又将夹袄丢在原处。慌忙走到刚才坐的那张椅子上,装作不曾离开半步的样子。家人泡茶回来,黄子文喝了,还留下一张字,写着"过访不值,甚为怅怅"的那些话,这才扬长走了。后来金慕暾不见了钞票,自然要寻。又想着自己不

---

① 大手笔——原指技艺高超的艺术家,这里指用钱阔绰的人。
② 怅怅——形容因不如意而感到不痛快。

加检点，将钞票随便放在衣裳袋里，脱下来又忘了，信手一摞，如今不见了，也不能责问家人，也不能责问栈使，只好罢了。

黄子文得了这意外之财，虽是来路不正，却也不无小补。及至取出逐张检点，有到二百十五块洋钱。黄子文喜出望外，心里想如何消缴它呢？便撇了金慕暾，与王开化、李平等、沈自由那些人混在一起。金慕暾见他骤然与自己冷落，疑心有什么事开罪于他，叫家人请了他两回他不来，只得由他。过了几天，收拾收拾，回广东原籍而去。这里黄子文可是花天酒地，征逐起来了。看中了清和坊一个倌人，叫做花最红的，接连叫了几回局，又吃了一个双台。李平等、王开化、沈自由那些人，虽是家无担石，等到手里有了钱，却是视如泥土。黄子文更不消说了。况且他这洋钱是侥幸得来的，不上半月，便已烟消雾灭了。

幸亏五行有救①，他有一个至交朋友，姓田名雁门，是广州一个大富翁，家里总有几百万银子。小时读过几句书，于文理上也还了了②，到了中年之后，堕了这维新的魔障，便维新起来。先在家乡开了个阅报社，又造了座藏书楼，挂起维新的招牌。再请人做了些论说诗词之类，缀上自己的名字，寄到日本《新民丛报》社、《新小说》社里，请他们刻在报上，好叫人知道他的名字。久而久之，声气广通，在维新党界限上，也算一个莫大人物了。黄子文出洋的时候，路过广州，慕名去访。二人见面之下，甚为要好。便学外国人换帖的法子，他送了黄子文一张照片，黄子文送了他一张照片，算是再要好没有的了。此番因为上海后马路一爿茶栈，是他本钱，挡手先生亏了客账，他得着了这个电报，便以查店为名，带了几万银子，坐了火轮船来到上海，就住在那爿茶栈里。听见人说黄子文来了，便派人四面打听，有天打听着了，便叫人拿了张片子去寻他。

黄子文这两天，正在"床头黄金尽，壮士无颜色"的时候，坐在朋友家中叹气。忽然听见有田雁门寻他的信息，便如天上掉下宝贝来的一般，赶忙跟了来人，来到茶栈里。田雁门一见，便道："黄大哥，你可想煞我也！我听见有人说，你在日本毕业回来了，到了此地。我天天派人去找，几乎

---

①　五行有救——旧时命相书讲金、木、水、火、土五行，说它关乎命运。这里的意思是命里有救。

②　了了——通达明白。

把个上海滩翻了过来，也没有瞧见你的影儿。你到底住在什么地方？在哪里做些什么事体？"黄子文道："不瞒兄弟说，我自回国之后，原想去运动政府，做一番事业，以尽我们同胞的一点义务。谁知到了上海，你也来请去当教习，他也来请去当翻译，你想这些事我肯干的吗？他们却拉住了我，抵死不放。我一想：也罢，上海是个通商大口岸，趁此调查调查一切情形，倒也不为无益。因此耽搁下来的。"田雁门便把自己到此查店的事告诉了他，便道："我们别久了，须得痛痛快快地叙几天才好。"一面喊了声："来啊！"进来一个漂亮管家，垂手而立。田雁门道："你去把黄老爷的行李搬了来。"管家答应了一个"是"。黄子文要过笔，写了一张条子给他的朋友，前面说要搬到后马路茶栈里的缘故，后面写了两三句"叨扰①多谢"道谢的话头。又注明了住址。一会儿车声隆隆，早把黄子文的一个不满一尺阔不满三尺长的一卷铺盖，一个脱襻的皮包送了上来。黄子文看过无话。田雁门便叫在对过厢房里，排下床铺，预备黄老爷歇宿。

安排妥当，二人便一同出门闲逛。黄子文知道田雁门是个大富翁，心里想沾他一片大光，便向田雁门开口道："现在我们中国贫弱到这步田地，由于政治不能改良，教育不能改良，法律不能改良。其所以不能改良之故，一言以蔽之，曰：无法以开通之。这开通有什么法子呢？除掉看新书阅新报，再没有第二把钥匙了。愚兄打算纠合几个同志，开上一爿书局，书局里面开上一爿报馆。书也有了，报也有了，所费有限，而获益之处，就非浅显了。老弟，你是个维新魁杰，必明白这层道理。"田雁门接着说道："黄大哥，你的主意真好！我兄弟为国民公益上起见，哪有不赞成的呢？"黄子文欢喜到十二分。

欲知后事如何，且听下回分解。

---

① 叨（tāo）扰——客套话，打扰。

第 十 六 回

开书局志士巧赚人　得电报富翁归视妾

　　却说田雁门听见黄子文说要开办书局,黄子文又是他向来信服之人,因此满口答应,便道:"黄大哥热诚爱国,可钦可敬! 现在又为输灌文明起见,这点点子股本,我兄弟还敢吝惜吗? 但是要请问大哥,章程定了没有?"黄子文道:"现在不过创议,就蒙老弟赞成,这书局已有了基础了。至于章程一切,总得细细斟酌,方能呈教。"田雁门道:"岂敢,岂敢! 这呈教二字,下的太谦虚了。"

　　黄子文见事已有眉目,不觉大喜,又和田雁门谈了些别的。就出了茶栈,叫部人力车,一拉拉到棋盘街鸿文书馆。这鸿文书馆,是专售铅字机器的,有几十万的资本,一应俱全。黄子文跳下车来,给了车钱,便到鸿文书馆的第二层楼上,找寻陆先生。这陆先生名必奎,是鸿文书馆管账的,与黄子文本来认识,不过没有什么交情罢了。二人接见之下,黄子文便把来意细细告诉了他。陆先生道:"黄兄原来是要做成敝局生意的。但是敝局的机器也有好几种,铅字有好几号,不知黄兄要哪种的机器? 哪号的铅字?"黄子文道:"又要印书,又要印报。不晓得要用什么机器? 什么铅字?"陆先生道:"这样说,一副十二页的机器总要了。铅字除掉头号跟着六号,二号、三号、四号、五号,都缺一不可的。"黄子文说道:"就请先生估算估算,要多少价钱。"陆先生在书桌子上拿过一把算盘,滴滴答答算了半天。这一部机器,总在一千左右;一副打样机器,总在一百左右;四副铅字,总在一千五百左右;还有什么花边、铅条、铅线、铅坯之类,一股脑儿非四千块洋钱不办。黄子文道:"我也是替人经手的。将来事成之后,折扣总要好看些。"陆先生道:"无例不兴,有例不灭。人家是什么样的折扣,黄兄也是什么样的折扣。这个名堂,又叫做欺众不欺一。"黄子文听了,沉吟半晌。又叫陆先生照刚才所说的开了一篇账,揣在怀里,告辞而去。

　　黄子文出得鸿文书馆之后,心中便想道:"照他所开的价,却也不即不离。我这回开书局,不过是个由头,原要把田雁门的钱诓①一大票,以供嫖赌吃喝之用。这点点子折扣,有限得紧。我不如寻两副旧机器、旧铅字,搪塞搪塞,也就完了。"主意定了,由横盘街趸到四马路,看见出局的轿子,络绎不绝。又看见袁宝珠的大姐②,穿着一件点子花白洋纱的衫子,底下白点子花洋纱的裤子,着了一双剪刀口的元缎鞋子,一个头梳得光泽可鉴,不戴一些簪珥,更觉得波俏动人。黄子文立定了脚,呆呆地看她。那大姐头也不回,径自去了。黄子文不觉怅然。后回来到后马路茶栈,打听得田雁门赴宴去了。管家开上晚饭。黄子文吃过,便在自己床前一张外国写字台上,点了一支洋蜡烛,找出笔墨,写了一张创办书局的小启。后面附了八条章程,把日本新名词,填了又填,砌了又砌,都是那些文明野蛮开通闭塞的话头。又誊正了一张,折好放在身边。听那壁上的挂钟,已当、当、当的敲了十二点了,田雁门还不见回来,心里十分纳闷,便把自来火旋灭了,单留下一个洋蜡烛的头儿。随手在皮包内抽出一本破书,横在床上,细细地看。原来是本《流血主义》。看了一会,两眼朦胧上来,便把书丢在一边,扯过被头,和衣睡去。一霎间外面人喧马嘶,却是田雁门回来了。问过管家,知道子文已睡,便也安寝,一宿无话。

到了次日,黄子文毕竟心中有事,绝早起来,去推田雁门的房门。一个管家低低地说道:"还早哩!老爷总要晌午时才伸腰呢!"黄子文自是闷闷,用过早点,出去绕了一转,回来看看田雁门,仍无消息,便急得他如热锅上蚂蚁一般。直到吃过饭,日色平西,才见管家舀脸水进去。黄子文耐不住了,一脚跨进去,看见田雁门正坐在马桶上。两人便谈起天来。等到田雁门解完了手,盥洗已过,黄子文便将昨晚写的那份东西,送给他瞧。田雁门且不看,望床上摆的那副烟盘里一摆。管家送过打好的鸦片烟,都是什么金沙斗③银沙斗,一个个装好的,另外一个白瓷盘,把这些装好烟的斗,都放在白瓷盘里。只见田雁门拿来,一个个套上象牙枪、虬角枪、甘蔗枪、广竹枪,倒过头去,呼呼地抽了半天,方得完事,这才伸手把那份东西取过,细细地看了一看,连声说好,便问黄子文道:"大哥高见,自是不

① 诓(kuāng)——哄骗。
② 大姐——按上海话,大姐指年纪较轻的女仆。
③ 沙斗——指烟斗。

差,但不知这份印书印报的家伙,到什么地方去办呢?"黄子文道:"我已经写信到日本横滨市山下町百六十番日原活版部去定了,不过要先汇些定银去,才能算数。"田雁门道:"这定银要多少呢?"黄子文道:"一共要到六千银子,至少一成总要了。"田雁门道:"这又何难!"一面叫管家把铁柜开了,捡出一叠纸头来。田雁门扳着看了一遍,抽出两张汇票,一张二百两,一张四百两,递与黄子文道:"这是六百两,先拿去做定银。"黄子文接过,喜得满心奇痒,便道:"现在日本金融的价值,不知有无上下,我须自己到正金银行①里去问个明白,扣着中国的折头,然后叫他们汇过去,不致吃亏。"田雁门道:"悉凭尊便吧。"

当下黄子文只推说要到正金银行里去,向田雁门告辞出门。到了庄上,将汇票换成钞票,一起放好。赶到中虹桥下广东小馆子饱餐一顿。又沿路叫了部马车,先到虹口红帮裁缝店内,定了几套华丽的西装衣服,又去看金慕暾那些人。也有碰着的,也有碰不着的。

晚上却一个人到了海国春,写了几张客票,去请沈自由一干人物,也到了三个。大家闹着要叫局。黄子文正在跃跃欲试,巴不得一声,抢过笔砚,替众人写了,自己故作踌躇道:"我叫谁呢?"众人七张八嘴地举荐陈雪香、洪如花、周飞霞、李玉环那些人,黄子文只是摇头。落后还是沈自由道:"主权不可放弃,还是我公自己想吧。"黄子文便写了袁宝珠。众人不晓得前番那篇文章,却不怎么留意,少时吃过了几道茶,叫的局陆陆续续来了。临末方是袁宝珠。袁宝珠见了个毛头鹰一样的人,心中吓了一跳,仔细一看,仿佛有些记得,便道:"耐阿是②搭钱大人一淘③格? 倪一帮里是不做两个人格。"说罢,抽身便走。黄子文甚为扫兴。亏得跟局大姐,一眼瞥见了黄子文,便道:"俚④亦不是钱大人格朋友,俚是金大少格朋友呀。格日子是钱大人托金大少去邀得来格,碍啥介⑤?"宝珠方始趑趄的坐下,黄子文不觉又鼓起兴来。

---

① 正金银行——日本银行名,当时在上海设有分行。

② 阿是——可是,是不是。

③ 一淘——同,一道。

④ 俚——他。

⑤ 碍啥介——有什么关系,有什么要紧。

　　那大姐一面装烟,一面便向黄文子攀谈。黄子文把编造的假话,子午卯酉说了一遍。那大姐十分相信,宝珠却是冷冷的。少时吃毕,各局纷纷而去。宝珠临去的时候,免不得说声"宴歇请过来"。那大姐却把眼睛一睃①,睃得黄子文六神无主。会过了钞,沈自由那些人,便拖着黄子文去打茶围。看看已到十二点钟,黄子文恐怕田雁门疑心于他,便急急忙忙地回去。谁知田雁门又出去了。黄子文便自己埋怨自己道:"早知如此,我何不再逛一会儿呢?"没奈何,只得闭了房门,悄悄安寝。

　　过了两日,田雁门忽然请黄子文到自己房间里坐下,说道:"刚才接到舍下一个电报,第三个小妾,病在垂危,催促兄弟连夜回去。书局的事,兄弟既然答应了一手接济,不便食言。如今有四千银子的庄票在此,兄先拿去,创办起来。以后倘有不敷,再写信给兄弟,另行筹汇,决不致事败垂成的。"黄子文接过庄票,便道:"我二人相见以心,那些契券文凭的故套,也可以蠲免②的了。但是无论如何,我必断不负此重任就是了。"田雁门说了几句"全仗大才"的话,便忙丢丢出门去了。一面管家捆行李,打包裹,忙得不可开交。黄子文钱已到手,心满意足,见田雁门出去了,他便故作镇静,回到自己房间内,秉烛观书。等到田雁门将上轮船,他才起身相送,彼此叮咛而别。田雁门既去,他想茶栈里不能住了,到了次日,便搬到四马路一家顶阔的栈房里,"居移气,养移体"③的起来了。

　　欲知后事如何,且听下回分解。

---

　　① 睃(suō)——斜着眼睛看。
　　② 蠲(juān)免——免除。
　　③ 居移气,养移体——见《孟子·尽心》篇上。意思说环境可以改变人的气质,饮食营养可以改变人的体质。

第十七回

出乡里用心寻逆子　入学校设计逼衰亲

却说黄子文搬到了大栈房之后，过了几日，又在新马路华安里租了一所两楼两底的房子。又去租了两房间外国木器，搬了进去，陈设起来，居然焕然一新。黄子文诸事没有动手，先把一块洋铁黑漆金字招牌，钉在墙上，做个媒头。招牌上大书"兴华书局"。天天引得那卖机器的捐客①，卖铅字的捐客，来了一批，又是一批。黄子文却毫不理会，只是吃他的酒，碰他的和。人家问问他，他总说是："这事其难其慎，不是旦夕可以成功的！"人家也懒得问下去了。

黄子文在上海如此胡闹，早有人传到了他的家乡。他家乡就是浙江绍兴府山阴县一个什么村上，家里还有一个六十多岁的母亲，守着几亩田过日。这回听见人家说儿子在上海发了财了，便和邻里们商量。邻里们撺掇②道："你何不自己去找他？"他母亲道："他在家的时候，常常要与我吵闹。如今我去找他，他倘然不认我呢，这便怎处！"邻里们道："老太太，凡是人总有个见面之情。何况你们自己少爷，这是天性之亲，有什么不认的？"他母亲摇头道："我那不肖儿子，动不动就讲什么'命是要从家庭之内革起的'那一派话头。所以和我吵闹起来，便睁着眼睛，捏着拳头，说：'我和你是平权，你能够压制我么？'常常这个样子。此番前去，一定受了气回来，没有什么好处的！我们家里也不知道作了什么孽，生出这种后代，祖宗在阴司，想也在那里淌眼泪呢！"说到这里，这老婆子便呜咽起来，众人连忙劝住。

过了几日，他母亲忽又心活，将门户交代了一个小丫头，检点检点，带了个小小的包裹，趁着便船，过了江，到了钱塘门。由钱塘门雇乘轿子，直

---

① 捐（qián）客——旧社会里替人介绍买卖，从中赚取佣金的人。

② 撺掇（cuān duo）——从旁鼓动人。

抬到拱宸桥租界大东公司①码头。老人家是省俭惯的,只趁烟篷②。只得一天半,到了上海。可怜她举目无亲,只得借住在一爿小客栈里,慢慢的打听。打听了三四天,方才打听着,问明了一切。次日起来,算清账目,背了小包裹,拄了根拐杖,一步一步的直摸到新马路华安里来。

且说黄子文因为这两天将近中秋节了,堂子里担盘送礼,络绎不绝。人家是要躲掉她们,可以省花两块钱;他却在家里候着,以示阔绰。然而两天之内,已去了几十块了。这天起来之后,心里想道:"如何没有一个送盘来的?算算还有小桃红、张媛媛、王宝宝、周雪娥等二十余家,难道她们约齐了才来么?"一会儿在楼上踱踱,开开柜门,取出一瓶香水,细细抚玩了一番,心里想道:"这瓶香水是要留着给张媛媛家小阿金的了。她得着了这瓶香水,不知如何快活呢!"正在胡思乱想,听得楼下呀的一声,像是一个人推门进来。只听得喘吁吁的声音,赶上楼来。心里吃了一惊,将香水瓶放在桌子上,刚要想自己下去看,那人却早上来了,先叫了一声:"儿啊!"黄子文这一惊,如青天掉下霹雳来一样。定睛一看,不是他母亲还是何人?惊定了,气便跟了上来。老人家已经挨到写字台边坐下,唠唠叨叨,埋怨个不了。黄子文一声都不响,立起身来,关了柜门;又把钥匙开了铁箱,把所有钞票洋钱,尽行塞入身边,噔、噔、噔的头也不回,下楼而去。他母亲这一气,气得几乎发昏。女人家有什么见识呢?无非是哭而已矣!

且说黄子文出得门,气得脸都发了青了。有人招呼他,他也不看见。本来想到四马路去的,看看越走下去越冷落。止住脚步一看,原来快到张园了,心中想道:"我气了一气,走路都会走错了,看来养气功夫尚差。"于是拨转身来,叫了一部东洋车,拉着如飞而走。到了迎春坊口停车,给了一角小洋钱,大踏步径到张媛媛家。上了楼之后,房间里却是静悄悄的,媛媛尚睡在床上。一个老娘姨在那里揩台抹凳,见了子文,招呼进去,在炕床上坐下。那个老娘姨去叫醒了张媛媛,便去舀脸水。媛媛道:"大少,奈啥能格早介?"子文道:"啥故歇辰光勿作兴打茶围格?"媛媛道:"作兴格,作兴格。"一面说,一面跨下床来趿了拖鞋,走到炕床面前,揉揉眼

---

① 大东公司——当时日商轮船公司名。

② 烟篷——内河小火轮客舱上面的地方,无座位,只能盘腿而坐,票价较廉。

睛，对着子文道："你是勒啥场化①住仔夜出来哙？面孔浪难看得来。"子文道："不要瞎三话四，我是再规矩呒不！"媛媛拿嘴一披道："啥人相信！"子文道："真格不骗你。"媛媛道："你拿面镜子自家照照看吧。阿象②格来？"子文道："你是说我面色不好看啊？格是刚刚搭我老太太拌仔两句嘴舌落。"媛媛道："我勌③听见你说歇该搭④有啥老太太呀。"子文道："还是今朝勒绍兴来格勒。"媛媛道："大少，格格⑤是耐勿是哉！唔笃老太太第一日到该搭，你就搭俚⑥呒不好说话，格是算啥一出？倪堂子里格人，也勿造至于哙！你大少是读书人，亦懂洋务，只怕中国外国才呒不格种理信格哩！"

这番话说得黄子文良心发现，满面通红，只得挣扎着说道："侬你末那哼⑦介？"媛媛道："侬你末蛮便当格：拍拍她的马屁，请她看看戏，吃吃大菜，坐坐马车，白相⑧白相张园。老太太勌到歇上海来，看见仔格种，自然不开心也开心哉。"子文摇头道："勿局⑨，勿局！我有戏不会自家看，我有大菜不会自家吃，我有马车不会自家白相张园，倒去让格格老太婆写意？她也不曾生好格副骨头！"媛媛道："你格种人呀……"又用手指头指着子文道："真正是只畜生！"子文拿脸一沉道："你骂我啥哉？"媛媛正待回言，老娘姨已端了脸水进来，说："先生揩面吧。"媛媛过去盥漱，方才打断话头。媛媛盥漱之后，小阿金与她解开头发，坐在窗下梳头。子文无精打采，坐在那里呆呆地思想。

看官，你们道黄子文想什么，原来是出脱他母亲的念头。左想不好，右想不好，到后来想定了一条绝妙主意，不觉眉飞色舞起来，登时立起身来。媛媛道："再坐歇去哩。"子文连道："勿哉，勿哉！"媛媛只得听他扬长

---

① 场化——地方，场合。啥场化，即什么地方。

② 阿象——可像，像不像。

③ 勌——不曾。

④ 该搭——这里，这儿。

⑤ 格格——这样，这个，这种。

⑥ 搭俚——同她。搭，和，同。

⑦ 那哼——怎样，怎么。

⑧ 白相——游玩，玩耍。

⑨ 勿局——不好，不妥当。

而去。他出了迎春坊，看看天色尚早，便一人踱到金谷香，吃了几样大菜，签过了字，仍回新马路华安里。推门进去，新雇的小使名唤来喜的，迎着诉道："老太太刚刚住哭。少爷你什么地方去的？为何弄得她老人家这样的伤心？"子文听了，心里也有几分过意不去。急忙赶上楼去，看见他母亲正坐在他那张铁床上，垂头丧气，默默无言。

子文见了他母亲，便自靠在台子上，和他母亲说道："一个人总要自立，你苦苦地来寻我做什么？"他娘正没好气，对他道："来寻你做什么？寻你要吃！寻你要穿！"子文道："既然要吃要穿，更不可不自立！"他娘道："你张口自立，闭口自立，怎样才叫做自立？"子文道："自立是全靠自己，不依仗人家的意思。"他娘道："我这样一大把年纪了，天上没有掉下来，地上没有长出来，难道还叫我去当婊子不成？"子文道："胡说，胡说！谁叫你当婊子？我只要是叫你读书。这读书就是自立的根基，这里头什么都有。"他娘道："真正笑话！这不成了'八十岁学吹鼓手'了么？"子文道："你只知其一，不知其二。这城里有个强种女学堂，学堂里都是女学生。可敬啊，可敬！她们都是牺牲其身而报国家的。您老人家要是进去了，于我的面上光荣不浅。"他娘道："我只要有饭吃，有衣服穿，不要说是女学堂，就是仁济善堂、广济善堂，我也去的。"子文听了，不胜之喜。当下又窝盘了他娘几句，他娘的气也渐渐地平下来了。

子文当下写一封外国信给城中强种女学堂，说："今有家母要来念书，伏乞收留"等语。午后，差了一个出店的送了去。良久良久，方得回信，说："后天是开学的日子，可请老太太前来，敝处当拭几候教。"子文看了无话。

原来这强种女学堂总理羽衣女士接到子文信后，心里想道："他的老太太一定博学多才，这回进来，是要来作教习。"刚好堂上出了一个教习的缺，便与监院、监起居那些人商量。大家一听是黄子文的母亲，有什么不赞成的？当下商议定了，才写这封回信，所以下这"拭几候教"四字。黄子文虽然通彻，他老太太从小种田出身，却是一字不识。黄子文当下又教导了她许多规矩，说："不要叫人家笑话，扫我的脸。"他母亲只得一一记下，专等开学那天，便去念书。

欲知后事如何，且听下回分解。

第 十 八 回

仗义疏财解围茶馆　赏心乐事并辔名园

　　且说到了强种女学开学的那一天,黄子文绝早起来,等他母亲梳洗已毕,便叮嘱了那老婆子无数若干的话。老婆子要穿要吃,只得唯唯从命。黄子文又拼着肉痛,替他母亲制了一副铺盖,一套粗布衣裳,说是到学堂里去,身上污秽了,有碍卫生,学堂里就要革逐的。其实一股脑儿,还不到一台花酒的下脚。

　　闲话表过。子文那日送了他母亲进强种女学,强种女学的董事、司事人等,待她十分恭敬,而且处处都按着教习的礼节。他母亲预先得了儿子叮嘱,说:"你此去是当学生,处处须还他学生的规矩。"所以两边都弄得局促不安。第一天将就过了。第二天,要请这老婆子去上讲堂演说了,这老婆子如何能够呢? 便把根由底细,一五一十地说出来。董事听了,方始恍然大悟,跟手写了一封西文信给黄子文。黄子文正在西荟芳底袁宝珠家,碰二十块二四架的麻雀,忽然接到新马路华安里书局里转送过来的一封要信,拆开一看,是张外国信笺,用拼音读去,是:"密司脱黄:你的母亲到我们学堂里念书。她的年纪大了,不合格了,请你另外再给她找一个地方吧。"下头签着名字是佛兰英。黄子文随手一摆道:"这老乞婆真真是惹厌!"等到黄子文回去,他母亲早端端整整坐在家里了。黄子文咕噜了几句,也就丢开。第二天,只得给了他母亲五十块洋钱,叫她"回到绍兴乡下,安安稳稳的过日子去,不要在上海混搅了。"他母亲生平没有见过整封洋钱的,现在看见这么一卷光华灿烂的东西,早笑得她眼睛没缝。当日收拾收拾,趁便船回她的绍兴去了。黄子文就如拔去了眼中钉肉中刺一般,好不松快。

　　转瞬之间,便是中秋。黄子文有的是洋钱,早将各处店账,一律开发清楚。便有几个同志的,什么王开化、沈自由,平时穷的和叫花子一般,到了节上,更是束手待毙,打听得黄子文得了田雁门这笔巨款,便一个个的转他的念头。黄子文酌量交情,一一点缀,也有二十块十块的,也有三块五块的。这班人得了这个意外接济,自然是感激涕零了。到了中秋这一天,天气晴明,风日和美。黄子文无家一身轻,有钱万事足。用过早饭,便踱到四马路升平楼,泡了一碗茶,看那些娘姨大姐讨嫖账的,来往如梭。黄子文想起去年今日,在日本东京时候,欠了精养轩十块金圆,被他逼得走投无路,终究上了趟警察公署。弄得第二日《读卖报》①上,上了这条新闻,朋友们看见了,个个嘲笑。

正在那里暗暗地记念,肩头上有人拍了一下,吓了一跳。忙看时,原来是同淘的周策六周大文豪。只见周大文豪皱着眉头,指着旁边一个相帮、一个娘姨道:"黄兄,我不过欠了他们一桌菜钱,十几个局钱,今天竟在茶馆里拆我的台!你替我处分处分看。"那娘姨迈开鲇鱼脚,上前将黄子文打量一回。见他戴着一顶外国细呢窄顶的帽子,一身外边黑呢的衫裤,俏皮得紧。里面露出一个杨妃色的软胸,襟前黄澄澄地挂着一条光绪通宝铜钱表链,链上还有两个坠子,是红宝石的,鲜艳的如玫瑰花颜色一般。嘴里衔着一只密蜡雪茄烟管,边上也镶着金子,知道此人很有钱,有他招架,就不怕了。当下吱吱喳喳地对子文说道:"外国大少,我先生名叫小桃红,住在尚仁里。这位周老,从前是搭招商局里乌老一淘格。乌老是我这老客人。他荐拨了我,吃了一台酒,叫了十几个局,倒说就此野鸡缩了头,连人面才勿见哉呀!我去问问乌老,乌老说:'我老早和你说,叫两个局是勿碍②格,吃酒是我不管账格!'我听了急煞快,寻了他好几次,寻他不着。今朝刚刚碰着哉,我要问他讨吃酒的账。"黄子文把周大文豪叫了过来,说:"现在事已至此,你该怎样打算打算?"周大文豪道:"我有什么打算?吃的在肚里,穿的在身上!我的台已经拆了,听凭她们把我怎样罢了。"黄子文道:"话不是这样说的,凡事总得有个过场。自古道:杀人抵命,欠债还钱。你难道连这两句都忘记了么?"周大文豪听他一番埋怨,只得咕嘟着嘴,坐在一旁。

黄子文屈指一算道:"一桌酒八块。"那娘姨抢着说道:"外国大少,他连下脚也不曾付价,要算十二块!"黄子文皱着眉头道:"这太难了。"又道:"十几个局,算他十五块洋钱,加上十二块洋钱,一共二十七块洋钱。

---

①　《读卖报》——即《读卖新闻》,日本的一种报纸。

②　勿碍——不要紧,不妨碍事。

也算不了什么事!"一面说,一面在身边摸出一卷钞票。周大文豪见他摸出钞票,肯替自己惠钞,便没口子地说道:"黄兄,你代我解了这场围,赛过重生父母,再世爹娘了!"说罢,也不管有人在旁没有人在旁,爬下来,就给黄子文磕了一个头。黄子文摇头道:"你的奴隶性质太重!"随手拣出二十块钱——两张汇丰银行钞票,捏在手里,对那娘姨道:"有二十块钱在这里,可拿去勾了账。"那娘姨道:"外国大少,依你算也要二十七块,那哼①现在只得二十块介?"黄子文道:"我是代朋友还账,不是我自己还账。你既嫌长道短,这事就不与我相干了。你去和他自己说吧!"说罢,便将钞票收回。那娘姨慌了道:"外国大少,你总算照应我吧,二十块末就是二十块哉哙。"黄子文方才拿出,重新递了过去。那娘姨钱已到手,便对那同来的相帮道:"阿虎叔,我们去吧。"方始噔、噔、噔地下楼而去。这里看的人也满了,还有人啧啧的在那里称赞黄子文仗义疏财。

回转身来且说周大文豪,见黄子文代他惠了嫖钞,那种刻骨铭心的样子,描摹也描摹不出来。黄子文反觉得有些不好意思,便立起身来道:"时候不早了,我要去吃饭了。"随手摸了两个角子,叫堂倌算清茶账,还多下三四个铜圆。周大文豪抢在手中道:"借给我坐东洋车吧!"黄子文又好气,又好笑,对他道:"拿去,拿去!"周大文豪笑嘻嘻地跟着下楼。到了升平楼门口,黄子文向周大文豪拱拱手道:"再会,再会。"

回身出西荟芳,到金如玉家里,是楼下房间。一掀门帘进去,金如玉已经在那梳洗了。见了黄子文,满面堆下笑来,连说:"坐喊,坐喊!"黄子文随意向沿窗一把红木大理石的椅子上坐下,看金如玉掠鬓修眉,涂脂抹粉。如玉道:"你是不曾吃中饭来这吧?"黄子文点点头。如玉便喊老姆姆拿笔砚过来。黄子文写了一样糟溜鱼片,一样红爆鸡丁,一样米粉肉,十张薄饼,一碗酸辣汤,叫到雅叙园去叫。老姆姆接过条子,探头出去,喊相帮快去快来。不多一会,菜已来了,老姆姆摆下杯筷。黄子文对金如玉道:"你为什么不吃?"金如玉道:"我刚刚起来,吃勿落②来里。"黄子文无话,便巍然上坐了。如玉梳好了头,过来斟了一杯酒,说:"你慢慢受用,我到后头换衣裳去。"黄子文一人独酌,甚是无聊。饮到半酣,就叫盛饭

---

① 那哼——怎样,怎么。

② 勿落——不下的意思。

上来。用过饭，揩过面，金如玉已换好衣裳出来，坐在那里吃水烟。黄子文便问她道："你今天可去坐马车？"玉如道："我没有铜钱，你请我？"黄子文道："部把马车，有什么大不了事！你们只管到森大去喊就是了，叫他上在我账上。"

如玉自是欢喜。一面传话出去，一面又挨延两个时辰。看看表上，已指在三点左右，又叫相帮去催了一遍马车。马车来了，黄子文又叫他去配部轿车，预备自己坐。这不是黄子文的道学①，他怕同如玉坐了，有人看见，不怎么方便之故。霎时轿车配好，二人各自上车。如玉又叫黄子文同她到福利公司去买些零碎东西，黄子文只得应允。

一鞭才发，便如风驰电掣一般，到了福利公司。如玉拣了许多洋纱之类，算账不过二十余元。黄子文摸出一张五十块的钞票来，找出二十多块洋钱，塞在身上，觉得沉甸甸的，便用手巾包了，交代如玉带去的娘姨小阿金。二人又在四马路兜了个大圈子，才到张园。过了泥城桥，滔滔滚滚，，看那大自鸣钟上，已经三点五十分了。黄子文将自己的表拿出来一对，刚刚慢了五分。抽出发条，拨得一模一样，仍复将表藏将。正是"车辚辚，马萧萧"，一片声响，忽听前面发起喊来。黄子文顿吃一惊。

欲知后事如何，且听下回分解。

---

① 道学——原指宋儒所讲的性理之学，后来把处处拘泥礼法称为道学。

第 十 九 回

花冤钱巧中美人计　打急电反动富翁疑

却说八月中秋那日,黄子文与金如玉同到张园。刚刚走过泥城桥,忽然听见前边发喊。探出头来一望,只见一部橡皮轮,飞凤也似的擦肩而过,一个骑马的红头巡捕,一头赶,一头嘴里衔着一个叫子,哗呖哗呖的吹。子文知道是溜缰,方才把心放下。及至到了张园之后,四处找寻,金如玉竟毫无踪影,心中颇为诧异。一会儿,他平日相处的那班狐群狗党,一哄而至,簇拥着他,四处兜圈子。兜了一会圈子,拣张桌子坐下。堂倌泡上茶来,又拿了许多栗子、莲心之类,摆在桌上。那些人你抓一个,我抓一把,霎时罄尽,还不算数,叫堂倌一样一样的添来。看看日色沉西,门外车声雷动。那些人道:"不早了,我们散吧。"说着就走。黄子文那张桌上,登时干干净净。等到堂倌前来算账,茶是两角洋钱一碗。栗子是一角洋钱一碟,莲心也是一角洋钱一碟。那些人吃了毛毛的①三块洋钱。黄子文叫声晦气,掏出一张五块头的钞票,叫堂倌找了两块洋钱。立起身来,踱到门口,找到自己马车。坐定了,马夫把鞭一晃,那车便如驾雾腾云一般的快,向来的那条路上,滔滔进发。

马夫照例兜了两个圈了,便问在何处停车。黄子文在身上掏出一叠请客票头,也有六点钟的,也有七点钟的,排好了时候,便说:"先到北西安坊。"马夫答应。霎时到了,黄子文跳下车来,叫他明天到华安里来拿钱。马夫不怎么愿意,说道:"老板,马车钱准其明日子到华安里去托,阿拉②这酒钱,是不能欠的。"黄子文听了,满心生气,掏出一块洋钱,丢给马夫,头也不回,进北西安坊去了。马夫自将车拉回行内。

再说黄子文进得北西安坊,认明金巧云牌子,拾级登楼,便问:"陆大人可曾来?"娘姨回答在小房间里。黄子文趱将进去,只见主人陆明远正

---

① 毛毛的——差不多,大约。

② 阿拉——宁波话,我的意思。

躺在榻上,吃得烟腾腾的。见了黄子文,连忙除下金丝眼镜,口称:"得罪,得罪!"一面请黄子文在那边榻床上坐下。黄子文举目一看,便问:"还有朋友呢?"陆明远道:"他们忙得很,要吃过一台,才能够翻过来。"黄子文道:"原来如此。"随手就将帽子摘下,把打狗棒倚在旁边,在榻床下首躺将下来。陆明远打好一口烟,递给黄子文道:"可要试一筒?"黄子文不接,嘴里说道:"去年东洋开博览会,弄了一个吃鸦片烟的,摆在人类馆里。还是兄弟看见了,和人类馆的总理磋磨了好几天,又和日本内阁桂太郎说明:'这人类馆里吃鸦片烟的,不把他撵掉,你们开会那日,我们便下黑旗以吊中国。'这样一说,他们才答应了。现在要我作法自毙,那可不行!"陆明远听罢黄子文一番议论,不觉肃然起敬。过了一会,那些朋友吃得醉醺醺的,噔、噔、噔走上楼来。陆明远一一招呼,忙叫:"摆起来,摆起来!"娘姨答应,登时七手八脚,将杯筷安排停妥。陆明远又请那些朋友,多叫些局,通通场面。黄子文抢笔在手,便一张一张地写起来。等到别人的写完了,自己写了一个西荟芳金如玉。入座之后,黄子文也不管他们,只顾自己虎咽狼餐。

　　少时金如玉姗姗而至,在黄子文旁边坐下。黄子文问她方才张园为何不见。如玉道:"我这车子刚刚过泥城桥,拨一匹断命溜缰马,直撞撞过来,我的车子几乎撞翻。我这车子浪①格只马,吃了格格大吓头,乱跳乱蹦,撞倒了一部东洋车子。拨巡捕拉到了巡捕房里去,要我存二十五块洋钱,放我出来。大少,亏得你刚刚有注洋钱,交拨我老娘姨了。我就在这当中拿仔二十五块,存这巡捕房里,那么放我出来了。今朝是八月半,就弄格种勿色头②事体,我不高兴哉,所以就转去了。"黄子文听了,方才明白,心里一想;刚才买东西剩下来的二十多块洋钱,被她拿去了二十五块,所有也不过两三块洋钱了,索性送给她吧,但无缘无故出了这注洋钱,未免冤枉,然而也不能说了。当时垂首不语。如玉坐了一会自去。黄子文还去应酬了两三处,方才回到华安里。

　　次日已是十六了,节已过了,田雁门的款子也去其大半了,不能不赶紧办些印书的材料,撑起一个空场面。将来就是缺本,在田雁门前也有一

------

①　浪——上。

②　勿色头——倒霉。

个交代。主意定了，便去寻了一个铅字机器的掮客，一共在内，说明白是一千五百块洋钱。先付五百块，到过年再付五百块，到明年五月节再付五百块。等到合同订好，黄子文便到庄上，划了一张五百块洋钱的即期票子，交割清楚，便在楼上楼下陈设起来。又招了几个排字的工人，摇机器的工人，将就弄起。拣定了八月二十六日开局。这日向九华楼定了两席酒，请了陆鹭公、王开化、沈自由、李平等那班人。只有陆鹭公回说有事不能来，其余都到了。少不得都要叫局，闹到半夜，方才散去。黄子文又想到译书一节，便请了两个读过几个月东文的，讲明白每一千字只出一块洋钱。那两个人起先不肯，后来一想，譬如在家中闲坐，就答应了。黄子文把校对的事情，也托了他们，乐得自己花天酒地。两月之后，果然译出一部《自由原理》。黄子文也不曾看，便叫排印。等到排印成了，封了十部，寄给田雁门。

田雁门回家之后，正在记挂黄子文，忽然接到邮政局寄来一个大包。拆开一看，原来是黄子文寄来的信。信上说的天花乱坠：开局之日，各国知名之士俱到，由日本横田武太郎演说，如何如何热闹。后面又说"现在译出《自由原理》一书，附去呈政"那些话头。田雁门喜之不尽。等到打开那书一看，原来只有薄薄的一本儿。加以字迹模糊，纸张粗糙，便有几分不快。再看那序文道：

> 自由者，如人日用起居之物，不可一日而废者也。故法以自由，遂推倒拿破仑之虐政；美以自由，遂赞成华盛顿之大功。我中国二千余年，四万万众，其不讲自由也，如山谷之闭塞，如河道之湮淤；所谓黄帝子孙的种种同胞，皆沉埋于黑暗世界之下。呜呼！人心愦愦，世道昏昏！不自由，毋宁死！此欧洲各国上中下三等社会人之口头禅也。我中国安有如此之一日哉？是书为日本博藤太谷原著，阐发自由之理，如经有纬，如丝有纶。志士黄君子文及某某二君，以六十日之局促，成三万言之丰富，诚擎天之一柱，照夜之一灯也。但使人人读之，而勃发其自由之理想，我中国前途，其有望乎？

邹仁识
时在某年某月

田雁门看了，心里想道："这篇序文，寥寥数行，也说不出什么道理来。看来这位邹公手笔，也不过如此！"及至一页一页翻阅下去，那些之字的字,用的都不是地方,心里更加几分不快。随手写了一封回信,虚谀了几句,把书搁在一边。自此之后,便接到黄子文好几封信,无非说款项不足,求他再汇几千银子,以资接济云云。田雁门置诸不理。

光阴似箭,日月如梭,已到隆冬时候,看看将近送灶的日子了。忽然电报局送进一封急电。拆了开来,拿电报新编逐字查去,只见写的是:

广东省城朝天街田雁门鉴:局款速汇一二千金,免得支绌。否则即将闲歇,候复。文叩马①。

原来是二十一发的。田雁门不觉着恼起来,随手拟了一个电稿,叫家人送到电报局里去。不到四点钟,到了上海。上海电报局里,照着写明了号码,送到华安里黄子文那边去。

黄子文这几日正是上天无路,入地无门,专等田雁门款子来,开销那些嫖账。这日接到回电,译将出来,原来是:

马电已悉。年底款不能筹,乞谅。余听裁酌。雁复梗。

黄子文看了,如一瓢凉水,从顶门上直灌下来。

欲知后事如何,且听下回分解。

---

① 马——以前发电报,末尾用韵目代替日期。"马"是二十一日,下面的"梗"是二十三日。

第 二 十 回

学切口中途逢小窃　搭架子特地请名医

却说黄子文正在为难时候，得了田雁门的一个电报，回复他没有钱了，黄子文赛过顶门上打了一个焦雷。看看时候，已是年终，那些派账条子，几乎踏穿门槛。书局里的工匠又闹着要算薪资，厨房里有两天不开饭了。黄子文此时上天无路，入地无门，只有蜣声叹气而已。

直到了送灶日子①，黄子文的同志叫做王开化的，偶然走过新马路，便踅进了华安里，想去找子文谈几句天。谁想他的印书局两扇门上，钉了两块木头，粘着十字式的封皮，是"居安洋行长条谨封"。上边还有许多账条子，什么一品香大菜馆八十九元四角，公大马车行六十三元，外欠酒钱二元，又是什么外国成衣店、煤炭店、米店、蜡烛店、酒店、洋货店、绸缎店，花花绿绿的，煞是好看。王开化才晓得黄子文是"桃之夭夭，其叶蓁蓁②"的了，心内大为诧异。回去告诉那班维新朋友。也有说他平日过于荒唐了，以致到这步田地的；也有说他如此没出息，连我们面上也少威光的。七嘴八舌，纷纷议论。

缩转身来，再说田雁门自从那天上了轮船之后，坐的是头等官舱。汽筒迭连响过了三遍，不多一刻，就起椗③开船。一阵铃声，那轮船便如弩箭离弦，前往厦门等处进发。

田雁门用过晚膳，又抽了几筒鸦片烟，家人们铺好被褥，请他歇宿。田雁门宽衣解带，睡了下去。只是满船的人声嘈杂，夹着机器间内的乒乒乓乓一片价响，急切不能入梦。良久良久，方始朦胧了一会。忽然觉得房门外有个黑影，一闪过去，心里想："房门是关着的，为何看得见房门外走

---

① 送灶日子——旧时习俗，阴历十二月二十三日是送灶日。

② 桃之夭夭，其叶蓁蓁——原是《诗经·桃夭》中的诗句，这里是以"桃之夭夭"的谐音暗讥黄子文"逃之夭夭"。

③ 椗(dìng)——系船的木墩。

路的人呢?"心中一惊,睁开两眼,见房门已是大开的了,家人们却一个不在。发了急,直着喉咙叫了几声,始有个家人叫钱升的,远远接应着,跑了过来。田雁门骂道:"你们这班王八蛋,放着觉不睡,跑到哪里去了?"钱升撅着嘴,一声儿也不敢响。田雁门道:"房门开了,想是有人进来过了。你替我细细的查查看。"钱升道:"箱子是在箱舱里的,不妨事的。只要看看零碎东西就是了。"一面说,一面拿了支洋蜡烛,在各处照来照去,并不曾失落一件东西。及至照到房门口,脚下踢着一样东西,豁琅一声,钱升倒吓了一跳。捡起来一看,原来是把钥匙,什么样子的都有。钱升拿在手里,问田雁门道:"老爷,这把钥匙可是你的么?"田雁门道:"我的钥匙不是高福身上带着么? 怎么会到此地来?"说话之间,高福已经暗暗站在钱升背后了,见田雁门问到这句,便抢前一步道:"钥匙在奴才身上呢。况且老爷的钥匙,是一个样儿的,这把钥匙什么样儿都有,不要是轮船上的贼,忘记在这里的吧?"田雁门方才恍然大悟,又吆喝了他们几句,吩咐他们:"从今以后,无论什么时候,不许跑开。要是跑开了,被我查将出来,卷铺盖替我上岸滚蛋!"家人们连连应了几个"是",顺手将房门关上。钱升又掇①了一张杌子②,把门顶住,才从田雁门的床底下,拖出行李来,就在地上摊开,息心静气地睡觉。刚刚躺下,钱升听见有人在门外走来走去,又打了一个呼哨,只听他低低地说道:"我的先生呢?"说了几遍,钱升也不去理会他。

等到次日天明,钱升起来,到厨房里打水洗脸。只见一个茶房,跑过来向他说道:"你们昨天晚上,捡着什么东西没有?"钱升板着面孔道:"没有捡着什么东西。"那茶房道:"你不要作耍,还了他们吧。他们是不好惹的。"钱升觉得茶房话中有因,便细细地问他。茶房道:"他们的外号叫做水老鼠,专以偷窃扒摸为事,始终也破不了案的。你们昨天晚上捡到的那把钥匙,就是他们的衣食饭碗,你要是拿了去,岂不是绝了他们的衣食饭碗么?"钱升这才恍然,舀了脸水回去,便把钥匙带了出来,找到那个茶房,交还了他,又拉住了问他道:"我要打听你一桩事情。"茶房道:"什么事情?"钱升道:"我们昨天晚上,捡到了这把钥匙之后,后来听见有人在

---

① 掇——用双后拿、搬。

② 杌(wù)子——凳子。

房门外连嚷'我的先生呢',那时已是三更多天了,满船睡得静悄悄的,不消说总是他们那班人了。不然,谁还放着觉不睡,满到四处的跑来跑去呢? 这先生是谁? 难道他们也有老夫子么?"茶房扑哧的一笑道:"你真糊涂! 这先生是钥匙的别号。如今你学了乖去,回来又好充内行了。"说罢,忙忙地去了。钱升回到自己舱内,那时不过八点多钟,田雁门正自睡得浓浓的。

一直等到十二点钟之后,田雁门方始伸腰而起。用过午膳,闲着无事,便衔了一根吕宋烟,去找买办谈天。原来这轮船上的买办叫做杨小汀,是广东顺德县人,与田雁门同乡,田雁门本来也认识他。及至到了买办的房门口,一推门,早紧紧的锁住了。问问茶房,茶房说在账房里叉麻雀。田雁门再寻到账房里,见买办杨小汀正和两个账房、一个副买办叉麻雀哩。见了田雁门,连忙让座。田雁门坐下,看他叉麻雀,法儿甚是新奇。那时正有了点风浪,轮船一晃一晃的,他们叉麻雀的桌子,用竹丝和插篱笆一样插在上面,却有两面。每人面前二十一张牌,都砌在竹丝里面,当中放了一只升箩。每人十三张牌,都拿在手里。对面一个账房问道:"一筒要么?"下家道:"不要。"就把这一筒往升箩里一丢,无论如何倒不出来。田雁门连说:"好法子,好法子!"看了一回,这船越发晃荡了。田雁门有些恶心,便辞了杨小汀,一路扶墙摸壁,回到自己房中,在自己的床上躺下,觉得头晕得很。侧耳一听,那边房里呕的一声,这边房里又哇的一声,一时并作。如此约有一昼夜,方才到得广东。

轮船下了椗,家人们招呼挑夫搬运行李,径奔省城第七甫自己家中。管门的看见了,飞风也似地进去通报。大太太随即带了五个姨太太,站在穿堂门口迎接。他那些姨太太,一半是谷埠紫洞艇①上讨来的,与近人做的诗所谓"青唇吹火拖鞋出,难近都如鬼手馨②"的一般模样。只有生病的这位三姨太太,却是从上海窑子里讨来的,生得玲珑剔透,所以能够宠冠专房。

闲话休提。且说田雁门到得家中,先和大太太寒暄了几句,又和各位姨太太招呼过了。洗过脸,用过午餐,便踱到三姨太太的房间里来。却是

---

① 谷埠紫洞艇——指广州的船娘,详见下回正文。

② 这两句诗见清袁枚《随园诗话》卷十六,是嘲笑广州船娘的。

绣帏深掩,静悄悄的鸦雀无声,但闻一股药香,直钻鼻观。丫头们忙向床前通禀,说:"老爷回来了。"三姨太太才有声没气的,说:"老爷呢?"田雁门走近一步,丫头挂上帐子,只见三姨太太一息恹恹①,像书上所说的"西子捧心而颦,愈增其媚②"似的。田雁门问了几句病情,便问请谁瞧的。丫环送上一叠药方。田雁门逐张看去,无非是防风、荆芥、甘草、当归之类,有一张用了左牡蛎、夜交藤。田雁门摇头道:"太重了,太重了!"三姨太太接着说道:"我也说太重了,他们都说不妨事的,所以吃了下去,越加不好。"田雁门当下立起身来道:"你安心静养吧,我去请一个有名的医生来替你瞧,包管一帖就好。"三姨太太又微微地应了声。田雁门嘱咐了丫头几句,无非是"好好服侍,倘然违拗了,我要重处你们的"那些话头。丫头们齐声应诺。田雁门就出去了。当夜大太太备酒接风。

　　到了次日,便去看了几家亲眷,那些亲眷又来回看他,整整忙了两日。第三日稍稍定了,便要替三姨太太去请名医。无奈那些名医,他家都请过了,都不相上下。田雁门甚为纳闷,忽然有个朋友对他说道:"现在太平门外柠溪大街,有个医生叫做胡鋆来的,甚是高明。你何不去请他呢?"田雁门听了这话,连忙打发家人,拿了请封,骑了快马,请胡先生随即到来。家人去了大半日,回来回复道:"胡先生说:请封是每趟二十块,轿封每趟是四块;但是多过一重门槛,要多加两块洋钱,要是上楼还得加倍。小的不敢做主,所以前来回复。"田雁门道:"混账东西! 只要人病好,哪个计较这些!"那家人答应了一个"是",飞马又去。田雁门以为这一下子胡先生总可光临的了,谁知家人回来说:"胡先生已经出诊去了。他们挂号的说:'一共有六十余家,论不定三更天四更天回来,只好明日的了。'"田雁门听了,急得暴躁如雷,骂那家人道:"都是你这王八蛋,二十块、三十块和他讲价钱! 要不然,他早已来了。都是你这王八蛋误我的事,明天仔细揭你的皮!"家人被骂,吓得一溜烟跑了。

　　次日绝早,田雁门打发一个总管去,说是"务请胡先生立刻就来"。总管去了,回来说:"胡先生知道了。"田雁门这日本是要去扫墓的,为等

---

① 恹恹(yān)——形容病态。
② 西子捧心而颦,愈增其媚——意思是西施感到心疼,捧着胸口,皱着眉头,她的模样更好看。

着陪胡先生，祖宗也来不及顾了，在家呆呆坐着。看看日色平了西了，胡先生还是音信全无，急得连连跺脚。直到用过晚饭，才听见大门上擂的一片声响。胡先生坐着蓝呢轿子，四个人打着火把，照得通明雪亮。胡先生下了轿，气喘吁吁地走到花厅上。田雁门朝着他深深一揖，胡先生拱拱手，嘴里先说："请坐，请坐！"一屁股蹲在炕床上。那时虽是八月天气，广东地气又温和，胡先生却早戴上夹纱帽子，帽子上钉了一块双桃红颜色的披霞宝石。只见他先把帽子除下，在帽筒上一架，又从腰里打子儿的京扇袋内掏出一把名人书画的象牙骨扇子来，捏在手中，扇个不住。又掏出小手巾来擦脑门子上的汗。田雁门刚要和他说话，他道："我们先进去瞧一瞧病人再说。"田雁门只得引了他在前头走，两个家人照着羊角风灯。进了中门，就是内堂，上得楼去，才是三姨太太的房间。胡先生走到床前，坐将下来，说："请出手来诊诊脉看。"丫头们隔着帐子，把三姨太太的一只手捧将出来，用小枕垫着。胡先生起了三个指头，按在脉上，便歪了头，闭了眼睛，细细地凝了一会神，站起来，对田雁门道："我们外边去说。"田雁门道："可要看看面色跟着舌苔？"胡先生道："不消，不消。"田雁门只得又把他引到花厅上。

家人们早在红木嵌螺甸①的台子上，预备好纸墨笔砚。胡先生更无别话，坐到椅子上，提笔嗖嗖地便写，写完了，递给田雁门道："吃一帖再看。要是好了些，就连一帖；不好再来请我。"田雁门道："请教胡老夫子，小妾究竟是什么病？妨事不妨事？"胡先生道："方子上写得明明白白的了。雁翁，你自己去看吧！兄弟实在忙得很，出去还有二十几家哩。"一面说，一面拱手道："再会，再会！"竟自扬长走了。田雁门又是好气，又是好笑。一回头，看见胡先生一顶帽子还在帽筒上，便对家人说道："你去赶上胡先生，说他的帽子忘记在这里了。"家人答应着，如飞而去。又一个家人赶进来道："胡先生去远了，不必赶了。他明日想着，自然会来取的。"田雁门点头道："不错，由他去吧。"顺手拿起药方来一看，只见上面写的是：

脉来沉细而数，审是阴血有亏，郁怒伤肝，以致月事愆期，木火上升，故口苦微渴，治以养血疏肝法，即候诸大高明指正。

---

①　螺甸——也作螺钿，以螺壳施工磨治，嵌于器具作为装饰。

广木香 五分   熟地 三钱   炒枳壳 一钱

杭甘菊 钱半   川芎 钱半   青陈皮 五分

酒白芍 钱半   归身 钱半   制香附 五分

活水芦根 一尺

田雁门看了一遍,赞叹不置,说:"果然名不虚传!"一会账房过来说:"胡先生是二十块钱的看封,四块钱的轿封;走了九道门槛,二九十八块;上了一重楼梯,是四块。一共四十六块洋钱。"田雁门道:"知道了。我只要病人好了就是了。钱是身外之物,算它做什么!"当下家人又飞风也似的去打药。打得药来,田雁门亲自监督他们煎煮。三姨太太服了下去,也不见什么效验。问她自己,不过说是略为松动些。田雁门便连赞良医不绝。

且说这太平门外柠溪大街上胡銮来胡先生,本是个秀才,因为教书没有人要,学了医生。俗谚说得好:秀才做医,如菜做齑。这是极其容易的。胡先生天分又好,读了什么《汤头歌诀》,不消二十遍三十遍,便已滚瓜烂熟。后来又从了一位名师,据说是叶天士①的嫡元孙,叫做叶礼仁,本领着实高强。自收了这个徒弟之后,悉心指授,拿了许多《笔花医镜》、《金匮秘要》、《仲景伤寒论》,叫胡銮来仔细揣摩。不上三年,居然出手,便挂了招牌。在这广东省里,医活了的人固然不少,医死了的人也实在多。有些胆小的,闻风而惧,以致胡先生生意十分清淡。他便发了个狠,说是要有人请他,非敲他一个大竹杠不可,不然情愿躲在后面屋子里剔指甲。叫挂号的胡吹乱嚷,说是今天有几十家,明天有几十家,好等人家相信。他的挂号的,是他的表弟,就连四个轿夫,都是他的侄子和他的儿子。出门起来,华冠丽服;回到家中,只剩一件旧棉袍子,肩头上还打了两三个补丁。这天田雁门请了他去,他发了一注小小的横财,满心欢喜不尽。因为要故作匆忙的样子,特特为为把帽子留在他家。到了第二天,叫大侄子就是当轿班的到田雁门家中去取。谁知田雁门的门口②作起刁来。

欲知后事如何,且听下回分解。

---

① 叶天士——清代名医,江苏吴县人。

② 门口——门役。

第二十一回

掉画船夕阳奏箫鼓　开绮筵明月照琴樽

　　却说田雁门的门口,为着胡先生那天来看病,装腔作势的,他心中暗暗好笑。他们是在外头走惯的,什么事情都知道,胡先生平日的行径,他们早已了如指掌了。这回看见胡先生的轿班来拿帽子,故意和他作耍,开口道:"那天我看你们先生匆忙得很,不要是忘记在别人家里去了吧。我们这儿可是没有。"那轿班来回了几次,门口一定不给他。胡先生想着帽子上一块双桃红颜色的披霞,是他祖老太爷传给他的,也曾向珠宝铺里估过,说要值到百十来块洋钱。他从前穷的时候,有人劝他卖掉了吧,他说:"这是先人手泽,不可轻弃。"如今因为到田雁门家看病,故意拿它装装幌子的,一旦丢了,岂不可惜。这样一想,就发了急,告诉那轿班道:"你去对他们门口说,说先生那天只有你们一家请他看病,是断断乎不会记错的。"轿班照直说了。田雁门的门口少不得大笑一场,把帽子拿出来,交给了他们轿班去了。

　　闲话休表。且说田雁门回家之后,便有些人替他备酒接风。有天得着一封请帖,上面写的是:

　　　　八月二十九日六句钟

　　　　　驾临谷埠区家紫洞艇便酌一叙

　　　　　　　　　　　　　　包光顿首拜订

原来广东的谷埠,就和上海的四马路差不多,一种繁华热闹,不可以言语形容的。谷埠对面就是花田。花田栽的茉莉花、素馨花,一望成林,到了好月亮的时候,望过去便如天上下了雪的一般。这些紫洞艇都在谷埠两边停着,真个是朝朝寒食,夜夜元宵。

　　田雁门那天便坐轿子出了城,问到区家的紫洞艇,便有人上来招接。田雁门吩咐轿夫及跟来的一个管家回去,叫他们明天一早,打轿子来接。原来广东一省,盗风甚炽,一到黄昏,便将城门紧闭,无论什么人都叫不开的。所以到城外来逛的,总是一夜,第二天才能进城回去。当下田雁门走到船里,包光早站在舱门口拱手而立。彼此谦逊几句,到得舱中落座。田雁门举目一看,那舱可以摆得下四席酒,就和人家的厅屋一般。四壁俱镶嵌着紫檀红木,雕刻就的山水人物翎毛花卉,无不栩栩如生。一切茶酒的器皿,都是上等官窑,与上海窑子里残缺不全的碗盏,便有天渊之别了。船上的服侍人,献上一道乌龙花,又是八碟糖食,什么莲子糖、冬瓜糖、生姜糖、荸荠糖、杏仁糖、糖金桔、糖藕、糖佛手之类,摆满了一桌。包光当下请田雁门随意用些,两人闲谈着。少时伺候人又报客到。只见一个有胡子的,是顺德的绅士,叫做王占梅,与田雁门本来相识;又是一个中年的,叫做熊梦渭;一个年轻的,叫做方亚松。彼此厮见,通过名姓。其时已在太阳落山之后,舱中点起灯,越发照得四面金碧辉煌。驾船的上来问道:"老爷们客齐了么?"包光答言"齐了"。

驾船的回到艄上,扳着舵;六七个人走到船头上撑着篙。那船慢慢地开到对河,与那一排铁链锁住的船,面对面一排停着。船头相接,赛如一条弄堂。田雁门心中想道:"这真是'花为四壁船为家'了!"当下包光吩咐烫起酒来,伺候的摆上八个碟子,无非是鱼肉鸡鹅之类,但是广东派不是下面衬着几叶生菜,就是上面撒着一把芝麻。酒却入口津津,浓醇①得很,田雁门知是青梅酒。五个人浅斟低酌了一会,包光便问叫的条子来了没有。伺候的答道:"田老爷的银松姑娘还在李家琼华艇上呢。王老爷的细凤,熊老爷的万仔,方老爷的采姑,与你老爷的玉美,立刻就来。"包光方始无言。果然不多一刻,叫的条子陆续来了,一个个挨着肩膀坐下。乌师②等人齐了,便上来了,伺候的掇了一个凳子,让他坐下。却只带着一把胡瑟,一面铜锣,姑娘们自己打着鼓板,便咿咿哑哑地唱起《晴雯补裘》③来。闹了大半天,又陆续的去了。这面船上撤去残席,煮茗清谈,倒不十分寂寞。但是耳轮子里听得一片管弦丝竹之声,自东而西,自南而北,其中隐隐约约,又夹着些莺啼燕语。

这面船上直到十点余钟之后,方摆正席,五人重新入座。却有几种新奇的大碗,一种是西瓜烧鸭,一种是荸荠切成薄片煨鸡,大约是兼着甜咸

---

① 浓醇(chún)——浓厚。

② 乌师——专指在妓院里授曲或陪奏的乐师。

③ 《晴雯补裘》——粤剧。故事见《红楼梦》第52回《勇晴雯病补孔雀裘》。

两味。田雁门道:"我们广东菜,竟有些像外国大餐了。外国大餐,有些都是兼着甜咸两味的。譬如一盆烤猪肉,他旁边摆上了玫瑰沙士①或是苹果沙士,就是这个道理。"王占梅道:"雁翁平日精于饮食,自然有此体验。据兄弟看起来,外国大餐所以兼有甜咸两味,其中还有化学在里头。甜主升,咸主降,一升一降,适剂其平。还有一说:他们吃的果子,不取其甘,而取其酸,酸能助养气以化胃中之物。"众人听了,连连点首。正在议论风生之际,先前叫过的那些条子,又陆陆续续的来坐了一会,又陆陆续续的去了。当下五人饱餐一顿,剩下的就给管家们吃。

田雁门是不能熬夜的,吃过了这顿饭,便躺在炕床上睡着了。王占梅、熊梦渭、方亚松被人拉到别的船上吃酒去了。就剩包光一人,坐着无聊,横在烟榻上,烧起鸦片烟来。可巧是个外行,刚刚烧好了一筒烟,想要上在斗上,不料用力太猛,斗又滑,签子在斗门口,一个偏势,直戳到手上来,着了一下。啊呀一声,急回头看看他的手,一件香云纱长衫袖子,在烟灯上轰轰烈烈的着起来,赶忙扑灭,弄得一团糟。伺候的笑将起来。这一笑方把田雁门笑醒,便问何事。包光自己诉说一遍,田雁门也笑起来,随即伸了个懒腰,慢慢坐起。伺候的递上一块手巾。田雁门揩过眼睛,伸手向身上表褡裢里摸出打璜表来,只用指头一揿②,当当地响了两下,又当当当地响了三下。田雁门知是两点三刻了,四边一看,除掉包光之外,王占梅、熊梦渭、方亚松那些人一个个不知去向,因问包光道:"他们呢?"包光道:"他们在别人家船上作乐呢。"田雁门听了无言。一会王占梅、熊梦渭、方亚松等吃得醉醺醺的,回到这边船上,又灌了许多茶,方才坐的坐,立的立,睡的睡。闹到四更多天气,伺候的摆上稀饭,也是八个碟子,什么排骨、叉烧肉、香肠、咸鱼之类。先前叫过的条子,不招而自来,这回却长久了。直等众人吃罢稀饭,每人在身上掏出两块洋钱现给她们,她们接了,称谢而去。

少时,东方大亮,这船仍撑回原处。大家上岸,那时卖茉莉素馨花的个个都提着小筐子,嚷成一片。有些人家在楼窗上丢下几个钱来,他便抓了一把,用一张树叶包了,楼窗上的人也放下一个小筐子,他便把花放在

①　沙士——英语 Sauce 的音译,即酱汁。
②　揿(qìn)——按。

小筐子里，楼窗上的人掣着绳抽上去。田雁门看着，不禁称羡。当下王占梅、熊梦渭、方亚松分头去了。田雁门的管家招呼轿子这边来，田雁门又向包光作别，这才匆匆而去。

且说广东谷埠的紫洞艇，就和吴门①画舫差不多。那谷埠又叫做珠江，是天下闻名的。紫洞艇大的用链条锁着，在江里如雁翅般一字排开。紫洞艇旁边，有一种小船叫做皮条艇，是专门预备客人带着姑娘到其中过夜去的。这皮条艇虽紧紧靠着紫洞艇，一个太矮，一个太高，相距总是五六尺光景。要是惯家，一跳便跳下去；不然，一翻身跌下水去，那可无影无踪的了。名曰安乐窝，其实险境。这都是广东风俗，看官们不可不知道的。正是：

　　珠江风月也无边，不让吴娘只掉船。

　　茉莉为城兰作障，酒香花气自年年。

欲知后事如何，且听下回分解。

----

①　吴门——苏州的别名。

第二十二回

祝万寿蓝顶耀荣华　借十金绿毛招祸患

话说田雁门回到广东之后,光阴似箭,日月如梭,看看已是十月初头了。那天在家里坐着,门上传进一张知单来,是用活版印的。上面写的是:

谨启者,十月初十为

皇太后①万寿之期。普天之下,率土之滨,允宜同伸祝嘏之忱,略表献芹之意。是日五鼓,衣冠齐集城中长乐寺,恭候随班祝嘏②,是为至要。

粤省绅商公启

旁边还注着一行小字,是每位随带分银三大圆。田雁门看了,便随手撂过。

到了十月初十这日,田雁门闲着无事,便带了两个家人,踱到长乐寺。原来这长乐寺,已是数百年香火,住持僧名唤智利,专门结交仕宦官员。前年花了无数若干银子,到京城里去了一趟,请来一套"龙藏真经",因此他的名气一天大一天,他的交情也一天广一天。田雁门是讲究新学的人,不喜欢与僧道来往,所以这智利至今没有见过面,不过耳闻其名罢了。今番来到寺里,心里想倒要留神看看这位住持如何举动。刚刚走到山门口,早听见一片吆喝之声。两个亲兵穿着太极图的号褂子,手里拿了藤条,在那里驱逐闲人。寺门上挂了一匹红绸,红绸下面挂了四盏"万寿无疆"的金字灯笼,被风吹得飘飘荡荡的。旁边墙头上贴着诵经的榜文,田雁门也看不尽许多。

走进山门,两旁松柏参天,青翠欲滴。正中一条甬道,直接大雄宝殿。大雄宝殿外面,有个台阶,台阶上歇着许多轿子,也有蓝呢的,也有黑布

---

①　皇太后——指慈禧太后。

②　祝嘏(gǔ)——祝福。

的。台阶下歇着十几匹马,马夫在旁边守着。田雁门进了大雄宝殿,只见殿上供着一座"万岁万岁万万岁"的龙牌,还有一张椅子用黄龙绣花的缎子搭着,想就是御座了。地下铺着毡毯,有几个戴红缨帽的管家,垂手站在旁边,颇有严肃整齐气象。田雁门心里想:"那些祝嘏的呢? 为何一个都不看见了?"回身转到方丈,听得一阵阵嘻嘻哈哈之声。望将去,许多穿蟒袍补褂的,在那里坐着谈天。田雁门站定身躯,定睛一望,只见一个酒糟面孔有两撇黑胡子的,戴着蓝顶花翎,笼着马蹄袖,在地下绕弯儿,田雁门认得是大街上恒泰绸缎店里的掌柜。一个顽而长五品冠戴的,是鹿芝堂药铺里的账房。再定睛一望,连酒馆店的老板,洋货店的跑街,他们一个个都来了。田雁门心里想:这糟不糟呢!

只听得药铺的账房说道:"今天天好,真真是国家的洪福齐天!"在地下绕弯儿的那位绸缎店里的掌柜接嘴道:"可不是么? 要一下雨,别的不打紧,人来的少了,咱们的份子就收得少。一个人三块洋钱,那是儿戏的么?"洋货店跑街正端着一碗茶在那里喝,听见药铺账房和绸缎店掌柜两人说话,便把茶放下,对二人道:"今天是你们二位起的头,居然聚到一二百人,收到这一大堆份子,也算不容易了。"二人道:"这不算什么,我们开销也要好些钱。什么和尚念经、鸦片烟、水烟、茶叶、煤炭、柴火、一切零星杂用,我估了一估,怕不够本。"酒店老板便插口道:"和尚念一天经,我知道你的价钱是二十四块洋钱,一应在内。加上借地方两块,香工酬劳两块,打扫人等两块,花不到三十块洋钱。鸦片烟是你自己吃的,人家不过抽一袋水烟,喝一碗茶就是了。门上挂的那匹红绸,是这位仁翁本店里的货色,四盏灯笼,值不了五角钱。加上煤炭、柴火,顶多到了四十块钱,那是关门落闩的了。你自己说收到一二百个份子,就算他一百五十个分子,一三得三,三五十五,就是四百五十块洋钱。除掉四十块开销,可以多到四百块洋钱,还说够本不够本,这不是欺人么?"这番话,把二人气得面皮紫涨,意思想要发作。洋货店里跑街的使了一个眼色,二人方才不响。

田雁门听了,不觉好笑。踅出来,走旁边一扇门进去,有几竿修竹,数本芭蕉,地方甚为幽静。一条石子砌的羊肠路,由羊肠路进去,三间广厦,当中设了一张檀香木做成的交椅,两旁一边架着一支天台藤杖,一边插着一把棕拂,上面写着方丈二字。旁边一副对,写的十分奇崛,句子是:

　　金杵力摧魔雾黑　玉缸光闪佛灯红

四边一望，鸦雀无声，一个人儿没有。

田雁门东张西望了一会，忽然一个小沙弥从里边跑出来，看见田雁门人物轩昂，衣冠华丽，便过来问："施主是哪里来的？"田雁门随口捏造了一个地方，告诉了他。小沙弥道："施主请坐。"飞风也似地跑了进去。少时，一个和尚头戴元色绉纱僧帽，身穿元色绉纱僧袍，慢慢地踱将出来。看见了田雁门，蒙头蒙脑地打了一个问讯。问过名姓，那和尚便道："久仰！"田雁门也回问他上下。他说叫广慧，是智利的大徒弟。田雁门问："令师哪里去了？"广慧道："到制台①衙门里念延寿消灾经去了。还是十月初一去的，要月底方能回来。"小沙弥泡出茶来。田雁门东转西转，转了半天，正在口渴，端起茶碗要喝。一摸滚烫，开开碗盖，让它出出热气，然后再喝。谁想闹了一嘴的茶叶，吐之不迭，而且茶味甚苦，如吃药一般。田雁门只蹙了眉头，咽将下去。和尚当向田雁门开口道："施主就在本地城里，想是发财做买卖的了？"田雁门道："正是。"广慧又问："做什么买卖？"田雁门道："是开书画铺的。"广慧听了，不觉变成一脸怒容，忙把头别转去，盯了小沙弥一个白眼。田雁门心知其意，便坐在那里，一言不发。广慧发话道："你可以请了。回来番禺县大老爷要借此地请客，你在此有些不便。"田雁门道："我本来要去了。"说罢，站起身来，叫那个跟来的管家道："你到门口去，把我那匹秃驴配好了鞍子，我骑着要回去了。"一句话把广慧骂得面上红一阵白一阵的，带着小沙弥，怏怏地走开了。

田雁门哈哈大笑，出了方丈，由原路抄到大雄宝殿。见台阶上的轿子和台阶底下的马，都不在那里了，想是什么绸缎店老板、药铺账房、酒店老板、洋货店跑街都走了。等到出了山门之后，看见酒店老板也没有坐轿，也没有骑马，换了便服，慢慢的在前面走哩。一个学徒弟的，肩上挂着两只靴子，腰里挟着衣包，一顶金角大王的红缨帽没处放了，便戴在头上，紧一步慢一步的，跟在酒店老板后面。田雁门又逛了一阵，回转家下。

刚刚他有个堂弟，叫做田龙门，从福建而来。田雁门接着，自是欢喜，当夜便命备酒与他接风。谈论之间，龙门似乎有些不高兴，田雁门便细细地盘问于他。龙门道："不要提起，我为着一桩打官司的事。"田雁门道："你好端端在家里守着，和人打什么官司呢？"龙门道："哥哥你不知道，你

---

① 制台——明、清两代对总督的敬称。这里指两广总督。

兄弟在福建做了几年生意，公买公卖，从不欺人，别人也不来欺我。如今为了一桩玩意儿，闹出一场官司，岂不可笑。哥哥，你知道了，是一定要埋怨我的。"田雁门道："什么事你自己说吧，我不来埋怨你就是了。"龙门道："我在福建，历年是做的茶叶生意，倒也赚了许多钱。有个朋友，他是开古董店的，与我甚是投契，不是我到他家去，就是他到我家来。有天，他急急忙忙地跑来，问我借十块洋钱。我问他什么事，他说收了样货，缺了钱。我就借给他去了。第二天傍晚，我到他店里去，他便喜形于色的告诉我，昨天收到了一件至宝。我问是什么至宝，他说是绿毛乌龟。我叫他拿出来，原来弄了一缸水，把它养着，那毛浮在水上，就和青苔一般。我问他有什么好处，他说可以避火。我一时看它可爱，就叫他让给我吧。他说：'可以。我昨天就是拿你那十块钱买来的；你既要，你拿去就是了。'我说：'咱们就此两不蒂欠①。'说罢，便叫了个人，把绿毛乌龟弄回店来了。谁知惹了一场大祸！"田雁门听了，不觉一惊。

欲知后事如何，且听下回分解。

---

①　两不蒡欠——双方谁也不欠谁的。

第二十三回

断乌龟难为堂上吏　赔鸟雀诧尽路旁人

　　话说田雁门听田龙门说为了一只绿毛乌龟,惹出一场灾祸,急于要听,催他快说。田龙门道:"我欢欢喜喜把它拿回家后,换了一个瓷缸,好生养着,便有人知道了,要来看看。我想叫人看看,这又何妨呢。谁想那人去后,便有个像贵公子模样的,问我要买。我说不卖,他便怒气冲冲走了。第二天,便有差人出差传我,说:'漳州县大老爷有话要同你讲。'我说:'我上不欠皇粮,下不欠私债,你们大老爷传我,却是为何呢?'差人道:'不必多言,到了堂上,自然明白。'及至到了堂上,漳州县大老爷戴着水晶顶子,拖着花翎,捋着胡须,问我道:'你知道你家里藏的那样东西,是哪里来的?'我说:'是朋友卖给我的,难道是抢来的偷来的不成?'漳州县大老爷哼哼冷笑,说:'我对你实说了吧! 这样东西是内务府①里避火之宝,后来赏了桐重桐大人。桐大人做了本省将军,可就把它带来了。前几天还在他家玉石池子里面,听说这两天到了你家了。桐大人少爷桐益吾,好容易打听出来,给你个面子,问你买回去,你倒跟他装起傻来,耍起窨②来! 你知道私藏禁物是个什么罪名! 哼哼,你的胆子可比磨盘还大!'我那时一句摸不着头脑,就回他道:'老公祖的明见,这乌龟可是实实在在花十块洋钱在朋友那里买来的,不晓得什么叫做铜大人铁大人。'漳州县大老爷一拍惊堂木道:'胡说八道! 我本县难道是诬赖你么?'我又回道:'如此说来,大老爷你倒成了这乌龟的嫡亲干证了!'漳州县大老爷气得胡须直竖,连说:'这还了得! 你竟骂起本县来了?'回头望差人一望道:'来啊!'差人答应一声'是'。"

　　田雁门更着急道:"这光景要打你了。"龙门道:"你别慌! 我虽不算什么,还是个监生老爷,他打了我不犯处分么? 当时漳州县大老爷只说得

---

　　①　内务府——清代官署名,掌皇宫财用出入,以及祭祀、宴飨、衣服等。
　　②　窨(yìn)——地窖。这里借指装糊涂隐瞒。

一声:'替我看起来!'两个差人便把我带下来了。后来我们掌柜知道了,赶忙把乌龟送到衙门去,说他既爱乌龟,就送他一个乌龟吧。他收到乌龟之后,这才糊里糊涂开释的。"田雁门听他说毕,不禁叹息道:"玩物丧志,古人的话真不错!"两人谈着,用过了几杯酒,便叫拿饭上来。吃毕,雁门回房安歇。龙门就耽搁在他家里,过了两三日,仍回福建,做他的茶叶本行去了。

如今且说这桐重桐大人,原是镶黄旗①人氏,出身笔帖式,识字无多,从小在内务府当差。熬了二十来年资格,才爬到内务府员外郎。他的令郎桐益吾,是个翻译举人。爷儿两个,在北京城里,什么事都干。有人送他父子两个徽号:桐重叫做"老不要脸桐",桐益吾叫做"小不要脸桐"。他们一党,还有俩叫做混账宝、倒乱平,京城里外,无人不知,无人不晓。当初穷得淌尿,连半个大钱都没有,天天在街上说大话诳嘴吃。

有天,老桐到大栅栏一座茶铺里去喝茶,拣了一张桌子坐下。叫伙计泡一壶开水来,在腰里掏了半天,掏出几片叶子来,让它浮在水面。伙计说:"您老,怕这茶不浓吧?"他说:"你真没有见过世面!这是真正武彝叶子,一片要换一两多银子呢。我喝过了,还要把它捞起来,用丝绵揩干了带回去,还好请十几回客呢。"旁边人瞧了瞧,看见就是寻常喝的香片,便问他道:"这位朋友,你说你这茶是真正武彝叶子,何以见得呢?"他把茶壶一掀,道:"迟了,迟了!你要早问我,我就把稀稀罕儿给你看看,现在可不成了!"旁边人问:"怎样的稀稀罕呢?"他道:"这叶刚下壶,把壶盖儿一盖。闷了一刻钟时候,把盖一掀,就飞起一朵云来,云里头还现出一只大仙鹤。"旁边人听他捣鬼,便嘻开嘴笑了笑,走过去了。等到喝完了一壶开水,他站起身来要走,伙计说:"您老走了,一文开水钱现给了吧。"他说:"好糊涂小子!你大爷这叶子,就值个十多两银子。你把它捞出来,将来碰着了行家,还可以卖好价钱哩!"伙计说:"您老,我不愿意发这个财,你把一文钱给了我吧。"他说:"你大爷身上带惯银子、票子,谁还带一文钱呢!记在账上,明儿给你就是了。"说罢,扬长而去。伙计只好白瞪着两只眼,说:"北京城里,哪里来这种不要脸的东西!还充大爷,大爷是几文钱一斤!"引得一茶铺人,无不哈哈大笑。

---

① 镶黄旗——满州八旗之一。

　　还有天,小桐提了个百灵鸟,走到大街上,看见前面来了个戴夹纱帽子玳瑁眼镜的老头子,一步一步,踱将过来。小桐暗想:"这是糟豆腐,好讹他一讹了!"故意迎了上来,用力一碰,那人叫声嗳哟,便跌倒在地上了。小桐也趁势往地上一坐,顺手把雀笼一掼。雀笼本来是旧的,经这一掼,雀笼登时散了满地,百灵展开翅膀,腾的一声飞了去了。小桐回身把那老头儿劈胸一把,说:"你赔我的百灵!"老头子正跌得天昏地暗,又有人将他劈胸一把,气得连话都说不出来。旁边便有小桐的党羽,先把老头子架起来了,颠倒问道:"你这糟豆腐,你走道怎么走到人身上去了?"小桐在地下,直着嗓子嚷道:"诸位,别把他放走了,他得赔我的百灵哪!"便有个做好人的,走过来把小桐架起来了,说:"你们二位,有什么话到茶铺子里去讲。别躺在地上,回来给车轧死了,倒要连累街坊吃人命官司哩!"一面说,一面把两人簇拥到一家茶铺子里。

　　先问老头子,老头子道:"我好好的边儿上走,他把我一碰,碰倒在地,跌得我周身生疼,我正要找他呢。"又问小桐,小桐提着他那条卖估衣的嗓子,说道:"他倒说干净话儿!我提着雀笼,也在边儿上走,这老王八一晃一晃地碰到我身上来,把我雀笼碰在地上,成了两半个。这雀笼呢,原不打紧,倒是我那个百灵是个无价之宝,什么都会叫。猫叫、狗叫、马叫、驴叫,还有笙箫鼓笛,件件齐全。这两天又学会了外国山歌。你们想想,可爱不可爱?这一下可跑了,不是去了我的命吗?"他说得出便做得出,登时号啕大哭起来。那老头子急得目瞪口呆,计无所出。小桐一头哭,一头还嚷道:"谁把他放走了,咱们白刀子进,红刀子出!"等他哭完了,又是劈胸一把,说:"咱们上刑部衙门去!"那老头子吓得身体如筛糠一般,便央求众人道:"众位朋友,给我撕掳撕掳①,我定不忘你们的大恩大德!"众人又劝小桐道:"你刚说要他赔,他现在肯赔了。你到底要多少呢?"小桐把指头一伸道:"一百两。"老头子道:"岂有此理!一个百灵值到这个价,你简直是讹我了!"小桐啐了他一脸唾沫道:"我把你这王八羔子!你就是赔了我一百两,我还不愿意呢。走,咱们上刑部衙门!"老头子央求众人道:"诸位大哥,你们公公道道,替我酌量个价钱吧。"众人道:"一百两呢太多,八十两是不能少的了。"老头子初还不肯,众人好说歹

---

　　①　撕掳——料理。

说,逼他出了六十两银子,说明白跟他回寓去拿,这里众人才一哄而散。

小桐拿到了六十两银子,回到家中,刚才在外面飞掉的那只百灵,好好的在那里啄小米子吃了。原来他是养家的,常常借此讹人的。正是:

　　　　画虎画皮难画骨　　知人知面不知心

欲知后事如何,且听下回分解。

第二十四回

摆架子空添一夜忙　闹标劲浪掷万金产

上回书说小不要脸桐讹人的那些故事,这回再说他父亲老不要脸桐。原来老不要脸桐,起初家道极贫,住在烂面胡同。家里穷的淌尿,他还要满口大话,架弄他的身份。他住的宅子,倒是他祖上留下来的。到他手里,又没有钱去修理,弄得破败零落,很像一座古窑。他隔壁住的乃是一位户部郎中,名叫文璧,是蒙古镶红旗人氏,和老不要脸桐还沾亲带故。文璧的书室,紧贴着老不要脸桐的上房。

有一年秋天,文璧喝醉了酒,回家一觉薯腾大睡。及至醒了,已经是酉牌时分了。想要再睡,却又睡不着,便一个人点了个灯,到书室里来写信。只听见隔壁老不要脸桐,叫着丫头道:"来啊,拿我的帐子挂起来。"丫头道:"老爷什么帐子?"他道:"是白的。"丫头道:"连黑的都没有,别说是白的了!"他说:"是长的。"丫头道:"连短的都没有,别说是长的了!"他道:"是把绳子系住的。"丫头道:"连不把绳子系住的都没有,别说是把绳子系住的了!"过了一会,丫头道:"哦,哦,哦,我知道了!"帐子的事情完了,老不要脸桐又道:"来啊,把我的枕头垫起来。"丫头道:"什么枕头?"他道:"是高的。"丫头道:"连矮的都没有,别说是高的了!"他说:"是方的。"丫头道:"连圆的都没有,别说是方的了!"他说:"是硬的。"丫头道:"连软的都没有,别说是硬的了!"又过了一会,丫头道:"哦,哦,哦,我知道了!"枕头的事情完了,老不要脸桐又道:"来啊,把我的被窝铺起来。"丫头说:"什么被窝?"他道:"是宽的。"丫头道:"连窄的都没有,别说是宽的了!"他说:"是厚的。"丫头道:"连薄的都没有,别说是厚的了!"他说:"是直的。"丫头道:"连横的都没有,别说是直的了!"又过了一会,丫头道:"哦,哦,哦,我知道了!"北方节令较早,这年虽是七月,天气已经很凉了。只听老不要脸桐道:"今儿晚上,有点凉飕飕的,我把皮袍跟着靴子都穿上吧,省得明儿闹咳嗽。"

文璧也不在其意,把朋友来的信,复了一封,又是一封。一直写到天亮,有些倦了,伏在桌上打盹。猛然间听见隔壁老不要脸桐屋子里,哗啷一声,文璧登时惊醒。只听丫头嚷道:"老爷,你的靴子打烂了!"文璧十分诧异,心里想:靴子怎么会打得烂? 就是打得烂,为什么会这样响? 正在疑疑惑惑,听见老不要脸桐打了几个呵欠,说:"天不早了,该起来了。"说着,又听见他叫那丫头道:"金铃儿,金铃儿,你也起来吧! 太太昨儿晚上,上王府去吃酒看戏,没有回来。你该早早地梳好了头,洗好了脸,套车去接才是。"丫头应了一声,旋即听见老不要脸桐穿衣裳窸窸窣窣的声音,打火的声音,吹着了煤纸抽潮烟的声音。又听得叫道:"来啊! 你把枕头放到台阶底下去! 把被窝安到门框儿上边去!"丫头答应了,忙乱了一会,老不要脸桐又道:"你再瞧瞧,帐子还有没有? 皮袍还有没有?"丫头道:"帐子烧完了。皮袍喝完了。靴子打烂了。"

文璧更是不懂,进去告诉了他太太。他太太听了,也稀罕得很,悄悄打发一个老妈子顺便去问那丫头。等到文璧衙门里下来,太太迎着告诉他道:"刚才老妈子过去,把老不要脸桐的事情,一齐打听明白了。你知道他帐子是什么,原来是蚊烟!"文璧道:"还有枕头、被窝呢?"太太道:"枕头是台阶底下检得来的砖头,被窝是门框儿上脱下来的门。"文璧道:"靴子怎么会打烂? 皮袍怎么会喝光呢?"太太道:"靴子是酒坛子,皮袍是酒。"文璧这才恍然大悟。继而一想,拊掌大笑,不知不觉把眼泪都笑将出来。

过了一阵,文璧看他渐渐的光鲜起来了。一打听,才知道投着了一个主儿,所以吃喝穿着都不愁了。你道他的主儿是谁? 原来是木鲁额木中堂的大少爷。木中堂在日,做过文渊阁大学士,执掌军机。他的大少爷名字叫做春和,号蔚然,北京城里算是数一数二的阔少。什么都不用说,单说是鼻烟壶一项,也值个十多万金。京城里人用鼻烟壶,有个口号,叫做春玉、夏晶、秋料、冬珀。玉字所包者广,然而绿的也不过是翡翠,白的也不过羊脂。晶有水晶,有墨晶,有茶晶,还有发晶。料的那就难说了,有要是真的,极便宜也要五六十金;还有套料的,套五色的,套四色的,套三色的,套两色的。红的叫做西瓜水,又叫做山楂糕,黄的有南瓜地,白的有藕粉地,其余青绿杂色,也说不尽这许多。春大少爷春和,他除掉这些之外,还有瓷鼻烟壶。瓷鼻烟壶以出自古月轩为最。扁扁的一个,上面花纹极细,有各种虫豸①的,有各种翎毛的,有各种花卉的,有各种果品的。春大少爷他有不同样的瓷鼻烟壶三百六十个,一天换一个,人家瞧着,无不纳罕。

京城里有个杠房头②,也讲究此道。他单有一个料鼻烟壶,上面刻着两个老头子,又刻着两个小孩子,一个编了条辫子,一个囟门口留着一搭胎发。据说这个壶的名字,叫做"七十九,八十三,歪毛儿,淘气儿"。是顶旧的旧货,现在再要找也找不出来了。有天,这杠头在茶馆里夸说:"咱这壶无论什么人,他都不配有! 你们别瞧木府那么阔,他们的壶那么多,要找得出一个跟这同样的,我把这个砸碎它!"众人听了,默无一语。便有耳报神③,把这话传给春大少爷听。

春大少爷听了,这一气非同小可,心中暗想:"这小子如此可恶,必得盖他一下子!"叫人把装烟壶的匣子搬下来,自己细细地拣着。拣了一天,果然没有这件东西,心里纳闷道:"这回输给这小子了!"谁想他兄弟成二爷成贵,看见他哥哥面上有点不自在,便问他哥哥为了什么事。春大少爷如此长短,告诉了他一遍。成二爷道:"七十九,八十三,歪毛儿,淘气儿。这个壶不能没有!"沉吟了一会,又说道:"咱们老爷子有这么一个,不知道是赏给了谁了。"正说着,他府里的老家人王富,便上前回道:"老中堂有这么一个,在世的时候赏给了奴才了。"春大少爷一听,大喜道:"这话真吗?"王富道:"奴才不敢撒谎。"春大少爷道:"现在还在不在呢?"王富道:"奴才为着是老中堂赏的,不敢拿出来用,现在还好好的藏在家里呢。"春大少爷一迭连声道:"你快去拿来! 你快去拿来!"不多时,只见王富捧了个紫檀木匣子,打开来,把棉絮扯掉,露出壶来。春大少爷把它放在掌心,两边细看,和杠头的一模一样,而且杠头那壶,口上缺了一粒米这么大,木中堂赏给王富的这壶,一点破绽没有。春大少爷大乐,掖在腰里四喜袋里,匆匆忙忙吃完了饭,骑着牲口,便去找那杠头。

那杠头可巧不在家中,出门去了。春大少爷一团高兴,登时打灭,回来之后,家人们去打听,知道这杠头天天在前门外一爿清风居茶馆里喝茶

---

① 虫豸(zhì)——虫子。
② 杠房头——在婚丧时抬杠的叫杠房,杠房的把头叫杠房头。
③ 耳报神——传递消息的人。

的。第二天一早,春大少爷便赶了去,杠头恰恰在那里闻烟呢。春大少爷便朝他说道:"你是说过的,谁能够找出一个跟你合样的壶来,你就把你那壶砸碎。这话可是有的么?"杠头抬头一看,见是春大少爷,连忙站起,说:"大爷别听他们混说!"有个旗人德五,在旁插嘴道:"那天你自己说的,我还在旁边听见的呢。你今儿想赖可不成!"杠头两脸涨红,一声也不言语了。春大少爷把壶掏出来给他看道:"你瞧瞧,够得上你那个,还够不上你那个?"大伙儿听见了,便围上来了。春大少爷拿杠头的那个壶,又拿自己带来的那个壶,对着大伙儿道:"你们都是行家,瞧瞧,谁的好,谁的不好?"大伙儿都认得春大少爷,哪有不奉承春大少爷的。春大少爷举着杠头那壶,说:"是你自己砸,还是我替你砸?"杠头见事不妙,便嬉皮笑脸的把壶抢在手中,一溜烟逃走了。

春大少爷这回得意,非同小可,回到家中坐下,便叫人把田地房产契券的箱子搬来,掏出钥匙把箱子开了,翻出一打市房的契纸来。随手检了一张,原来是花儿市的一所房子,每年可得租价一千多银子,留在外面。叫把箱子搬了进去,便对王富道:"拿这所房子,跟你换这个壶吧!"王富欢喜之状,也就难以言语形容了。春大少爷手笔如此之阔,这回老不要脸桐粘上了他,岂不要发财么?

欲知后事如何,且听下回分解。

第二十五回
演寿戏名角弄排场　报参案章京漏消息

　　话说老不要脸桐,自认识春大少爷之后,车马衣服,都渐渐地架弄起来。春大少爷本是个糊涂虫,只晓得闹标闹阔,于银钱上看得稀松。老不要脸桐又是老奸巨猾,始而买东西上赚点扣头,有些家人们妒忌他,他倚着和春大少爷要好,任凭他们如何妒忌,只是没奈他何。

　　光阴荏苒,已是隆冬时候了。有天,春大少爷在估衣铺里瞧见一件索库伦①的貂马褂。原来这索库伦是老貂皮,毛深而紧,与那些秋貂冬貂,大不相同。春大少爷用五百银子买了回来,十分欢喜。十二月初一,是他母舅华尚书寿旦。他在华尚书宅子里充当戏提调②,这天定的是玉成班,一早掌班的戏箱发来了。春大少爷穿着白狐开气袍,套着海龙马褂,腰里挂着鲜明活计,都是长圆寿字的,嚷着叫家人单拾掇一间屋子。家人们请示:"单拾夺一间屋子干吗?"他又嚷道:"单拾夺一间屋子,让叫天儿抽烟呀。"家人们唯唯地去了。少时,拜寿的络绎而来,都是些什么尚书侍郎之类。春大少爷张罗了这个,又去张罗那个,早忙得他气喘如牛。等到开了席,端上面,他匆匆忙忙地吃了一碗,擦过脸,钻到戏房里去了。

　　那时台上已唱过两三出吉祥戏了。他四边一望,只有小朵儿③一个在那里扮妆呢。她便走过来,替她理簪环,调脂粉,乱了一阵子。外边一迭连声说:"大人请春大爷!"春大少爷跑到了里边,华尚书正在那里闻鼻烟呢。他说:"舅舅有什么话吩咐外甥?"华尚书道:"没有别的,前回军机上陆大人说过,他喜欢听叫天儿的戏。今天他有事,光景下半天才来,你好好的叫叫天儿伺候着,别走开,回来找不到。"春大少爷答应了几声

---

①　索库伦——疑是索伦之误。索伦是部落名,在黑龙江流域,民风刚劲,善游
　　猎,产名贵兽皮。
②　提调——官职名,掌调遣吏役,处理事务。此处指安排戏剧演出的人。
③　小朵儿——清末名花旦杨小朵。

"是",退下去,便嚷着叫家人们去催谭老板。家人们说:"催过了,谭老板还睡在被窝里呢!"春大少爷打身上掏出表来一看,道:"现在已经十二点钟,他怎么还不起来? 真混账!"家人们说:"他家伙计提过,就是上里头①当差使,也得两点钟才去呢!"春大少爷无言可答。一会儿,小朵上场唱过了《花田错》,便是孙怡云②的《宇宙锋》。孙怡云《宇宙锋》完了,是李吉瑞③的《长坂坡》。这时已经两点多钟了,陆大军机也来了。春大少爷本来认识,上去见过了,陆大军机只说得一句:"今儿你当提调,辛苦了!"便扭转头和华尚书说别的去了。

春大少爷在上头没有意思,便又溜进戏房里,看看戏单。李吉瑞的《长坂坡》下来,是金秀山④、德霵如⑤的《飞虎山》。《飞虎山》下来,是余庄儿⑥的《马上缘》。余庄儿的《马上缘》下来,就是叫天儿的《讨鱼税》了。春大少爷跺脚道:"怎么还不来! 怎么还不来!"道言未了,家人赶进来说:"谭老板来了!"春大少爷大喜,赶着跑出来。只见叫天儿穿着猄猁狲袍子,翎眼貂马褂,头上戴着皮困秋儿,皮困秋儿上一块碧霞玺,鲜艳夺目。后头跟着伙计,拎着烟枪袋,挟着衣包,另外还有行头。春大少爷便说:"秋峰,你怎么这个时候才来呢!"叫天儿慢条斯理地道:"起迟了,累您等了。"春大少爷便让他到刚才拾掇的那间屋子里去坐。

叫天儿进了这屋子,伙计打开烟枪袋,拣出一支犀角枪搁在炕上烟盘里。另外有一个紫檀木的小方匣子,开了盖,共有三层,每层上是四个烟斗,三四一十二个烟斗。伙计又在一个小口袋里,掏出一个玻璃罐子来,玻璃罐子里满满地盛着一罐子烟泡,伙计们替他一个一个地上在烟斗上。这里叫天儿脱去翎眼貂马褂,里面原来穿着鹿皮坎肩儿呢。春大少爷忙着叫家人泡好茶。家人们端上茶来,又摆上许多茶食,红的绿的,共有十几种。叫天儿端起茶来,喝了两口,便说:"我告罪,要抽两口。"春大少爷

① 里头——指皇宫。
② 孙怡云——清末名花旦。
③ 李吉瑞——清末名武生。
④ 金秀山——金少山之父,清末名花脸。
⑤ 德霵如——清末名小生。
⑥ 余庄儿——即余紫云,小名庄儿,清末名花旦。

忙说："请便，请便!"春大少爷却不走，一边坐着陪他。叫天儿躺下去，呼、呼、呼一连抽了七八口，这才有点精神。一面抽着烟，一面和春大少爷闲谈道："大爷，您去年买的那个银合马，还在那哈儿吗?"春大少爷道："喂着呢。"叫天儿道："脚底下可不错?"春大少爷道："也还过得去。"叫天儿道："我前儿买了一对酱色骡子，花了四百银子，毛片儿一模一样，连城根周家那对都赶不上。您明儿瞧着吧!"

　　叫天儿正在高谈阔论，他伙计急得什么似地跑进来道："老板，场上余庄儿唱了一场了，你老扮戏去吧!"叫天儿道："我知道了。"又抽了七八口，这才站起身来，对春大少爷道："我扮戏去了，回来见吧。"春大少爷格外周旋，又把他送到戏房里。叫天儿从从容容的扮好，余庄儿已经下来了，接着《讨鱼税》，外面场上的鼓，打得雨点儿似的，叫天儿才放下京八寸①，挂上胡子，一掀门帘出去了。春大少爷知道大功告成了。这时候天黑了，内外点起灯烛，照耀如同白昼。春大少爷出来归座。一会儿觉得身上那件海龙马褂太累赘，便叫："来啊!"家人们答应着。春大少爷道："拿那件貂马褂上来!"家人们在衣包里取了出来，春大少爷换上。

　　这时候叫天儿正唱着昨夜晚一段，台下鸦雀无声，静静的侧着耳朵在那里听。唱完这一段，陆大军机连声喝彩、叫赏。跟班的答应着，便掏出一封银子，呈上陆大军机过目。陆大军机皱着眉头道："这里才五十两，太少了! 再加上一封吧。"跟班的又掏出一封银子，两封一齐扔到台上去，台上出过红人谢过。陆大军机便欠身向华尚书告罪，说是："要早点回去歇着，怕明儿误了差。"华尚书不便强留，送了陆大军机出去。回来朝春大少爷一看，便和春大少爷道："你来，我有话跟你说。"春大少爷摸不着头脑，只得跟着他到一间书房里。华尚书道："你这件马褂，是几时买的?"春大少爷道："前儿才买。舅舅看好不好?"华尚书鼻子里冷笑了一声，道："亏你是世家公子哥儿，连这点规矩都不懂! 你可知道，这件马褂，主子②打围的那一天，才穿上一回。你配吗? 快给我脱下来!"春大少爷羞的满面通红，只得把马褂脱下来。华尚书叫小跟班的进来，吩咐道："你到上房里去，对管衣裳的十九姨奶奶说，把我前儿收拾好的那件甘尖

————————

①　京八寸——一种短小的旱烟管。

②　主子——指清朝皇帝。

的马褂拿出来,请春大爷穿。你把这个带进去吧。"说完了这句话,便踱出去了。

春大少爷只得在书房里呆等。等那小跟班的把甘尖马褂拿出来换上,才搭讪着出来。少时开席。开过席,戏也完了,各客俱散。春大少爷无精打采,混出了华尚书的宅,回家安歇不提。

且说这华尚书名叫华林,是满洲贵族苏丸瓜尔佳氏。少年时由一品荫生①出身,现任礼部尚书,在朝里也是个有名角色。这日是他生日,没有大举动,不过唱唱戏、请请客罢了,已经闹得人仰马翻了。第二天,到过衙门,又到各处去谢了步。回到宅里,门生故旧已经挤满在书房里了,华尚书一一接见。便是部里的司官,赶来画稿②。诸事完了,快天黑了。华尚书极好的酒量,终日醉乡,伺候惯的家人们,便摆上几种小厨房里弄的肴馔③,捧上酒来。华尚书自斟自酌了一回。

忽然门上传进一封信,信上图书花押重重。华尚书暗自猜疑。拆开信封,面上盖着一张小字名片,是薛机。华尚书低头一想,想起了薛机,是军机章京达拉密④,心里忐忑道:"什么事呢?"再看那信上写道:

今日周楷递呈封口折一件,参公卖缺得贿,情节甚重。上意颇怒。公速求陆军机以解此围,否则恐有不测。

十二月初八日   名叩。阅后付丙⑤

华尚书看罢,把他酒都吓醒了,连忙说道:"这是怎么一回事呢?"愣了一会,又想周楷这人,名字好熟,想了半天,恍然大悟道:"就是有天在吴侍郎席上,他请教我,我没有理他那个人。这真是杯酒戈矛了!"一面换衣服,一面叫提轿,上陆军机宅里去,求他解围。

欲知后事如何,且听下回分解。

---

① 荫生——封建时代凭借祖上余荫取得官职。
② 画稿——负责长官在文稿上签字。
③ 肴馔(yáo zhuàn)——丰盛美味的饭菜。
④ 军机章京达拉密——军机章京,在军机处办理文书的官职。达拉密,即领班。
⑤ 付丙——烧毁。

第二十六回

落御河总督受惊惶　入禁省章京逞权力

　　且说华尚书听见御史周楷有参他的信息,连夜赶到陆大军机宅里,求他转圜①。及至停下轿来。门口上挡着说:"中堂醉了,请大人明儿来吧。"华尚书再三央告。门口说:"大人不知道咱们老中堂的脾气吗? 他喝上酒,别的就顾不得了,无论什么人去见他,他给你一个糊里糊涂。他要高起兴来,论不定还灌上你几盅。"华尚书无奈,只得怏怏②地回去。第二天便上去请了三天病假,暗地里托人到大总管③那里去打点,面子上算是托了陆大军机。到底钱可通神,这样一场大事,大总管不过得了华尚书三千银子,周楷那个列款纠参的折子,弄成了个留中不发。华尚书这才把心放下,又去谢过大总管,谢过陆大军机,从今以后,也稍微敛迹些,不敢再把他那盛气凌人的样子拿出来了。

　　且说陆大军机陆颖,号筱锋,山东济南府新城县人氏。二十来岁,就进学中举点翰林,好容易熬到开了坊,转了侍郎,又放过一任巡抚,在巡抚任上升了总督。旧年出了个岔子,着开缺来京,另候简用。陛见之后,把两任所得的好处,分了一半,里头孝敬大总管,外面孝敬军机大臣。不多时候,就署了户部尚书。那时正值人才零替,什么吴中堂、吕中堂都病故了,朝廷推算资格,陆颖也是个老人了,就下了一道上谕:"陆颖着在军机大臣上学习行走。"这一下可跳高了。但是陆军机有一种脾气,叫做嗜酒如命,量又大,谁都喝他不过。北京的风俗,四月向尽,就要搭上天棚了。他是个大胖子,异常怕热,四月里家里就弄了冰桶,杨梅桃子都搁在冰桶里。每天在军机处散班之后,回到宅里,随意见过几个客,就在天棚底下,闹了个独座儿。伺候他的烫上酒,摆下盘子碟子,他却正眼也不瞧一瞧,

---

①　转圜(huán)——从中调停。

②　怏怏(yàng)——不满意,不高兴。

③　大总管——指慈禧太后宠幸的太监李莲英。

单就着冰杨梅、冰桃子下酒。喝了四五斤酒,有点意思了,把长袍宽去。再喝下一斤,索性把上身衣裳宽去,光着脊梁,小辫子绕成一个揪儿。喝到八分醉了,伸手下去拉袜子;及至十分醉了,坐在椅子上,便呼呼地睡着了。跟班的拿了条毯子,给他轻轻盖上。这一睡不知睡到什么时候,也许晚上一点钟,也许晚上两点钟。等到醒了,洗洗脸,漱漱口,饱餐一顿,便要进内城去了。

且说在军机处当差,从王大臣起,到章京为止,四更时分,一个个都要催齐车马,赶进内城去的。章京有值宿的;王大臣总是四更进去。春夏秋三季,倒还罢了,最苦的单是冬天。万木萧条,寒儿凛冽,便是铁石人也受不住,何况是养尊处优的那些官儿!单说这天,陆大军机酒醒了,跟班们伺候过一顿饭,便出门上车。其时正是隆冬,悠悠扬扬,飘下一天大雪。陆大军机是经惯了,也不怎么觉得寒冷;跟班们跨在车沿上,只是瑟瑟缩缩,抖个不住。及至到了内城城门口,陆大军机下了车,便有苏拉①接着,提一盏小小灯笼。这灯笼是葫芦式,中间围了一条红纸,除非军机处和着两斋才能有这个灯笼,余外都是摸黑摸进去的。

苏拉在前,陆大军机在后,一路上也不知踏碎了几许琼瑶②。忽然觉着有一个人,气喘吁吁地追踪而至。陆大军机便停了脚步,大声问道:"你是谁?"那人低低答道:"两广总督冯文毅。"陆大军机叫苏拉把灯举起,细细一照,只见冯文毅身上拖泥带水的,不胜诧异。便说:"你跟着来吧。"原来冯文毅那天刚刚召见。他进了内城门,不知路径。内城门一转弯,就是一道御河,这时被雪填满了,也看不出什么河不河。一个不留神,踏了一脚空,便跌向御河里去了。幸亏一则御河水浅,二则御河里结了一层厚冰,否则要载沉载浮的了。冯文毅把心捺定,摸着一根木桩,慢慢的把身子挣扎起来,拖泥带水的上了岸。正苦辨不清路径,远远看见一盏灯笼,把他喜得什么似的,放开脚步,跟将上去,原来是陆大军机。当下三人进了西华门,冯文毅到了朝房,便自踱了进去,伺候召见。

陆大军机径奔军机处。原来军机处的屋子,极像一座对照厅,一边是王大臣起坐之处,一边是达拉密章京跟着那些章京起坐之处。陆大军机

---

① 苏拉——满语,皇宫里的执役人。
② 琼瑶——原指白玉,这里指冰雪。

歇息了一会，上头叫起，陆大军机就和一班王大臣进去。等到退下来，已经是辰牌时分了。各军机回到军机处，叫达拉密章京进来，今天有几道什么什么上谕。军机大臣一面说，达拉密章京一面用手折记清；然后回到自己的那间屋子里去，分派拟稿：某某兄拟哪一道，某某兄拟哪一道。一霎时笔如风雨。达拉密章京看过了，又斟酌几个字，然后拿给军机大臣看。军机大臣里面，有两个满洲人，文理都不怎么通透的，还得汉军机细细地讲给他听。大家以为可用，就发下去，叫苏拉誊清了，送到上头去。送上去的时候，苏拉和太监都不准讲话，单是提着气，在嘴里呼的一声。太监知道了，拿了上去。少停拿出来，交给苏拉。苏拉回到军机处，那底稿后面有了个指甲印的，便已蒙上头允准了，然后发出去，颁行天下。这里王大臣各各退班。陆大军机最性急，总是头一个走。达拉密章京看见王大臣走了，他也照样。除掉那几个值宿的，不能离开一步，其余也都溜之乎也。值宿的是两个人一夜，像轮缺一样，个个要轮到的。不过到了轮着某人的那一夜，某人有事，可以托朋友替代，不必限定是要原人的。在内值宿的，也无它苦，只是凄凉寂寞罢了。那夜还有半桌酒席，有样摊黄菜，外头是做不来的，这都不在话下。

再说军机章京里面，分为两班：一班是汉章京，一班是满章京。汉章京有五个字的口号，叫貂、珠、红、葫、训。貂是貂褂，每年立冬，军机处、南书房、如意馆、太医院，上头都有得赏下来的。珠是朝珠，红是红车沿，葫是葫芦灯，熏是熏人。满章京也有五个字的口号。叫做吃、着、困、躺、戤。吃是吃饭，着是着衣，困是困在床上，躺是躺在椅子上，戤是戤在墙头上。汉章京跑得精光了，他们还没有散，这是什么缘故呢？他们原来想把几条不要紧的上谕，出去训人。看看日色平西了，满章京就发急了，口中混账王八蛋的把苏拉大骂，叫他去抄上谕。苏拉说："我的老爷，上头还没下来呢，你叫我到哪里去抄呢？"满章京更发急，连连跺着脚，说："瞧这是什么时候了，上谕还没有下来，你想赚谁！真有你们这班混账王八蛋！"苏拉被他骂不过了，只得走过去，把那不打紧的，抄个一两条给他，而且写得潦潦草草，歪歪斜斜。有几位认不大真的，还左一安，右一安，央告同班的人，把认不真的字，一个个用工楷注在旁边。这才一哄而散。

同是一样的章京名目，这样一看，真真是分隔云泥了。并不是汉章京里面，都是精明能干的，满章京里面，都是昏聩糊涂的；不过满人里面，念书的太少,他们仗着有钱粮吃,仕途又来得比汉人宽,所以十成里头,倒有九成不念书的。朝廷满汉并用,既有了什么官什么官的名目,就是不行,也只好拿来将就将就搪塞搪塞了。汉章京里面也有些不行的,达拉密章京了然于胸。有些事情都不去惊动他,到了忙的时候,把批好的折子,什么"知道了"、"该部议奏",都一条一条地夹在折子里面,叫他用浆糊一条一条地粘上去就是了。这又叫做"面糊章京"。看官,这并不是做书的挖苦他们,实实在在有这么一回事。正是:

　　　贤愚分两等,高下集群材。
　　　一入军机处,青云足底来!
　　欲知后事如何,且听下回分解。

第二十七回

紫禁试说军机苦　　白屋谁怜御史穷

上回书说了军机的乐处,如今再说军机苦处。有个御史叫做汪占元,是浙江人氏。有天要递个折子,那时老佛爷已住在园子里去。这个园子在西直门外,单有一条大路,直接这园子。两旁都是参天老树,夹着桃李梅杏,又有许多杨柳,到得春天,红是红,绿是绿,真是天然图画。那时坚冰未解,地冻天寒,一路上不过枯木丫槎而已。汪御史坐上车子,出了西直门,径奔园子而来。那刮面尖风,常常从车帷子里透进来,汪御史虽穿了重裘,也不禁肌肤起栗。及至到得园门口,汪御史下来了,赶车的把车拉过一旁。汪御史整了整衣冠,两手高擎折盒。进了园门之后,一直甬道,有座九间广殿,这广殿正门闭着,旁门开着。汪御史由旁门进去,到了奏事处,口称:"河南道监察御史臣汪占元,递奏封事一件。"随即在台阶底下跪了下去。值日太监接了盒过去,汪御史朝上磕了三个头,站起身来,退了三步,一直走出来,这才留心四望,只见奏事处对过有三间抱厦,窗棂上糊的纸,已经破得不像样子了,门上用红纸条贴了三个字,是"军机处"。汪御史心上一凛①,晓得擅进军机处,无论什么皇亲国戚,都要问斩罪的,因偷偷地立在抱厦外面,仔细端详。只见里面共是三间:一间做了军机处王大臣起居之所;一间里面,有几副板床,都是白木的,连油漆都不油漆,摆着几副铺盖,想是值宿章京的了;那一间不用说是达拉密章京及闲散章京起居之所了,心中暗暗叹道:"原来军机大臣的起居,不过如此!"

园里虽说是森严禁地,有些做小买卖的,也可随意进来。太监们及有宫门执事的,为着就食便当,所以不肯十分撵逐。看官们试想想,那些做小买卖的,有什么斯斯文文的,自然是嚷成一片。少时,看见两个苏拉,戴着红帽子,跑出来高声说道:"王爷中堂们为着你们这儿闹不过,叫你们

---

① 凛(lǐn)——畏惧,害怕。

一起滚出去！要不然，要送你们到衙门里去打板子了。"说罢，有一个苏拉，手里拿着根马鞭子，在那里劈头劈脸的乱打。那些做小买卖的，一霎时哄然四散，却都闪在树底下，或是墙边，都不肯走开去。汪御史不知他们是什么意思。少时，见他们又渐渐围拢来了。汪御史心中又暗暗的叹道："原来军机大臣的威权，不过如此！"

少时，太阳渐渐的直了，苏拉们都一个个跑到小吃担子上买东西吃。有两个给钱给少的，拉住了袖子，不肯放他走的；有的把碗端了过去，钱也不给，碗也不给，卖吃的人在那里叫骂的。一时不能尽述。少时，一个红顶花翎的慢慢吞吞地走出来，扒着门儿，对那卖冰糖葫芦的招手。汪御史细细的一看，原来是陆大军机。只见卖冰糖葫芦的把一串冰糖葫芦，递在陆大军机手里，陆大军机在身上掏出几个钱来，给卖冰糖葫芦的。看他拿着一串冰糖葫芦，回过头来，四边一望，早已三脚两步的，跨进军机处去了。又是一个苏拉，拿着铜钱在手心里数，又掉了两个，毛腰捡起，跑到卖粢团①的担上，买了两个粢团，嘴里还说："你多搁糖，这是里头孙中堂吃的。"旁边又一个苏拉说道："他一把的年纪。吃这个粘腻东西，回来不怕停食吗？"买粢团的苏拉道："麻花他又嚼不动，还是这个烂些。他现在饿得慌，停食不停食，也就不能管了。"说着，托了粢团去了。汪御史心中又暗暗的叹道："原来军机大臣的饮食，不过如此！"

一会儿，又是两个苏拉嘻嘻哈哈的，在汪御史面前走过。一头走，一头说道："老塔呀，你刚才没有听见王爷埋怨孙中堂吗？"那个苏拉说："为什么事情要埋怨他呢？"说是："他上去的时候，有桩事回错了话，碰了钉子下来，又给王爷埋怨了一场，你不看他脸上那种怪不好意思的样子……"以下走远了，听不清楚。汪御史心中又暗暗叹道："原来军机大臣的荣耀，不过如此！"心里一头想，不知不觉地走了出来。走到园门口，看见侍卫们在那里闲谈。一个道："老玉，咱们那哈东头，开了座羊肉铺子，好齐整的馅子！咱们明儿在那里闹一壶吧。"那个刁着小烟袋，一声不言语。这个就说："你放心啊，不吃你的。"那人方才把小烟袋攥在手里，在牙齿缝里迸出一口唾沫，吐在地下，说："那倒不在乎此！"汪御史抢前了几步，那边又有两个侍卫，在那里敬鼻烟呢。这个接过来，且不闻烟，

———

① 粢(zī)团——一种软食点心。

把个炮针筒的瓷壶翻来复去，说：“这是寒江独钓，可惜是右钓；要是左钓，就值了钱了。”说完了这句，把烟磕了点在手心里，用指头粘着，望鼻子管里送。接连便是几个喷嚏。那个哈哈大笑道：“你算了吧！回来呛了肺，没有地方贴膏药。”那个把壶递过去，嘴里还说：“好家伙，好家伙！包管是二百一包！”汪御史又抢前了几步，便到空场上，跟班正在那里探头探脑地望。汪御史走过去，跟班的服侍着主人上了车，自己跨上车沿子，赶车的把鞭子一麾，那车便往来的那条路上，滔滔地去了。

汪御史在车子里，心中感叹道：“方才看见军机大臣的样子，令我功名之念，登时瓦解冰销！”正在出神，车子已进了西直门，赶车的便问：“爷要上什么地方去？还是回家？”汪御史道：“我要到浙江会馆去拜个客。”赶车的听了，便把车子往东赶去。不上二三里，就是正阳门。正阳门一条大路，车马往来，自朝至暮，纷纷不绝。汪御史在车子里忽然觉得车轮停了，探出头来一望，原来是叉车。后来愈来愈多。把一条大路挤得水泄不通。汪御史十分着急，看见人家，也有下车来买烧饼吃的，也有在车厢里抽出书来看的，也有扯过被褥子来盖着睡觉的，无不神闲气静。汪御史也只得把心捺定了，在车里呆呆地等。等到太阳没有了，方才渐渐地疏通。汪御史看时候迟了，客也来不及拜了，便说：“回去吧。”

赶车的把车赶到家门口，汪御史进去了，宽去衣冠。太太便同他说道：“今天煤没了，米也完了，跟班的和老妈子要支工钱。你明天要打算打算才好！”汪御史听了，异常愁闷，便道：“太太，我何尝不打算？偌大京城地面，像我们这么样的官儿，正不知论千论万。照这样一年一年熬下去，实在有点烦难。就是我同衙门的几位，光景和我不相上下，除掉卖折子得那几个断命钱之外，还有什么意外出息么？”两人说着，又相对唏嘘了半日。太太忽然想起道：“你不是前天说，你有个堂房兄弟，进京引见①来了？他是个阔人儿，可有什么法子弄他几个？”汪御史摇头道：“那是我一脉之亲，怎么好意思去想他的钱财呢！”太太道：“现在家里这个样子，年又来了，也叫无可奈何了！”当夜无话。

次日，汪御史便去找那个堂房兄弟。他堂房兄弟叫做汪占魁，很有家财，在杭州城里专事游荡。他父亲愁的了不得，看看他年纪大了，什么事

---

① 引见——引导人见皇帝。按清朝制度，凡官吏职位低的，由吏部引见。

不能做,还是替他捐上一个官,虽不望他耀祖荣宗,也给他留下一个衣食饭碗。那年秋里,黄河决口,急待赈捐,遍到处设了局子,只要七成上兑。他可就花了五千银子,给汪占魁捐了个大八成知县。这回进京引见,嫌店里嘈杂,借住在一个人家。这个人家,是在京里当书办的,有个亲戚在杭州织造那里当茶房,不知如何,被他认得,此番与汪占魁结伴来京,汪占魁就住在他家里。临行时,他父亲给他一封信,说:"京城里有你堂房哥子在那里做御史,一切事体托他,谅无不妥的。"他到京之后,到汪御史家投信,汪御史刚刚拜客去了,不曾会着。他因为着居停主人连日替他摆酒接风,忙得不亦乐乎,也不曾到汪御史家里去过第二遭。这天,刚刚起身梳洗,外面传进一张片子。他一瞧知是堂房哥子来了,连忙叫"请"。

欲知汪御史见了汪占魁面后,有什么说话,且听下回分解。

第二十八回

急告帮穷员谋卒岁　滥摆阔败子快游春

　　且说汪御史的兄弟,自得杭州织造家人介绍,认识一个书办,到京之后,就住在书办家里。连日狂嫖滥赌,乐不可支。这天汪御史前去看他,他却坦然高卧。及至家人把他摇醒了,他才慢慢地披着衣裳起来,跋着鞋子,踢跶踢跶的赶到前厅,汪御史已经等得不耐烦了。二人见面之后,少不得谈些家乡的故事。他兄弟举目一看,只见汪御史这样冷的天气,还穿着一件旧棉袍,上头套了一件天青哈喇呢的羊皮对襟马褂,棉袍子上却套着双没有枪毛的海虎袖头,心中十分诧异。

　　少时那书办出来相见。请教名姓,方知姓尹名仁,是直隶人,在吏部有二十多年了。衣服倒也朴实,只是生了一双狗眼,几撇鼠须。汪御史少不得周旋他两句,说:“舍弟在尊府上打扰,不安得很!”那些套话。尹仁便龇牙咧嘴的说道:“汪老爷,您别闹啦! 令弟二爷既和咱盟兄周老寿要好,就跟咱要好一样。舍下有的是房子,只是三餐茶饭,没有什么好东西吃罢了!”说罢哈哈大笑。一会儿又说道:“现在已经是晌午了,汪老爷住得老远,赶回去怕府上的饭已经吃过。不知道可肯赏脸,就着舍下的破碟儿破碗儿,吃一顿穷饭?”汪御史看这人语言无味,面目可憎,本来想辞他的,只是肚子不争气,咕噜咕噜地叫起来了,当下只得连说:“客气,客气! 奉扰就是了!”尹仁听了,便喊:“来啊!”有两个小子跑了出来,尹仁对他们喊喊喳喳地一阵,两个小子又跑进去了。一会儿用一个木盘先端出茶来。尹仁敬了汪御史,然后又敬汪御史的兄弟,临了自己拿了一杯。尹仁一面喝着茶,一面两个眼珠子望着茶在那里发怔,像是想什么心思似的。汪御史看他这个样子,便拉着他兄弟问长问短。他兄弟才把要捐官的事一一告诉了汪御史。汪御史想道:“怪不得尹书办这样的款待他,原来他想赚这注上兑的扣头呢!”

　　正在狐疑,又听见碗盏叮当之声,两个小子早搬饭出来了。一面调排座位:自然是汪御史首座,他兄弟二座,尹仁下陪。汪御史举目看那菜时,十分丰盛,方明白刚才尹仁嗾喳了一阵,是叫小子到厨房里去多添几样肴馔出来的缘故。一时饭毕,又漱过了口,心里想和他兄弟借个一百五十两。一想第一回见面,到底有些不好意思;想着昨天太太同他说的家里窘迫情形,实在挨不过。只得硬了头皮走过去,把他兄弟拉了一把。他兄弟会意,便走到一间套房里,汪御史跟着进去。两人坐定了,汪御史凑着他耳朵,说道:"论理呢,我不该应同你老弟开口,怎奈愚兄实在迫不及待了,所以只好同你老弟商量。借个一百金,或是二百金,过了年,有别处的钱下来,先把来还你。"他兄弟听了,心里一个鹘突①,想:"我们老兄在京城里做官,做了这许多年,难道一个钱都没有剩,穷到这样? 临行时节,家里上人交代过的,一切事都要他照应。他如今既和我开口,我要不应酬他,似乎于面子上过不去。"便满口答应道:"有,有,有!"一头说,一头直着嗓子喊道:"老尹呀,老尹呀!"尹仁急急忙忙地走进来道:"二爷什么事?"他道:"我昨儿存在你那里的一封银子,你给我拿过来,我有用场。"尹仁看了他一眼,又看了汪御史一眼,方才走出去。少刻捧了一封银子过来,说:"你可自己点点数目,对不对。"他一手抢过来道:"算了! 你也会错吗!"他跟手把一封银子打开了,数了数,整整的一百两,对汪御史道:"大哥,你先拿去使。要不够,我还替你筹划。"尹仁在旁边听了这两句话,不觉的微微笑了一笑。汪御史羞得脸红过耳,忙把银子揣在怀里,把手一拱,说声"多谢",匆匆而去。

　　他兄弟送到大门口,尹仁也跟着出来。彼此弯了弯腰,汪御史上车走了,他们俩方才进去。尹仁不禁叹了一口气道:"难啊,难啊!"汪老二道:"你说什么?"尹仁道:"我就说你们这位堂房令兄,他还算是好的。有些穷都穷到有腿没裤子的都有!"汪老二听了,又十分诧异。尹仁说:"你怎么把那封银子全给了他?"汪老二道:"怎么不全给他? 一起只有一百两银子,牌算什么事! 咱们昨儿打一百银子一底二四的麻雀牌,我一副不就赢了六十两;只要今儿出去,再和上两副三百和,他借去的这一百两,就有在里头了。"尹仁道:"不错,不错,借给了他,就跟输掉一样。你譬如给人家敲了一副庄吧!"

　　两人说说笑笑,不知不觉,已是四点钟时候了。尹仁道:"你今儿还

---

　　①　鹘(hú)突——糊涂。

出去不出去?"汪老二道:"怎么不出去! 昨儿不是在顺林儿那里,许他今天吃个饭吗? 你先答应了,我才允他。你现在又装起糊涂来了,可是开我的玩笑?"尹仁道:"哦,哦,哦。是的,是的。我真该死,我真该死!"又道:"你坐了我的车去吧,回来我来找你。"汪老二道:"你自己怎样?"尹仁道:"说不得,拿鸭子了!"汪老二皱着眉头道:"这个我心里怎么过意得去呢?"尹仁道:"你别装腔了,老实的坐我的车吧! 你要心里过意不去,多请我吃几回相公①饭,那就补报了我了。"汪老二道:"何消说得!"一面汪老二上楼去换衣服,一面尹仁叫小子喊赶车的套车,伺候汪二爷出去,自己便扬长走了。

汪老二换过一身时新衣服,拿镜子照了又照,方才停当。出得尹家门,坐上车,赶车的问:"二爷上哪里?"汪老二道:"韩家潭②。"赶车的知道他去逛相公窑子,不是喝酒,就是吃饭,又有车钱到手了,便格外起劲。鞭子一洒,那拖车的牲口如飞而去。不多一会,到了韩家潭,找着了安华堂的条子,下了车,车夫用手去敲门。那门呀的一声开了,走出一个跟兔③,问:"爷是哪里来的?"汪老二说了一遍。跟兔说:"请里面屋子里坐。"

汪老二进了大门之后,细细地看了一遍。只见进了大门之后,便是一个院子。院子里编着两个青篱,篱内尚有些残菊;有一株天竹累累结子,就如珊瑚豆一般,鲜红可爱。一株腊梅树开满了花,香气一阵阵钻进鼻孔里来。上了台阶,跟兔在外面说了声:"有客!"里面有人便把帘子打起来。汪老二一看,原来是一排三间,两明一暗,两边都有套房。正中那间屋子里,摆了一张炕床,炕床上一只天然几,供着瓶炉三事,两边八把红木椅子,四个红木茶几。汪老二站定了,跟兔说:"请老爷书房里坐。"便掀起一个白绫淡水墨的门帘。

到了里边,汪老二随意在一把楠木眉公椅上坐下。四面一看,身后摆着博古厨,厨里摆着各式古董,什么铜器、玉器、瓷器,红红绿绿,煞是好看。壁上挂着泥金笺对,写的龙蛇夭矫,再看下款是溥华。汪老二知道这

---

① 相公——清代北京的男妓,称为相公。

② 韩家潭——当时北京妓院所在的地方。

③ 跟兔——相公的跟班。

溥华是现在军机大臣。又是四条泥金条幅,写的很娟秀的小楷,都是什么居士、什么主人,底下图章也有乙未榜眼①的,也有辛巳传胪②的。还有一位,底下图章,是南斋供奉③,便知这些都是翰林院里的老先生。跟兔早把紫檀茶盘托了茶来,是净白的官窑。汪老二揭开盖,碧绿的茶叶。汪老二是杭州人,知道是大叶龙井,很难得的。细细地品了一回,又问:"这水是什么水?"跟兔说:"这是玉泉的泉水。"汪老二点头赞叹。

忽然门帘一启,一个美少年走了进来。头上拉虎貂帽,身上全鹿皮做的坎肩儿,下面是驼色库缎白狐袍,脚上蹬着漳绒靴子,原来就是顺林儿。顺林儿对着汪老二,把腿略弯了弯,算是请安了,汪老二已是喜形于色。顺林儿又奉承了他几句,汪老二更是心花怒放。随即叫拿红纸片,跟兔答应着,送上一叠红纸片。汪老二走到书案边一张树根独坐上座了,顺林儿便来磨墨。汪老二连忙止住他道:"你别脏了手。"顺林儿笑道:"不妨事的。"汪老二写了几个客:什么西单牌楼张兆璜张老爷,南横街李继善李老爷,烂面胡同周绳武周老爷,还有浙江会馆两个同乡,一个姓王,叫做王霸丹,一个姓胡,叫做胡丽井。汪老二写毕,叫跟兔的拿出去,速速打发分头去请。正在忙乱的时刻,门帘外突然钻进一个人来。

欲知后事如何,且听下回分解。

---

① 乙未榜眼——乙未,指年代。榜眼,廷试第二名。
② 辛巳传胪——辛巳,指年代。传胪,第二甲第一名进士。
③ 南斋供奉——清朝官职名,以擅长文学技艺者,陪侍在皇帝左右。

第二十九回

坐华筵象姑献狐媚　入赌局狎友听鸡鸣

且说汪老二在韩家潭顺林儿家请客，正在拿红纸片写条儿的时候，门帘外钻进一个人来。汪老二定睛一看，原来是尹仁，连忙起身让座。尹仁坐下，顺林过来招呼了几句，便出去了。这里汪老二便和尹仁到套间里那张嵌螺甸红木小榻床上，叫跟兔拾掇烟枪。汪老二并不抽烟，不过借此躺躺罢了。尹仁却是大瘾，每天要抽一两多，抽得脸上变作铁青色了。当下二人对面倒下，尹仁也顾不得说话，一上手，嗖、嗖、嗖就是十几筒，这才和汪老二说话。

一会儿顺林出条子去了。有两个徒弟，一个叫做天喜，一个叫做天寿，走进来伺候他们。天喜便爬在炕上，替尹大爷烧烟；天寿无事，帮着上斗脚纱。汪老二看那两个小孩子，生得也还清秀，便问他二人是哪里人。天喜说是扬州人，天寿说是苏州人。汪老二又问他们现在学了几出戏，再过几年可以满师。二人一一回答了。

看看金乌西坠，玉兔东升，外面跟兔嚷声"客来"。汪老二连忙爬起，一看是王霸丹和着胡丽井，二人都是猞猁狲袍子，戴着熏貂皮困秋。彼此作过揖，尹仁才慢慢从榻床上爬起来，与他们厮见。他们和尹仁是熟朋友，向来玩笑惯的。尹仁看见胡丽井纽扣上挂着赤金剔牙杖，手上套着金珀扳指，腰里挂着表裢褡，象牙京八寸，槟榔荷包，翡翠坠件儿；一捋袖子，一只羊脂底朱砂红的汉玉金刚箍，这箍要值好多银子，便皱着眉头，对胡丽井道："老丽呀，你要打架可不了！"胡丽井道："你瞧见我和谁打架来？"尹仁道："别认真，我不过这样说罢了！"大家哈哈一笑。回头再看王霸丹，身上一切着实鲜明，就是底下跐着双毛窝子。尹仁又道："老八，你穿着这就出来了么？"王霸丹道："我为着它很舒服，所以懒得换了。"尹仁道："你图舒服，那还是蒲鞋。"王霸丹道："你别耍你那贫嘴了，瞧瞧你自己吧！"尹仁道："我自己没有什么呀，不过这件茧绸袍子，配不上你那个猞猁狲就是了。"王霸丹道："要拿好的衣裳往你身上搁，也称不起你那脑袋!"尹仁道:"我这脑袋还推扳吗?"胡丽井在旁插嘴道:"这可成了虾蟆跳在戥①盘子里,自称自赞了!"

三人说说笑笑,还不见张兆璜、李继善、周绳武三人到来,把他们等得不耐烦,问问催客的,说是:"通通知道了。"良久良久,李继善来了,张兆璜、周绳武尚无影响。汪老二在身上摸出表来一看,已经八点多钟了。李继善说:"我们摆吧。兄弟今夜要早回去,明天有事。"汪老二无法,便道:"也好,我们吃着等。"一面招呼跟兔的端整酒菜,一面又叫拿花纸片,请各人叫条子。尹仁头一个高兴,把笔抢在手中,说:"我来写。"李继善说:"我叫琴侬。"于是王霸丹叫红喜,胡丽井叫二奎,落后尹仁自己写了个绮芝。一共四张条子,发了下去。

打杂的端上盘碗,早有人把台子搭开。等到杯筷上来,安排停妥,天喜在旁边便叫拿边果,这边果就是瓜子。众人相让入座。自然是李继善首座,又单单留了二座、三座给张兆璜、周绳武,胡丽井坐了第四位,王霸丹坐了第五位,尹仁与汪老二挤在底下作陪。这时候顺林已经回来了,便上前斟过一巡酒,先生②在门外拉动胡琴,顺林唱了一折《桑园会》的青衫子,大家喝彩。相公饭的酒菜,向来讲究的,虽在隆冬时候,新鲜物事,无一不全。什么鲜茄子煨鸡、鲜辣椒炒肉,这些鲜货,都是在地窖子里窖着的。众人吃着,赞不绝口。还有一样虾子,拿上来用一只瓷盆扣着,及至揭开盖,那虾子还乱蹦乱跳;把它夹着,用麻油酱油蘸着,往口里送。尹仁说:"你们别粗鲁!仔细吃到肚子里去,它在里面翻癣斗,竖蜻蜓,像《西游记》上孙行者钻到大鹏金翅鸟肚子里去一样,那可不是玩儿的!"众人大笑。顺林便拧了他一把道:"你又在那里胡说八道了!"

吃不到一半,胡丽井的二奎来了。尹仁便拍手道:"恭喜,恭喜!打着了头彩了。"胡丽井面上也很得意。少时,绮芝、红喜都陆续来了,唯有李继善的琴侬没有来。李继善忽忽如有所失,面上更露着一种惭愧之色,便道:"这王八蛋,真可恶,他装红!"顺林道:"你别怪他,他今儿可真忙!"李继善方才不语。忽地跟兔一掀帘子,冲着李继善说:"老爷的条子到!"众人回头一看,只见琴侬穿着倭刀马褂,款步而来,但是身躯肥胖,一只眼

---

① 戥(děng)——一种有盘子的小秤,用以称珍贵物品。

② 先生——指乐师。

睛又是萝卜花。汪老二心中暗暗的好笑。见他往李继善旁边儿一坐,一声不言语。李继善便咕噜道:"好大的架子!"琴侬不听犹可,听了之后,欻①地立起身来,说:"得罪了,我要上天和堂去!"说罢就走,也不招呼李继善。李继善这一怒非同小可,登时嚷道:"好王八蛋! 明儿送他!"顺林劝道:"他是小孩子。李老爷,你何苦跟他一般见识!"李继善也无颜再坐,只得赸赸地告辞走了。汪老二送过,回到屋子里,说:"琴侬今儿怎么发起彪来②?"顺林道:"不怪琴侬。李老爷先前叫过十几个条子,半个大钱没有给。他今天来了,没有问他要账,还算是好的!"众人方才恍然。

这里胡丽井、王霸丹挥拳闹酒,闹到三更半天。汪老二道:"我也乏了,让我歇歇吧!"胡丽井、王霸丹方才罢手。一回用过稀饭,盥漱过了,胡丽井、王霸丹同叫套车。汪老二拦住他们道:"你们回到会馆里去睡觉也怪闷的,不如咱们来打小牌吧。"胡、王二人道:"有理,有理!"于是重新坐下,彼此谈天,一面又催尹仁快过瘾。他们谈天的当口,打杂的早把残席撤去,泡上上好的茶来。四人喝着。尹仁又抽了十几筒烟。这才精神奕奕。顺林儿叫天喜进去,拿麻雀牌和筹码,一面在套间那张红木小台子上,点上四支洋蜡,照得通明雪亮。顺林替他们分好了筹码,叫天喜、天寿好好伺候着:"我告假。"说着,进里边去了。

这里四人扳位就座。尹仁便问:"我们打多少底?"汪老二道:"你怪烦絮的,一百块底幺二就是了。"胡、王二人还嫌大。汪老二道:"算了吧,这还嫌大,已经再小没有了!"胡、王二人只得勉强答应。四人打了两圈庄,没有什么大输赢。刚刚到得第三圈,顺林出来了,坐在汪老二身后。汪老二和他鬼混着,也不顾手内的牌了。不提防对家胡丽井中风一碰,发风一碰,自摸一索麻雀,三翻牌摊了下来了。一数是中风四和,发风四和,自摸一索麻雀十四和,二十二和起翻,一翻四十四,两翻八十八,三翻一百七十六。汪老二正是庄家,应该双倍输,足足三十五块二角。汪老二却毫不介意,尹仁也声色不动,只有王霸丹便嚷道:"老二,你真正害人不浅!"汪老二道:"与我什么相干?"王霸丹道:"这中风发风不都是你打的么?"汪老二愕然道:"怎都是我打的?"王霸丹嚷道:"奇,奇! 不是你打的,是谁打的?"汪老二细细一想,笑道:"不错,不错。然而也没有什么要紧。"

---

① 欻(chuā)——象声词。
② 发起彪来——发脾气。

王霸丹嚷道:"你固然不要紧,我们都得输十七块六角一家哩!"汪老二道:"老尹不是一样的陪你输么? 他却一声不言语,你这样喉急,不怕他笑你么?"王霸丹方始无言,又说:"你叫顺林打几副吧,等你静静心再来。再要这样不顾人家死活,我们的账都要你一个人认的。"汪老二道:"也是,也是!"便让顺林坐下,自己躺在烟榻上,一会儿便蒙眬睡着了。

顺林叫天喜到里面问师娘要件狐皮一口钟来,替汪二爷盖着,回头省得凉了他。直到又扳过了位,打完八圈庄,天色渐渐地明了,方才把汪老二推醒。汪老二揉揉眼睛坐起来,跟兔递上手巾,汪老二揩过,便问:"怎么样了?"顺林道:"替你输掉了一底半。"汪老二道:"有限得很!"掏出靴页,拿出一张一百块的票子,一张五十块的票子,说:"你们拿去分吧。"三人中尹仁本是大赢家,赢了一百块;胡丽井赢了三十块,王霸丹赢了二十块。三人分完了,尹仁因为自己是大赢家,便给了屋子里人二十块。顺林替他们谢过了,打杂的端上稀饭,众人吃过,方才各自出门。

欲知后事如何,且听下回分解。

第 三 十 回

割靴腰置酒天禄堂　栽癣斗复试保和殿

却说汪老二在顺林儿家摆饭,饭后约了三人打了一场麻雀,直到天明,算了输赢账,伺候人搬上稀饭。大家用毕,胡丽并等纷纷告辞而去。汪老二在身上摸出一只打璜金表一看,已经到七点钟了,汪老二连说:"迟了!"便提了他那条卖估衣的嗓子,叫声:"套车!"外面答应一声:"嗻!"汪老二站起身来,整理衣服,顺林儿忙着上来去替他穿马褂,扣纽子。汪老二整理衣服已毕,便说:"我走了。"迈步跨出房门。顺林儿在后相送,一面紧握着他的手,说:"您今儿总得来一趟。"汪老二诺诺连声。顺林儿看他上了车,方才关门进去不提。

且说汪老二回到尹家,已经九点多钟了,上了楼倒头就睡了。睡到天快黑了,方才起来。尹家送上晚饭。汪老二吃过,便问伺候人道:"你家老爷呢?"伺候人回道:"老爷上天禄堂去了。"汪老二问道:"是人请他呢?还是他请人呢?"伺候人回称:"人请他。就是前面胡同里的户部刘四爷。"汪老二道:"不是常常跟你们老爷在一块的刘理台刘四爷吗?"伺候人回道:"正是。"汪老二说:"我也请过他好几趟,今儿他请客,不请我!我去闯席,看他怎样!"说罢,便换了衣服,坐车直奔天禄堂。在柜上问明白了户部刘宅定的第六座,一直从堂里走进去,拐个弯儿就是了。汪老二依言往里直闯,其时已有六点多钟了,正值上市,满院都是弦管之声,夹着大鼓书、二簧京调。汪老二寻着了第六座,跑堂的嚷声:"客来!"里面有人打起门帘。汪老二定睛一观,上面坐着两位年轻的,面貌约摸是南边人,横头坐着尹仁,底下坐着主人刘理台。

汪老二便嚷进去道:"刘四爷,您好呀!你请客,不找我!"刘理台听得声音熟,回过头来一看,也嚷道:"了不得了!老二找了来了!"汪老二接着说道:"你为什么这样失惊大怪!怕我吃了你的心疼吗?"刘理台一面让座,一面骂家人,说:"刚才叫你们去请汪二爷,你们说汪二爷一早出门了。原来是你们偷懒,编着话儿哄我,明儿一个个给我滚蛋!"汪老二忙解说道："我虽没有一早出门，可是起来得不多一会。或者是我的底下人知道我睡的正浓，不敢上来回，所以随口说了句一早出门，叫你死了心，别让他俩再跑腿，也是有的。如今瞧我面上，恕了他们俩吧。"刘理台这才收篷。汪老二说话的前头，尹仁和那两个年轻的，都和他招呼过了。坐下了，便先请教两位年轻的尊姓大名。二人嗫嚅①了一句，汪老二听不清楚。刘理台便告诉他道："他们是哥儿俩，一位叫做江文波，一位叫做汉澄波，江南镇江府丹阳县人，是上京里来会试的两位举人老爷。"汪老二记在心里。少不得江文波、江澄波也要问他的名姓籍贯。汪老二一一回答了。主人斟过酒，便让汪老二再要一个菜。这是北京的风气，凡客人后到，席上已要过菜了，总得让这个后到的客人另外要一个菜，以示恭敬。

闲话休提。再说汪老二随便要了一个菜，便嚷着要叫条子。尹仁抿着嘴笑道："你别叫了，一会儿就来，马上快！"汪老二诧异道："怎么说？"刘理台见尹仁已经把那一重公案揭破，当下便站起来深深一揖，道："大哥，你老人家总得恕我兄弟的罪！"汪老二更诧异道："你不说我还明白，你一说，我更糊涂了！"尹仁这才告诉他道："他那天在你席上，看见了顺林儿，他赏识了他，叫了他几个条子了。今天这局所以不曾约你，是怕你吃醋，并不为别。他刚才看见了你，就嚷'汪老二来了，这可了不得了！'名堂叫贼人心虚。"说到这里，刘理台在尹仁肩上，拍了一下道："你才是贼人心虚呢！"尹仁道："我好好的替你在这儿打圆场，你不谢，还来拍我一下！我要是加上两句火上添油的话，汪老二不捅你的刀子，算你天月二德②！"刘理台道："自己弟兄，好意思吗？"尹仁还说了一句道："那倒论不定。"一席话，说得汪老二开口不得，心里暗想："这是刘理台割我的靴腰子③，今天被我撞着，我倒要瞧瞧他俩的神情！"嘴里便说："理哥，你太小心了！叫个条子，算什么事，也值得请安作揖！你还怕我跟你闹醋劲吗？我说句老实话，要是一个相公认定一个老斗④；一个老斗，能够在他身上

---

① 嗫嚅（niè rú）——说话吞吞吐吐含糊不清。
② 天月二德——旧时迷信，天德、月德都是大吉大利的日子，这里的意思是"算你幸运"。
③ 割靴腰子——夺其所爱。
④ 老斗——专玩相公的嫖客。

花多少？他家上上下下，几十口子人，不要喝西风么？"尹仁接着笑道："好一个宽洪大量的汪二爷！这才真真够朋友呢！"

说话之间，顺林儿已到，一掀帘子，骤见了汪老二，便一声儿不言语，在汪老二旁边一坐。尹仁拿筷子敲着桌子叫好，刘理台浑身不得劲儿。顺林儿坐了坐，便向汪老二告假，说："我今儿还要上绚华堂去，二爷您原谅吧。"说着就走，却扭过头来，朝着刘理台一笑。刘理台至此，方才六脉调和；顺林儿这番做作，汪老二把方才那些意见，早已涣然冰释。以后陆陆续续有两个小相公来到，是尹仁叫的，唱了一两支曲子，告假去了。汪老二再看那江家兄弟，酒也不喝，菜也不吃，尽着对了他们呆呆地瞧着。汪老二和他们攀谈几句，又吞吞吐吐的，一口丹阳话，汪老二听了，甚是气闷。尹仁见席间不甚热闹，便道："我来划两拳吧！"刘理台道："甚好！"尹仁便和汪老二先划了一个"三拳两胜"。挨次到江家兄弟，江家兄弟拿手按着杯子，推说不会呷烧刀①。尹仁说："那就是黄酒吧。"江家兄弟十分无奈，每人干了一小杯，作为过关。尹仁又和主人刘理台划了十拳，看看天已不早，便叫拿稀饭。大家用毕，谢过主人刘理台，纷纷各散。汪老二自和尹仁同车回去。

这里江氏弟兄，带了一个暂充跟班的村童，回到江苏会馆。二人因为试期已近，到了会馆，还在灯下狠狠念下几篇《东莱博议》②，方才安寝。一宵无话。到了次日，江氏弟兄既扰了刘理台，少不得找个地方还席。真是光阴似箭，日月如梭，看看已是残冬。汪老二镇日闹得发昏，把带来捐官的银子，用得七零八落。到了除夕，除掉罄其所有，开销各账，还托尹仁借了一千银子，才能够敷衍过去。到了新年，逛琉璃厂，逛白云观，自有一番热闹。暂且把汪老二按下不表。

且说江氏弟兄，在客中过了新年。转瞬之间，各路大帮举子，纷纷赶到，紧接着里头传出日子，各省举人，在保和殿③复试。这保和殿是轻易不开的，地下的草长到丈把多长，殿上黑洞洞的一无所有，所有的是鸟雀粪、蝙蝠屎、蜘蛛网三样东西而已。复试前几日，方才有人上去打扫打扫。

---

① 烧刀——烧酒。

② 《东莱博议》——宋吕祖谦撰。旧时应科举试的人把它作为范文。

③ 保和殿——清宫殿名，科考新进士，都在保和殿进行。

江氏弟兄于银钱二字,最为吝啬,他们本是寒士,无怪其然。又舍不得出个二两、三两,借住文渊阁、实录馆那些所在,只得坐着半夜,赶进城来。穿了衣裳,戴了帽子,手里提着考篮,背上背着可以支起来写字的小桌子。两个人一步高,一步低,和着几个同乡同年,进了中直门,到保和殿门口。

其时鸡才叫过了一遍,看看天明尚早。虽是春天天气,然而北地严寒,刮面尖风吹过来,令人胆战心惊。大家商量着,蹲在房檐下,把背上的桌子卸了,把手里的考篮放了,趁着油纸灯笼,围在一处吃潮烟。那江澄波更是不济事,守到四更多天气,他也不管什么,头靠在滚肚石狮子上,就鞭然入梦了。大家也有些倦意,随便打个盹儿。将及五更,远远听见吆喝之声,角门上点起灯笼,原来是监试的王大臣来了。少时天色微微透亮,各处靴声踢秃,都是些复试老爷们。这里大家揩揩眼睛,把东西收拾好了,凑上淘去。良久良久,角门上方才点名。点一名发一本卷子,进去一个。江文波叫江之缦,江澄波叫江之涯,二人听得叫着自己名字,上去接了卷子,鱼贯而入。

江澄波是个近视眼,走路本来不怎么仔细,接卷子的时候,又摘去了近光镜子,拿在手里。不想接了卷子,刚刚跨步,不晓得哪一位,在他背上推了一下。他镜子拿不住,掉在地下,啪嗒一响,想是碎了。他正嚷着,苏拉吆喝道:“勒汗勒积!”原来“勒汗勒积”是满洲话,叫做禁止喧哗。他也不懂。有个同年是老内行,拉了他一把,说:“这地方可闹不得!”江澄波无奈,如瞎子失了盲杖一般,一步一步摸进去。等到上保和殿的台阶,那台阶有一百多层,比房子还高。大家正上得五六层,只听见哗啷一声,不由得大吃一惊。

欲知后事如何,且听下回分解。①

---

① 本回刊载于《绣像小说》第41期,此后未见续刊,不知何故。按《绣像小说》中所刊载的小说,很有些未经结束而告中止的。此类小说大多模仿《儒林外史》。鲁迅论《儒林外史》云:“全书无骨干,仅驱使各种人物,行列而来,事与其来俱起,亦与其去俱讫,虽云长篇,颇同短制。”因此,本书虽然未完,至此告一段落,也未尝不可。

市 声

前　言

　　《市声》是晚清仅有的一部以工商界生活为题材的小说,作者为姬文。生平不详。最初发表于《绣像小说》,二十五回,未完。1908年商务印书馆出版全本,共三十六回。1958年,上海文化出版社重新排印出版。

　　《市声》这部小说以清末半殖民地半封建的中国社会为背景,以当时国内商贸最发达的上海商界为中心,通过对一批工商业者的创业与经营的经历描写,真实地反映了晚清商界在纺织、茶业等方面受外资侵入而日渐萧条的情景,以及若干有志之士欲振兴民族工业的豪举。《市声》还着力描绘了一幅商界、官场的群丑图,谴责当时工商界内部种种卑鄙龌龊、尔虞我诈的行为,为读者再现了晚清时期中国工商业社会生活的真实场景。

　　《市声》中的华达泉、李伯正、范慕蠡代表了新兴的民族资本家,热心创办实业,振兴民族工业。李伯正,不惜工本,购置机器,研究工艺,开办学堂,训练工人,想"纺织各种新奇花样丝绸等类,夺他们外洋进来的丝布买卖",反映了当时一批力图以实业兴国的民族资本家和工商业者他们的爱国思想。但由于种种原因,结果却大多是资金耗尽,事业无成。小说中还着力描写了以钱伯廉、汪步青为代表的一大批奸商猾贾,在"振兴工业"的幌子下,哄骗欺诈,投机倒把,中饱私囊,挖空了民族工业的墙脚,揭露颇为深刻。它的写法类似其他谴责小说,但其中不少内容与商界无关,结构显得枝蔓;有的情节夸张失实。小说文笔细腻不俗,如行云流水;情节跌宕曲折,宛然有致;人物生动传神,栩栩如生,曾受到后世很多作家与学者的高度评价,对后世小说影响颇深。表现现实生活和众生百态,揭露世态龌龊和人心不古,其文笔老辣,笔下藏锋而独具特色。

在这次《市声》的再版中,我们组织了专门的学者编辑对原著中大量的疑难字词、错漏疏缺,重新进行了补正、校勘和释义,对原书原来缺字的地方用□表示了出来,以适用于当代不同层次的读者阅读与欣赏。其中难免也有不足之处,恳请专家和读者予以指正。

编 者
2011 年 3 月

目　　录

第 一 回
折资本豪商返里　积薪工贫友登门

　　陶①顿②今何在？只倕③班④员规方矩，千年未改！谁信分功传妙法，利市看人三倍⑤？但争逐锥刀⑥无悔。安得黄金凭点就⑦，向中原淘尽穷愁海？剩纸上，空谈诡。饮羊饰彘⑧徒能鬼，又何堪欧商美贾，联镳方轨⑨？大地英华销不尽，岁岁菁茅包匦⑩。有外族持筹为宰⑪，榷税⑫征缗⑬成底事⑭？化金缯⑮十道输如水。问肉食⑯，能无愧？

---

① 陶——即陶朱公范蠡，春秋末政治家，曾帮助越王勾践灭吴国，后到陶（今山东省定陶一带）隐居，改名陶朱公，以经商致富。

② 顿——即猗顿，战国时大商人。

③ 倕（chuí）——相传尧时巧匠名，一说黄帝时巧匠名。

④ 班——即鲁班，又称公输般，春秋时鲁国人。

⑤ 利市看人三倍——《易·说卦》："为近利，市三倍"，后演化为成语"利市三倍"，形容买卖获得厚利。

⑥ 争逐锥刀——小利上争逐、计较。

⑦ 黄金凭点就——成语有"点铁成金"，这里指轻易获得巨额财富。

⑧ 饮（yìn）羊饰彘（zhì）——指商人的欺诈行为。饮羊，把羊饮饱以增加重量，彘，猪。

⑨ 联镳（biāo）方轨——车辆往来频繁。联镳，马并行；方轨，车并行。

⑩ 菁（jīng）茅包匦（guǐ）——匦，匣子，小箱子；菁茅，一种茅草，古代祭祀时用来滤酒。《尚书·禹贡》："包匦菁茅。"意指把菁茅用匦装起作为贡品。

⑪ 持筹为宰——主持分配。筹，古时竹制的计数工具；宰，主持分配。

⑫ 榷（què）税——税收专管。榷，专营，专管。

⑬ 征缗（mǐn）——征取钱税。缗，串钱的线，引申为钱串。

⑭ 底事——什么事。底，什么，何。

⑮ 缯（zēng）——丝织品的总称。

⑯ 肉食——享有俸禄的官吏。肉食，即指肉食者。

这一首"贺新凉"①词,是商界中一位忧时的豪杰填的。这豪杰姓华,名兴,表字达泉,浙江宁波府鄞县人氏,世代经商为业,家道素封②。只因到得达泉手里,有志做个商界伟人,算计着要和洋商争胜负时,除非亲到上海去经营一番不可。他就挟了重资,乘轮北溯,及至到得上海,同人家合起公司来。做几桩事业,都是极大的成本,就只用人多了,未免忠奸不一,弄到后来年年折阅③,日日消耗,看看几个大公司支持不住,只得会齐了各股东,把出入款项账目,通盘结算,幸而平时的生意还好,不至再要拿出银子去赎身。但是生生把百万家私,折去了九十多万,所存五六万银子,想留着做个养命之源,不敢再谈商务了。

当下收拾余资,赶紧搭船回家。达泉虽然是已经败落的豪商,那气概依然阔绰。轮船上的买办④,本是认识的,不消说异常的恭维他。他也阔惯的了,那肯露出一些穷相来,所以这番回家,仍旧写了大餐间⑤票子。到得船上,迎面遇着一位邻居,这邻居姓鲁,名学般,乳名叫做大巧,向来做木匠的。只因他为人老实,人家造房子,都要请教他,他总不肯多赚人家的钱,因此不断的有主顾。手里头略略积聚些钱。因见他朋友们都在上海得意的多,他也就合人结伴,到上海顽⑥一趟。谁知辗转入了工党⑦,居然做到木工头,从此发了些财。又读过一年外国书,给外国人盖造洋房,也能对付得来。而且听人讲过外国故事不少,才知道自己这般行业,不算低微,只可惜不如外国人的本领大,有些抱愧。这时赚足了洋钱,回

---

① 贺新凉——词牌名,又叫贺新郎、乳燕飞、金缕曲等。

② 素封——无官爵封邑而与之同样富有。《史记·货殖列传》:"无秩禄之奉,爵邑之入,而乐与之比者,命之曰素封。"

③ 折(shé)阅——折本,亏本。语出《荀子·修身》,"故良农不为水旱不耕,良贾(gǔ)不为折阅不市,士君子不为贫穷怠乎道。"

④ 买办——旧指为外国资本家服务的中间人或经理人;在轮船上管理货运的人,也称买办。

⑤ 大餐间——轮船的头等舱位。

⑥ 海顽——同"玩"。

⑦ 工党——这里指做工的人的群体。党,古代地方行政管理组织,五百家为党。后引申为亲族、朋辈、群体等。

家度岁①,可巧和华达泉同船。达泉虽是个富翁,一向待人是极谦和的,所以和大巧认识。

　　闲言休絮。当下二人见面,达泉满肚皮的牢骚,正想有个同乡谈谈,聊舒郁结②,就留大巧在大餐间住。大巧不肯。达泉不由分说,叫仆人把他行李搬来。大巧只得与他同住。闲话时,大巧自然知道达泉折阅的事,不免问个细情。达泉叹道:"中国的商家,要算我们宁波最盛的了。你道我们宁波人,有什么本事呢? 也不过出门人喜结成帮,彼此联络得来,诸般的事容易做些。外省人都道我们有义气,连外国人都不敢惹怒我们。你看四明公所那桩事③,要不是大家出力,还能争得回来么? 果然长远不变这个性质,那件事做不成吗? 如今不须说起,竟是渐不如前了! 我拿银子同人家开了几个公司,用的自然是同乡人多。谁知道他们自己作弄自己,不到十年,把我这几个公司,一起败完。像这样没义气,那个还敢立什么公司? 做什么生意? 想要商务兴旺,万万不能的了! 要知道一人弄几个非义之财,自不要紧,只是害了大众。一般的钱,留着大家慢慢用不好么? 定要把来一朝用尽,你道可恼不可恼!"大巧道:"这话不错。我想我从前在家里的时节,也就只不肯分外赚人家的钱,所以人都信服我,不断的有生意;到得上海,人家也是看我来得老实,推我做了工头,一般的赚了洋钱不少。我的意思是要吃千日饭,不吃一日饭的。"达泉道:"你这主意,就不错,都像你这样,不但工头可以做得,就是大铺子的掌柜,大公司的总办,都可以做得。我早知道,应该请了你,倒不至于有今日!"大巧惶恐道:"我不过知道做木匠罢了。虽然略识得几个字,懂得些乘法归除,那里能做什么掌柜、总办?"达泉道:"你也不须过谦,如今上海做掌柜做总办人的本领,也不过同你一样。我听说外国大商家,还全靠着工人哩!"大巧道:"那倒不然。我听说他们商家,是靠着工人制造出那些熟货

---

①　度岁——过年。

②　聊舒郁结——姑且舒发一下心中的郁闷。聊,姑且。

③　四明公所那桩事——四明公所在旧上海县城北门外,是宁波旅沪同乡的会馆。法帝国主义者在上海划定"租界"后,于同治十三年(1874)及光绪二十四年(1898),先后借口筑路及公所所有地未确定等理由,用武力拆毁公所墙垣,又要求将所内义阡迁让,并两次枪杀我国同胞,遭到旅沪宁波人士的反对,掀起了轰轰烈烈的反法帝国主义的群众运动。

来,并不是靠他来办事。况且他那些工人,都是学堂里学出来的,自然高明得极。我们那里及得来?"达泉道:"怪道我听人说,报上载的,我们京城里开了什么工艺局,还有什么实业学堂,只怕我们经商的,也要学学才是。我一开始不知道这蹊径,难怪折阅偌大本钱。我回家去,倒要拼①几位财东,开个商务学堂才是。"

二人一吹一唱,极有情趣,倒像那渔樵回答一般。大巧是跷起一条腿,擦根自来火,吸着"品海"②香烟。不一会,侍者开出大菜来。达泉让大巧上坐同吃。大巧觉着样样可口,吃完不够,又不好意思说,被达泉看出,叫侍者添了两分牛排,半个面包,大巧方能吃饱。

宁波船走得极快,次早已到码头,大家收拾上岸。大巧自回家去不提。达泉踱进门时,就有他管账先生出来迎接,问起情由,达泉一一说了,便长吁短叹,满肚皮不舒畅。那管账先生劝道:"东翁③不须着急,生意是不怕折本,只怕收摊。我替你算算,除了这次带回的六万银子不算外,家里还存金子二千两光景,田地房产,只算是呆的④,不去说它,家乡两爿当铺,一爿汇兑庄,都是极好的生意,一年还有一两万银子的出息。如今省吃俭用,不上三四年,你又有足本钱,可以指望兴复。但是,东翁,你开口闭口的,要合洋商斗胜负,这是个病根。如今洋人的势力,还能斗得过吗?杭州的胡雪岩⑤,不是因此倒下来的么?东翁,你那本钱,及不来⑥他十分之一,如何会不吃苦头呢?如今做生意,是中国人赚中国人的钱,还要狠狠的拿些本事出来哩,那能赚到外洋人的钱?难怪要折本哩!"达泉嘿嘿不语,自己发愤,请了一位先生,教他字目。不上三年,居然通透,觉得有无限感慨,所以填了那首"贺新凉"的词。随即开了个商务学堂,想培植几位商界通材,改革历来的弊病,这是后话。

再说大巧回到家中,他那老婆,正踏了一部缝衣机器,在那里缝衣,见

---

① 拼——聚。
② "品海"——一种香烟品牌。
③ 东翁——东家。东翁是对东家的尊称。
④ 呆的——这里指停滞不能流通的财产。
⑤ 胡雪岩——清代杭州著名金融巨商。
⑥ 及不来——比不上。

他回来了，一时不肯放手。大巧笑道："我如今洋钱多了，你也不须这般辛苦了。"他老婆答道："你洋钱多，也不干我事，这做下来的钱，是我自己用的；再者也好替孩子们添置些衣履，钱还嫌多吗？"大巧道："你这么辛辛苦苦，每天有得做，一月也不见几个钱？"他老婆道："要不断有得做时，每月也好见一二十块洋钱。"大巧吐吐舌头，暗道："我从前做小工时，总算生意好，每月也只弄到几吊钱；她这一部机器，足抵我两三人的工，到底是外国人巧哩！"只得随他娘子做去。他却逗着自己五岁的孩子，玩耍一会儿。他老婆下了机器，量三升米，跑到井上去淘了，跟手就到灶下煮饭。大巧打开箱子，取出两块洋钱，在街上兑了一块，买了些鲜蛏回来，叫他老婆烫着吃。果然家乡的饭，比外面香得许多。饭后，他老婆闲着问道："你卖弄钱多，到底今年赚到多少？"大巧道："不说瞎话，我足足剩回来一百块洋钱光景。"他老婆抿着嘴笑道："我道你不曾见过世面，只不过一百块洋钱，就说如今洋钱多了。街头王老大，在纱厂里的，他一年，要寄回三四百块洋钱哩！他那妻子，从头上看到脚上，那一件不是新的？前天我见她穿了件灰鼠皮背心，黑湖绉①的面子，真是簇新的，叫人看得眼热，只怕值几十块钱哩！还有胡大叔，在丝厂里的，也很阔哩！你那里算得有钱！"大巧道："我才回家，你就抢白我。要知道他们那种钱，我是不愿意赚的。王阿大当了工头，把人家的棉花哩、纱哩，一束一束的，偷出来卖钱；胡老刁的偷丝，上海滩上，那个不知道？我是规规矩矩，把气力换钱的，自然及不来他们。但是家里过得安稳些，到底病痛少些。王阿大去年一个好好的儿子死掉了，这不是个报应么？"他娘子听他说出这些迂话来，别转头不理，自去理好机器缝衣。

　　大巧住的房子浅窄，门口是沿街的。三个同道中的朋友，可巧门前走过，瞥眼见着道："大巧，回来了么？恭喜你发财！"大巧只得招呼道："请里面坐。"你道那三人是谁？原来一位是张漆匠阿玉；一位是红木作的周子明；一位是藤椅铺的陈老二。当下三人入内，见了鲁大嫂，叉手叉脚的坐下。大巧问问他们生意怎样，都说还好。坐不多时，硬要拉着大巧去打牌。大巧的老婆道："三位伯伯，他是不会打牌的。前年一场牌，输了八角洋钱，年夜还不出，几乎和人家打架，硬把我一副银环子抵给人家，这才

———————————

①　湖绉——浙江省湖州产的有绉纹的丝织品。

没事。如今伯伯拉他去打牌，要是他输了，我没有环子再抵，不是白白的么？"张阿玉嘴快道："大嫂不须着急，鲁大巧比不得从前，如今是在上海发了财的了，还要替大嫂打副金环子哩！"不由分说，拉着大巧的手，一路笑着去了。大巧听他老婆嘴里咕噜，不知骂的什么。阿玉道："今朝我们好运气，正在三缺一，却好遇着了一位财神，我们也不想多赢，每人两只洋，做个见面礼吧。"大巧道："休要拿得这般稳。我如今在上海滩上，麻雀①也不知打过几百场，从来也没输到一底，只怕碰巧还要赢几场哩！你们算计我的洋钱，不要被我赢了来，这是论不定的。"子明道："闲话少说，赶紧上场去吧！今天到那家去呢？"老二道："金大姐家里稳便些，有这么块把洋钱的头钱，她就很巴结的。"阿玉道："你只记挂着金大姐，我偏不要。今天是素局②，就在舍下吧，我也不为你们备什么菜，头钱抽一成便了。"老二大喜道："只是要阿嫂费心不当。"

当下大家走到阿玉家里，他老婆正在那里做缎帮红鞋子，预备新年时穿哩；见他男人领着许多伯伯叔叔来了，笑着站起来避到后面去了。原来张阿玉家门口是嫁妆店，排满的红漆盆儿、青漆桌儿等类，却有半间房子空着，摆个小帐台。后进两间，一是住房，一是一隔两间，半间做灶间，半间接待客人。四人走入后进那半间里坐下。阿玉叫他老婆去烧茶，又道："这几位都是我的知己朋友，用不着避的。"他老婆扭扭捏捏的走了出来。阿玉调开桌子，取出一副黑背的麻雀牌来。上场，大巧大赢，四圈下来，已赢到一底多了。谁知第二圈换了座位，老二做了阿玉的上家，阿玉一副束子一色，九束开扛，听的是一四束对碰。老二不该发出一张绝一束，阿玉把牌摊下一算：九束十六副，一束四副，三十副底子，三抬二百四十副。子明跳起来，怪老二不该乱放。老二道："这一束是熟张，大巧才发过的。"没得话说，大巧是庄家，要输四百八十个码子。从此风色不利，一直输下去，结账一元一底，大巧整整的输到一元二角。阿玉道："何如？我说你要送几文见面礼！"大巧满心不服气道："停几天再来，我定然翻得转，这叫做阳沟里失风了③。"说得大家都笑了。阿玉很得意，自己到街上去买

---

① 麻雀——麻将。

② 素局——不用娼妓相陪的酒席；这里指不用娼妓陪伴的赌局。

③ 阳沟里失风——比喻在小处出了意外。阳沟，明沟；失风，翻船。

酒买菜,请他们吃晚饭。一会阿玉回家,他老婆的饭菜可巧做得停当。老二帮着她端菜端饭。阿玉道:"老二,你歇歇吧,不劳你费心,应得我来才是。"老二回得好道:"我们一家人,这有什么客气呢。"当下烫好酒,大家畅饮一阵。大巧把输账结清,自回家去。

看看年关紧逼,大家小户,都有收账的走来讨账,只大巧是从不欠账,都是现钱买物的,所以脱然无累。只是这几天探望不得朋友,为什么呢?收账的朋友,自然是忙;那欠债的朋友,没得钱,还只好在外面躲避着,所以找不到朋友。大巧知道这个缘故,只得天天在家里和小儿子逗着玩。

宁波的乡风,也自然要送灶请财神的,大巧买了一个猪头,一尾活鱼,祭了财神,大块的肉,拖拖拉拉吃个饱。想起家乡年景,有两年没看见了,不由得顺脚走到热闹地方,东张西望,散散闷。忽然迎面遇着一位旧时朋友,穿件破布棉袍子,身上尽着发抖,见了大巧,叫道:"哎哟! 鲁大哥,久违了! 我听说你回家,正要来探望你,偏偏穷忙,没得一些空儿。"大巧认得他是打锡器的余阿五,便道:"老五,你生意好么? 为什么弄到这个模样!"阿五红了脸道:"鲁大哥,不要说起,生意怕不好,只是我自从秋天一病卧床,直到腊月初才能支着起来,走到店里,东家嫌我懒,被他回绝了。我宕①空了这几个月,没得一文钱到手,指望生意仍旧,支用几文薪工,又被东家辞了。我弄得当尽卖绝,眼看着家里的妻子,都要饿死,只得学那没出息的人,出来找几处认识的铺户里,乞化些钱米度日。今天三十夜了,鲁大哥,实在饥寒难当。我听得有人说起你发了财,可怜我们交好一场,你救我一救吧!"不知鲁大巧如何回答,且听下回分解。

---

① 宕(dàng)——拖延。这里意为拖欠。

第 二 回

备酒筵工头夸富　偷棉纱同伙妒奸

却说大巧听了余阿五一片乞怜之词，未免恻然①动念，嘴里却不肯就答应他，半晌道："我也一般穷困，那曾发财，只比你略好些罢了。我身边带有三角洋钱在此，你且拿去度过今年，开春再想法子。"原来阿五穷到三文五文都要的，如今有三角洋钱给他，岂敢嫌少，便接在手里，千恩万谢的去了。大巧别了阿五回家，一路思忖道："做手艺的人，不要说懒惰荒工②，就只有点儿病痛，已是不了，可惜没做外国人。我听说美国的工价，那制铜厂里每天做十个时辰工，要拿他三块多钱；做靴子的工人，一礼拜好赚到二三十元。走遍了中国，也没这般贵的工价，所以人家不愁穷，我们动不动没饭吃。今天不出门，倒没这事，我也太自在了，应得破些小财。"

大巧慢慢寻思，不知不觉已踱到家门口，才跨进门，只见陈老二坐在那里，见大巧回来，起身招呼道："你到那里去这半天？我等了你多时了。"大巧心中诧异，不免问道："老二，你什么事？大年三十，不在府上请财神，难道还有工夫打牌吗？"老二道："不瞒你说，我是躲债来的。你肯借给我十块钱，我也就好回去了。"大巧道："这又奇了！你做的手艺，总要算得独行，如今上海的藤椅，销场很大；而且都是好价钱。你手法又精工，做又做得快，宁波城里算得第一把手了，难道赚的钱还不够用，弄到欠债么？"老二道："你只知其一，我们这行生意，前几年本来极好，如今会做的人多了，到处开的藤椅铺子；再者这种物件，除非有钱的人，贪图舒服，买几张躺躺；将就些的人家，谁稀罕要买这个？大约不管那种物件，要不是人人离不了的，虽说做得可爱，总不过一时的畅销，过后就渐不如前了。我们这生意虽然还不至此，但是冷热货，没销场的时多，就算赚得几文，是

---

① 恻(cè)然——怜悯的样子。

② 荒工——荒废工作的时间。

不能克期的。我店里有一个多月没见一个主顾跨进来,以致欠了人家二三十块钱的债。好阿哥!你肯借给我十块钱,我拿去将就过了这个年,忘不了你的好处!明年一有生意,就好归还的。"大巧心上倒也肯借,为什么呢?知道他这生意是靠得住有的,只碍着老婆不肯,不好答应。搁不住老二会说,一会儿恭维,一会儿嘲笑,弄得大巧不能不答应他。当下约定了,尽正月半前归还,然后立了契据。大巧取洋给老二时,却好他老婆已到邻居家里闲耍去了。

陈老二得他这注借款,回家点缀①过年,自然心满意足。只是大巧吃了苦头,他老婆回来,查点洋钱,登时少了十块三角,不由得细问情节。大巧一一说了。他老婆哪里肯信,道:"你一定是赌输了!什么阿金家里,阿银家里,都论不定的。"大巧道:"真是冤极!我何尝认得什么阿金、阿银,这是你肚里捏造出来的。你看,这不是借据么?不瞒你说,陈老二生意不好,来我们家里躲债,这是你知道的。我原不打算借给他,只因他涎皮老脸的缠不清。你又不在家,没得个推托,只得答应写下笔据,言明正月十五前归还的。"他老婆道:"你这话越说越奇,你做好人,把我来推托,出我的坏名头。你和陈老二交好一世,也不知道他是那一路的为人。告诉你吧:他赌钱嫖婊子,没一件荒唐的事不干的。他那做的藤椅,虽说巧妙,我听得隔壁华府上人说起,嫌它不结实,用不到一年半载,就破坏了。因此生意不得兴旺,亏你还借给他钱,这是分明放的来生债②!依我说,把这笔据烧掉了吧!你忘了从前做小工的时候,每天赚人家二百四十钱的工钱,闲下来没得饭吃,全亏我在外面缝穷;粥哩饭哩,都是我十个指头上做下来,断不了你的炊。有一年运气不好,下了五天大雪,我不能出门,没得米了,到大伯伯家里借半升米熬些粥吃,他都不肯借你。如今又不是真个发了财,十块八块的送给人,倒形容我器量小!有朝洋钱用完,没得进项时,看你这班好朋友,认得你,认不得你!常言道:'没得算计一世穷。'我是要跟着你穷一世的了!"说罢,呜呜地哭。

大巧被陈老二硬借去了十块钱,本来就很有点儿心疼,被他老婆这般

---

①　点(diān)掇(duo)——盘算,斟酌。

②　来生债——下辈子的债,这里指无法讨还的债。

一说,才晓得老二这注债,是不能指望他还的了,添了一重忐忑①;又想起从前果有那般穷苦的光景,全亏这贤德老婆,方能过得去的,不由的心中感激。谁知她说到恳切处,抽抽咽咽地哭起来了,弄得劝又不是,不劝又不安,在那饭桌前兜了几个圈子,只得说道:"算了,我自己知道错了。以后我的洋钱交给你藏起来,我有用处,与你商量定了,应该用多少,听你分派,再不敢浪费的了!"他老婆听他这般说,才住了哭。当晚安安稳稳的吃年糕度岁。新年头里,不免向老婆讨了两块洋钱,作为打牌的赌本。

才过初五,却于街上遇着王阿大,一张焦黄的面皮,穿件摹本缎②面子西口出的头号摊皮③袍子,玄色④湖绉的狐皮马褂;嘴里衔支雪茄烟⑤,气概来得很阔。大巧是素来认识他的,不免迎上去招呼。王阿大爱理不理的,半晌道:"大巧,你也回家过年的么?"大巧赔笑道:"正是。我因年下没生意,偷空回来。王大哥,你是几时到府的? 我还没过来给大哥拜年。"阿大道:"不劳费心! 我是三十晚上到家的。只因我们厂里脱不了我,就要去的。大巧,我明儿请你吃酒,你休要推辞。"大巧道:"怎好叨扰⑥? 我明早来给大哥拜年吧。"当下二人弯弯腰散了。

早次,大巧果然要去拜年,向隔壁华府里二爷借了顶红缨帽子。穿件天青布的方马褂,是簇新的。走到阿大家里,原来房子还是照旧,不曾扩充,却也前进一间,后进三间,收拾的很干净,挂着字画。天然几的旁边,堆着一大包洋布,看来何止十匹。大巧忖⑦道:"人说阿大发财,果然不错。我怎么就能踏进这厂里的门,也好沾取些天落的财饷,冒充什么老实呢? 老实就吃苦,一斧一凿的,那能发财么!"正在想着,阿大从房里走了

---

① 忐(tǎn)忑(tè)——心神不安。
② 摹本缎——缎的一种,又称花累,俗称花缎。
③ 西口出的头号摊皮——西口,山西及西北长城诸口,也指这一带地区;摊羊,即滩羊,主要产在宁夏、甘肃黄河两岸的一种绵羊,头部有黑色或褐色花斑,身为白色;毛细长而绻曲,呈波浪形,皮板柔软,比一般羊皮贵重。西口出的头号摊皮,即指西北出产的最好的摊羊皮。
④ 玄色——黑色。
⑤ 雪茄(jiā)烟——英文 cigar 的译音,一种用烟叶卷制而成的烟。
⑥ 叨(tāo)扰——打扰。多用来表示客套。
⑦ 忖(cǔn)——思量,细想。

出来,笑道:"你真是信实人,大早的就跑来。"大巧道:"特来拜年,还要见阿嫂哩!"当下大巧磕头,阿大还了礼。大巧定要给阿嫂拜年。阿大道:"还没梳洗哩。"候了许久,王阿嫂走了出来,满头珠翠,穿件天青缎的灰鼠皮套子,红湖绉的百褶裙,果然十分的光鲜。圆圆的脸儿堆满着脂粉,一股香气,向鼻边直扑过来。大巧给她拜过了年,当面比较,自觉着她的福气,胜自己妻子百倍。王阿嫂道:"婶婶为什么总不来走走? 我很盼望她!"大巧答道:"她是不出场的,怎及得来阿嫂这般能干! 她倒也时常说起,很记挂着阿嫂。明天我叫她来,替阿嫂拜年。"王阿嫂大喜,忙说了声:"不敢"就对阿大道:"你留鲁叔叔多坐一会儿,我去做点心来给叔叔吃。"大巧再三谢道:"我才吃早饭,不劳阿嫂费心。"她哪里肯听,自己走到房里去,卸了妆饰,下灶去了。不一会,她女儿端了一大碗菜汤年糕出来,大巧只得把来吃,觉得味儿很鲜美,不知不觉一碗下肚。正和阿大闲谈上海的事,可巧阿大请的胡老刁来了,厨子也到了,一面在厨房里做起菜来。就有三位客紧接着到。你道是那三位? 原来一位穿黑湖绉小棉袄,湖色①湖绉裤子的,姓蔡行三,是在江天轮船上擦机器的;一位穿黑洋布皮马褂的,姓许名阿香,在大德榨油厂里烧煤;一位穿宁绸②羔皮马褂的,姓费名小山,在电报局里管接电线。当下各人行过礼,调开桌子来,团团坐定。阿大开了一坛"竹叶青"的本地酒,便道:"我今天叫厨子预备下极好的蛎黄③,大家好多饮几杯。"众人道谢。菜摆出来,果然漂亮。宁波人是喜吃海货的,就有些蚶子、鲜蛋等类。六人放量吃喝,尽欢而散。

　　王阿大过了初十,就约齐许多做工人,同到上海。这时大巧也就动身,那陈老二借的十块洋钱,果然没得还,只索罢了。

　　不提大巧的事,且说阿大到了上海,正是已经开厂。阿大连忙把行李搬入,就有几位同伙接谈,晓得上头虽然换了总办,那办法还是照常,不曾变换。几个姣头女工,依然在厂里做活。阿大把长衣脱下,天天做工。这个厂的总办也很刻薄,工价定得低,上等的工价也不过块把洋钱一天,其余也有三角的,两角的,一角的,都是自己吃饭。阿大当工头,管的是推送

---

①　湖色——一种蓝色,称湖蓝色。

②　宁绸——南京产的带斜纹的绸。宁,南京的别称。

③　蛎黄——牡蛎的肉。

棉纱。因他在内年代久了，不免和那女工奸了几个，也就靠她们勾通着，时常偷些棉纱出去卖钱使用。这是瞒上不瞒下的，随你总办精明，也没奈何他们。那天晚上，自己不轮班，就到日班女工顾月娥家里住宿。这月娥本是泗泾镇上的人，嫁过男人，死掉了。只因家道贫寒，没法来做工的。因她姿色还好，厂里的先生看中了，派件极松动的事儿，三角小洋一天。她却想嫁给阿大。二人商量着偷卖棉纱，也不止一次。阿大发的小财，一半用在这月娥身上。谁知月娥还有一个旧奸头，如今是不理他的，看看他二人这般热剌剌的，不免动了醋意，便天天留心察看他们破绽。

　　一天晚上，只见铁路上黑魆魆①的有两个人影，他胆子也大，赶上去仔细一瞧，原来正是王阿大和顾月娥，一人手里拎着一大包棉纱。他从背后把他拎的包儿一把抢下，大声喝道："你们做的好事！怪不得总办说棉纱少，原来你们要运出去。今儿被我撞着，不消说，同去见总办去！"二人吓了一大跳，回头看时，认得是严秀轩。二人跪下求情。秀轩哪里肯听，拉着月娥便走。阿大乘空跑脱了。秀轩的意思，只要月娥回心转意，仍旧和他要好，也肯分外容情的。那知一路用话打动她，月娥牙缝里竟不放松一丝儿，倒挺撞了几句。秀轩老羞变怒，只得去敲总办公馆的门。有个女仆开门，见他们一男一女拉着手，知道来历不正，臊的满面通红。秀轩一五一十告诉她，她说："老爷睡觉了，你放回她去吧，有话明儿再说。"不知严秀轩肯放顾月娥不肯，且听下回分解。

---

①　黑魆(xū)魆——形容很黑。

第 三 回

办棉花赚利壮腰缠　收茧子夸多合股份

　　却说严秀轩听了那女仆的话，只得说道："她是偷棉纱的，要回了老爷，革逐她出去才是，我不敢轻放。"月娥乖觉不过，明知女仆暗中助她，便道："我那里会偷棉纱？他自己拎了两包棉纱在前面走，我不合在背后喊了一声，他就诬赖我。阿姆！你看，我这般瘦弱的样儿，那里提得起这两包棉纱？"女仆道："正是。我也估量着，这棉纱不是你偷的；你且进来，在这里过了一宿，明天回去。"又指着严秀轩道："你自己做了坏事，还要诬赖好人，待老爷明儿起来了，我告诉他，斥革你，还不快把两包棉纱放下滚开！"秀轩告状不成，倒把罪名做在自己身上，说不出的气愤，知道顽她们不过的，只得把那两个包裹放下自去。那女仆觉得这是送上门的买卖，乐得捡了去。

　　次早，总办起来，她也就不提昨事，放了严秀轩的生。奈这位总办，是精明不过的，姓金名罗章，表字仲华。自从这厂开办时，便在里面做总办。他有一种好处，专意看得起工人，道不是他们工人出力，这厂是开不起的。他还有一种脾气，小钱上很算计。他这厂里的同事，总不过开支十块八块钱一月，甚至三块四块钱一月的都有。人家不够用时，暗地里作弊赚钱，他虽有些风闻，也拿不着实在凭据，没奈何他们。因此天天在外面巡查，用了几个亲信的人做耳目。谁知他的亲信人，也要沾取几文的。他苦自己不着，到处留心察访。这日一早起来，瞥见一个面生女子，住在他公馆里，着实动了疑心，叫那些丫头老妈子来问。一个老妈子道："这是我的妹子，在厂里做工，昨天晚上来看我时，天已不早了，回去不得，没法留她一宿。老爷已经睡觉，所以没上来回。"仲华道："下次不管什么人，不准留住，叫她赶紧去吧！"那老妈子吐吐舌头，打发月娥自去不提。

　　仲华吃了早点，踱①到公事房。只见他的小舅子领了一个人来，原是

---

　　① 踱（duó）——慢步行走。

自己答应派他到嘉定去收棉花的。仲华忘却他姓名,不免细问一遍。他道:"晚生姓钱名清,号伯廉,家住苏州盘门里。"仲华皱皱眉,暗忖:"苏州人是著名浮滑的,然而目今用人之际,不好回他。"只得说道:"这收棉花,是个苦差使。花是要自己检看一番;价钱是总要公道些;分量要足。三件都下得去,便算你的功劳,随后再派别的好差使调剂;要有一件不妥,我是顾不来交情。这厂历年折阅,你是知道的。如今格外整顿,容不下一些弊病。你又是我这一边的人,要替我做面子才是。"仲华说一句,伯廉应一句是。仲华见他很知道规矩,模样儿也还老实,很觉欢喜。当时写了条子,给他十块洋钱一月的薪水。伯廉谢了委①出去。当天晚上,就请金总办的小舅子吃一台花酒②。下月到了嘉定,察看大概情形。这时棉花将近上市,他把旧同事结交几位,商通了那件紧要的事,就勤勤恳恳的收起棉花来。再说上海的棉花出产,本不如通州③,靠着四处凑集,方才够用,要不是价钱抬高,那个肯载来卖呢,所以价钱涨落不一。四乡的价,比起市面上的价,又是不同。却被钱伯廉觑破机关,始而还不敢冒失做去,后来看看总办也没工夫查察他们这些弊病,不免放胆做起来。说不得为着银钱上面辛苦些,时常到上海来,打听价目,合着市面行情,每包总须赚他若干元。遇着价目相差多的时候,赚一千八百是论不定的。伯廉运气好,偏偏收了九块多的子花,上海倒是十块多的价目,因此很赚几文,就在上海新登丰客寓里定下一间房子,两头赶赶。自然堂子里要多送几文,天天的酒局④和局⑤闹起来。常言道:"世上的事,都是锦上添花。"伯廉既然花上得意,资本充足了,就想做别的营生,得空到茶会⑥上去打听煤油行情。只见小李、阿四报道:"今天煤油大跌价了,德富士一箱两元七角,铁锚牌两元三角,伉爽⑦瑞记两听一元八角八分。"伯廉听了大喜,赶到行里打了三千箱的栈单。不上几日,客帮销路多了,煤油忽然大涨,每箱竟涨

---

①　委——托付,委任。谢委,对委任表示了感谢。

②　花酒——有妓女陪伴的酒席,叫做"花酒"。

③　通州——今江苏省南通市。

④　酒局——在妓院里摆酒请客。

⑤　和局——在妓院里招待友人打牌。

⑥　茶会——旧时商人交换行情的处所。

⑦　伉爽——从前上海的一家德商洋行的名字。

到一元光景。伯廉赶紧出脱①，登时大发财源，除去佣钱、使费等类，干净弄到二千八百多元。自此在上海混，很下得去。只是腰包里硬了，不免意气用事，无意中得罪了厂里一位同事。这人姓钟名鑫，表字子金，在金总办那里钞写公事的，每月薪水四元。伯廉不合请他吃花酒，为叫局上面，刻薄了他几句。子金未免怀恨，在总办面前说他靠不住，幸而没拿着实在凭据。

一天，伯廉为了公事去见总办。仲华着实盘问一番，意思之间，是有些疑忌他，被伯廉一阵掩饰，说得总办无言而罢。伯廉到处打听，才知道子金撒他的谣言。不多几日，总办又请他去，当面把子金荐给他，在收花行里做同事，这是分明叫子金监视他。伯廉欣然领命，随即约了子金同去，说不得着实恭维子金道："你我本系兄弟一般，银钱上不分彼此。兄久在外面，出息②又少，难道不要寄些家用么？"子金道："不要，我家里还可以过得。"伯廉又道："你衣服太不时路，应当添做几身，要钱用时，尽管账上付。"子金是初出茅庐的人，那里受过人这般恭维，只道他为人伉爽③；又且自己也很爱时路的，果然觉得几件旧衣服穿不出去，便支了五十块钱，做件宁绸棉袍子，摹本缎马褂。伯廉见他动用了账上的钱，便胆大了。

当晚见他衣冠济楚，就约他清和坊王宝仙家里酒局，荐了个极时髦的倌人④给他。子金乐极忘情，酒后去打茶围⑤。那倌人自然竭力奉承，就邀他酒局哩和局哩。子金不好意思回绝，只得含糊答应。回到栈里，伯廉是躺在床上呼呼的抽烟。子金背负着手，不言不语，在那里筹思。伯廉早知就里，挑拨他一句道："子翁，我荐给你的倌人好不好？"子金道："没批评！我看她在王宝仙之上。你为什么不改做了她？"伯廉道："不敢，这金小宝是极时髦的倌人，花榜上簇新的状元，除非像子翁这般名士风流，做她才称哩！"说罢，呵呵地笑。子金道："伯翁，休得取笑！我穷到这般田

---

① 出脱——出手，脱手。
② 出息——这里指收入、收益。
③ 伉爽——爽快，爽利。
④ 倌人——即妓女。
⑤ 打茶围——去妓院与妓女调笑。

地,那里还能做什么红倌人!"伯廉听他说这话时,把烟枪一放,站起来,道:"子翁,当真肯做她时,那摆酒的费,都在小弟身上。和局也容易,我招呼几位朋友,替你撑这个场面便了。"子金道:"当真么?"伯廉道:"谁和你说玩话?"子金正要追问下去,可巧来了两位伯廉的朋友,只听得伯廉在那里和他商量明年做茧子的话。子金不便插嘴,好容易等到打过两点钟,两人才去。伯廉收拾烟家伙,便也睡觉。一宿无话。

次日,伯廉睡到十一点钟,方始抬身。吃了早点,过完烟瘾,出门去了。子金独坐无聊,不知不觉,走到金小宝家。娘姨道:"钟大少,今朝阿是要来碰和①?"子金满面羞惭,只得搭赸着道:"我是要摆一台酒,先来和你说声的。"那娘姨觉得好笑,知道他是个曲辫子②,乐得把他盘住,就叫定菜,送文房四宝上来,请钟大少请客。子金弄假成真,只得写几张条子,发出去。谁知他请的客,都不是顽笑场中的人,都辞了不到。最后相帮③打听着,钱伯廉在王宝仙家里碰和,硬把他请了来。伯廉是知道子金在这里闹笑话了,一路笑着进来道:"我说钟大少是条金鱼,只要有红虫吃,没有不上钩的。今天定是双台。"娘姨道:"钱大少来仔末,今朝格台酒吃成功哉! 阿是倪原说要双台格活?"子金只是摇手。伯廉道:"我两个人是吃不来这台酒的。子翁,还有贵相知没有?"子金红着脸道:"悉听尊裁。"伯廉笑着,只得替他请了几位朋友,总算没坍台,下脚开销④,子金还有存下的四块钱。从此子金有了这个堂子里走动,便不寂寞了。一般也有人请他吃酒碰和。伯廉约摸着他用到一百几十块钱,便催他到嘉定去。子金没法,只得动身去。

不多时,伯廉乘闲,把子金不到一月,已经支用一百多元,告知总办。总办不信。后来看见子金浑身衣服,换得极新,不由的信了伯廉的话,把他辞了回去。伯廉从此拔去了眼中钉。

看看残年将过,伯廉也不回去。那上海遇着新正月里,另有一番风光。伯廉有的是钱,除是天天嫖赌吃喝,也没别的正经。真是光阴易过,

---

① 碰和——打牌。

② 曲辫子——上海俗语,用来讥讽没有见过世面的人。

③ 相帮——妓院里的佣人。

④ 下脚开销——付给妓院仆役的赏钱。

看看新茧将要上市,伯廉便去和他两位朋友商议。你道那两位朋友是谁?
原来一位是申张洋行里的买办周仲和;一位是华发铁厂里小老板范慕蠡。
当下三人见面,谈起做茧子的那桩事。伯廉道:"这收茧子,第一要赶早,
如今收的人多了,迟一会,价钱就要涨起来,将来卖不到本,定然折阅;再
者我们究竟初次做这买卖,不好放出手段。据我的意见,还是尽三万银子
小做做吧。"慕蠡道:"三万银子干得出什么事业?家君说得好,要做买
卖,总须拼得出本钱。他做的事,没有三万五万的,至少也要十万八万,他
又道:'做买卖不好怕折本,这次不得意,下次再来,总有翻身的日子。要
是胆寒,定然折阅。'他们老做买卖的,都是这般说。伯翁,你放心吧,我
是不给当你上的!据我的意见,小做做,每人凑三万银子如何?"仲和点
头道:"慕翁的话是不错,万把银子,我们也犯不着辛苦这一趟。"伯廉道:
"仲翁,慕翁,都是有家;小弟是略略有点儿积蓄,万一折阅了,再筹不易,
所以胆子小些。市面又不如从前,虽说洋人肯收,那价是随他的便,涨落
拿得稳吗?既如此,我们只得再议了。"说罢,起身告辞。慕蠡道:"合股
不成,也犯不着就走,我正要请请你,咱们吃大菜去吧。"伯廉不好意思却
情,只得同到江南春。慕蠡又去邀了两位朋友:一是茶栈里的张老四;一
是祥和皮货店里的老板胡少英。不一会,客俱到齐,大家见面,自有一番
寒暄,不须细表。席间又谈起那做茧子的话来,张、胡二人情愿合拼三万,
慕蠡是肯独出三万金的,仲和肯拿出二万来,还有一万没人承认。伯廉被
他们抬在场面上,说不得允了万金,也就大费踌躇了。当下商量分两处去
收。慕蠡道:"我们无锡有好几座灶,足可收几千担茧子。"伯廉道:"还是
分收好,价钱里面又好取巧些。"慕蠡道:"开销呢,依我说分两处照顾不
来,还是一处好。茧子莫过于无锡最多,又且都好,不如径上无锡去吧。
南北两门,我们都有灶的。"老四也以为然,于是五人定了计。仲和道:
"我们五个人,倒有四位走不开的,到底还是慕翁闲些,只好仰仗你偏劳
的了!"伯廉道:"正是,这事非慕翁去不妥。"要知慕蠡是否肯行,且听下
回分解。

第 四 回

话蚕桑空谈新法　查账目访悉弊端

　　却说范慕蠡因大家推他去收茧子,素性是伉爽的,并不推辞。他原是无锡人,自然本地几位茧行中的老手,一齐写信去招罗了来,只待收齐股子,便回无锡。这时各人的股份,都已交齐,只钱伯廉只交了五千两,约了三天后交清。伯廉急的没奈何,到处设法,那里筹得出。原来这时几位有钱的朋友,都打算结存本钱,去收茧子的。伯廉没法,只得在花行里,挪动了三千金,预备抽空补上,其余二千,只得恳慕蠡暂垫。慕蠡念他平日交情,就也允了。钱、周二人连日摆双台酒,替慕蠡钱行,再三计划而别。

　　且说范慕蠡别了众人,带着一位总管账的杨陶安同行。包了戴生昌①一个大餐间。次日午后,方到苏州,脱班了,无锡老公茂轮船已经开行。慕蠡只得将行李什物搬入栈房,闷坐无聊,约陶安到阊门②码头上闲逛。二人兜了个圈子,只觉满目凄清,那里及得到上海十分之一。二人走得腿酸,找个茶馆坐下。谁知对面就是周翠娥的书寓。这周翠娥和慕蠡有割舍不来的恩情,慕蠡本打算娶她为妾,只因被妻子知道了,哭闹过几次,所以中止了。这时无意遇着,慕蠡只当没见她,别转头和陶安闲话。一会儿,娘姨走了过来,慕蠡便没法了,那娘姨定要请慕蠡过去。陶安又在一旁凑趣,慕蠡是前情未断,不免约陶安蹑到翠娥房间里,原来翠娥正在那里梳头哩。当日慕蠡被翠娥缠住了,只得摆酒请客。苏州城里,慕蠡也很有几位朋友,什么凌筱云、金子香、徐委荷、王仲襄,都是世家公子,很能花费几文的。慕蠡把他们一齐请到,彼此寒暄一阵。就酒菜飞腾,笙歌鼎沸的热闹起来。饮至半酣,翠娥拉了慕蠡,切切私语,是要留他住下的意思。慕蠡不肯,禁不住翠娥装痴撒娇,弄得慕蠡心魂无主。当晚席散,陶安道:"慕翁,今晚是住在这里了,我回栈房去吧。"慕蠡道:"停会儿我

---

①　戴生昌——当时日本人经营的内河轮船局的名称。

②　阊门——苏州城的一个门。

们同走。"说罢,陶安已披上马褂。慕蠡也要穿马褂时,娘姨一把拉住,道:"范老爷啥也要走呀! 倪先生间搭勿好住,为啥要住醒里醒龊格客栈? 依倪说末,杨老爷也劲走勒,倪先生对面房间里搭张干铺,阿是清清脱脱也吭啥啘。"陶安抿着嘴笑道:"慕翁,你是去不成的,小弟明天写了船票,再来请你。"说罢,登登登的下楼去了。慕蠡和翠娥重寻旧梦,不知不觉,睡到次日晌午才起。陶安来探望过两次,哪里敢惊动他。无锡、常州的船一起开完了,他还未起哩。幸而陶安有主意,没先买票,晓得慕蠡极少也要住三五天的。

再说慕蠡醒来,随手取乌金表看时,原来已打过十一点钟了,赶忙起来梳洗。翠娥还未醒哩,且不惊动她。梳洗过,就叫相帮去请杨老爷。相帮回说:"杨老爷来过两趟,说今朝无锡的船,十点钟就开了。"慕蠡急得直跳,把翠娥也惊醒,再三劝他宽住一天,明天起个早,赶上轮船吧。慕蠡正在没法的时候,凑巧金子香的仆人,送了个字条儿来,约他晚上酒局。慕蠡把他辞了,想要雇民船直放无锡。不一会,陶安已到,说起轮船已开,慕蠡怪他道:"你既来两趟,为什么不叫醒我?"陶安道:"我可不敢,原也不曾上楼。"慕蠡碍了面情,不好直斥他,心中却很动气,就催他雇民船去。陶安道:"今天大西北风,轮船都要迟半夜才到哩,民船再也摇不上的,只江北小民船,还勉强拉得上纤。慕翁,你坐得来吗? 依我说,还是宽住一天,不要紧,茧子上市还早哩。"慕蠡道:"不是这般说,我呢,折阅点儿本,倒不要紧,只是受了人家的托,要把这事闹坏了,如何对得起人,将来还能做交易吗?"翠娥在旁听着道:"耐阿是做茧子? 间末请放心吧。倪勒哚无锡灯船浪,就晓得茧子要下月初头上市哚。"慕蠡将信将疑,计算着下月初头,还有十几天哩,略宽了心。

不多一会,娘姨摆上点心,是两碗糟鸡面。慕蠡让陶安同吃。忽见相帮又拿了一张字条上来,慕蠡接来看时,就是金子香接了他复信,又来请的,内言:"你我这般交情,连一刻都不肯为弟留,未免太没道理了!"他措辞不善,把多少见怪的意思,一齐写了出来。慕蠡最重的是朋友交情,那肯得罪他,赶紧写个回片①赔罪,允他一准到的。

当日明知回栈无益,只得在周翠娥家便饭。晚间赴金子香的酒局,见

① 回片——回信。

面又作揖告罪,提起脱了轮船班头的话。大家劝说,多耽搁几天不妨,茧市还早哩。凌筱云、徐季荷、王仲襄都要复东①。慕蠡再三谢时,他们不答应。慕蠡一则觉得茧市还早,二则也觉割不开翠娥的一片缠绵,乐得顺便应酬了朋友,就似应非应的答应了他们。果然次日依旧未能动身。接连赴了凌、徐、王的酒局,才议到上无锡的话。陶安暗中着急,只恐迟了了日子,茧子要贵,好容易等到慕蠡发愿肯动身时,人家已占了先机了。

　　二人下船后,不消一日,已到无锡。赶紧上岸看时,只见竹篓子一担担挑的都是茧子。慕蠡着急非常,只得把行李先搬入茧行。走进去看时,有两个看行的人,在那里,并未开秤。慕蠡道:"他们那些人呢?"看行的道:"只因没接到大少爷确实信,有的耐不得,接了别行的事;有几位没事的,还在家里坐地。"慕蠡焦躁起来,叫仆人们赶紧把他们请了来,埋怨道:"你们为什么不早写信来通知我?"内中有位收茧子老手葛天生道:"东翁,上海是几时动身的? 晚生前月半早有信去,如何没接着呢?"慕蠡一想,才知道自己错了,不应该在苏州耽搁这许多天,就也没得话说了。

　　当下吩咐他们布置一切,打听市价。天生道:"市价不消打听,今年茧子是小荒年,乡下人把价钱抬得太高了。初三日上市,就是三十九两一担,如今卖到四一二的光景。"陶安道:"还好,上海开盘时,可以赚二三两银子一担,收足二千担茧子,还能赚得到五六千金。"慕蠡只是摇头,踌躇半天,只得叫他们尽力做去。第一天还来得踊跃,收到二百多担,以后渐渐的少下来,甚至三二十担不定,价钱弄到四十三四两一担。天生细细的核算一番,道:"再收下去,是没意思的了!"统共收到一千多担茧子,依着他便要停止。慕蠡还想多收些。天生和陶安切切私议道:"他不懂得做买卖的诀窍。但他是个东家,只得依他。"当下各人在行内闲着没事,陶安是喜碰和的,就纠了同事,合成一局。慕蠡见了,很不自在,连讥带讽的说了几句闲话。陶安只得罢手。

　　那行是沿街的,陶安诸人,天天闲眺,只见乡里踱来一位先生,这先生和天生认识的。他姓孙名新,表字拙农。他家里也养蚕,只不知他那里得来的法子,他养的蚕,没有一些儿病的,做得一个个又厚又好的茧子,把来自己烘了,只卖不出去。为什么呢? 他本不在乎卖钱,也怕难为情,和那

———————————

　　①　复东——做东回请。

些行里讲价。他的意思,是把这个养蚕法子试办试办,想教给人的。争奈①人家虽然羡慕他茧子好,却没工夫去听他演说那番道理。只葛天生是很信他的话。二人见面,天生道:"孙先生,你来得正好,看看我们收的茧子怎样。"就对慕蠡、陶安道:"这位孙先生,是养蚕的名家,我佩服他养的蚕,没一条不做成极好的茧子,不信时,他身边一定带几个做样,你二位看看如何?"拙农微微笑着,怀里掏出几个茧子来。大家细看时,果然又坚致,又厚,不免叹羡一番。天生打开收的样茧来,拙农仔细看了一遍,道:"这都是盐渍种,天撒种就好了。"天生点头。慕蠡、陶安不懂,急问所以。拙农道:"蚕子要于下雪时,放在露天里,任那雪撒上去,所以叫做天撒种;那盐渍种呢,就是盐渍里泡出来的。天撒种的茧子,做得极厚、盐渍种就差得许多。但是乡里人贪图省事,总是用盐渍的多。再者我们养蚕,只知道蚕的病难治,不晓得察看茧子。西洋人是把那蚕身用显微镜细细照看,内中有什么一种微粒,西语叫做'克伯司格'②。这个病,叫做'椒末瘟',西名"伯撒灵"③。这病极容易传染,一蚕犯了这病,把他蚕都带累坏了。从前法国学士,有一位名巴斯陡④,知道这病在蚕身上发得极快,不但传染别蚕,就是它将来变成蛾,生了子,这子也受那老蚕的遗传病。冬季里是不发出来,春季时它长成了个蚕,这病一时俱发。巴斯陡想出一个法子,候那两蛾成对时,用小木桶或小竹圈,把它一对对的隔开,编了记号,待它生下了子,把那蛾一个个的放在乳钵里磨碎了,拿显微镜照看。那个有微粒的,就弃掉了不用,所以永远不出毛病,这法叫做'种蚕分方法'。日本国的法子,更来得周到。他察出高地的蚕子比低地好,为什么呢?那低地养蚕稠密,不如高地稀疏,力量足些,所以把高地养的蚕子纸,盖了戳记,准人售买,还要预先派人照料他养蚕子的各事,没经过照料的,不肯盖戳记。这时获利,比前加了几倍。人家是国家有人替百姓经理的,我们只得自己留心,怎奈乡愚再也不肯听信人的话,随你说得天花

---

① 争奈——无奈。

② 克伯司格——西语译音,其意不详。

③ 伯撒灵——英文 Bacteria(细菌)的译音。

④ 巴斯陡——(Louis Pasteur,1822—1895)十九世纪法国微生物学家,化学家,
　　为近世细菌学的奠基者。

乱坠,他总有个牢不可破的见识。譬如养蚕如何喂养,如何预备桑叶,如何每眠前后将蚕移到新床,蚕屋内如何生暖,蚕山如何编造,如何拆山收茧,这些成法,大约不甚离奇。只用显微镜的法子,除却学堂里人懂得些,乡愚那里得知,倒喜禁止人说杂话。看得那一条条的蚕,都像有神道管着的一般。你说奇怪不奇怪!要知道,这显微镜察看的法子,还有许多妙处,除'椒末瘟'外,还晓得那蚕有小五方形质,血轮形质,小腐质,小水虫质,一种种分别起来,优的劣的,肚里都有个主意。他们有什么养蚕公院,大家在内考较的。我们国家不能照办,暗中亏损不少。那用显微镜看蚕的事,最好叫女工做去。据说外国女工,每天能看四百个哩。近两年蚕务不能兴旺,我细想起来,又有一种弊病,都是种的桑树太密了;养蚕的屋也挤在一处,传染生病,也是有的。总之,一件事没条理,件件事都坏,自己知道弊病,肯改就好了。"拙农说了这半天,只天生还有几句话听得进;慕蠡、陶安只觉他说来全不切当,暗道:"关我们收茧子什么事呢,这人真是个迂儒,唠叨可厌!"便俙俙的不睬他。拙农见他们爱理不理,自觉空发议论,来得无趣,只得搭赸着告辞而去。

再说慕蠡见那卖茧子的挑来无几①,没法收秤,结算账目,载货回上海去。当即有几家亲戚,叫了灯船,请他吃酒送行。又游了一天惠山②,品过泉味③,带了几坛水去。路过苏州,他叫陶安押着茧船先行,自己在周翠娥家里住下,按下慢表。

再说钱伯廉移用花行办花款子三千两,不知那位同事,通了消息,被总办金仲华晓得了,大不放心,又不敢遽行革逐,只得派了个极亲信又精细的人,去查他的账目。伯廉这时,正住在新登丰寓里,眼巴巴望那茧子来哩。那查账的,姓伍名光,表字实甫,系金总办的表侄,年纪不过二十多岁,时常和伯廉在一起吃酒碰和的。这时奉了总办的密委,也明知伯廉住在寓里,却不去见他,私下搭船先到嘉定花行里,把总账、流水、日用、暂记各项账目,细算一遍,又把卖花行情参校过,看出许多弊病来,把他同事个个盘问到,吩咐道:"你们没甚事,这弊端都是钱伯廉一人做的。我是总

① 无几——很少。
② 惠山——无锡的名胜。
③ 品过泉味——即饮过泉水泡的茶。

办派来查他的弊端，你们休得相瞒，须一一告知了我。我在总办面前，保举你们。到底他怎么开花帐，怎么以贱报贵，怎么移用公款？"那行里同事，只一位余小舫是伯廉中表至亲，素常关切，惊得目瞪口呆。其余二位，银钱上面都被钱、余二人吃去了大半，本就愤愤不平，好容易有法下刀，还肯不直说么。便一五一十，把细底都献出。小舫也没法掩了他们的口，只得等到晚间归房睡觉的时候，写一封密信，告知伯廉，嘱他赶紧设法。

这时伯廉写了几封信去，问慕蠡收茧子的事，竟没接到一封回信，心中忐忑，只得去找周仲和，问其所以。仲和道："我也寄信无锡，据茧行里的同行来信，慕蠡还没到无锡哩。"伯廉失惊道："这还了得！人家的茧子已收得差不多了，他还没到，这不是浪费几个川资①么？果然单费几文川资，倒也罢了，我就怕他不论贵贱美恶，随便收了下来，将来卖不出去，不是本钱捞不回来么？"几句话，说得仲和也急了。二人商写了一封信去，问他切实情形，从邮政局寄去。仲和约伯廉在正丰街得和馆便饭，堂倌认得是周老爷，分外恭维，吃了个鱼片虾仁、炒腰花，四两白玫瑰酒，两碗蛋炒饭，会下帐来，一元三角。出门踱到绮园一躺。这绮园是伯廉常到的，堂倌都认识他。手巾起过，送上一盒烟来。仲和不吸烟，伯廉举起枪来呼几口，只吸得满屋云雾迷漫。仲和有点儿受不住，眼花头涨，没奈何脱去马褂，拿把扇子尽搧，却把伯廉的灯火搧得摇颤不定。伯廉放下签子，道："仲知，你怎么这般怕热？"仲和未及答言，只见伯廉的小家人，手中拿了封信上来，东张西望。仲和瞥眼见了他，喊道："猴儿，在这里。"猴儿回头看时，果见主人和周老爷躺在那铺上，赶来道："老爷，我那里没找到，因想老爷常到这里来，碰碰看，果然碰着，有要紧信在此哩！"伯廉不则声，接来拆开看时，只吓得浑身冰冷，面皮雪白。不知信内所说何事，且听下回分解。

---

① 川资——路费。

第 五 回

还花银侠友解囊　遇茶商公司创议

　　却说钱伯廉接着余小舫的信,吓了一大跳。仲和揣其神情,料想有大事,问道:"什么信,伯翁这般惊疑?"伯廉道:"不相干,这是小弟的家事。"仲和也不言语。伯廉无心吸烟,急欲回寓,看那烟盒子里还剩一口烟的光景,就叫堂倌拿洗脸水来,与仲和斟酌道:"小弟要到嘉定去一趟,茧子要是来了,请仲翁做主;分账时,待小弟来再分。"仲和道:"那个自然。伯翁有贵干,但请放心便了。"伯廉付过三角小洋的烟资,即便下楼,与周仲和拱手而别。回到寓里,左思右想,没得主意,要见总办吧,徒自取辱;要回花行呢,同事离心;况且这事体原是自己的错。仔细一算,净亏了账上三千多银子,不知道茧子的销场如何,万一出脱不了,那是坍台就在目前;果能赚得几文,商务中倒还混得过去,只是这个美馆脱了可惜。想了半天,忽然拍案大喜道:"我有法子!这总办做事,本没主见的,他见我亏空这许多银子,万不敢撤我这个差使,为什么呢?怕我还不出哩。我要是不则声,他倒要虑及将来,我莫如自行检举,到他那里投首去,他反放心了。"想定主意,安心睡觉。

　　次日一早起来,就雇东洋车①赶到杨树浦,叩金总办的门,却见那前次放掉顾月娥的女仆前来开门。伯廉满面笑容道:"你托我打的戒指打好了,今天特地送来。"说罢,在身边尽掏,掏了半天,叫声:"哎哟!我不知道在那里失落的,这便如何是好!唉,可惜,可惜!那戒指不用说,不但金子好,就是那块钻石,也值二三十块洋钱,我还是买的便宜货。阿姆,我实在对不住你,我另送你一个吧!"说罢,把手指上带的戒指,除下来递给她。那女仆赔笑道:"钱师爷,你也太客气了!我只要打个银的,你为什么替我打起金来!你的戒指,我恐怕带不来的。"一面说,一面带,可巧合适,当下大喜,千恩万谢的谢这位钱师爷。谁知伯廉的金戒指是假的,

　　① 东洋车——即人力车,因为是日本人发明的,所以叫做东洋车。

只消一二角小洋,在青莲阁茶楼上,就买得来的了。伯廉问她总办起来没有,她道:"还没起来哩。钱师爷,请门房里等一歇。"女仆领了伯廉走到门房里,那门丁见上房女仆领来的人,哪敢怠慢,好好的请他坐了。不多一会,听见总办咳嗽的声音。伯廉再三央求那门丁去回,总办果然请见,开口便问道:"伍实甫会见了吗?"伯廉站起来道:"没会见,晚生这会儿是来告罪的。"总办惊道:"你有什么罪?"伯廉接连请了两个安道:"晚生实在一时糊涂,因华发厂里的小东家斗做茧子,晚生抬在场面上,没法,不能不答应;及至当场答应了,自己又没银子,又不好回复,看看现在没花好收,去年的花,也算收得便宜,存下三千多两银子,斗胆把来移用。晚生原指望茧子出脱,随即本利归还账上,却也不想赚钱,不过应酬那范慕翁罢了。料想慕翁家里,那般富厚,赚了钱,不必说;就是没赚钱,这银子也千稳万当的,他定然交还晚生,那时把来办花不迟。晚生不敢瞒了总办,特来禀知的。"仲华听他一派奸刁话,很觉动气,也顾不得他的面子,便道:"你又不是第一次当同事,那里见过公中款子动得的吗?银子存在那里,你不要管它用得着用不着,总不是你可以借用得来。如今银子是用出去了,还拿这话来搪塞我,当我什么人看待呢?你自己去想想该不该便了!"伯廉听这口气不对,站起来又请了两个安道:"晚生赶紧设法归还,等不得茧子出脱的了。"仲华道:"这还像句话,限你三日内交还这三千多银子。要交不出时,也休来见我。"伯廉答应了几个是,慢慢退出。仲华也不送他。

　　伯廉出了公馆的门,袖中拿出手巾,把头上的汗擦干了,跑到总账房里,想找薛子莘说个情,偏偏子莘昨天出去还没回来哩。伯廉料着厂里同事,没人和他要好的,只得走出厂门,却好有一部东洋车,伯廉跨上去坐了。回到新登丰,满肚踌躇道:"这三千两银子,张罗倒还容易,只是银子交出,馆地没着落了,我且听其自然。他要辞了我时,我便老实笑纳这三千两头,有何不可。"主意想定,乐得宽心。

　　当晚又约了周仲和、张老四、胡少英这班人,吃了一台花酒。席间谈起茧子的事,仲和道:"我看慕蠡这人,总要算得少年老成,断没有什么荒唐的事,除非病在途中,不然为什么一封回信也没有呢?"老四道:"他去了十几天,他老人家也很记挂他,据说他家信都还没到哩。"伯廉道:"我这两天倒还没事,我上无锡去趟吧。"少英道:"伯翁能去,是好极的了。"

正说到此，仲和的马夫递上一封信来，道行里的阿大送来的。仲和接信在手看时，确系慕蠡的信。仲和大喜道："慕蠡有信来了，我原说他不会误事的。"当下拆开，大家聚拢看时，内言："弟不该在苏州耽搁了几天，开秤迟了几日，少须吃亏，只怕收不上二千担茧子。现在是四十三两一担的光景。"伯廉道："收不上二千担呢，倒不要紧，只是四十三两的价钱太大了，恐怕卖不出去。"仲和道："还好，少赚些不要紧，只要货色正路，总不至于吃亏。"各人放下一头心，只伯廉虑到折本。酒散后，大家商量写回信。又到少英店里，拟定稿子，信中劝他少收，早些回沪。

自此无锡、上海不断的两处函商，信息灵了许多。到得茧客三三两两的回上海时，只慕蠡不见来到；并且连信都没有了。伯廉打听上海市面行情，知道上等茧子，卖到四十六两一担，计算着还有三两银子一担好赚，那盼望慕蠡回来的心，分外急切；天天到华发厂去探听，那有影儿。又迟两天，茧子来的多了，价钱就跌落一两。伯廉大惧，只是干着急，莫可如何。这晚一夜何曾睡着。

天明时朦胧睡去，直到十一点钟，还未醒来。仲和来了，打门好一会，伯廉才醒过来，慢慢穿好衣裤，开门时，原来是仲和。伯廉道："我今天失聪①，对不起的很！"仲和道："我们还说客套话吗？我特来看你，为的就是茧子那桩事。"伯廉急问道："茧子的事，怎么样？"仲和道："我只道慕蠡是靠得住的，那知道他恋了个周翠娥，就把正事耽误了。昨晚杨陶安来找我，说茧子已到，还在船上。慕蠡在苏州住下，他有信在此，你看吧。"怀中掏出信来。伯廉看过，呆了一会，道："据他说，后来收的三百担，是四十四两。这般大的价目还了得？不是白辛苦一趟么！如今行情一天天的跌下去，他还说要等他来再议，栈房钱加上去，那里能赚钱？看这光景，今年茧价，不见得再贵上去的了，莫如我们做主代销了吧。"仲和道："这又不便，他要怪的。"伯廉道："我们不怪他，他还能怪我们么？"仲和道："我们且会齐了张、胡二位，把茧子安放好，再议。"当下伯廉叫一碗面吃了，过足早瘾，便去访张、胡二人。又找着杨陶安，把茧子起上了栈，回到四海瘫平楼吃茶。只见掮客②陈新甫走了来。伯廉问他茧子行情，新甫道：

---

① 失聪——上海土语，即睡过头了。
② 掮客——商场中买卖货物的中间人。

"今年很奇怪,逐天跌涨价一两,茧客都不肯谈买卖了。我也不劝他们早卖,横竖是要涨上去的。"伯廉听了,略觉安心。新甫道:"慕翁收的茧子,听说价钱很贵,不知道有多少担。"仲和道:"一千三百担光景,四十四两一担哩!"新甫微微笑道:"吃了苦头了,通无锡没有这个行情的。"伯廉听了,默默不语。新甫又道:"你们茧子要卖时,找我便了。"仲和道:"那个自然。"新甫匆匆辞去。

隔了三日,慕蠡已回,各人见面,无非谈茧子的话。慕蠡不信行情这样跌落,就去找了个熟捐客吴月坡来打听细底。月坡道:"外国丝一年多似一年,中国商家,还有什么指望呢! 他们一个行情做出来,不怕你们不依。我是看透了其中毛病,恐怕只有落下去,不会涨出来,劝你们早些出脱吧。那三百担照本卖,一千担赚一千银子,譬如白辛苦一趟吧。"慕蠡哪里肯听。仲和、伯廉倒也劝他早出脱为是。慕蠡是富家公子,不在赚钱折本上计较,总要拗过这口气来,便道:"诸位不须着急,只宜静候,我倒要博他一博。将来赚钱,大家均分;折本,我一人独认便了!"伯廉道:"这话当真么?"慕蠡道:"哪个说假话呢? 不信,我可写下字据来!"仲和道:"说哪里话! 正经我们从长计议。"慕蠡道:"我是喜爽快的,省得大家担心,莫如我一人独做好些。"伯廉道:"说顽话哩,慕翁不必多心! 我们吃番菜①去吧。"

当下大家走到金谷香,吃完番菜,伯廉拉了仲和,仍到绮园躺烟灯,还没吸完一口,那小家人猴儿又来了,道:"伍师爷来找老爷,说那花行里的三千银子,要再不还时,巡捕要来了。他约老爷明天在三万昌吃茶,议这桩事。"伯廉惊忧无措,只得把实情告知仲和。仲和道:"你为什么不早说? 三千两银子,算不得什么事,也要把巡捕来吓唬人? 你们那金总办,也太器量小些!"伯廉道:"可不是? 他一文钱都看得甚大,宁可被人家一竹杠敲一万八千,就不则声;我规规矩矩的借用三千两,还和他说明了,就不给我这点儿面子。这事我知道,那伍实甫在里面挑拨他,想讨总办的好,夺我这办花的事儿哩。"仲和道:"这人也太阴险了。到底外国人好共事,他除非不信这个人就不用;要用了他,随你别人想尽千方百计,要攻

---

①　番菜——即西餐。

讦①这人,他总不听的。你的事不要紧,我借给你三千银子还他,看他怎么说!要是总办辞你,也不怕,我荐你到茶栈里去。张老四前天还托我找朋友哩。"伯廉感激不尽。烟后就同仲和回行,打了三千两的银票,交给伯廉。

次早,伯廉起得迟了,实甫已在外面等了多时,见面后,伯廉很发一场话,道他不顾交情。实甫道:"须不干我事,这是你同事不好,到总办那里说过话,我是奉总办差遣,不能不和你接谈。据我的愚见:伯翁,还是和他结清了这注账吧,大家好聚好散,有何不美。"伯廉道:"银子是有在这里,我虽然穷,何至拐人家的银子呢。"说罢,把银票取出给实甫看。实甫道:"好极了!我原和总办说过,伯翁不是那种人,尽可放心,争奈总办胆小,急得没法,差一点儿要打官司,还是我从中阻挡的。这银票交给我代还吧。"伯廉道:"我自己当面交。你不放心,同去便了。"实甫无奈。二人雇了车子,同到杨树浦。

这时金总办已到公事房。实甫领了伯廉,同会总办。仲华对伯廉道:"你答应我三天交还银子,如何一去不来,少见这样没信的。"伯廉不似上回那样谦恭,抢着说道:"我怎样没信?银子是硬货,我既借用了,总要设法才得归还。原是你吩咐我,没银子休来见的,我是遵命而行。"仲华大怒道:"你这算什么话!银子不是我的,你要不还,自有人来问你讨!"伯廉冷笑道:"你折阅的银子,也就不少,向那个讨去?我今天是来还银子的,你休要动气。"仲华听他说来还银子,不觉回嗔作喜②道:"老兄,果然来还银子么?兄弟错怪了你!"伯廉呵呵冷笑,袖中取出银票交上。仲华细认银票,是纯泰庄的,料想不至做假,就叫实甫同他去验票。伯廉道:"尽验便了。"当下没法,只得同去验过是真。

次日,伍实甫奉到金总办条子,接伯廉的手。伯廉早知有此一举,就把各帐交代清楚。回到上海,满心不自在,去找仲和诉说冤苦。仲和也代为不平,宽慰了几句道:"我明天见张老四,一准替你设法便了。倒是我们茧子的事,很不好,如今跌到三十九两了,再跌下去,只怕我们本钱都要折光哩!"伯廉这两天,没工夫理论到茧子,听见仲和这般说,大吃一惊

---

① 攻讦(jié)——斥责别人的过失;揭发别人的隐私。

② 回嗔(chēn)作喜——由怒转喜。嗔,怒;生气;对人不满。

道:"我们莫如分货,各人自己去卖吧。我是只想捞回本钱,还好做别的事业。慕翁太执性①,依了他时,定然捞不回本钱。他虽说折本独认,不过说说罢了,哪里肯呢!"仲和道:"那倒论不定,这人本是个赛阔的,只消恭维几句,怕不独认了去。我所以和老四约定,这茧子听他做主,折了本,看他怎么交代便了。分茧的话,虽然不错,已自吃亏,你仔细想想。"伯廉道:"我真佩服你,看得透彻!我这小股分,也没什么说头,随着大家怎样便了,横竖也少不了我的。"仲和道:"正是。"伯廉别了仲和,到王宝仙家里吃了便饭,自回寓处。

隔了两天,仲和招呼他同去见了张老四,本系熟人,免了好些礼节。伯廉就将行李搬入天新茶栈。不过是管的账目,没甚出入,远不如花行活动了。

一天,忽有三位广东人来找张老四,伯廉接见,通问姓名。一位戴眼镜的,姓欧名鳌,表字戴山。一位穿葱绿湖绉单衫的,姓邝名豫中,表字子华。一位穿官纱大衫的,姓卢名商彝,表字伯器。三位都是潮州人。伯廉问他们:"找敝东什么事?他还在公馆没来哩。"戴山道:"我们想开个制茶公司。如今中国茶业,日见销乏,推原其故,是印度、锡兰产的茶多了。他们是有公司的,一切种茶采茶的事,都是公司里派人监视着;况且他那茶,是用机器所制,外国人喜吃这种,只觉中国茶没味。我记得十数年前,中国茶出口,多至一百八十八万九千多担,后来只一百二十几万担了。逐渐减少,茶商还有什么生色呢!我开这个公司的主意,是想挽回利权,学印度的法子,和园户说通,归我们经理。叫园户和商家联成一气,把四散的园户,结成个团体,凑合的商人,也并做一公司。再者,制茶的法子,就使暂用人工,也要十分讲究。我另有说法,将来细谈。最坏是我们茶户,专能作假:绿茶呢,把颜色染好;红茶呢,掺和些土在里面;甚至把似茶非茶的树叶,混在里面。难怪人家上过一次当,第二次不敢请教了。倘若合了公司户商一气,好好监视,这种弊病先绝了,茶能畅销外洋,这不是商家的大幸么!素知贵东焙茶出名,特来和他商议,请教各事,能合股更好,不知他甚时来栈?"伯廉道:"他不定的,也许今天不来。我叫人去请他便了。"不知三商和老四见面如何,且听下回分解。

----

① 执性——固执。

第 六 回

扬州府豪商出世　上海滩茧市开盘

　　却说钱伯廉叫伙计去请张老四,半天才回来,道:"四先生没在家,不知到那里去了。我找遍了几处茶会,都没见他。"戴山听说,便道:"既如此,我们改日来候他吧。"伯廉道:"等敝东亲自过去拜候。只不知三位寓在那里?"戴山道:"我们寓洋泾浜泰安栈。"说罢,起身告辞。伯廉送客出去,恰好周仲和的请客条子送到,是请他燕庆园吃晚饭,客已到齐。伯廉赶忙换了一身华丽衣服,雇车到了燕庆园。仲知、慕蠡和张老四都在那里。大家起迎,伯廉入座,和老四谈及广东茶商找他的话。老四道:"唉!为什么不叫人来找我?"伯廉道:"伙计先到你公馆里没找着,又把几处茶会上都找遍了,不知道四先生却在这里。"老四道:"他们住在那里? 我去拜他。"伯廉道:"他们住泰安栈。"老四就要去,仲和道:"这时不见得在家,我去请他们来吧。"叫堂倌拿请客条子来,就请伯廉代写。一会儿,胡少英也到了。原来这一局,正是为茧子的事。慕蠡便道:"恭喜诸位! 我们的茧子,不但不折本,还要赚到四五两银子一担哩! 如今扬州府出了一位大豪商,家私有个几千万两,诚心和外国人作对,特地放出价钱收买茧子。自己运了西洋机器来,纺织各种新奇花样丝绸等类,夺他们外洋进来的丝布买卖。这位大豪商,少兄昨天已经会过,据说今儿便去登报告白。暂借了新垃圾桥北堍一块空地,支起帐篷,请朋友收买,不用什么掮客从中过付,讲定买卖,便有人同到银号里去兑银子。他拟定的是五十两一担,货色却要鲜明。"说罢,便对伯廉道:"伯翁,你说我误事不误事,如今不是因祸得福吗?"那慕蠡得意的神情,这时也就难描画了。当下不但钱伯廉心头一块石落了下去,即如张老四、胡少英、周仲和等,都喜得眉开眼笑,大家交口问道:"你这话是真的吗?"慕蠡道:"千真万真,发财的事,造得来假话么?"伯廉道:"我只不信,中国也有这种阔人。"慕蠡笑道:"你也太小看了中国人了! 只要有钱,那一个不会做豪举的事。譬如有了这么大的资本,怕不和外国的商家争他一争么?"老四道:"正是。我们谈了半天,还不吃菜么? 我肚里怪饿的很。"仲和道:"我们来的时候也长久了。"掏出表来看时,已是九点钟,便问堂倌请客怎样了,堂倌回说欧老爷不在栈里,邝老爷说谢谢,有事不来了。老四道:"我明天去拜他。"

当下吃菜喝酒。伯廉分外有兴头,玫瑰酒接连呷了两壶,这是从来未有的事。仲和道:"慕翁说的这位豪商,姓甚名谁? 我们都很仰慕他,好去会他一会么?"慕蠡道:"那有什么不可,他姓李名言,表字伯正,本是盐商起家,如今发了洋财。他的产业,也没有数,有人说他该到几千万银子哩。他黑苍苍的脸儿,比我还胖些,谦和得很。会会他谈谈,也好长些见识。明天我们约会着同去便了。"仲和大喜。伯廉呆呆地想了一会,起身拉仲和到炕上私下嘱托道:"刚才慕翁说的这李豪商,要请朋友替他收茧子,料想不过一二十天的事。我们栈里,好在没有什么要紧的事,我可否告个假,去帮他的忙,求慕翁保举保举,这事就成了。四先生那里,还求你和他说通,这机会不好错过。况且我在里面,我们茧子上头,也有些好处。"仲和道:"你话虽不错,但是你才到四先生那里,就要走开,似乎有些不便。我先替你探探四先生的口气看,只说是我的主意便了。"伯廉道:"这却不妥,要是事情不成,反倒着了痕迹。不如先和慕蠡说通,再告知四先生。"仲和点头道:"明儿再讲。"伯廉道:"拜托,拜托! 我明儿且不去会姓李的,事情说成了,千万就给我个信儿!"仲和道:"那个自然,你请放心便了。"伯廉唯唯答应,重复入席,大家吃到十点多钟才散。仲和约伯廉去碰和,伯廉只得应酬。

次日下午,仲和有便条来说:"李某人已答应,请阁下去替收茧子。四先生处亦已说明,明早九下钟,在汇芳会齐,同去见李某人便了。"伯廉甚喜。当晚就踱到王宝仙家摆酒,请仲和、慕蠡、少英这一干人,却没请张四先生。慕蠡十分得意,叫了四个局,都是时髦倌人。原来慕蠡新做一个倌人,叫做吴玉仙,很花了两文,被他原做的史湘云晓得了,可巧二人同时并到。那史湘云夹七夹八,发了好些话。玉仙本来忠厚,只得让她去说。慕蠡却怪可怜她的,一时气不过,就叫翻台①到吴玉仙家,倒去叫史湘云的局。史湘云不到,慕蠡赌气,把他的局账,当夜开销。史湘云的姨娘,赶

---

①　翻台——嫖客在一个妓院摆酒请客,吃了一半,又到另一个妓院去,叫做翻台。

来再三的赔罪，说了许多软话。慕蠡不免牵惹旧情，便问她湘云不来的缘故，娘姨道："倪先生吃醉仔酒，困倒勒哚床上，动也动弗来。俚说：'范大少叫格局末，勿到也勿碍格。'大少要会俚末，吃完仔酒，同倪一淘去末哉。"慕蠡要待发作，只是看她这种软绵绵的样子，心肠也软了，当下并无他话，娘姨自在身后守候不提。吴玉仙听得慕蠡要去，不免拿出许多本事缠住慕蠡，只叫他不能脱身，直到四点多钟，方才局散。那娘姨看看风头不对，只得自去。这夜慕蠡是仍在吴玉仙家的了。仲和、伯廉各自回家。

次早，伯廉有事在身，哪里睡得着，七点多钟，便已起身。栈司进来扫地，觉得这位钱先生来得奇怪，本来是十点多钟才起来呢，为什么今天这般起得早？却不敢问。伯廉叫他倒脸水，拿稀饭。他才说道："稀饭是还没煮哩，钱先生今天起得太早了，还没打过八点钟哩。"伯廉道："我今天却是睡不着，你去替我叫一客汤包来吃吧。"不一会，脸水舀来，汤包也送到了。伯廉吃了汤包，过了早瘾，雇一部东洋车，到得汇芳，不见仲和，看见钟上已是九点钟，心里着急，恐怕仲和已经来过。再看堂倌忙忙碌碌，才在那里生茶炉，方觉得时候还早，作兴仲和还没起来，且自坐下等候。等到许久，还不见来；再看钟上已是十点多了，本来瘾没过足，不免打个呵欠，清鼻涕直淌下来。回头见烟铺倒还干净，况且正对着楼梯，上下的人，是望得见的，便拣一个铺躺下。堂倌送上一匣烟，伯廉呼上两口，方才有点精神。又觉得肚里饿了，叫了一客常州馒头吃了。正在擦嘴，见周仲和穿了一件纺绸长衫，夹纱马褂，戴着金丝边眼镜，踱上楼来，四面一张。伯廉早望见了，起身招呼。仲和脱去马褂，躺下说道："昨儿被范慕蠡一场花酒，累得我乏极了，今天又和你约着，没法儿的起了个早，实在困倦得很。"说罢，掏出表来看时，已经十二点钟了。伯廉深深致谢，极道不安。仲和道："我们和亲兄弟一般，用不着说这些客气话，正经抽完烟，去会那姓李的吧。你的事是十成稳当的了。我不喜别的，只喜我们那茧子有了销路，大约每人一二千银子好赚哩！"伯廉甚是得意，赶即抽了两口烟，剩下一个大泡子，把来藏在银匣子里，惠过烟帐，同出店门，雇车到虹口去。

原来李大豪商住在虹口沈家湾哩，二人到得他门口，只见三进洋楼，门口是门房、马车房齐全的，局面甚是阔大。那来往的商家，络绎出进，是不消说的了。周仲和业已去过，门丁认识他，领到一间厢房里坐下。不一会，李大豪商从正厅上送客出来，家人上去回过，就请他两人客厅厮见。

二人进去,李大豪商略一招呼,便又和一位客人附耳接谈。伯廉细看这李大豪商,只穿件蓝杭绸①大衫,并不甚新,他那身躯很长,左手指上套一个汉玉扳指,却是通红透明的。半天不理他们,好容易与那位客人话说完了,送了出去,这才回来对仲和道:"慕蠡兄讲的一位朋友,几时才来?"仲和指道:"这位钱伯廉兄,便是。"伯廉立起身来,重新与伯正作了一个揖,道:"晚生久慕伯翁,是位豪杰,如今得见,真是万分的幸福!"原来伯廉与几位学堂里的学生交涉过,也能搜索枯肠,说出几个新名词来,谁知伯正听了甚喜。你道这伯正是什么出身?原来他是盐商的儿子,从前请过极高明的先生,上过六七年学,他天资又很聪明,早已通透的了。一出应考,便中了第一名商籍秀才。后来只为专心商务,不去乡试②,他喜的是看那新翻译出的书,装得满肚皮的新名词,不期伯廉说话之间,暗暗相合,因此十分得意,就留他二人吃饭。

伯廉从前见金总办的时候,还有愧恧③的模样,如今是老练了。他又看透伯正这人,是喜朴实,不喜人家恭维的,便一味做出老实头的土样子。伯正道:"我的做买卖,用意和别人不同;别人是赚钱的,我是不怕折本。我这收茧子,难道不吃亏么?原要吃亏才好!我这吃本国人的亏,却教本国人不吃外国人的亏,我就不算吃亏了。但是我一人的资本有限,譬如把来折完了,我们中国人,依然要销到外洋去,把些生货贩出去,等他外国制造好了,再来取我们的重利,一年一年拖去,那有活命!但就目前而论,从前茧子是什么价钱,如今是什么价钱,再下去,还连这样价钱都没有。你不知道印度、日本,都出的极好的茧子吗?为的是中国地大物博,价钱便宜,落得贩去生发些利息罢了,难道真靠我们茧子不成!我所以开个茧行,替中国小商家吐气,每担只照市价加五两收下,我有用处。这事奉托伯翁帮忙帮忙,辛苦个一二十天,收的茧子,总须货色下得去;秤呢照市,不加斤两,收足几十万担再说,将来我还有请教你的时候。这次小试伯翁的才具,我僭妄④极了,你休得见怪!"伯廉板着脸道:"伯翁,你说什么话?

---

① 杭绸——杭州产的绸。
② 乡试——科举制度,每三年在省城考试一次,考中的叫做举人。
③ 愧恧(nǜ)——惭愧。
④ 僭(jiàn)妄——极端过分。

我们是一见如故,不妨吐露肝胆。我虽说没有读通书史,那公共的道理,也还知道。原晓得如今商家,吃尽外国人的亏,很想挽回这个利益,只是自己没有本钱,要去联络人家,又恐人家见疑,实在被那些不知廉耻的人弄坏了。有钱的不放心合人拼股,联不成一个团体,只好暗中随他亏耗。难得伯翁这般豪爽的人出来,做这番大事业。晚生常听得人说,美国有一位什么商家,做到什么'托辣斯①大王',他的银子,就是敌国之富,也还比不上他。伯翁将来一定是中国的'托辣斯大王'了。"伯正道:"那如何敢当,把我比到外国的富人,一成也及不来,我是放胆做去便了。"伯正口虽这样谦虚,那神色之间,却是十分得意。仲和听他们谈了半天,一句话也插不进去。一会儿,摆饭出来。伯正叫人陪着吃过,却又有怡和洋行里的买办来了。伯正又出来和他交谈。周、钱二人起身告辞。伯正约伯廉明早把行李搬到垃圾桥,那里有人招呼的。伯廉唯唯答应。

　　次日将行李搬去,只见有人来领他,一领领到一处弄堂②里,是五开间的一处房屋,楼房甚是轩爽。伯廉安置妥帖,却见同住的,有好几张床铺。伯廉踱出厂门,找着收茧子的敞篷。只见篷门口贴着朱笺条子,上面写的是"惠商收茧行"。进去看时,一排十六间敞房,挂着百十管大秤,摆着二十张桌子、板凳。同事有十来个人,总账台只一座,高高摆在居中。

　　同事见伯廉来了,大家招呼。原来是王子善、余重器、陆桐山等一干人;还有一位很尖利的人,道是萨大痴。伯廉一一寒暄毕,就问茧子收过多少。大痴道:"今天第一日开秤,这时还不见买卖来。"伯廉道:"这时还早,比不得乡里人,赶一个早。他们那班茧商,享福惯的,总要到十一点钟,才得起身哩。买卖来时,极早饭后,只怕那时忙不过来,我们就早些吃饭吧。"子善道:"正是。"当下没话。大痴却在伯廉面前,很献殷勤。伯廉心中明白:他是想结联了我,做些手脚。只是这位李大豪商买卖,做得很大,我将来赚他钱的日子多着哩,这初次犯不着露出破绽在他眼里,倒碍了后来的道路。想定主意,此番要办清公事了。

　　饭后,果然第一次,便是慕蠡、仲和、张四、少英来到,不消讲价,茧子

---

①　托辣斯——英文 Trust 的译音,现译托拉斯。西方国家各种企业的联合组织,它的目的是垄断市场,攫取巨额利润。
②　弄堂——即小巷。

陆续运到，秤下整整的一千四百担。伯廉与众同事评了一番货色，大家道："是足值四十四两。如今茧市行情，也涨到四四的数，我们加五便是四十九两一担了。"慕蠡道："我们这茧子，比别家更好，有人还过四十五两的了，既到这里，似乎要五十两一担的光景。"伯廉假意道："那恐怕不值。"大痴道："足值，足值！收下便了！"伯廉要开银条，大痴过来附耳道："我们的提头①，须和这位客商讲讲。"伯廉也附他的耳朵，说道："他是李开翁的至好，只怕不便。也罢，没咸不解淡，我去与他商议商议看。"便离座找慕蠡谈那同事的话。慕蠡道："难为你这位贵同事一句话，我们多赚了一千四百银子，九五扣也是应该的。"伯廉和大痴说了。大痴道："这事随你做主，不是兄弟一人得的。但则上海规矩，你也明白，不要太吃亏了。"伯廉道："只此一遭，下回我们公同商议个办法出来便了。"伯廉就上账台，开了个七万九千八百六十两银子的条子，交给慕蠡，自去取银。

伯廉忙了一日，整整到晚方闲。到得晚间，事完之后，便找到吴玉仙家里，果然慕蠡、仲和、少英、张四都聚在一处。慕蠡道："正要请你哩，我们今儿就把股本分了吧。"伯廉道："悉凭做主。"仲和道："分也使得，依我说，不如明天大家到慕兄厂里去分吧，这里觉得不便。"慕蠡道："不是这么分法，原要到我舍下去分的。"伯廉道："我们何不去分了，再来吃酒，岂不爽快些。"少英也急待银子用，只张四先生是随便的。五人议定，各跨上马车，到得慕蠡家里，原来就是铁厂隔壁。慕蠡进去，取出一大包银票，折为五分，按各人的本利分清。伯廉提出三千银票，交给仲和道："利钱承情让了吧。"仲和笑道："那可不兴，我是一本十利，你照算拿来。"伯廉红涨了脸，还没开口，四先生道："论理伯兄应该多出些利钱才是。"伯廉只得说道："应该，应该！我再加上一百银子，明后天送过来。"仲和笑道："你这人也太拙了，我何在乎你这百金的利钱，原是大家讲交情，我才借给你的。正经十台花酒，我是要吃你的，宁可陪上几个局。"伯廉肚里打算道："十台花酒，不是整整的一百银子吗？"不知伯廉如何回答，且听下回分解。

---

①　提头——提成，回扣。

第 七 回

九五扣底面赚花银　对半分合同作废纸

却说周仲和敲伯廉十台花酒的竹杠,伯廉只得答应了,同到吴玉仙家吃过了酒,自回厂里。王子善、余重器已经睡觉;陆桐山、萨大痴却没回来。伯廉把银票藏好,躺下吸烟。原来伯廉吸惯自己的枪,那堂子里的枪是过不来瘾的,所以回厂后定要再吸才好。正在吸得浓快的时候,外面马车声响,知道萨、陆二人回来,果然推进门时,确确是他两位。桐山道:"伯翁回来得早。"伯廉道:"也没多时。"桐山脱去马褂,拿了水烟袋,坐在伯廉床上闲谈。大痴急急地要出恭,衔支雪茄烟,点上洋烛,提了马桶,自去中间屋子里大解。桐山忽然嚷道:"大痴,你们今天做的那注买卖,扣头多少?"大痴道:"你问钱伯翁就知,难道你还不知道么?"伯廉道:"今儿那注买卖,又当别论,那范慕蠡是华发铁厂里的小老板,和我们东家交好的。这人喜搬是非,要多扣了他的银子,被他去告上一状,落了个坏名头,大家不好看。依我说,那些关节,是要留心的。我们吃千日饭,不吃一日饭才好。"大痴道:"到底伯翁阅历深了,叫我是管不得许多。我们得几个扣头,也是场面上说得出的。上海滩上,大行大市,不自我们兴的例子。只不过分,便是很规矩的朋友了;况且这注进项,通行里上上下下,都要分的,只不过大小份分罢了。"伯廉道:"那个自然。下次我们看时行事,多扣几文,也就补得过来。我们是行交行,各人肚里是有数的。"萨、陆二人这才没有话说,大家睡觉。伯廉自己踌蹰道:"我要办清公事,同事又不答应,今天的买卖,已经破了例,不问多少扣头,都是这么一扣。管他娘,莫如拾现的! 明天要有买卖到门,我直接和他对谈,省得他们插嘴,像今天大痴那句话,倒像立了什么汗马功劳,想扣人家个大九五,那也心太狠了。桐山是跟着他学乖,其实不中用的。那子善、重器,更没本事,只好赚几文薪水罢了,分红轮到他,也是有限的。只要除去大痴,我就不碍手了。但是这样的短局,那有工夫去除掉他呢? 况且这人乖觉的了不得,还要提妨他才是哩!"。

　　自此伯廉有个萨大痴放在心里盘算，碰着买卖到门，务要拉着大痴在一起商议；其实自己作做主，不用他的主意。大痴甚是觉得，预备分红时和他算账。不上一月，足足收了三十万担茧子，计算扣头，也有四万多银子，都在伯廉手里。大痴是眼睁睁的盼着他分，自己做出十分规矩样子，晚上都不出门，也没向账上宕过一笔钱。王子善、余重器的宕账，倒有二三百块了。陆桐山也没宕什么账，借过十块钱，三天便还了。伯廉甚是踌躇道：“这扣头实在可观，都是我一人的本事弄来的，分给他们呢，这雪白的银子，实在可惜；要不分给他们，于理上又说不过去。况且李东翁是个大财东，将来还要靠他做点事业，搁不住他们去三言两语，断送了我的前程，还是分了为是。”又一转念道：“不错，不错！我这四万三千多两银子，原有二万五千，是我在瘅平楼合人家私做的，照例扣不到这许多。这笔银子核算下来，足足一万出头，连大痴都不知道，很可以上腰。余下的只大痴、桐山知道细底，恐怕要三七均分才是。其余的人，随便点缀些便了。”想定主意，便把那二万五千两的一注核算清楚，只应该提出一万二千两，作为公中的分红，自己可存下一万三千多两银子，不觉喜形于色。再一核算，公中是三万银子，先除七位不知道底细的同事，每人分给他七百；再除去行里杂差等等，通共八个人，每人给他五十两，一总除去五千三百银子。还有二万四千七百两，三七分时，自己还得着一万七千多金，只怕做不到。

　　当晚便约了萨、陆二人在九华楼吃饭，谈起分账的事来。伯廉把手抄的一篇账，给他二人看了。桐山道：“我们十个人，难道均分么？伯翁是管了这本总账，自然辛苦些，应该多分些。”伯廉道：“那如何使得！”大痴道：“桐翁的话不错，我们打穿板壁说亮话，这行里除了我们三个人，还有那个办得来事。子善、重器这些朋友，随便分给他几十两银子便了。”伯廉听他的话，来得入港，凑拢来说道：“果然这话甚是。我有个底子在这里，二位看得合意，就照这么分吧。”说完，就从怀里掏了一张细账出来。大痴合桐山同看过，批驳道：“每人分给他七百两，已是太多了。”伯廉道：“不然，他们不知道细底，要知有若干余利，怕不发话么？然而他们总有点儿约摸，太少了不行的。”大痴默然，再看到三七的那句话，大痴把这篇帐望怀里一插，道：“我们有账好算，也不在乎急急的分银子，尽管存在伯翁那里便了。”桐山不懂他的用意，倒说：“这账底子，要大家公断的，我还没见，你如何藏了起来？”大痴与他使眼色。桐山不解，还在那里要账底子看。伯廉笑道："大痴兄，你也是个明白的人，如今银子是在兄弟这里，为数却也不少，大约我也不敢独享，朋友交情是长的，银子是用得完的。我一人的意见，如何能叫二位心服，莫如你和桐山兄，也出个主意，大家评论评论，只要公道，就好照办。"大痴道："伯翁先生，你既然说到这话，我也不瞒你说，大家在外辛苦，所为是几两银子，除却他们七位提开算，我们是三一三十一，没得多余话说。"伯廉听他这般没理的话，只气得面皮铁青，冷笑一声道："再谈吧。"大痴也就不则声。桐山发了一阵呆，猜不透两下葫芦里卖的甚药，也只好不则声。吃过饭，伯廉还要躺下过瘾。大痴、桐山道谢去了。

伯廉吸了两口烟，王宝仙的娘姨赶来，道："钱老爷，为啥勿叫倪先生？"伯廉道："我正要来吃酒哩，答应了周老爷十台酒，今夜是第一台。"娘姨大喜，赶着宝仙回去预备。原来宝仙是应别的条子来的，可巧和伯廉隔壁座儿，知道伯廉在这里请客，娘姨特来探访的。伯廉言已出口，只得又到王宝仙家，请了仲和、张四先生一班朋友，直闹到三下多钟，才回厂中。

桐山、大痴都已睡着了。伯廉暗道："不好！我这分红的底账，被他呈给东家看了，岂不大起风波吗？莫如与他们商量，我得个六成，他们二人得个四成吧，只不便当面和他说，弄僵了不成事体。"想了多时，实在没法，也就睡着了。次日起来，已是十二点钟。大痴、桐山已出门去了，留下一函，伯廉拆开看时，知道八点钟请他宝丰楼吃晚饭。伯廉忖道："这分红还有几分可成，他们也在那里着急了。"晚间赴约，萨、陆二人已到，还有一位生客，请教起来，原是姓伍名通，表字子瑜，慎记五金号的账房。伯廉与他殷勤了一回。终席，萨、陆二人，并没提到分红的话。伯廉心里很佩服他们，只得拉了伍子瑜，把前后情节，与他细谈。子瑜道："你们三位的事，兄弟都知道。大痴的意思，只要公平，没有不答应的。"伯廉道："兄弟也为交情上面，不肯欺他，所以这么分法，难道兄弟忝①做了总账房，这七成还不该应得么？"子瑜道："该应呢，没什么不该应。但是他们的三成，一劈做两，每人只得了一成半，似乎太少些。"伯廉红了脸道："那么请子翁公断一句吧。"子瑜道："据兄弟的愚见，伯翁得个四成，他们每人，得

---

①　忝（tiǎn）——谦词。

个三成,方为公平。"伯廉道:"这些扣头,都是我千方百计,赚茧商的银子,其实不干他两位事。如今交情要紧,我得六成,分给他们四成吧,托你对他二位说明,明日去兑银子。"子瑜踌躇一会道:"兄弟替伯翁竭力说去便了。"当下子瑜约了三人,同到北协诚烟铺上,谈这桩事。伯廉是独自躺了一张铺,萨、陆、伍三人,簇在一张铺上,密谈好一会,只听得子瑜的笑声。半日,子瑜才过来,与伯廉讲道:"我好容易和他们磋磨,如今是应允了。他们二人得五成,伯翁也得五成。"伯廉尚未答言,子瑜自言自语道:"这样还不答应,这桩事,也就管不来的了。"伯廉要说,又顿住了口。子瑜道:"我们再会吧,兄弟还有人约着去听戏哩。"回头叫:"堂倌,两铺上的账,归我算,上了折子便了。"伯廉一把拉住道:"子翁,你也太性急了,我照办如何?"子瑜大喜道:"既然伯翁肯照办,就请写下凭据吧。"伯廉没得推辞,就借了笔砚,把分红的账,改好了,交给子瑜。子瑜道:"这单子我存在身边,明天十二点钟,在大观楼吃茶再谈吧。"大痴、桐山、伯廉别了子瑜,也就回去。

次日午膳时分,伯廉才起身,吃过早点,又是过瘾,直至一点多钟,才去赴约。萨、陆、伍三人,已经等候多时了。照单分派,没有争论。只子瑜要提二百金的谢仪,萨、陆已经答应。伯廉抬在场面上,也不能推辞,当去兑了银子,各人得了利益,再没多余话讲了。

伯廉自来没吃过这般亏苦,此次是遇着狠口,所谓是棋逢敌手,偏偏叫他搁不下台,只好答应。虽然如此,到底还落了二万五千多银子,加上个七千,也有三万多家私了,便和仲和计议,要把王宝仙娶回,赁几幢房子住家。仲和极力赞成;宝仙却不愿意。原来她嫌伯廉烟瘾太大,相貌又陋,不好回绝,故意敲竹杠,要他六千银子,才肯嫁他。伯廉只是贪爱宝仙,居然一口答应到四千光景。宝仙只不愿意。伯廉赌气,在虹口赁了三幢房子,将家眷接了出来。伯廉的妻子,姿色是很下得去的。只是脸儿呆板些,不中伯廉的意。生的儿子,已是十一岁了,虽没读过书,那与人交往,倒也精明,就只看得银钱上很重的,这是像他老子的脾气。伯廉见他们来了,倒还高兴,就把儿子托人荐到电报局去学打电报的法子。

伯廉虽说有家眷在上海,其实他夫人也可怜,挂了个虚名,伯廉何曾在家住过一夜。王宝仙处，是已经断绝的了。如今却另做了一个尖先生①，叫做陆姗姗。花了一注大财，替她赎了身，做了个外室②，天天晚上住在那里。包了一部马车。有时也到他妻子的寓处走走，只不过略谈几句，便起身出去，只推说买卖的事情忙碌。两万银子已经存在张四先生的茶栈里，自己在里面管账，还有一万多银子，没处安放，想与人拼个股份，做点儿取巧买卖，可巧西洋来了一位医家，原是中国人，姓胡名国华，表字文生。在堂子里遇着了伯廉，也自合当发财，二人一见如故，彼此请吃过两台花酒。伯廉和他商议做买卖的事。文生道："要做买卖，总要投时所好。我有一种药水，人人须用的。只消花这么千把块的本钱，包赚到几万银子。但就缺少这本钱，你能出资本，我就同你合伙，将来利益均沾，你信得过么？"伯廉道："我没什么信不过。但是你这药水，什么名目？怎样做法？"文生道："我这药叫做止咳药水，是从化学里面提炼出来的。我从外国制好了，带回中国，所以本钱合来甚轻，要从外国去采办时，至少一块洋钱一分。外行还买不到。你只交给我一千块钱，制配药料，装璜瓶匣，以及登报告白③等等，你都不要管。我们订定合同，二五一十的分余利便了。"伯廉深信他的话，当下就请了周仲和、张四先生吃饭，趁此与文生订立合同。文生便去制造装瓶，一面登报告白；自然说得天花乱坠，赞美这止咳药水的好处，直是有一无二，便寄在中欧大药房里出售。

再说这时有一位候选道④，在上海管理翻译事务，姓姜名大中，正犯了咳嗽的病。一天看报，见了止咳药水的告白，道是配合精工，专门化痰理气，无论怎么咳嗽，只消吃一打，定能绝根。譬如一口痰吐在地下，把这药水注上一滴，当时化去无存。大中见了这个告白，那有不买来试服的理，就叫家人去买一打来，天天照服，还没服完，那咳咳比前更厉害了。原来大中犯的咳病，天天服药的，自从得了这药水，乃不服药，又不见效，自然咳的更厉害了，按下慢表。

且说伯廉既与文生合做这药水的买卖，时刻留心，去察访他的销场好

---

① 尖先生——旧时妓院中指才接过一二次客人的妓女。

② 外室——养在外面的小老婆。

③ 登报告白——在报纸上发布广告。

④ 候选道——准备替补实缺的道员。

坏。中欧药房里的人，都说销场很好，已经卖了一万多打。伯廉计算一元二角一瓶，一万打，就是十多万洋钱了。找着文生，就要分红。文生道："这药水的本钱，是我在外洋化钱制成的，你只有一千股本，我的本钱多了十倍，还不止哩；再者，配合药料，筹划销场，都是我一人出力，你也不好无功食禄。现今赚的银子，不瞒你说，的确有个十万多块。我得九成，你得一成，咱们天地良心，你已经一本十利，也没什么不上算。"伯廉听他这个话，已经气得手足冰冷，半晌才转过气来，道："文生，你也像个人，在世上做事么！这是你亲笔写的合同，那能反悔的！"文生道："那里有什么合同！我好意送你一万多银子，你却不要，咱们撒手便了。"伯廉道："撒手倒不能，咱们再会吧！"说完，气愤愤的就走。文生也不送他。

伯廉这一气非同小可，登时肝气大发，痛得动弹不得，叫车夫找个烟馆歇下。车夫扶他进了烟馆。伯廉躺下，那里还能烧烟，怀里掏出一个套料小瓶，交给堂倌道："你给我烧一口烟吧，把这沉香末卷在里面。"堂倌接着香末瓶，自去卷烟。伯廉痛得转身不来，好容易堂倌给他对着火，抽了一口，略略平服。接连抽完一匣烟，这才痛定。躺了半天，恨道："这回碰着了强盗一般的人，那里有什么话和他讲，还说西洋回来，都是文明的，原来还不及我们做买卖的人。难道就这么便宜他不成，整整丢掉四万块钱吗？我性命也要与他拼一拼！凭据在我这里，我找大律师去告他一状便了！"想定主意，随即上车去找周仲和商量，到申张洋行问仲和在屋里没有，那人不理你；再问别人，一般像个哑巴。伯廉叹了口气道："这正是时衰鬼弄人了！"转了一个弯儿，玻璃窗内，有一位老者坐在里面翻账本。伯廉大胆上去问道："周仲和兄在这里么"那老者把他打量一回，道："尊驾贵姓？"伯廉告知了他。他道："仲和是昨日出行的。外国人嫌他做买卖不勤快，来行时每每误了钟点，因此分手出去了。"伯廉大吃一惊，只得又问他道："他家住在那里？"那老者答言不知。原来伯廉与仲和交好多年，是在花酒台面上结识的，还不知他住处在那里哩。不知伯廉如何去找仲和，且听下回分解。

第 八 回

诸茶商讲求新法　小席伙独积薪工

却说钱伯廉找不到周仲和，只得回到茶栈，可巧张四先生也到栈里。伯廉满肚皮的气愤，带着一脸怒容，被四先生瞧了出来，笑道："伯翁，今儿为什么事，这般气恼？ 莫非陆姗姗的事，被嫂夫人知道了么？"伯廉道："那个黄脸婆子，我便再娶上几个，她也没法儿。"四先生道："那还有什么不如意的事？ 我替你算计着，今年也算大发财源了！ 要欢喜才是！ 有什么气恼？"伯廉道："我正要和你谈谈。"便拉了老四到自己的账房，一五一十的告诉了他。又说："刚才去找周仲和，哪知他出了洋行，他到底为着甚事？"老四道："仲和的事，说也话长。他东家斯力夫，是英国人，本来很相信他的。他在申张洋行里赚的钱也不少，三四万银子总有的了。如今斯力夫看出他的破绽来，再加上同事挤他，自然要出来的了。"伯廉道："他现在哪里？"老四道："他不是开了爿绸缎店在法大马路么？ 如今大约在自己店里。"伯廉如梦方醒，道："我今天是气得发昏，连祥和绸缎庄都忘记了的！ 你说我这事当该怎样办？ 我想请律师告他一状，花上几千银子，也吐吐气，所以要找仲和。他是和外国人往来惯的，有些在行。"老四劝道："你不必急去告状，莫如请一回客，当场与他理论；他要是蛮不讲理，我们再拿这合同去告他便了。其实你们那个止咳药水，实在是滑头买卖，我吃了一瓶，觉得味儿与杏仁露不相上下，回味又像燕医生的化痰药水，大约是两样掺和的，怎么会赚到这些钱呢？ 依我说，这钱的来路很造孽，你少得几文，倒也积些福。"伯廉知道四先生是有点儿信因果的，也不驳回，便道："你说请客的话，甚是，我们先礼后兵。但只总须和仲和商议。"老四道："我们同去会他便了。"当下套上马车，二人到了法大马路。仲和刚要出门，车已套好的了。老四和伯廉到了，重复入内，谈起这事。仲和道："这事没甚难处。依我说，请客都犯不着的。我认得揭武律师，只要重托他，如打外国官司，没有不赢的。"老四道："不是这么说，我们中国人，犯不着去打外国官司，还是先礼后兵为是。"仲和说："那么也好。

我来开几个朋友的名姓给你,你去写好请帖,就在杏花楼定下他的正厅吧。"伯廉道:"事不宜迟,就是后日便了。"

当下商议已定,到得后日那天,果然客都到齐,只文生不到。仲和叫人吩咐了他一番话,叫他找着文生照说,果然文生被这么一激,坐车来了。伯廉仍是照常招呼他,绝不露一些眹角①。酒过一巡,伯廉道:"前番我们订定合同的时候,这位周仲和兄,和那张四先生,都在座与闻的。其时吾兄怎样说法,只问他们二位便了。"文生回头对张老四道:"话呢,是有这么一句;但是这药水的资本,是我花了一注大本钱来的。他只入股一千,就想和我对半分红,情理上似乎说不下去。"张四先生道:"既然文翁花过本钱,为什么不早些说? 其时和伯廉兄合股,就该订明只分一成余利,为何要定对半平分呢? 那合同岂是轻易订的? 文翁在外洋多年,难道还没知道这些立合同的规矩?"文生道:"废合同也作兴的。"老四道:"废合同也作兴的,但是已经订了,那余利是要照合同分的。从此拆股,废去合同,倒也使得。"文生没得话说,便道:"我们再议吧。"仲和插嘴道:"钱伯翁也不是宽余的人,好容易凑了一千银子,撑成这注大买卖,急盼着余利应用。文翁既答应平分,就约定日子兑洋钱便了。"文生着急道:"我本钱心血费了许多,伯廉兄安安稳稳,分我五六万块钱,列位想想,那有这个情理!"众人都说道:"那是合同上订明的,便告到官,也要平分。"文生没法,只得说道:"请诸位公断,我一万银子的本,总要提出,再这一万银子的利,也要算算。我给他三万块钱,废了这张合同吧。"仲和道:"使不得。伯廉答应了,我们也不能答应。照这样闹起来,上海滩上,还能做买卖吗?"老四晓得文生再多便不肯往外拿,这事便没得个结局,便道:"文翁说的本钱呢,原也没载入合同,算不得凭据。但既然说到这话,究竟文翁费了一番心,伯廉兄,你就让他些吧,到底朋友交好一场,免得伤情。"伯廉道:"我原肯让他,只是刚才仲和兄说的好,上海滩上,我们还想做买卖吗? 这是公论,我一人做不了主的。"文生虽说滑,究竟是初出茅庐做买卖,那里搁得住这些人,你一句,我一句,弄得自己有口也分辩不来,只得拉了张四先生出席私谈,托他从中说法,只想多分一万块,作为制配药料的酬劳,合同是一定废掉。他二人重复入席,仲和尚欲有言,老四道:"我们不必再谈

---

① 眹(shùn)角——眹,以目示意。眹角,在这里指端倪。

了，文翁是已经答应，对半平分，只提出一万的配药酬劳。据我看，这还在情理之中。伯翁，就这般定了议吧。"大家附和道："像这样很公平，伯翁可以答应的了。"伯廉尚欲有言，搁不住大众以为公平，明知再争也无益的了，没法应允，约定次日兑洋。

从此伯廉又得了五万几千块钱的进项，居然做了财东，就另外开了一爿茶叶店，专批自己栈里的茶。两下合宜。开张的那日，请了各同事吃酒。泰安栈里的欧戴山、邝子华、卢伯器，这时已设立公司，和汉口茶商通气。伯廉也把他们请来。席间谈起公司的事，戴山道："我们收的各色茶叶，但收那采摘拣净的叶子，至于制茶的法子，通照外洋办法。"伯廉请教道："到底用机器有甚好处？"戴山道："怎么没有好处？我国的茶叶，都是用手足揉搓的，卷来不能匀净。我们收了青叶，晒得棉软，把来倒入机器，每两刻时卷得匀净圆紧，然后用机器烘焙。这机器名为押皮杜拉符①，有抽气管，叫叶味不散。从前用炉火烘焙，那烟气都贯入叶里。如今用了这机器，安好烟囱，烘焙起来，免了许多弊病。烘焙好了，筛来长短整齐。那装箱又是件要紧的事。我们把制好的熟茶，用竹箩盛着，外面裹了铅皮，再钉入箱里，闭得极严，随他搁到许久，开出来香味扑鼻，再不散的。我们公司里，派人出去，到各路出茶的山上，安放机件，随收随制。汉口茶商，归入我们一气，都是这样办法，很要多销出口，这利益是被我们挽回转来的了。"伯廉听了，十分钦敬。好在自己只销中国人吃的茶叶，也就不去仔细考求，只要武彝、龙井、雨前采办得来就算了。

伯廉这店里，请了一位管账先生，就是他的内弟王小兴，商务上的经络很懂得。如今且把他的来历叙说一番。原来他向来在那苏州浒墅关席店里做徒弟，生成一副伶俐身材。老板、朝奉都很喜他。不上三年，便替他开支了一吊大钱一月。小兴分外节省，自己添做件把青布大衫，黑布马褂，家里只一个老娘，在亲戚家帮款度日。姊姊又嫁给了钱伯廉，用不着寄钱回去作家用，只消自己零碎使用便了。他又节省，自然只有积聚下来。一般也买了个乌缎帽子，黑布新鞋，自头至脚，焕然一新。这年大除夕回到家里，母亲见他身上那般洁净，喜道："你如今倒像一个人了。你姊姊家穷的了不得，姊夫是出去一年多，没得音信。姊姊拖了外甥男女，

---

①　押皮杜拉符——英语 Casserole 的译音，即烘焙茶叶的机器。

这样长长的日子,拿什么来过呢? 只得典当度日,把我陪嫁的银器衣裳,都当光了。昨儿又来借我的黑布棉袄去当,我没答应。你想,我身上有什么衣裳穿,就靠这件棉袄过冬,如何能借给她呢? 大伯伯处,一注三百头的帮费,又没收到。他说今年年里收成不好,钱粮还欠着没完,实在帮贴不起。我还欠了李大房家三升糙米的钱没还。你如今是做了朝奉了,将来养得起我,也犯不着要别人帮贴,白吃人家的,也是罪过! 今朝是大年三十了,我这里还有一升米没吃完,你去买六个钱的豆腐,秤它一斤青菜,三个钱打它一两酱油,回来烧好了,也要祭祭祖先。冥锭①是我前月里就折好的。青菜加秤,只消四个钱一斤,你不要买贵了。”小兴一一答应道:“我如今有一吊大钱一月哩,是今年四月里起的,只不晓得家里这样为难,我一个钱也没寄。如今鞋袜衣帽,倒花费了两吊四百,还有七块洋钱在这里。”说罢,伸手把兜肚袋里一包洋钱,掏出解开,给他母亲看。直把他母亲喜得眉开眼笑,连声赞道:“好孩子,难为你,弄到了这些洋钱! 这六块钱给我吧! 一块钱你零用,也够了。”小兴觉得雪白的洋钱,舍不得离开了自己的身边,只是她是生身之母,没法驳她,只得硬硬心肠,自己拿了一块钱,赶紧塞在兜肚袋里,对他母亲道:“今年我赚了这许多钱,要适意些,过个发财年的了。母亲给我一块钱,先兑了铜元,买了些鱼肉纸马来,祭过财神,我们方好供祖宗,吃年夜饭。”他母亲道:“什么叫做铜元?”小兴道:“就是紫铜做的当十钱,新出市的,做的好看得很。”他母亲道:“一块钱兑多少?”小兴道:“要兑九十几个哩。”他母亲道:“不吃亏吗?”小兴道:“怎么吃亏? 一个当十个大钱用;九十多个,就是九百几十个哩。”他母亲听得这当十钱这么便宜,也想换些看看,又舍不得拿大洋钱去换,踌躇了半天,没法,解包拣出一块黑些的鹰洋②,交给小兴说:“你去换了铜元就回来,那鱼肉是不消买的。”小兴道:“不多买便了,财神是要祭的;祭了财神,明年还发得多哩。”他母亲道:“我去年没祭财神,你也一般发财,只怕不相干的。我只要多念几声佛,也就抵得过的了。”小兴道:“佛是佛,财神是财神;佛是不管人家发财之事的。”他母亲怒道:“乱说! 如来佛那一件事情不管?”小兴笑道:“佛连和尚都管不住,还有偷着吃荤

———————

① 冥锭——迷信的人给死人烧的假钞票。
② 鹰洋——墨西哥银元,正面有一鹰的图案,故称鹰洋。

的呢,母亲休去信他。"他母亲听他这话,怒极的了,骂道:"我把你这小畜生,不看洋钱面上,我定然把你打个臭死!和尚师父,都骂得的么,不怕割舌下地狱么?"小兴见母亲发怒,只咕哝着走过一旁,也不去兑铜元,坐在灶窠里流泪。正在没得开交,可巧隔壁的张妈妈来了。他母亲一五一十的告诉了她。张妈妈劝道:"嫂子,不要动气,年轻的人,都是不信佛的。你家的大官人,是个财星,你要好好的看承他。他说祭了财神,越会发财,这话是不错的。你想,我们房东黄老太爷,不是开了偌大个衣庄么?他家里供了一位神,叫做黑虎赵玄坛,就是那武财神了。他初一月半都烧香给他,到了年节,又是猪头三牲的祭他,所以生意一年好似一年。如今手里,足足的有一万了。你们大官人,注定要发财,所以想起祭财神来。你请他来,我见见吧,沾点儿福气,我也要转运了。"小兴的母亲听了张妈妈这番名论,方才回嗔作喜,真个去叫小兴来见见张妈妈。小兴别转脸,不肯出来。他母亲没法,只得嚷道:"你不出来,不算我的儿子!"张妈妈听得他们母子吵闹,亲自走到灶间里去劝。小兴见张妈妈来了,只得起身,叫了她一声。他母亲道:"到底妈妈的脸儿大些,他违拗不过了。"

当下三人走到屋里。张妈妈问他要洋钱看过,道:"这般黑,难道有些假么?"小兴道:"千真万真,这是人家用旧的了。"张妈妈急欲看看新出的铜元,催他去兑。小兴便袋了那块洋钱,出去兑换,买了一尾鲤鱼,半斤肉,二升白米,还有青菜、莱菔、作料等类,通共用掉三百二十钱,剩下六十五个铜元拿回来,给他母亲收藏。张妈妈见他有这些菜,还有那些铜元,只觉得爱慕得很,取了五个铜元,只在手里玩弄,恨不能带在身边。弄了半天,忽然起身告辞。小兴的母亲着急道:"妈妈吃了晚饭去。"张妈妈头也不回,一直就走。小兴赶上去,说道:"妈妈,你把我们的铜元带去了。"张妈妈只得回头,笑道:"我真真老糊涂了,这铜元是你的,拿去吧。"小兴接在手里,数一数不错,可巧原是五个。张妈妈转来,笑道:"到底你这大官人厉害,五个铜元,硬被你抢回去了。"小兴的母亲也笑说道:"他生来小器。我问他要了洋钱,替他藏着,他还不放心哩。"张妈妈要去,小兴母子假意留她吃饭。她并不客气,坐下老等。小兴只得把鱼肉菜饭,和母亲做弄起来,祭了财神,又是供过祖先,调开桌子,三人吃饭。

正在吃得高兴,忽然他姊姊领着外甥来了。小兴见过姊姊。他姊姊对母亲垂泪道:"我这日子过不来了!母子三人,定是活活的饿死!还有几处债户来逼，家里存身不住，只得逃到母亲这里来。"小兴的母亲，也是流泪，看她身上，只穿一件夹袄，还是破的。孩子的身上，更不用说，是破烂不堪的了。便问道："你夜饭吃过没有？"答道："家里一粒米都没有，昼饭还没吃哩。"小兴道："我去替姊姊装饭来。"去了一会，手里擎了一只空碗来，说道："我今天煮了一升半米的饭，那知道都吃完了，这便如何是好？"他姊姊道："你还有米没有？我来替你煮饭。"小兴呆了一呆道："米是有，在这里。"他母亲急急的拿碗去抄了大半升米，交给他女儿自去煮饭。张妈妈还想吃第二顿，只是不去。小兴道："妈妈难道不要过年的吗？"张妈妈道："哎哟！大官人，不瞒你说，我家拿什么来过年！你兄弟年纪又小，在木匠店学手艺，三年还不会出师，我是生成苦命罢了。"小兴道："我们姊姊来了，有几句体己话说说，妈妈有事请回府吧，这里房子窄小，孩子闹得头昏，得罪了妈妈，是使不得的。"那张妈妈只得搭赸①着道谢，嘴里咕咕哝哝自去。母子二人骂道："这样的瘟虔太婆，不知趣的，一碗肉倒被她吃了半碗！"小兴道："幸亏我藏了半碗在这里，今天是吃不到它的了。我们加点儿盐，蒸着过正月半吃。"他母亲大喜道："难为你有主意。"

不言母子密谈，且说小兴的姊姊，煮好了饭，盛了没鼻子②的三大碗，预备她母子三人吃的。小兴的母亲不言语。小兴是很有些儿不自在。他外甥女儿又闹肉吃。小兴发话道："好孩子，你有饭吃，已经好极的了，还要想吃肉么？要没有你舅舅吃辛苦，弄得钱来，今天连饭都没得吃哩。"他外甥女听说，哭起来了。他姊姊一面吃饭，一面动气道："亲眷里面的穷富，总是有的。我们如今是靠兄弟，吃这一口饭；明年呢，难说兄弟就要靠到我们，休得这般小器！"小兴道："不见得。"他姊姊赌气，饭也不吃了。不知后事如何，且听下回分解。

---

① 搭赸（shàn）——尴尬。

② 没鼻子——饭盛得满，吃的时候没了鼻子。

第 九 回

念贫交老友输财　摇小摊奸人诱赌

却说王小兴的姊姊,因为兄弟发了话,很觉动气,连饭都不吃了。她母亲心疼女儿,劝道:"你吃饭吧,他是个疯子,不要理他。"就骂小兴道:"你小时候,我们做父母的,怎么养大你来,如今自己会赚钱了,连姊姊也不顾了! 吃几碗饭,所值几何,就这般夹七夹八的多话,这还算个人吗?"骂得小兴面红过耳,再三分辩道:"我不是可惜那饭,只为外甥女儿不知道甘苦,这才教训她的。"他母亲道:"人家正吃着饭哩,你休得多话。"小兴没得说,独自出门看热闹去了。他母亲巴不得他出去,便在房里拣了几件破旧的棉衣,又拿一块洋钱给女儿藏着。她女儿含着眼泪,捆成一卷,领了孩子回家去了。

常言道:"光阴似箭。"不上几日,小兴自往浒墅关去。二月初头,恰恰钱伯廉寄回五十块钱,接他娘子到上海去住,就请内弟送她出去。伯廉娘子接着这个信,有了偌大一注洋钱,真是喜从天降,忙请隔壁的吴伯伯写了一封回信,跟手央人去请了她母亲来,将女婿寄钱给她的话告知。她母亲道:"阿弥陀佛,你也苦够了! 今天才有翻身日子!"伯廉娘子笑盈盈的道:"旧年是全亏母亲,给我那块洋钱,度到今日;要不是母亲,我娘儿三个,早已饿死了,他只好来收我们的尸骨哩!"说罢,又痛哭起来。她母亲也陪着哭了一场。伯廉娘子,当时取出十块钱,交给她母亲道:"娘,你留在家里慢慢的用吧。我到了上海,有钱的时候,再寄给你。"她母亲推却道:"这是女婿寄你的盘川,你给了我,不够用,到不了上海,怎么呢?"伯廉娘子道:"吴伯伯说的,这里到上海,只消两块四角洋钱就够了。我原要多给母亲些,只为还有好些债要开销;况且衣裳也要置备几件,才好出门。不晓得二弟有没有工夫,送我们出去?"她母亲道:"我带信去问他罢了。"

当下她母亲就住在女儿家里,代她料理买布做衣服,又把年下欠人家的三块几角钱还清了。过了几天,浒墅关的带信人,亦已回来,说小兴没得工夫，店里正忙着哩，东家不肯放他回家。伯廉娘子就去请隔壁的吴伯伯送她。那吴伯伯叫吴子诚，原来是个好人，年纪已有五十多岁了。他既受了伯廉娘子的嘱托，便和她买了些出门器具，箱笼网篮等等，一齐置备齐全。原来都是伯廉信上交代的，总要场面上下得去，奈这三十几块钱，那里够用？吴子诚又垫上二十块钱，这才把伯廉娘子打扮的簇新，很威风的下船。那箱子里，本都是空的，伯廉娘子把些粗重的锅炉碗盏装满在里面，又用些破棉花塞好，因此觉得很有斤两。

　　到得上海，伯廉差马车去接他们上岸，到新租的房子里面，他娘子还只当是亲戚人家借住的。见里面走出两个娘姨来，就和她福了一福①。那两个娘姨，反倒跪下磕头。伯廉娘子还礼不迭。那娘姨知道她闹错了，忙道："太太快别这样客气，我们是钱老爷雇来服侍你老人家的。"伯廉娘子方才明白。那娘姨领她母子三人到得楼上，一切床帐被褥，衣箱橱台，各色俱备，统是新制的。原来伯廉是为着要娶王宝仙，置备了这些器具。宝仙不肯嫁他，才赌气接家眷，也是他娘子的福气，现成的得了这副器具。

　　这时吴子诚到了钱家公馆，就有个仆人，领他到书房里坐。子诚细看这间书房，是连着厢房的，六扇头玻璃窗子，摆了张一担挑的书台，一张木炕，余下的器具，都是洋式台凳，布置得很幽雅。子诚忖道："这钱先生在这里，倒还发财；他妻子便苦到那般地步。"正在思忖，家人送上点心来，是一碗大肉面。子诚正合胃口，谁知只三四口，便吃完了。子诚自轮船上岸，没吃过一些糕点，有这一碗面下去，才顶得住。只待伯廉来时，讨了二十块垫付的钱，便好趁船回去。谁知等了半日，杳无信息，不觉着急，问他的家人，都说是老爷不到五点钟，是不能回来的。子诚甚是为难，暗道："五点钟时，轮船已经开了，那里还能回苏州？说不得上楼去问他娘子讨钱吧。"想定主意，踱到楼上，说起要钱回苏州去的话。伯廉娘子没得主意。娘姨倒很会说的，道："吴老爷难得到上海来，逛两天再回去。这里书房很干净，我去叫他们开铺。"子诚再三止住。一会儿，家人请吴老爷吃饭，只得下去，料想他娘子是没有洋钱的，只得等伯廉回来。桌上的菜，是四样，鱼肉都有，吃来甚是可口，发狠吃了四碗饭。原来碗儿甚小，子诚的食量又大，那里禁得住他吃呢？子诚吃过饭，呆呆地坐着，直到五点多

───────────────

　　① 福了一福——这是指互相行了礼。

钟,只听得弄外马车声响,门铃摇动,知道是伯廉回来了。家人开门问时,
却不是伯廉,是伯廉的朋友,掉下个名片自去。家人将名片送入书房,便
对子诚道:"老爷今儿作兴不回来的,太太吩咐把吴老爷的铺盖打开铺
上。"子诚没法,只得且住一宿,就随他去开铺。直到夜里十二点钟,伯廉
才回来。子诚已经睡着了。

　　次早子诚起来,问知伯廉已回,急待会面,哪知他起得甚迟,打过十一
点钟,听得楼上叫打洗脸水,料想伯廉起身,就可会面。谁知又是半天,到
一点多钟,子诚肚里是饿极了的。幸而饭菜已经开出,一面吃着,方见伯
廉下楼与子诚作揖道谢,袖统管里,送出二十块钱。子诚点过收好了。伯
廉道:"你也不必回去了,我替你找个事情在上海混吧。"子诚出于意外,
那是本来愿意的,故意说道:"只怕我没本事,做不来吧。"伯廉道:"休得
过谦,你是买卖场中的老角色,银钱上又靠得住,人家都愿意请教的,将来
还要大得意哩。"子诚甚喜。伯廉留他宽住几天,子诚才安心乐意的住
下。谁知这一住,就没再见伯廉回到公馆,正要回苏,恰好伯廉有信叫他
到怡安茶栈去。子诚跟着来人,跑了无数路径,才到怡安茶栈,见过伯廉,
伯廉叫人把他行李搬来,每月是八块钱的薪水。子诚喜出望外,就在栈里
混了半年,告假回苏,去取过冬衣服。子诚本来节省,手中很积下些钱,这
回来到上海,又做下些小货,约摸也赚了一二百块钱的光景,自然添置些
衣履。回到苏州盘门口,就遇见了小兴。原来小兴席店里的事,还是他荐
的。子诚见小兴来在城里,有些诧异,问道:"你不是在席店里的么,为什
么回来呢?"小兴道:"一言难尽,小侄正要来告知老伯哩。"子诚道:"我是
才到家,还要发行李去,明儿晚上,你来舍下细谈吧。"二人分手。

　　原来小兴在那席店里时,管账先生待他甚好,只是同事见他占了好些
面子,人人气不服,都在背后想作弄他。可巧账房里失去十块钱,不知那
个偷的,人人都说是小兴;又道:"他薪俸不多,身上穿的簇新,还在外面
吃酒,哪里来的钱呢?我们时常见他鬼鬼祟祟的,在账房里走出走进,也
不止一次了。"管账先生信了他们背后的话。次日一早,就叫小兴,偏偏
小兴这日身子有些儿不爽快,起得迟了,越发像真。听得管账先生叫他,
只得起来,急忙跑去。管账先生道:"你如今气派大了,敝店里买卖小,容
不下你,请你到大些的铺子里去吧。"小兴道:"我没有什么错处,情愿在
这里。"管账先生道:"你错处也该自己知道,还用我说吗?"小兴茫然,急

的几乎哭出来。那管账先生还是心存忠厚,不肯指出他的毛病,因此小兴要分辩,也无从分辩,弄得个无疾而终了。既然店里不容,只得把铺盖卷起来,搭了班船回城。那同事里几位朋友,指指点点,在背后暗笑他。小兴只装着没见,满肚皮的忧愁郁结。回到家中,他母亲一见甚喜,只当儿子又发财回来了。小兴却不言语。他母亲问之缘由,小兴才说道:"我也不知道什么事做坏了,被人家辞了出来。如今是一个大钱没有,怎样过日子呢!"他母亲听说他歇了生意,脸上便呆了,道:"你为什么不小心?总是高兴得太过了!如今歇了出来,我们母子二人,怎样过活呢?你姊姊是又到上海去了。"小兴道:"我姊姊穷到那步田地,便在这里,也只有占光我们几文,那里还能贴补我们?"他母亲道:"你还没知道哩,你姊夫如今是发了洋财,整整的一大包洋钱寄回来,接你姊姊去的;连你外甥都打扮得浑身簇新的。你还笑她穷呢,我们才是真穷哩!"小兴没得话说。

他母亲自从得了女儿的十块钱,分文未动,虽然小兴歇掉生意,倒还坦然,却不肯对他说有钱,怕他知道了,乱用起来。小兴那知底里,只忧虑没法过活,天天长吁短叹,饭都吃得少了,那脸上尽瘦下来。他母亲又虑他愁出病来,只得劝他道:"你年下给我的六块钱,如今还有五块哩,你放心吧,目下还不至于饿死。你慢慢的想法子,做买卖便了。"小兴这才放心。看看夏天过了,到处求人,也找不成一件事。

那天打朋友处探信回来,可巧遇见了吴子诚,正要去诉诉苦,求他找点事,偏偏这日子诚初到,没空同他谈天,只得怅怅而回。不得已,次日赶早进城,找到吴子诚家里,一五一十的告诉了他。子诚道:"这是暗中有人作弄你;你一定得罪过人的。"小兴道:"小侄并没得罪人,就只他们都不大理我,不知道什么讲究?"子诚道:"这没什么讲究,大约管账的太看得起你了,不免遭了别人的忌。"小兴低头一想,道:"是了!他们有什么事,总叫我去和管账先生说,就是这个意思。"子诚哈哈笑道:"你们到底年轻,不知道这些出进。凡人在马背上时,不好十分得意的;得意就要掉下马来。"小兴十分佩服道:"老伯教训的话,都是金玉之言!将来找到了事,再也不敢忘了老伯的话!但是如今两手空空,家里还有老母,只愁饿死,到处求人荐事,都是随口答应,那里有老伯这样好人。小侄想了几天,还是来求老伯,可巧老伯回来了,千万求老伯替小侄设法,赏口饭吃!"

子诚听他说的,都是知甘苦的话,恰也很喜他诚实,便道:"你放着那般的阔姊夫不求,倒来求我么?"小兴道:"我姊夫也不见阔。"子诚道:"你口气倒大!你姊夫手里有十几万银子,如今在怡安茶栈里管事,天天马车出进,公馆有两处,还不阔么?"子诚说一句,小兴留神听一句,又喜又恨:恨的是姊姊这般享福,不照顾他;喜是的姊夫既然那么阔,于自己总有些好处。却虑着自己那副嘴脸,辱没了姊夫,只怕不见得认他。呆了一会儿,道:"老伯,我姊夫固然得意,但像小佺这般光景,那里配得上求他去?还是要请老伯费心,替小佺求他照顾吧!"子诚笑道:"'疏不间亲'①,我那里够得上替你说话?只要你得意了,在令姊夫前,替我吹嘘吹嘘,方是正理。"小兴道:"老伯倒说这般风凉话,小佺是目前就过不去了,总求你老人家发发慈悲吧!"子诚被他缠不过,只得应允道:"你不要性急,没钱,到我这里来拿,我还要耽搁半个月才去哩,咱们同伴去吧。"小兴大喜道:"不瞒老伯说,家里连饭米都没有了。"子诚听说,便从袋里摸出三块钱给他去买米。

小兴拿了洋钱,道谢回去,备细给他母亲说知,只那三块钱没提起。原来小兴此时闲着没事,有几个朋友,约他去押摊②,输了一块多钱,正愁没得还人家,得了这注意外的财项,还想去翻本哩。他母亲道:"既然你姊夫发了大财,我们同去找他,用不着吴家伯伯的。"小兴道:"母亲还不知道,年下姊姊穷到那般,我还骂了她的女儿,难道不恨我吗?再者,姊夫本不疼顾我的,总说我器量小,如今是更看得我不入眼了,只怕徒取其辱。他既然信任了吴老伯,必是听他的话;况且我又年轻,加上老年人说上几句好话,自然他也信托我了。"他母亲暗暗服这儿子有见识。

小兴吃过晚饭,找了他的朋友卜时兴,想要翻本。时兴道:"咱们摊上是硬气的,赢了拿现钱;输了也不能欠账,你要还了,我去约人。要没钱,也犯不着抹桌子③。"小兴红了脸道:"你当我要赖你的钱么?"身边摸出一块钱,在桌上一挪,道:"我先还你一块,余下的再算。"时兴转过脸笑道:"小兴,我和你闹着玩,你倒当真了!这洋钱你收起来,咱们顽下来一总算。"小兴道:"我本该还你,这有什么客气!只是今天的局道怎样呢?

---

① 疏不间亲——比较生疏的人,不可能离间亲近的人。
② 押摊——赌博的一种,即押宝。
③ 抹桌子——赌场用语。

要没局道，我就去了。"说罢，立起身来要走。时兴慢慢的袋了洋钱，道："你总是那般性急，所以会输钱，要晓得赌钱有三个字的诀窍。"小兴道："怎样三个字的诀窍？"时兴道："这三个字的诀窍，说也话长，叫做'揭''歇''别'。"小兴不懂。时兴道："你押宝是要看准了大小路，才好下注码的。没有像你这般开一盆，押一注，这就是性急的毛病。我们老押宝的人，尽管躺在铺上抽烟，只叫人报知了宝路，看准了押他三下两下，就要揭去上家一层皮，这其名叫做'揭'。怎样名为'歇'呢？那贪心的人，赢了还想再赢，必至于输而后已。我们的老法子，每天只预备赢若干钱，够了便不再压，其名叫做'歇'；然而要不见亮别去，始终手痒难熬，再押几下，必然又输了。我们又有一字的秘诀，其名叫做'别'。袋了洋钱，我们再会吧，自由自在的别去。你道好不好？"小兴听他这番妙论，不觉出神，忖道："原来他们那样精明，我如何顽得过呢？"便道："老时，你这话果然不错，怪不得我逢赌必输，原来是个外行！"时兴道："这倒不然，也有手气好不好；便看准了路，也有时走失。骰子明明是个六，它一转身，就变了一只么，叫做'骰子乌滴滴，救宽不救急'。我且问你，如今歇了生意，哪里来的赌本？"小兴道："你休管我，我姊夫寄我的钱。"时兴道："令姊夫就是钱伯廉么？"小兴道："正是。"时兴道："你有这位令亲，不怕输钱，我们来大些的注码，十块头铲板①好不好？"小兴道："我倒情愿小些的。"时兴道："不拘你大小，我去邀客便了。"小兴道："我们同去。"

于是二人邀齐了同局的人，到得时兴家里，大家摇起摊来。小兴是领了时兴的教，居然也在那里看宝路，却不甚明白其中的奥妙，依旧是输。押到三四回，都是落空，火性来了，便连押几盆，没一下放过，输了一块六角钱。次日，同局的人，打听小兴转眼就是个财东，特地请他来押宝，口口声声的恭维他，称他舅老爷。小兴得意得很。这日居然赢到三块六角，以后接连赢了几场，胆子放大了，便一块钱孤钉②，都会放下去。一天晚上大输，输掉了二十块钱，将赢头吐了出去，还欠人家十三块。这回真要把小兴急死了。不知后事如何，且听下回分解。

___

① 铲板——旧时赌场用语。

② 孤钉——旧时赌场用语，指只在一门下注。

第 十 回

靠戚眷浪子得安居　进箴规世交成隙末

却说王小兴这番押摊,输去了二十块钱,心中甚是着急,只怕他们立逼着要还,那时剥下了衣服还不够哩。谁知同局的朋友,很讲交情,不逼他,倒还恭维他。结下账时,都道:"舅老爷输几十块钱,算不了什么,要一时拿不出钱,到了上海寄回来便了。"卜时兴道:"输账可以耽搁些时,头钱是要现的,我这里赔垫不起。"拉过算盘来,滴答一算,共是三元六角。小兴又十分为难,身边是一文没有,红涨着脸道:"我隔这么半个月送来吧。"时兴知他真个干了,只得罢手,大家不欢而散。

自此卜时兴这班人,也不和小兴赌钱了。小兴找过他们几次,都淡淡的不睬他。小兴气极了,闲着没事,在家纳闷,偏偏时兴又来讨债。小兴想拿母亲的钱来还,又怕惹骂;要去和吴子诚商议,又怕被他看出自己荒唐来,连上海那条路也断了。时兴要债不着,破口大骂。小兴臊得没地缝可钻,只得赔着笑脸,让他骂去。这日子一天难过一天,幸亏吴子诚家里也没事了,行李也检齐了,便来探望小兴。偏偏卜时兴,正在小兴家里逼债。小兴见子诚来了,大吃一惊,暗道:"不好,今天我的荒唐要败露了。"勉强打起精神,迎上去叫"老伯"。谁知卜时兴见这般场面上的人来探望小兴,倒登时换了一副面孔,连忙起身让他上坐。子诚一双眼睛,却也作怪,一见时兴,就知道他不是好人,便问小兴道:"这是何人?"小兴道:"这位卜时兴,是小侄的表兄。"子诚道:"胡说! 你的表亲我都知道,那里有这位表兄?"小兴自己把手掌嘴,道:"该打,该打! 我说错了! 我是叫他老兄的。"时兴见这风色不对,搭赸着走了出去。子诚定要根究,小兴道:"是从前同在席铺里学生意的。"子诚只是摇头。

一会儿,小兴的母亲出来,见子诚道:"吴伯伯,我这个儿子,如今变坏了。刚才来的那个人,就是向他讨债的,破口骂了两场,我不知道他在外面赌呢还是嫖呢? 好好的有饭吃,有衣穿,何至于欠债呢!"小兴抢着说道:"我没嫖没赌,为着家里过不下日子,只怕母亲着急,还是去年问他借了三块钱充数的；要不是这样，年下那能赚到七八块钱回家呢？"子诚道："老侄休得说谎话，我通都知道。"小兴知瞒他不过，爬在地下磕头，告道："小侄实在荒唐，被他们骗去，赌输了三块多钱，如今后悔嫌迟了，怕母亲生气，不敢说。老伯千万不要和我的姊夫说起，怕他不放心我，不肯代为荐事，我以后痛改的了！"子诚笑道："小官官，那上海花天赌地，你能改得来么？只要自己有主意，不乱闹就是了。你和令堂快些收拾行李，后天饭后，到戴生昌船上再会，盘缠是我替你出，到上海再算便了。"小兴大喜，送出吴老伯，便和他母亲商议动身。没有多余的行李，就只铺盖和一只衣箱 。小兴道："盘缠虽然有了，但是我们去到姊姊那里，也该送点儿人事①，母亲给钱与我去买吧。"他母亲道："送是要送的，只是我不放心把洋钱给你。"小兴道："我们同去。"他母亲才欣然答应。母子二人同到各店铺，买了些苏州物品，预备两分：一分给姊姊，一分送姊夫。次日，时兴又来要债。小兴道："实在没钱。我到上海就有事的，那时寄还你便了。"时兴道："你有那位吴老伯，为什么不问他移挪些还我呢？"小兴道："我已经移挪过的了，这回盘缠又是他的，不好意思开口。你请放心，我少不了你的钱！"时兴逼他写下了借据，连输账共是十六元六角。一分二厘起息。这才罢手。

　　小兴伺候了母亲上船，和子诚同到上海，自然投奔他姊姊。他姊姊见母亲和兄弟同来，一喜一忧：喜的是母女聚首；忧的是留母亲住了，不知道伯廉答应不答应。偏偏伯廉好几日没回公馆，小兴的姊姊，捏了一把汗。隔了几天，伯廉回来。小兴叩见姊夫。伯廉道："你甚时来的？为什么不早来见我？"小兴战兢兢的说道："我来了多天，只为姊夫没空，不敢前来惊动。"伯廉见他比前漂亮了许多，倒还欢喜。踱到楼上，妻子把擅留母亲、兄弟住的话告过了罪。伯廉倒也罢了，不免见过丈母。自此小兴母子，有了安居之所。

　　伯廉拿出二十块钱，交给小兴，叫他到估衣铺里买一身衣裤。小兴本是个生意出身，自然没得亏吃，二十块钱，买了衣服、裤子、鞋袜、帽子，还剩下两元，这才到茶栈里去见伯廉，把那剩的两块钱双手送还。伯廉道："你放在身边零用吧。"自此，伯廉以为小兴老实可靠，留心给他荐事。可

①　人事——这里指礼物。

巧自己有那一注银子,开这个天新茶叶店,就叫他管账。小兴凭空经手了几万银子出进,他又是个会计好手,自然店里一天天的兴旺起来。年下结账,除却官利,还长了一万二千银子。伯廉大喜,拿二千银子出来,竟做分红,各伙计都得了好处,小兴独多,得着一千银子,就制备衣服,一年四季都全了。又做了一注煤油买卖,赚到千金上下,忖道:"上海的银子,这般容易寻,我要早来三年,如今也和姊夫一般了。"不言小兴得意。

且说煤油茶会上的洪尔臧、叶伯讷,都折了本,听说小兴赚钱,倒很佩服他。原来商务场中,见过面的,都是朋友。这时正是新年,洪、叶二人,到倌人那里开果盘,吃开台酒,顺便请了小兴。小兴虽然在上海一年多,却还没做过倌人,今见他们和倌人那般亲热,便想道:"我也太迂了,如今又没妻子,有的是钱,为什么不做个把倌人,也好没事时去走动走动。"恰好尔臧问小兴道:"小翁做的是谁?开条子去叫。"小兴红着脸道:"请荐个人吧。"伯讷便荐一个倌人。一会儿局来了,小兴见这个倌人,两道浓眉,竟像两把扫帚;一张阔嘴,就如一个血盆,很不如意。为是伯讷所荐,没法应酬罢了。谁知这倌人倒看中了小兴,时刻凑着他面孔殷勤起来。小兴被她这一殷勤,魂魄儿都摄去了。尔臧、伯讷又一齐凑趣,硬叫翻台,小兴却也情愿。诸人翻过去时,小兴才知这倌人叫林黛云,住兆富里,房间里摆设得十分齐整,都是小兴见所未见,甚是纳罕。林黛云看准了小兴是个曲辫子,为他面貌长得好,所以爱他的,倒也不忍冤他。小兴于那些下脚开销,不甚在行,只知道有这个规矩。一会儿酒散,小兴身边可巧有八块现洋,把来开了下脚。那娘姨不用说,错认大老官肯用钱,甚是欢喜。看看时光太晚,娘姨就留他下来。

次日直睡到一点钟才醒。林黛云腻声腻气,伸了一个懒腰,慢慢的陪着小兴,谈了许多心上的话。两人一同起身梳洗。黛云要去买表,吃过饭拉着小兴同走。小兴没法,只得陪她雇了马车,到得洋行里,黛云拣了一个金表,讨价是二百七十块,问小兴要洋钱,小兴身边却一块都没有,登时扫兴。小兴对店伙计道:"我写条子,明天到天新茶叶店取去吧。"伙计道:"我们不做账的;况且新年头上,也没工夫去讨。"小兴不做声。黛云满面怒容。娘姨忙和黛云咬耳朵。小兴知道她们说笑自己,也怪她们不得。三人仍上马车,黛云别转脸,不理小兴。小兴只得说道:"我们回去,我去取了钞票,再来买表吧。"黛云道:"耐早点说末,倪也勿来买表,阿要坍台!"小兴再三赔罪,果然黛云叫马夫拉回。小兴这才回栈,取了一把钞票,约摸有二三百块光景,重新走到林黛云家,二人依旧坐马车到洋行,买了那个金表,用去二百七十块,这才遂了意。小兴就请黛云吃番菜,听戏,闹到十二点钟,才回兆富里住宿。

自此小兴在兆富里住了五六天,用掉了五百多块钱。恰值茶叶开市后,出进的账目要紧,只得回店;不时还到兆富里走走。不上半年,二千块钱已用完了,面子上露出些竭蹶①的样子。黛云虽然贪他的色,只是娘姨一干人犯恶他,小兴觉得没趣,也渐渐的看淡了,诚心想做点露水生意②,天天到茶会上去,听说金镑是上海生意的一大宗。在茶会上结识了一位张过生,一位柳季符,天天同在一处吃花酒碰和。那天,过生对小兴凑着耳朵说道:"这时镑价极低,只九块零点的光景,要做趁这时做,包你价要抬高,这是拿得稳的。"小兴大喜,就叫他代做了三千个镑。不多几月,果然抬高,小兴得了二千多块,过生得了九扣,大家欢喜。小兴又有了钱,兆富里是不用说,又要多住几天的了。

那天正和林黛云坐了马车逛张园去,遇着吴子诚,被他一眼望见,马车走得快,来不及招呼。次日,子诚赶到店里,找不着小兴,叫伙计四路找他,生生的找了回来。小兴见子诚坐在自己账台上,心里老大不愿意。他如今是阔了,那里还把这个穷老伯放在眼里,便道:"老伯来查账么?我是笔笔清楚,毫无弊病的。"子诚听他出言顶撞,怒道:"老侄,你如今发迹了,还记得从前么?我怎样拉你出来的?但是我替你想想,虽然有几万银子在手里活动,都是你姊夫的钱。他如今镑上大吃了亏,折去两万多,这爿店要赚钱才好,足算扯个平,还抵不了他那个空子。我们在他手下过日子,他倒下来,我们不是跟着倒么?我听说你做煤油哩,做露水哩,赚钱是很好,折起本可了不得!吴叔起有五万家私,跑到上海来做露水,想一朝发财。听说煤油价低,他就抛了十万箱。谁知海里转了一天大西北风,沙船③一起挂帆进口,载的都是煤油。市面上骤添几十万箱,价钱大跌,把自己的本钱折完,还拖累了好几个户头,一气而亡。他妻子到处求告度

---

① 竭蹶(jué)——经济困难。
② 露水生意——即外快生意。
③ 沙船——在海上航行的运输货物的一种帆船。

日。你不知道么？这是簇新鲜的事。即如你结交的张过生、柳季符，是上海滩上著名的大滑头，遇着机会，就要咬掉你一块肉，仔细等着吧！再者，昨儿路上，遇着你和一个倌人坐马车，哼！一朝得意，就昏天黑地的乱闹起来，被你姊夫知道了，怕不把你的生意歇了么？那时看你欠了一屁股的债，怎样下台？休再来找到我！"小兴被他痛痛切切的一味臭骂，急得脸红过耳，最难过的，是伙计们一起听得清清楚楚，怎不惭愧，老羞变怒，便道："你只不过苏州一个小贩，靠着我姊夫吃碗饭，就这样充做老辈来，找着我呕气。我那件事得罪了你？做煤油是我赚的分红银子；做金镑是我赚的煤油银子。如今金镑又赚了八千。我有钱，嫖我的，吃我的，阔我的。店是我姊夫开的，不是你开的，要你来管什么闲账？我去年替他赚到一万，今年又赚了六千多，你来做做看，有这个本事没有？大滑头小滑头，我都共得来，我自有本事，叫他滑不出我手心底去！像你这样，只好在柜台里秤二两香片，一两红眉，那里配得上说做生意！那做生意，是原要四海的，怕折本那里能够赚钱？你尽管去和我姊夫讲说，我怎样荒唐，叫他来查账便了，休使劲儿来讹我！"一套话说得吴子诚气望上撞，鼻子透不转，只得打从嘴里透，呼呼的吹着满嘴胡子乱飘，如北风吹白草一般，半晌喘定，方道："好，好！反面无情的东西！我好意劝你，你倒顶撞起我老人家来，和你娘说话。我借给你的饭米钱，盘缠钱，共是十块洋钱，每月三分起息，滚到如今，恰好对本，你还了我吧！我们休再见面！"小兴对着众伙计笑道："你们听着吧，他原来是讹我的。我几时借过你十块钱？只在苏州时，借过你三块钱，是有的；其余盘缠，你叫我母子二人住在烟篷上，五角小洋一客，足算是一块钱，共总四块，难道还要起息？就便起息，也有个大行大市，开口三分滚利，你又不开小押当，连小押当都没这个利钱。"子诚道："你全靠着我，才能出来。你把赚的钱，算计算计过，到底应该多少利钱？快些拿二十块钱，万事干休！你要不肯，我和你拼这条老命！"说罢，一头撞到小兴身上。众伙计劝开了，做好做歹，说明还了吴子诚十块钱，他才忍气出去。小兴气得眼泪直淌，骂道："这个老王八，想发财想昏了，跑来讹我！为什么不做强盗，去抢起钱来，还容易些！我有钱，宁可给堂子里的乌龟，犯不着舍给这个老王八！"大家劝了半天，小兴才收泪止骂。本来约着尔臧、伯讷、过生、季符到总会里去碰和的，经这一个大挫折，知道一定是输，也不去了，睡在后房纳闷。

　　子诚拿了他十块钱，回到栈里，可巧伯廉未出，子诚气极的了，顾不得小兴是他的内弟，一五一十把来告诉了他。伯廉道："这还了得！我只道他少年老实，谁知这般靠不住！"连忙叫人套车，赶到天新茶叶店里。幸亏小兴正在那里纳闷，还没出去哩。伙计见东翁来了，忙都起身招接，通知了小兴。小兴躺在后房，听得姊夫亲来，知道吴子诚去撒他谣言的了，便换了一身旧衣服，走出柜台，哭诉姊夫道："吴子诚只为去年我们分红没给他，要和我们天新为难，遇着有便宜货色，我去讲时，他便来打岔，幸亏我有本事拉拢，他没奈我何。今天无故来此，造出许多谣言，讹了我十块钱去，不知又对姊夫说些什么。茶栈里有了这人，我们休想安安稳稳的做买卖。我是为着姊夫，和他要好，不敢多说。"伯廉道："原来如此，别的话都不讲，我自从去年到今，没有查过账，你把总账拿来给我瞧瞧。"小兴捏了一把汗，连忙把账簿一起取出。伯廉自是内行，只拣要紧的关目上算，也弄到三更天，方才算完，果然没有丝毫弊病；而且半年来又赚了六千多两银子，忖道："这子诚真是瞎闹！他只守定了老辈做生意的法子，看见小兴这东西，姘了个倌人，就起疑心，殊不知上海买卖，全靠堂子里应酬拉拢。我从前得法，也是这样的。照他那么成日不出店门，真个只好秤四两香片，二两红眉了。我看小兴，倒是个有本事的人，倒要笼络住他，帮我年年赚钱才好！"又一转念道："虽然账上不错，难免和庄上勾通了，做了手脚，也未可知，我还要同他去对过才好；况且货色也要盘盘才是。"当下满面笑容，对小兴道："子诚说你许多弊病，我本不信他，他做买卖是外行，只是既有人说你，我自然要查考查考，你也明明心迹，待我明天盘过货色，和你到庄上对一对存款才好。"不知小兴如何回答，且听下回分解。

第 十 一 回

王小兴倒账走南洋　陆桐山监工造北厂

却说王小兴听得他姊夫要盘他的货,稽核他的存款,不免吃了一惊,忖道:"我幸亏镑上赚钱,把这亏空弥补了;要是镑上折了本,这便两败俱伤了!"当下徐徐答道:"姊夫说到这句话,足见疼顾我,横竖我没一些儿亏空,姊夫尽管查考便了。"次日,伯廉叫众伙计把存的茶叶查点一番,果然合符;又到庄上核对存款,也没一毫弊病。伯廉和庄上另立了折子,叫小兴要使钱买货时,到自己那里取钱,却加了他十吊钱一月的薪俸。以下的伙计,也都加了一吊两吊不等。众伙计大喜道:"幸亏吴子诚来一闹,倒闹得我们好了!"独有小兴心里老大不乐,暗道:"被他这么一来,我银钱经手不活动了。"所靠的是还有二千块钱在手里,仍旧去找着张过生想做金镑。过生道:"如今镑价极高,做不得的。"小兴扫兴而归。自此不敢出去乱闹,守着几个薪俸和那二千块钱过日子。约摸也耐守了三个多月,尔臧、伯讷、过生、季符,都和他疏远了。

小兴静极思动,那天跑到麻雀总会①,只见宁波掮客胡三,苏州办货的水客②祝心如,杭州绸缎庄上的马绣侬,都在那里,见小兴来了,起身相迎,道:"好极! 我们想成一局,三缺一,你来得正好,我们就此上局便了!"小兴道:"什么码子?"心如道:"我们太大了也犯不着,五十块一底吧。"胡三道:"要打牌,总要一百块头,少了也没意思。"小兴道:"那是不敢奉陪,我只好碰二十块一底的。"老三道:"你也太小气了。也罢,我横竖没事,陪你们凑个趣儿,只是打横是应该有的。"小兴不知道什么叫做"打横",随便答应下来了。四人入局,第一副便是小兴的庄。老三面前,横了三根筹码。小兴要掀牌看时,心如道:"你的横子呢?"小兴道:"什么叫做横子?"心如道:"你只看我们拿出几根筹码,你也拿出几根筹码,摆

---

① 麻雀总会——打牌俱乐部。

② 水客——商行派往外地购货的人。

在面前。你和了,把三家的筹码都掳了去;不和,把自己的面前的筹码送给人,本来的输赢另算。"小兴睁眼一观,果然三家面前都摆列着三根筹码,一算下来,三三见九,二九一十八元。暗道:"不好!我冒冒失失答应了他,谁知这般厉害,比一百块头的码子都大了!"虽然上当,然而台面上是坍不得台的,只得闷着气打下去,偏偏连和了几副,收了几十块钱的码子。最后一副,掀起来就是九张万子,小兴就做一色。上家便是心如,扣了一张孤七万,不肯放下。小兴听得是四七万,四万是碰出了,还剩一张牌,七万桌上未见,以为拿稳要和,谁知下家发张九条,胡老三把牌一摊,端端正正一副清一色;尤妙在一三四五条,都是三张暗的,又名"对对和"。三十二加上四和,三翻共是二百八十八和。三根横子,也要三抬,可巧又是他的庄,小兴一下子就去了五六十块,赢头吐出,还贴输了二十来块。小兴急得汗如雨下,只得把帽子摘了下来。一会儿,胡三连和几副,小兴又是赔了好些,汇过五副码子,自此气馁了。接连输下去,四圈碰完,已经输到一百二十块钱。大家要接碰四圈,小兴也想翻本,就再入局。谁知越输越多,结下账来,共输到二百八十三块钱。小兴只得付了五十块钱钞票,以下再算。

次日又约他们林黛云家吃了一台花酒。好在积下的薪俸,还够开销,只是做露水的念头,更加上了劲了。找到尔臧、伯讷问起煤油行情,倒还凑巧跌了,小兴便喝了五千厅①。谁知愈跌愈甚,小兴把二千块钱,通都用完,就要脱空混日子了,到伯廉那里支钱又支不到。小兴想出一法子,顶了天新的名,在几处庄上,借着一万八千银子,把来做露水。连连折本,已经浮了支借的数。小兴急得没路可走,就打了一个没出息主意,把店里现存的款子,一起卷了个空,连夜趁船,逃到香港去了。伯廉还没知道,天新的伙计,见小兴一去不来,讨债的来了好些人,只得告知伯廉。伯廉到店一查,大吃一惊,竟被他卷去了几千银子。庄上都来逼债。伯廉一看,都是天新字号的折子。伯廉不认账,搁不住平日和他们都有来往,而且都有存款在他们庄上,庄上把来轻轻扣掉。伯廉无可奈何,只得着在天新伙计身上要钱,一个个送到巡捕房里管押审问。他们辩得清清楚楚,都没余罪,一起放出。伯廉核算起来,单这天新,就折到四万多银子,无奈只得把

---

① 五千厅——数量词。

店收歇。

原来伯廉做的买卖,四处折本,看看撑持不下,想到李伯正办的机器织绸南北两厂,正要开张,还是去找他,比这茶栈的买卖活动些。抽空去找陆桐山,桐山不见他。这时桐山已得了李伯正的宠用,派了织绸北厂的总办。只为从前分红上面,吃了伯廉的亏,这时所以拒绝不见。伯廉见这条路走不进,又去找到范慕蠡。慕蠡接见道:"伯翁一向得意,我们许久不见了。"伯廉道:"将就混混罢了,没甚得意!慕翁发甚财么?"慕蠡道:"我只为那回做茧子,冒了险,刻刻担心,不敢再做别的买卖,倒是伯正来拼我股份,开一个造玻璃厂,一个造纸厂,一个制糖公司,我入了十万银子的股本。"伯廉道:"制糖我倒是内行,从前结交了几位外国人,知道他们萝卜糖的做法。"慕蠡冷笑道:"伯正开这个公司,用的都是外国人,本没有中国人能制得来糖的。"伯廉被他打断了话头,搭讪着辞别而出,忖道:"人是穷不得的,我从前有本钱的时候,他们这些富翁,都当我朋友看待,那些不三不四的买卖人,巴结我还巴结不上。如今虽然折本,还没到一败涂地的时候,他们神气,已迥乎两样了!慕蠡呢,怪不得,他是供惯了李伯正这种大人物,做许多维新的买卖,看不起我们这班倒霉人,也是理所当然。只可恨桐山那个促狭鬼,从前在我手里过日子,我是看同事分上,并没欺他,一般分给他若干银子,他不感激我,倒不肯见我。我见他的马车,还放在门口,分明人在家里,他们偏说出去了。只不过靠着李伯正,得了个织绸厂的总办,就看不起朋友,真正令人可气!"转念一想,道:"我也是伯正的旧友,替他收过茧子,为什么不径去拜他,何苦受这班小人的气?常言道:'阎王好见,小鬼难当。'我要找到了主人翁,他派我办一桩两桩的事儿,他们倒要来巴结我了。"打定主意,又道:"且慢!我空手而去,是见不着的。"

当下换了一身新制的衣履,捏着十块钱的门包,雇了马车,到李伯正公馆里。原来李伯正,在虹口造了一所房子,家眷都住在上海。伯廉马车到他门口,门丁挡住。伯廉取出拜帖,袖统管里,一封洋钱,送给门丁。那门丁姓余名升,是伯正得用的人,年纪不过五十多岁,很老实的。再兼伯正吩咐过,不准受人家分毫的门包,他哪里敢收伯廉的十块钱。当下拿这一封洋钱,尽着推还伯廉。伯廉道:"这不算什么,是我送你老人家吃杯酒的。"余升道:"我们大人吩咐过,受了人家一个钱,就要赶出大门。钱老爷没见门上贴的条子么？"伯廉细看，果然有张条子，戒谕门丁，不准留难来宾，不与通报。伯廉大喜道："既然如此，就烦你老人家通报进去，说我钱某求见。"余升接帖在手，进去多时，出来回道："大人今天点验工人，没得工夫见客，请钱老爷明天午后来吧。"伯廉只得回栈。

次日饭后又去。余升领他到了三间花厅里坐着。伯廉细看这屋里的陈设，都是上等贵重物品，还有些不识名的器具，大约是外洋来的。不一会，伯正踱出花厅，伯廉磕下头去。伯正弯腰拉起道："老兄，就是替我兄弟收过茧子的么？"伯廉应道："正是。"伯正道："老兄收的茧子甚好，兄弟正盼老兄来谈谈，为甚多时不来？"伯廉道："只为四先生叫在茶栈里办事，没得空儿过来。如今茶栈买卖清淡了许多，特来叩见的。"

伯正又欲开言。却见一个门丁领了一班工人来了，都是短衣窄袖。伯正只得起身，请他们一一坐了。有个工头道："大人造这个织造厂，原是规规矩矩的事；况且大人给的工价，讲明是十足的钱，如今陆老爷发出来，打了一个八扣，众工人不服，今天一起不做了。"伯正道："这还了得！你们不要去，我去叫他来，当面质对便了。"说完，一迭连声叫请陆师爷。伯廉此时，正中下怀。忖道："这时不下手，更待何时？"便颠着屁股凑近伯正身前，低声禀道："那陆桐山兄，本不是纯正人，从前收茧子的时候，他叫晚生扣茧客个九五，晚生不肯，为什么呢？人家将本求利，原该论价给钱，从中扣人家的九五，不是坏了东家的名头么？我们中国的商人，被这般恶伙，闹得太厉害了！晚生向来痛恨的！所以再不效尤。大人的明见，晚生收茧子，是一丝一毫不苟的。"伯正信以为然道："桐山既然如此，我辞了他，就请你接办这个织绸厂，你可办得来？"伯廉大喜，请了一个安道谢。

一会儿，陆桐山来了，见自己厂里的工人在此，又见上面坐着一位钱伯廉，心上暗道："不好，我今儿完结了！冤家路窄，偏偏他在这里！"只得硬着头皮，走上去见李伯正，请了一个安，一旁站立。伯正生性厚道，请他坐下，说道："请吾兄来，非为别事，只因工人来告吾兄扣了他们的工钱，应该两下质证谁曲谁直。"桐山脸上涨得通红，半晌答道："晚生不是无故扣他的钱，只因他们躲懒，一天只做半天的工，晚生看不过去，所以扣个八折。原想来回明大人，谁知他们倒先到此。"众工人大怒道："我们八点钟做工起，直到晚上方歇，如何算是躲懒？你何时看见我们只做半天工？你天天住在公馆里,马车出进,吃馆子,逛窑子,也没见你到过厂房一次,偏生会造这些谣言。骗得过李大人,如何骗得过我们呢?"伯廉道:"造厂房须要包工才好。"伯正道:"可不是?我原说要包工,桐山兄说不包的好。他有什么督工的法子,原来为扣八折地步。"桐山道:"这分明是工人听了钱伯廉的指使,和晚生为难。"伯正道:"桐山兄不可乱说!伯廉是在茶栈里,他因久没和我会面,今天特来闲谈,他不知道我们造什么厂房,如今我倒要托他接你的手了。为什么呢?你既和工人闹得不合式,倒不如换个人办办,将来开厂,再来请教你吧。"桐山面色,顿时如灰,没得话说,歇了半天,久坐无味,方才辞别出去。伯正就请伯廉领了工人,到工厂里去做工。伯正又写了一张条子,饬①人到账房里按数给伯廉支款应用。伯廉大喜,领着工人辞别出门,谁知正遇着桐山迎面拦住不放。不知后事如何,且听下回分解。

---

① 饬——上级命令下级。

第 十 二 回
改厂房井上结知交　辞茶栈伯廉访旧友

　　却说钱伯廉领了工人走出李公馆,要到织绸北厂去查点物料,照常开工,谁知遇着了陆桐山,拦住他道:"你好生生的,把我饭碗头挤掉了,我今与你势不两立,咱们拼个命吧!"伯廉正待躲避,工人上去,把他一把拖倒,道:"你做了坏事,东家辞你的,与钱先生什么相干? 你还要诬赖好人么?"接连就是几拳。桐山大喊救命,巡捕来了,把工人桐山辫子结在一处,拉到巡捕房。伯廉只得跟着去探听。

　　次日,桐山到得堂上,口口声声只告钱伯廉。伯廉挺身上去,把前后情节一一禀明。会审老爷判断下来,叫桐山不得诬告,叫工人罚洋十元,给他养伤。可怜工人凑不出一文钱,还是伯廉把余升退回的十块钱,借给工人,给了陆桐山,才各散去。

　　伯廉到得北厂,查起物料来,都没办齐,连夜禀知伯正。依伯廉的意思,是要在桐山身上着赔。伯正道:"总算我眼睛瞎了,请着这个宝贝,我认个晦气吧! 你去替我查点个清楚,还少些什么材料,开篇细账,到账房支款去办便了。我事情也多,没法儿件件管得到,这造厂房的事,交给你的了。"伯廉大喜,回到北厂,和工头商量,除现有的不计外,其余各色材料,开出细账,计算还要五万银子,账房照数支给。伯廉有这注银子在手里,不但工钱不扣,而且有时还多支给他们几文,众工人感激的了不得。伯廉把那五万银子,办了三万银子的料,除却零星费用,自己落了一万八千多银子。这叫做吃力不赚钱,赚钱不吃力。伯廉安安稳稳用了李伯正的银子,伯正还当他是个好人,能够实心办事哩。

　　看看厂房将要造好,伯廉天天在那里监工。伯正也有时来看,见伯廉常在那里,就很放心。

　　一天,伯廉正和工头议论那堵墙头不好,那个窗子不对,指手画脚的要叫他改造,可巧伯正同着一位东洋人坐了马车来此看厂。伯廉和工头接见,伯廉又和东洋人通问姓名,才知这东洋人名井上次郎,在中国多年,一口北京话。伯廉道："我们这厂基址坏了,只怕机器压上去,吃不住吧?"井上次郎周围巡视一遍,对伯正道："果然基址不好。外洋造厂房,总要石头砌成基址,不然,用砖实筑也好。如今是虚筑的,如何使得! 再者,厂房怕的是火烛,故用木料愈少愈佳,如今木料用得甚多,将来必有后患。"伯正对伯廉道："井上先生说的一些不错,我们都是外行哩。"伯廉道："晚生也略知一二,只是这基址是桐山在此打好的,木头也是他办来的;木料太多,众工人只得照他的法子造。我正在这里踌躇,觉得通风透光之外,还有许多不妥。外国厂房,都用砖砌作弓弯式,用铁做梁柱架着;至于门窗也是用铁做的,通风透光,也比这厂好得多。不知从前这图,是谁画的,有些外行;及至造成,晚生才看得出他种种弊病。"井上次郎道："伯廉先生讲的一些不错。"伯正见东洋人尚且佩服他,便着实信托伯廉。当时看完了厂,约伯廉合井上次郎去吃番菜,商量改造的法子。伯廉道："谈何容易,这一改造,又是几万银子费掉了。"伯正道："那是没法的,多花几文,省得将来坍台。"伯廉大喜,自然开了一大篇花账,沾润了不少。

　　再说张老四到过茶栈几次,总不见钱伯廉在栈,很觉诧异,只得去问周仲和。这时仲和的绸缎店倒下账来,亏空了几万银子,连门都封钉了,他早把家眷搬回,自己逃走了,不知去向。张老四没法,又去找范慕蠡,慕蠡却在家里碰和。有四位扬帮①里的朋友,都在那里。张四见人多不便细谈,好容易候他们碰完了和,拉慕蠡到里间屋里烟榻上,问他见伯廉没有。慕蠡道："前月里他来过一次,闲谈一会就走了。我听说他买卖折本,开的什么天新茶叶店倒了,你没吃亏么?"老四道："天新是不相干的。我栈里买卖,远不如前,他又时常不到。他那存放的款子,早经提完的了,我所以要访着他,问个下落。他要不愿就时,我好另外请人。谁知找到他两处家里,都说不知,出去了多天,还没回家哩。我又找到周仲和家,谁知仲和也亏了本,逃走他方,店面的门都封钉了。你说上海的事靠得住靠不住,可怕不可怕! 一般场面上的人,闹得坍了台,便给脚底你看哩!"慕蠡道："我们从前做茧子的时候,我只以为钱伯廉很不大方,周仲和倒是个朋友。谁知伯廉倒账,还不至于拿钱赎身;仲和倒把这上海码头卖掉了。世上的事,真是论不定的。但你要找伯廉,也非难事,只叫人在陆姗姗那

———————————

　　①　扬帮——即扬州帮。

里打听;他既前情未绝,总要去走走的。"

　　老四点头要走,慕蠡约他吃一品香。老四横竖没事,就陪他同去。到得一品香时,第一号房间已被人占去了,只得占了第二号。老四听得隔壁喧呼嘻笑之声,偶然踱出张望,只见钱伯廉坐了主位,旁边坐的一班人,一个也不认得,都是极时路①的衣履。局早到了。伯廉瞥眼见他,故意别转了身子。老四也不便招呼,叫侍者过来,问他们那一班是什么样的人物,侍者道:"听得马夫说,都是承办织绸北厂的工头。"老四记在肚里,吃过番菜各散。

　　次日便去拜李伯正。伯正接见老四。老四问起钱伯廉来,伯正道:"他正在这里替我办北厂造屋的事哩,果然是个有本领的人,连东洋人都很佩服他!"老四听了顿口无言,只得作别。找到北厂,伯廉却不在家,出门办料去了。

　　次日伯廉一早赶到老四那里。老四大喜接见。伯廉道:"我实在对不住你!我连年折本,撑不下去,只得靠着那位财东,指望恢复旧业。茶栈里的事,我原不能兼顾,请你另请高明吧。账是我都结算好了的,只为一见伯正观察②,他就派了我这个事。我一直忙到如今,所以没来面辞,还望你恕罪则个!"老四听他说得婉转,要责备他,也不能了。当下同到栈里,伯廉把账目银钱,一一交代清楚。老四见他来去分明,倒很佩服。

　　伯廉交代好了账目,便去拜范慕蠡。慕蠡道:"伯翁,你到那里去的?老四到处找你,几乎要登告白贴招子。"伯廉道:"休得取笑!我是被伯正观察硬拉着办织绸北厂的工程。"慕蠡喜道:"你替他办事甚好,只不知薪水怎样?"伯廉道:"慕翁是知道兄弟的脾气,不在钱上面计较的。伯正观察,也就为这点器重我。他被陆桐山闹得慌了,连工匠的钱都要扣个八折,因此把他登时③撤了,见委下来,我只得替他帮忙。但是对不住张四先生,他找我两次,都没遇着,今天特地拜他,已把账目交代清楚了。"慕蠡道:"原来如此。伯翁办事,果然来去分明。"伯廉道:"岂敢,弟是一向这个脾气。"慕蠡又把周仲和的事告知了他。伯廉跌足道:"唉!他怎么

――――――――――

　　①　时路――时兴,时髦。

　　②　观察――官名。清代称道员为观察。

　　③　登时――立刻、马上。

不和我们斟酌斟酌？我倒受过他的好处，可惜他急难之时，我不能救他，他也不该和我疏远到这步田地。"慕蠡听他说得这样慷慨诚挚，忖道："伯廉原来是个好人，我一向失敬了。"当下不免和伯廉谈起心上话来，访问伯正所办的两厂一公司，什么时候可以开办。伯廉道："伯正观察办的事，没一件不文明。即如这个织绸北厂房子，造得略差些，他就约了东洋人来看，幸亏当初图样不是我经手打的；况且我去时，基址已经筑就了，然而难怪东洋人说不好。据弟的愚见看来，也不合适。因此和他讨论一番。难得东洋人也和我意见相同，如今是还要改造哩。慕翁试想：他单造这座厂房，还须半年多，那两厂一公司，不知甚时开办哩。如今议也议不到这事。他却主意好，除非不做事；做了便须根牢固实，再不肯将就些儿。我看这人的商务，将来总要发达的。"慕蠡着急道："我十万银子的股本，早经交出，他那两厂一公司，不办是何缘故？我要去提银子来，做别的买卖了。我虽然银子多，也犯不得搁在他那里，银钱搁呆了，是商家最忌的一件事。我们就此同去会他吧！"伯廉听他说到这话，吓得汗流浃背，连忙作揖求他道："慕翁，总是小弟多嘴，你千万不要对他提起是我说的！他两厂一公司，开办的迟早，弟如何得知，只不过以理度之罢了；或者那两厂一公司，开办在前，南北织绸厂开办在后，也未可知。慕翁去这么和他一说，他只当是弟乱放谣言。宾东①之间，闹出意见，还使得吗？"说罢，又作一揖。慕蠡暗自好笑，忙道："伯翁，不必着急，既然如此，我就不说是你的话便了。"伯廉道："也还未妥，待弟去探个确实信息，再来告知慕翁。如果一时不办，听凭慕翁怎样吧。"慕蠡笑道："你不放他的谣言，就做我的奸细，我一股脑儿告诉了他，看你吃得住吃不住？趁早把赚他的银子，分给我一半，万事全休；不然，我是要出首去了。"伯廉道："慕翁倒会取笑，可怜我在他那里，自早至晚，没一刻休息。每月的薪水，只五十两银子，还不如在茶栈里，有些分红，不止此数哩。"慕蠡道："我和你说玩话，你就这么着急，真个在乎你分那几两银子么？"伯廉也笑道："我倒情愿孝敬，只是川条钓白条②，仔细你的银子，都被我钓了来。"慕蠡道："只怕未

---

① 宾东——宾客和主人。

② 川条钓白条——川条、白条都是鱼名，这里指的是银子，意思是我的银子，你未能钓去；你的银子，反而被我钓来。

必。我不比李伯正的银子该得多。"伯廉辞别要行,慕蠡留他吃饭。伯廉道:"我还要办料去,昨已议定价钱,今天要去付银。"说罢,匆匆去了。慕蠡忖道:"看不出这钱伯廉办事,比从前越发勤恳了。他那脸上的烟气,也退了好些,莫非戒了烟么?"转念道:"不好!我偌大的股本,放在伯正那里,他那厂和公司,是一时不见得开办的,我还是去提了回来。前天捐客章大炘,还有一注外国铁,劝我收买,我为的没得余款,只得罢手。铁现在那里,我何不去提这银子来买下他的。"想定主意,就叫套车。

　　慕蠡穿一件织金面子的貂皮袍子,缎面的白狐马褂,带了两个金刚钻的戒指,一支翡翠玉的雪茄烟嘴,装上极品的雪茄烟。马车拉到虹口。慕蠡是不用通报的,把马车一直拉到伯正的三间花厅前。车夫开门,慕蠡下了车,直到花厅上坐了。自有人进去通报。一会儿,伯正出来,穿件罗纹绸的丝绵袍子,貂皮马褂,口衔一支长竿烟袋。二人叙坐。慕蠡道:"兄弟是有半个月不来了,大哥一向可好?"伯正未及答言,门丁来报道:"玻璃工师来见。"伯正吩咐道:"请在洋客厅里坐吧。"慕蠡也要请教,伯正便和他同去。不知后事如何,且听下回分解。

第 十 三 回

说艺事偏惊富家子　　制手机因上制军书

　　却说范慕蠡跟着李伯正踱到洋客厅上，只见两个西洋人，同一个翻译坐在那里；见伯正进来脱去帽子，和他拉手①。伯正对翻译指着慕蠡道："这是股东范慕蠡先生。"翻译和那两个外国人咕咕了几句，那外国人也就和慕蠡拉手。谁知他的力量大，拉着慕蠡的一只嫩手，隐隐生痛。慕蠡问起翻译，才知两位都是英国人。翻译替他述了姓名，那四五个音的名字，慕蠡那里记得清楚。只记得一个有胡子的外国人，一个没有胡子的外国人便了。

　　那有胡子的外国人，在衣服袋里，摸出一张洋纸的图，指给伯正看。上面乌溜溜的，圆浑浑的，翻译道："是熔料的锅炉。"余外还有平面的桌子，还有成范的模子。最奇的是一个高大汉子，拿着一支喇叭似的，在那里吹喇叭。口上一个图形的物事，就像电气灯的灯头。慕蠡不解，请问翻译，翻译道："这就是吹的玻璃。"慕蠡道："玻璃是吹成的么？"翻译又和外国人咕咕一阵，然后说是玻璃质料，熔化过后，便如糖质一般，软而粘的。他们的吹法是用一支管子，吸取了这锅里的料，把口对着那管尽吹，管端就结一个泡，和电气灯头似的，滚在桌面上，再把这泡放在模内，就成了瓶杯各种器具。如今有人得了什么新法，可以不用口吹？这旧法是都要口吹的。慕蠡这才恍然大悟。那有胡子的外国人，又和翻译咕咕一回，翻译对伯正道："这锅是必要用他们外国的锅。他们制成的锅，极有讲究，是用最净的火泥，不叫夹杂什么石灰硫铁的质料，把这泥加上了水，调和起来，叫它变成软性；然后把磨成细粉的旧锅泥，掺和调匀，滚成个个小团，造锅工匠用手，把这小团一一的连合起来，造成这锅，不叫它有蜂巢的孔。万一空气关入其中，只怕受了炉火的大热气，那锅就要涨裂了。锅成之后，须待数月，等它自干，干后方可用得。临用时移锅至倒焰炉内，渐加热

---

　　① 拉手——握手。

度,看那锅见了红色,便赶忙移至化玻璃炉内;再等若干时,已受了大热,这才把废玻璃料中极细的撒在锅底上,作为釉之用。凡锅摆在炉内,四围都是火焰排列,其热自然大了,只为烧玻璃需大热,热度不起,那玻璃料是化不了的。"

伯正、慕蠡听他这篇名论,自然佩服。伯正又问道:"这玻璃的原质,到底是什么?"翻译传话道:"造玻璃的原质,其名叫做矽矿产,里有那种火石、石英、水晶砂,大半是矽结成的。我们要造玻璃,把这几种质加上土质或金类质,都可造成得成玻璃。但须经过大热,等它熔化,又须在那熔化的质内,提出极净的料,冷透了,便凝结了。其质透明,这就是块玻璃,说来也甚容易的。"外国人又道:"你们中国出砂的地方很有,这玻璃的料子,不消采自外洋,只制法须我们指点罢了。"伯正又问道:"这玻璃初造,究竟始于何国?"外国人又和翻译咭咕一回,答道:"造玻璃是件极巧妙的事,为什么呢? 那玻璃的质料是暗的,及至造成,变为明质,就如金刚石一般。金刚石是光明的物事,那原质是炭质所成,却甚暗的。造玻璃的法子,自古有之,相传古时地中海,有一只碱船,泊在那里,因为船上不好煮饭,他们就拣岸上一块砂地,打算埋锅煮饭,只因没得砖石,支架锅子,他就在船上,取了几块碱,把来支锅。谁知碱合砂,受了一番大热,熔成一块儿,船上人吃过了饭,见地上透明的物事,取出来看,倒很有趣的,带了回去,给人看见。问起来由,就有人想法办理,果然成了一种玻璃。这就是造玻璃之始。大约腓尼基①人,得这法子很早。他能造有颜色的玻璃。埃及国人,也能造玻璃。我们古时人有到过埃及国的,得着大玻璃球一个,上面刻着字;有人认得埃及文的,据说还是三千年前头的东西呢。埃及国人又把玻璃造成棺材,又把玻璃做砖,有各种花纹,都有人见的;还有那罗马②国人,二千年前已知造玻璃的法子;他造的器具碎块,有人在地底发出,知是二千年前头的东西哩。"

伯正闻所未闻,慕蠡也广了见识,送出外国人。慕蠡又问伯正两厂一

① 腓尼基——古国名。在今叙利亚以西的地方。
② 罗马——欧洲古国名。领土最广时,东起小亚细亚,西至葡萄牙,南起非洲地中海沿岸,北至英国。后分为东西二国。476 年西罗马亡;145 年东罗马亦被土耳其所灭。

公司何时开办,伯正道:"明年秋天,总可出货。"慕蠡大喜。伯正又约他同到织绸北厂,看那工程,果然浩大。伯廉接见,畅谈而别。

　　慕蠡回到铁厂,仔细思量,他们外国人,何以那般精明,能创出无数法子;我们连造玻璃的法子都不知道,定要请教他们呢? 正在胡思乱想,门上人来报道:"外面有一位江西刘浩三要见。"慕蠡一时想不起是谁,问道:"他有名片没有?"门上人道:"他没有名片,说是和少爷江宽轮船上认得的。"慕蠡想了半天,道:"呀! 是他么? 请吧!"

　　原来这刘浩三是江西南昌府人,也是个秀才出身,读得一口好西文。在外国工业学校,学习过三年的。自己造过一部织布手机,只因中国没人讲究此道,也没拿出来问世。浩三回到中国,先到北京,拜见几位当道名公,都很赏识他。只是没甚机会安置,只得出京。听说湖广总督樊云泉督帅讲究制造,他便著了一部汽机述略,托人呈上去。樊督帅撩过一边,并没细看。浩三朋友何潜甫,是樊督帅的慕府①,趁空请示,说:"刘某著的汽机述略,究竟怎样,好不好呢?"督帅道:"这班无业游民,夤缘②出了洋,就把大言来欺世。汽机的事,千头万绪,岂是一本述略包括得来! 看其书名,已是外行,不须再细看他的书了。"幕友道:"大帅不要看轻了他,他本来很有点文名的,后来进了船政局学堂,学成英、法两国语言,这才出洋,进了工业学校。学过三年,卒③业回来,自己懂得制机的法子。他家里就有一部手织机车,是晚生亲眼见的。他那机车制得很灵巧,省了许多人力。他著这部汽机述略,必不是什么汽机必览这些书可以相提并论的。"

　　督帅听他说得这么郑重,倒要请教,先看那篇序文,就有若干新名词。督帅甚为动气,忖道:"这样不通的人,如何懂得汽机,这不是胡闹么!"说到这话,若是别人,一定不看了。幸亏他却有一种脾气,翻开了一部书,总要看到底的;说不得再翻下去,第一篇就是考证那汽机的来源。樊督帅是最喜考据之学的,见他说得那般清楚,虽罗列的都是外国人名字,没见过的,却还觉得有趣,不免略短取长,不去苛求他那些新名词了。再翻一页,绝精工的一张五彩图,却都是汽机中的事件,樊帅大惊,暗道:"这人果然

---

　　①　慕府——古代将帅办公的地方。这是指慕僚。
　　②　夤(yín)缘——攀附权贵,以求职位。
　　③　卒——完成学业。

懂得汽机，这是一个维新大豪杰了，我如何当面错过？幸亏何潇甫提醒了我，这位先生定须留他下来办事才好！"再看他后面讲那汽机的做法用法，头头是道，语语内行。樊帅诚心拜服，连忙叫人请了何潇甫来，指给他看，道："像这般切用的著述，方不是灾及枣梨①。幸你称扬一番，我才留心观看；不然，这书变成个沧海遗珠②了！"何潇甫当下大喜，趁势进言道："大帅既然赏识他，为什么不叫他进来试试呢？"樊帅道："我正有此意，烦你代我致意，我实在没工夫去拜他，请他搬进来住，我好随时请教。"潇甫唯唯退出，连夜赶到浩三住的客栈里。谁知浩三踪影全无，问及伙计，伙计道："昨天一早渡江去了。"潇甫道："甚时回来？"伙计道："不知道，他没有说。"潇甫道："制台③要请他见，他回来时，千万和他说先来见我便了。"随手在怀里取出名片一张，交给客栈伙计，自己回去复命不提。

　　再说刘浩三上了这部汽机述略的书，以为樊督帅必然重用自己的，谁知一候几日，信息杳然④，不免灰心，想起汉阳铁厂里一位旧同学来，趁着没事，便去和他谈谈。这早雇了一只小划子渡江过去，幸喜风平浪静，船至中心，看那汉江浩淼，两岸遥峙的：一边是黄鹤楼，俯瞰潮流；一边是晴川阁，下临清渚；果然风景不凡。一会儿，船到汉阳。上岸不远，却已到了铁厂，找着文案处的鲁仲鱼。两人久别相逢，说不尽的别来况味。饭后，仲鱼又同他晴川阁、伯牙台游了一趟，回厂时天已不早，仲鱼留他暂住一宵再走。浩三本没甚事，也就应允了。他住过一宿，这时天气虽然深秋，却是热如炎夏，只一夜起了东北风，天气骤凉，纤纤的又下了几阵雨。接着，又是大风撼水，江波汹涌，没一只船敢渡。仲鱼起来对浩三道："这是静江风，今天渡不得江。"浩三道："我终须过去，下半天看风色吧。"仲鱼道："只怕渡不过去。"到得傍晚，果然那风越刮越厉害。浩三只得又住一宿。如此者风雨连天，一连五日不息。浩三在汉阳住了五日，第六日方始放晴。

　　浩三渡江径回客栈，伙计把名片送上，述了何潇甫的来意。浩三大

①　枣梨——古时刻书，多用梨木枣木，故称书板为枣梨。
②　沧海遗珠——比喻有才能的人没有被重用，如同海中遗珠。
③　制台——总督的尊称。
④　杳(yǎo)然——形容沉寂无声。

喜,就叫了一顶轿子,抬入督署文案处,打听何潆甫,谁知他跟着督帅大阅去了。浩三大失所望,只得住在客栈里静候。看看川资将罄①,有些住不下去的光景,幸亏栈主人知道他和制台文案相好,又有制台请他进去的话,是个有来历的人,不来问他催讨房金饭费。浩三也因川资不敷,只得等候何潆甫回来,再作计较。

看看九月已过,十月又来,制台未见回辕,身边川资实已告竭,只得寄一函书,去向仲鱼借款。谁知铁厂文案,出息不多,仲鱼也是为难,没法只借给他三块洋钱。栈主人见浩三穷到如此,那制台请他进去的话,不知是真是假,便有些不相信了,开一张条子,特来算账。客栈虽小,价钱倒是很大,每天二百四十文,连吃饭在内,统算住了二十九天,一共六吊九百六十个钱。浩三道:"我旅费艰难,打算和朋友借钱。我这朋友,跟着制台阅边去了,等他回来,便可借钱还你。"栈主人道:"客官既然出门,为什么不多预备些川资? 小店是等着开销的,那见房饭钱好拖欠的么? 这是血本换来的。"浩三道:"我也知道不可拖欠,只是暂缓几天,如数奉还,下不为例便了。"栈主人不答应,多少总须付些;不然是不开饭的了。浩三没法,只得把仲鱼那里借来的三块钱,给了他两块。栈主人还嫌不够,说道:"十天之内,客官的房饭钱要不还清,小店不便再留了。被别位客人知道了,大家拖欠起来,这小店的买卖,也做不成了!"浩三受了他一阵逼迫,自己理屈,没得话讲,送他出去,兀自②愁虑,忖道:"十天内制台倘不回辕,我怎么得了!"又转念道:"我再去找仲鱼吧。"踌躇一回,觉得不妥,暗道:"只好把单夹衣服当来使用的了。"次日,见汉报上载着樊制台调署两江。浩三大惊,没奈何再到督辕打听去。不知后事如何,且听下回分解。

---

① 罄(qìng)——尽,空。
② 兀(wù)自——仍然,还是。

第 十 四 回

工师流寓出怨言　舆夫惑人用巧计

　　却说刘浩三见汉报上登明,樊制台调署两江总督,十分惊疑,只得向督辕打听。走到半路,只见一派仪从,簇拥着制台回辕,心下大喜,忖道:"做总督的人,果然威武,怪不得人都说是出京小天子。这样看来,我国虽说是专制国,却也暗合了贵族政体。只那做官的生成一种奴隶性质,融合着专制手段,所以把事都弄坏了。"一路忖度,慢慢的看着制台进了辕门,又停留一回,然后身边掏出名片,求把门的替回要见文案何大老爷。把门的道:"何大老爷跟大人阅边去了,如今虽说回来,还没上岸哩。再者,他即便上岸,也还有许多公事,怕没工夫会你吧。"浩三被他回了个绝,分明瞧不起自己,急得红涨了脸,又不敢发作,忍气问道:"他几时得空会我呢?"那门上道:"你自找他去,我那里知道。"浩三愈加没趣,只得踅①回寓处。栈主人见他丧气而回,知道事情不妙,又来催逼房金。浩三道:"再迟几天,我便给你算清。"栈主人道:"你说制台回来了,便有法想,如今不是制台回来了么? 你为何不去找他?"浩三道:"制台虽是回来,他还有许多公事,我去找那文案上的何大老爷,他还没上岸哩。"栈主人道:"你到衙门里去找何大老爷,那里找得到他呢? 除非你认得文案处的路,一直走进去,碰着他自己的管家,还可指望见面。你要在把门的那里打听他,万世也见不着。你想,制台衙门把门的,何等势利? 见你身上穿得破破烂烂的,还肯替你通报么? 外面的世道,都是如此! 客人,你出来得也太冒失了!"浩三被他奚落一场,气得顿口无言,半晌道:"我倒请教你,像我这样,是永远见不着何大老爷的了? 只怕他来找我,也未可知。"栈主人道:"那看你们的交情。据我看来,只怕未必。"浩三不答。栈主人讨不到房金,咕哝着自去。

　　浩三一等三天,不见何潏甫来找他,这才真个着急。是晚左思右想,

---

　　① 踅(xué)——来回走,折回。

一夜没睡。不料人急计生,忽然想出一条妙计,暗道:"这法子用了还不灵验,只好讨饭回家去的了!"当时披衣起身,写了一封信,改来改去,好容易写完了,去找栈主人,要他想法叫人送进去。栈主人为着房金,不能不关切,就派了一个精细的伙计,代他送进制台衙门。果然,这封信比龙虎山张天师画的召将符还灵。当日晚间,潜甫亲自到栈,和浩三见面。浩三道:"我被这位樊制军累得好苦。他说用不着我,我倒也别处托钵去了。他又把我留下,又不见面,又不派我件事儿,弄得我一候几个月,天是冷下来了,衣履不备,瑟缩难过;栈房里欠下许多钱,天天催逼。我在外洋时,也没受过这么一天的苦。你若不救我一救,我是要填沟壑的了!"潜甫笑道:"浩三先生,岂是饿死的人呢,且请放心! 我自从把你的本领和云帅细说一番,他何等仰慕,何等器重;原要请你搬进幕中,偏偏又为着阅边耽搁下来,及至回来,又奉署理两江的上谕。云帅本来注意两江,要去整顿一番,那里的财政宽余,大可开几个制造工厂,请教浩三先生的事多着哩! 只是目前公事,犹如蹙毛一般,不但他没工夫理论到你,连我也没工夫去谈你这桩事。如今我带了一百块洋钱在这里,算我借给你的。你开发了房金,就到南京去候着吧,云帅大约三五日内,就要赶赴南京的。"浩三道:"我也不来上当了,既然蒙你慨借百元,我有了盘缠,就到上海去。我还有几个旧朋友,去找着他们,怕没事干? 不稀罕这腐败官场的事,宁可做外国人的奴隶吧!"潜甫道:"也难怪你牢骚,像你这种本事,自该到处争迎;奈中国官商,不喜办什么公司工厂,还只云帅有点儿意思;要是别的督抚,只怕理也不来理你。"浩三道:"我原知道,我深悔到外洋去学什么汽机工艺,倒不如学了法律政治,还有做官的指望哩。但是中国不讲究工艺,商界上一年不如一年,将来民穷财尽,势必至大家做外国人的奴隶牛马。你想商人赚那几个钱,都是赚本国人的,不过贩运罢了,怎及得来人家工业发达,制造品多,工商互相为用呢? 难道中国的官商就悟不到,不肯望大处算计么?"潜甫道:"不是悟不到,只为中国人的性质,是自己顾自己的。官商有现成的钱赚,且赚了再说;倘然大张旗鼓,兴什么工业,开什么工厂,弄得不好,倒折了本,不是两下没利么?"浩三道:"合众开办,断然有利;不但自己有利,而且全国受了利益。不过利益迟些,他们没耐性等待罢了! 至于那些自己顾自己的,总是他的性质,习惯使然。只盼社会改良,这种性质,自然会大家变换的。譬如国家奖工艺,或是优与出身，或是给凭专利，自然学的人多了，就不患没人精工艺；既有人精了工艺，自然制造出新奇品物，大家争胜，外洋人都来采办起来。工人也值钱了，商人也比从前赚得多了，海军也有饷了，兵船也好造了，在地球上，也要算是强国的了！如今把新政的根源，倒置之脑后，不十分讲求，使得吗？不论别的，单是轮船上驾驶的人，尚须请教外国人，难道中国人没人能驾驶么？只为他既是中国人，人都不信他，怕闹出乱子来，那就坏了大事的。为什么他们外国人，初创轮船之时，敢冒险驶出大洋，这岂是顽的么？一般也出过乱子，他们不怕，这是什么道理？即如气球初创的时节，坐了上去，死的人也不少；然而外国人还到政府去请，定要上去。政府答应了，他便再上去，视死如归。中国人见了这种奇险的事，还了得吗！我说轮船上驾驶的事，早该叫人学习，考验他的本事，要能下得去，便可叫他驾驶。这也是商务中第一件要事。总之，要变通都变，要学人家，通通都学人家。最怕不三不四，抓到了些人家的皮毛，就算是维新了！我这话并不是愤激之谈，总算又上了一个条陈。你得空和云帅谈谈，看他意下如何？"濬甫道："你的话句句都切事理，我也没得驳回，还望你到南京走一趟，有机会，总给你留心便了。"言下，就叫跟班把洋钱拿来。跟班的便把两封五十块洋钱送上。浩三接了道谢，又道："我在上海耽搁一两个月，再来找你。"濬甫答应了，急忙辞别，仍回督署办公事不提。

浩三送客回来，便叫栈主人算账。一会儿，栈主人把帐开好，上楼来，道："刘先生，我们失敬了！我原知道刘先生是有来历的，论理不该催讨房钱。只因敝栈连年赔本，实在支持不住，只指望往来的客人多，可以撑得住这个局面。如今人少了，实在不够开销，因此长了价。刘先生休得见怪！"浩三接账在手细看，原来比往时多开了二十文一天。浩三笑道："有限的事，我也不值得和你计较。只是以后遇着贫苦的客人，少挖苦几句，我也见情的了！"栈主人满面通红，接了钱自去。浩三从容收拾行李。当日可巧有江宽下水船开。浩三上了轮船，四面一望，江水浩淼，不觉添出许多感慨，忖道："这番要不是何濬甫救我的急，几乎流落武昌，世上的事，真险不过！我们中国人，处的恐惧时代，没什么本事可恃的！"

次日，船正开驶，浩三就到顶篷上看那江景，又看一回机器；自己知道造法，也不觉其奇。不到两日，船泊九江，浩三忖道："我除却栈房开销，所存不过六七十元，那里能在上海去久住呢？莫如先到家乡，还有法

想。"主意已定,便把行李交代接客的人,上岸住了三元栈。次日,趁着小
火轮船回到南昌。

原来浩三只一位夫人,一个儿子还小,才八岁呢。幸亏有个表兄替他
代理家务,田地不多,只数十亩,刚够家中吃用。浩三出洋多年,一直没回
家乡。他妻子只当他是死了,也不去管他,过自己的安稳日子。这天浩三
回家,他妻子几乎不认得他了。浩三却还认得妻子,说明来历,自然夫妻
总有感情。他妻杨氏,见丈夫身上穿的那件茧丝绸的棉袍子,倒有了三五
个补丁,知道他不得意,便道:"你出去的时节,我怎么劝过你来? 你只不
听,要去学什么本事。如今呢,你本事学成没有?"浩三道:"本事是学成
了,只少几个知己的贵人扶助。"杨氏道:"噢! 有了本事,原也要贵人扶
助的么? 你忘记了从前的话,不是说不肯求人,自己要有本事吃饭吗?"
浩三道:"我千辛万苦,好容易到得家中,我们各事休提,且待我舒息脑
筋,再图别事吧。"杨氏笑道:"我晓得你厌听我的话,七八年不回家,自然
该休息休息。咳! 要不出洋,过过舒服日子,不更好么!"浩三叹口气道:
"中国人的意见,都和你一般,所以没得振兴的日子。只图自己安逸,那
管世事艰难,弄到后来,不是同归于尽吗?"杨氏道:"你有多大本事,管得
到世上的事! 谁不是图自己安逸? 你想,半步街的童伯伯,不是夏布庄上
的伙计么? 他趁着管账先生糊涂,赚着一注钱,如今捐了什么从九品①,
到安徽去候补;听说分道到了芜湖,当什么洋务差使,一年倒有二三千银
子。他嫂子满头珠翠,身上穿的灰鼠皮袄,湖绉面子。我出门也没这样体
面的衣服。她只把来家常穿着。童伯伯有什么本事? 只不过夏布店里的
伙计罢了,也会发财。他前天来接家眷去,一只满江红的船,小火轮船拖
着,挂着旗子,敲锣开船,好不威风! 你呢? 出门这几年,穿件破棉袍子回
来。我只道你没本事,原来是已学成本事的,尚然如此! 你要晓得,中国
人是不靠本事吃饭的吗? 比不得外国人,你应该有些后悔了!"说得浩三
气又不是,笑又不是,哭又无谓,只得长叹一声,道:"我错了,我错了! 人
家的本事,是在场面上的;我的本事是在肚子里的。他能赚东家的钱,能
捐官,能巴结上司,就是他的本事;我这本事不同,却要实实在在的干去,
赚几文呆进项。有人用我,也能赚几千银子一年;没人用我,只好怨命,一

---

① 从九品——清时翰林院待诏,刑部司狱,州吏目,巡检等官员为从九品。

文钱都赚不到的,带累了你受苦。罢了,罢了！好在家里还有几十亩田,料来够你一世吃着,你只算没有我这个丈夫,也要过日子哩!"杨氏噗哧一声的笑了。

夫妇二人正在谈论,忽听得外面人声鼎沸。浩三问什么事,杨氏赶出去看时,原来是咿哑菩萨出会,轿夫中了迷,在那里嚼瓦片哩。人都齐集,焚香点烛的祷告。杨氏吓得面如淡金纸一般,连忙叫女老妈摆上香案,跪拜祷告。浩三不禁暗笑,让她做作完了,轿夫醒来,抬着咿哑菩萨过去,杨氏这才进屋。浩三问道:"我在轮船上遇着同乡人,就晓得咿哑菩萨的会已被抚台禁止,不准再出,如何又有了这个陋俗?"杨氏吓得颤着身躯,忙摇手,道:"你休得胡说!"不知杨氏又说什么,且听下回分解。

第 十 五 回

兴工业富室延宾　捐地皮滑头结客

却说刘浩三妻子杨氏，听她丈夫说话，得罪了咿哑菩萨，不胜恐惧道："休得胡说！菩萨很灵，抚台不信，禁止人家出会；后来菩萨托梦太太，一定要出会，抚台也信了，所以照常出会的。"浩三见她吓得那般可怜，知道一时不得开悟，只好罢了。

浩三找到几处亲戚朋友，想凑借些盘缠，到上海去找事。谁知人情势利，见浩三穷到这步田地，没一个人肯应酬他。浩三只得把一所祖上遗下的房子，卖给人家，得了三百块钱，掉下一百块，给杨氏过活，余下的带在身边，就整顿行装，要到上海去。他妻杨氏听说他要去找事，倒也欣然，并不阻止。

浩三到得上海，几个旧朋友，都有事到他方去了。浩三投靠无门，想起江宽船上遇着的一位豪商，谈得很入港的，他说要开什么工厂，不如去找他吧。想定主意，换了一套时新衣服，来拜范慕蠡。慕蠡接见大喜。原来慕蠡知道他艺事高明，正想求教于他哩，就叫人把浩三的行李搬来，留他住下。

二人谈起工艺的事，浩三道："凡事都要在源头上做起。我们要开工厂，便须先开工艺学堂。但是等得这些学生，学到成功，非必三年两载的事，那时再开什么工厂，已落他人之后了。如今一面开厂，一面开学堂，把新造就的工人换那旧的。不到十年，工人有了学问，那学成专门的，便能悟出新法；那学成普通的，也能得心应手，凑拢来办事，自然工业发达。"慕蠡道："我们上海，何尝没有工艺学堂，为什么总没效验，造就不出什么人才？"浩三道："上海的工艺学堂，我也看过几处，吃亏没有实验。要晓得，工艺都从实验得来，平时读的、讲的、做的，只不过算学、理化、绘图等，那还是虚的。至于要讲木工，就要知道这木出在那里，怎样的性质，好做什么用；要做金工，就晓得这金如何性质，怎样熔化，好做什么。不信，当时试验，直头攻木的削木；攻金的熔金；诸如此类，亲自动手。所以学工艺必然要在厂里，离了工厂，开不成学堂；不开学堂，又不能改良厂务。工人懂得学问，自然艺事益精，制造品愈出愈奇，才好和欧洲强国商战。"慕蠡道："上海工艺学堂，也有在厂里的，就和浩三先生说的不差什么，为何不出人才？"浩三道："目今旧厂工人，自以为得着不传之秘，拿人家几十块，或整百块一月。他意思是：你要不开这个厂便罢，要开这个厂，除非请我不成！你要我教导别人，那是我一世的饭碗，再也泄漏不得的！工师存了这种心，先把实验的一条路绝了；实验既绝了指望，其余学的，都是皮毛，不切用的。再者，中国学生，还有一种性质，都是好高而心不细。这工艺虽是极粗的事，却须极细心的人，方能做得来。学生要横下了心，预备自己一世的大事业，都在这工艺上面，专心研究去，工艺才能精哩！如今学生虽晓得工艺也是件可贵重的事，却还不甚心悦诚服，觉得自己负了国民的资格，如何困于工艺呢？这是我国数千年社会使然，忒把工艺看得轻贱了，以致一败涂地，难怪整顿不来！殊不知工人也是国民的一分子，关系甚大哩！"慕蠡拍掌，叹道："浩翁这话，顿开茅塞！弟久思开个工艺学堂，好在敝友李伯正大开工厂，不愁没处试验。但这事我是外行，须请你代为经理，庶乎造就几个有学问的工人出来，助我们发达工业。"浩三道："贵友李伯正，我也闻名，只不知他开的甚厂？意欲拜望他，看看厂。"慕蠡道："他厂还没开工，如今正造着房子，明天我们同去会他便了。"

次日，二人一早起身。慕蠡套上马车，请浩三同坐，到得虹口，伯正却不在家，到北厂去了。慕蠡叫马夫赶到北厂，找着伯正。原来北厂竣工，锅炉机器，都已位置妥帖，恰待开工，伯正十分得意。见慕蠡来找他，就请他们二人，在公事房坐下。慕蠡代浩三通了姓名，又着实夸奖他的本领。伯正大喜。当下便请慕、浩二人遍阅厂中工程，又看汽机。浩三道："汽机办得齐全完好，只这厂房，略欠坚固，恐怕被机器震坏。"伯正听了踌躇。

三人同回公事房。慕蠡把要开工艺学堂的话告知伯正，伯正道："厂房没有余地，要开学堂，还须买地造屋。"慕蠡道："正是。你买这几处地皮，都合若干银子一亩？"伯正道："贵哩！虹口一亩，合到二万银子，其余稍微便宜些，也都是一万出头。"慕蠡道："这还不算甚贵。你是买吴和甫的么？"伯正道："正是。"慕蠡道："只不知我们几处厂房左近，还有地皮没有？"伯正道："怎么没有？都是吴姓产业。"慕蠡道："我去拜他。"伯正道：

"那里找得到他呢？你要买地皮，须找捎客汪步青，他专捎吴姓的地皮。"慕蠡道："叨教，叨教！"当下范、刘二人辞回铁厂。伯正也就回公馆。

　　过了两日，慕蠡果然去拜汪步青。原来步青住在老垃圾桥塊贻德北里，专捎地皮出身。他本是上海土著，小时读书不成，去学洋文，学了几个月，又觉得气闷，便去学皮货买卖。账目上却很精明，管账先生很喜他来得伶俐，不免交付他几注正经买卖。步青好容易得着买卖经手，如何肯轻轻放过，便每注赚他个一成的扣头，管账先生，那里得知，还当他少年老成哩。可巧一位贩皮货的客人，和管账先生认识，一注皮货，值银八千两，要卖给这位管账先生；管账先生没工夫，就叫步青合他去做，讲定了九千银子，步青一扣就是九百两。皮货客人不服，告诉了管账先生，管账先生大怒，把他辞掉了。

　　步青虽然歇业，手中很有几文，便在堂子里混混，意思结交几位阔人，好吃口空心饭。做的倌人是金宝钿，在汕头路住家；还有一个陆媛媛，寓在清和坊三弄。这天步青在金宝钿家摆酒，请了几个时髦客人，是吴筱渔、张季轩、郭从殷、蒋少文、毕云山一班，都是年轻喜顽，家里都有十几万的家私，闲话休提。当时诸客到齐，步青大喜，便叫写局票叫局。筱渔抢笔在手，先把自己叫的四个条子写好，就问云山道："你难道还叫王翠琴么？"步青道："云山兄和翠琴，是几时和好的？"云山抿着嘴只是笑。筱渔把局票一一写好，娘姨递给相帮发去。酒菜摆上，步青让筱渔上坐。金宝钿敬了一巡酒，自去应局。一会儿，叫的局都到齐，各人拉着相好，乱闹一阵。须臾局散，这才安心吃酒。步青对筱渔道："令叔黄浦滩三亩的地皮，成交没有？"筱渔道："还没成交哩，前途还到五万四千银子，家叔道：'不在乎他这几万娘子浇裹，不上四万一亩的数，决不肯卖，'"步青道："昨天我碰着一位俄国商人，他托我找块地，要在黄浦滩上。我想令叔这三亩地，可巧合局，莫如卖给他吧，我来做个中人，包管十六万银子成交，多少都在我身上。"筱渔道："果然如此，是好极的了！"步青道："你先和令叔致意，我们后天三点钟，在一品香谈吧。"筱渔点头，恰好金宝钿应过局条回来，于是大家吃稀饭。步青取出表来看时，已是十二点三刻了，各人道谢散去。

　　次日两点钟，步青先到一品香，占了第一号房间，把请客条子写好，请的是吴和甫和筱渔叔侄两位，还有花伯芳作陪。他是一品香的老主客，哪有不巴结的道理。当下侍者接了条子,交到柜上,连忙着人去请。步青等到三点多钟,伯芳始到。吴氏叔侄还没见来。伯芳道:"你今天请的什么贵客,为何这时还不到来?"步青道:"请的和甫叔侄。"伯芳道:"你怎样认得他们?"步青道:"有些经手交往的事,所以认得的。"伯芳道:"你不知道和甫的架子,如今大得不可收拾!我还见过他穷的那年,那才可怜哩!"

步青忖道:"和甫自来阔绰,怎么他会看见他穷的时候,倒有点奇怪!"忍不住问道:"伯芳兄,倒和和甫先生是旧交了?"伯芳道:"不然,从前我跟着先君到上海,只不过开一个小铁厂罢了,那时黄浦滩上人家不多,店面也甚寥寥,虽然和外国人通商,中国人大家疑忌,不敢放手做买卖,只先君是看得透,所以发了财。一天上街,其时正是隆冬,下过雪才晴哩,就见路旁有一位乞丐似的,穿件破夹袍子,在一家小饭铺门口站着;虽然极冷的天气,他却没一毫怕冷的样子。先君觉得奇怪,问他来历,才知是吴江人,探亲不遇,流落在此的。先君知道这人不是个寒乞相,将来或许发财,就留他到厂里住下,叫他做工,搬那铁条铁板。又知道他认得字,就叫他兼管日用的小菜账。谁知他算得分明,一钱不苟。先君道他老实,可巧厂里管账的先生死了,先君把他补上。一混五年,他手里大约也有几千银子。那时上海的地皮,实在便宜,只合上几十吊钱一亩,还没人肯买。和甫却存了个拙见,他想上海来种田,成家立业。看着别的好买卖不做,一味的买地,几乎把黄浦滩上的地,都被他买去。他的地不下二三百亩,都是三四十吊钱买来的。其时就有法华镇上一个富翁,知道他地皮弄的多,就把女儿招赘他为婿。谁知他打算种田,还没垦土,就有外国人来买他的地皮。起初不过几百吊一亩,后来地价长大了,弄到几千银子一亩。如今是不上四万银子,也休想买他的一亩地皮,我们才知道地皮这样值钱。他有了这几百亩地,随手卖出,又趁便买进,弄到如今,家私真正不知几百万了!他花天酒地的闹开了!又捐了个道台①,报效皇上家十万,赏了个头品顶戴,赏穿黄马褂,好不威风!我们呢,就只先君是个二品衔候选道②,没得荫袭。他儿子侄子都捐了道台。天下第一等的买卖,再没有他取巧的了!只可惜架子大些,轻易见不到他的面。"步青道:"我看和甫

---

① 道台——清代省以下、府以上的一级官员叫做道员,尊称道台,也称观察。

② 二品衔候选道——取得了二品官衔,候选替补实缺的道员。

先生,倒也随和,我去见过他几次,都接待得很好。"伯芳道:"那是你和他经手地皮,方能如此,其余的人,是一概挡驾的。"步青忖道:"难怪伯芳要牢骚,他从前也是几百万银子的家私,如今分了家,买卖不兴,弄得剩了一二万银子,所以说起吴和甫,他就有些醋意,我倒不便申说的了。"正在踌躇,忽听得外面履声橐橐①,上来了一大班人,原来正是吴和甫叔侄来到。马夫、家人跟上来五六个,什么烟枪、水烟袋,一股脑儿捧了来。和甫穿的大毛出锋马褂,猞猁狲的皮袍子,口衔一支翡翠玉的雪茄烟嘴,戴了一顶貂皮帽子。筱渔是貂皮袍子,狐皮马褂。论那和甫的气派,大约现任督抚,也不过如此。步青趋前招接,和甫不过略略交谈几句,还是筱渔倒和步青谈得稍为亲热点。不知后事如何,且听下回分解。

---

① 橐(tuó)橐——形容鞋拖地的声音。

第 十 六 回

赔番菜买地又成空　逃欠户债台无可筑

却说汪步青巴结不上吴和甫,心里着急,虽系大冷的天,头上也冒出汗来,暗道:"他神气这般落落的,只怕这注买卖不成,白破了钞,那才冤枉哩!"只得打起精神,问长道短。他说三句,和甫只答一句。步青没法,索性不开口,做出一种恭敬的模样来,犹如子侄见了父叔一般。和甫脸上,倒转过来了,和气得许多。步青这才悟出,忖道:"官场中人,最喜人家低头伏小。和甫先生虽没做过官,却是头品顶戴的道台,难怪其然,我称他先生,已是错了。充着筱渔面子,应该称他老伯,客气些就该称他观察。咳! 自己的不是,怪不得他,还是叫老伯亲热些。"主意想定,连忙要改口,可巧侍者送上笔砚,请点菜。步青趁势道:"老伯今天赏光,小侄不胜之喜! 只是老伯天天吃番菜,是吃腻了的,要想几样新鲜菜才好。老伯请点,待小侄来开出来。"伯芳见他足恭可怜,笑着说道:"吴老伯是不大吃番菜的,我深知道他。你请吴老伯吃花酒,他倒很欢喜。依我说,叫几个时髦倌人来热闹热闹,倒使得。菜呢,随便点几样吧。"和甫听得步青一派恭维,心里很舒服;又被花伯芳说出自己的脾气,有些动怒,只是实喜叫局的,将计就计,乐得开怀,便笑道:"伯芳是耐不得了。你们爱叫局尽管叫去,别牵上我。"伯芳道:"老伯如今难道不玩了么? 小侄是和老伯常常同在一块儿的。陆小宝不是老伯得意的人吗? 我来写。"说罢,把笔砚取在身边就写。和甫只得听之,又道:"既然被你闹开,索性把张月娥、左兰芬、王梅卿一同叫来,大家热闹热闹。"伯芳大喜,一一替他写好,又把筱渔,步青和自己叫的几个写完发出。和甫是不吃外国酒的,步青只得要了两壶京庄酒,菜来就吃。一会儿,局也到了,和甫大乐,拉着陆小宝的手,躺在烟铺上,唧唧哝哝的密谈去了。步青叫侍者开了几个新会橙,给和甫送到烟铺上去,和甫这时不觉乐得手舞足蹈。原来诸公有所不知,和甫的老婆,相貌极其丑陋,然又喜欢吃醋,和甫没儿子,屡次要想娶妾,只怕他老婆不允,闹得场面上不好看,所以成日在外面玩。这一阵子,看中了陆小宝,要想娶她;谁知陆小宝嫌她狐臊臭,若迎若拒的。骗他些钱罢了,并没真心跟他。和甫不知就里,在小宝身上,叫他花个上万银子,也都情愿的。闲话休提。再说当时席上,别的局都散了,只陆小宝还没去,步青急欲和和甫谈买卖,他却被倌人缠住了,不好去和他说话,只得把话告知了筱渔。筱渔和他叔父说知,和甫如梦方醒道:"地皮的事,既然前途肯出到这个价,我也不同他扳难,你和步青做去吧。"步青听了这话,大为惊异,忖道:"这真是个好主顾,看不出他神气来得严肃可畏,原来是个傻子!他肯把地皮交给他令侄做主,这就有得法子想了!"不言步青暗自欢喜。再说和甫忽从烟铺上挺起身躯,道:"今天我来复步青的东,就在陆寓吧。"步青连称不敢,道:"老伯赏酒吃,小侄不敢不到。"和甫又约了花伯芳,伯芳也答应必到。当下各散。

到得晚间,步青不等他请客条子到来,赶即走到陆寓。谁知和甫还和陆小宝坐马车没回,步青自悔来得太早。娘姨留他吃茶,步青辞去。下楼就到叙乐园,吃了一壶酒,叫一碗虾仁面,点心过了,然后再踅到陆寓。和甫已回,见步青第二趟又到,不觉笑道:"请客就要请你这样的客,果然至诚。"步青道:"小侄生来性急;况且老伯赏酒吃,不敢迟到的。"和甫大喜。一会儿,客已陆续来了。步青有意凑趣,多叫了两个局,和甫心上倒不以为然。酒阑①时,步青想要翻台,先合筱渔商议。筱渔道:"家叔怕的是吃花酒闹到三四点钟,又怕没钱的人陪着他花费。依我说,你不必多此一举,徒讨没趣的。"步青红涨了脸,忖道:"财主人只许自己阔绰,不许人家效尤,这也是个通病,我乐得省钱,岂不甚妙。"当下就和筱渔谈那地皮交易。筱渔道:"家叔的意思,总要卖到十六万银子。"步青道:"黄浦滩的地,虽然涨价,只是十六万金,价也太大了!错过这俄商的主顾,只怕找不着第二个。依我说,十四万银子,彼此不吃亏,好卖的了。"筱渔摇头,道:"家叔的脾气,除非不说出口,既要十六万,是没得还价的。"步青道:"不瞒筱翁说,兄弟今天会见俄商的通事②,他说俄商肯出到十万八千,再多是不肯出的了。仗着我去说法,或者撞关十四万,有点儿指望;咬定十六万银子,是做不到的。"筱渔道:"家叔的意思,宁可把地皮留着,决不肯贱

---

① 酒阑——喝酒将近结束时。阑,将尽。
② 通事——即翻译。

卖的。他除非急等着钱用，才肯出脱哩。"步青道："有了十四万金，把来做买卖，一月就是一万多两，论不定的。依我说，令叔既然把这片地皮交给你做，你何不硬自做主，把这地卖给俄商。我们来做露水买卖，包你两个月，赚到一万八千银子，作兴透过头的，你敢不敢？"筱渔听他这般说得有理，倒有点儿活动，只是迫于叔父之命，转念一想："宁可做稳当事情，不要上了他的当，倒弄在自己身上，头两万的交易，不是玩的。"打定主意，便一口咬定不卖。步青这时和筱渔附耳谈了多时，恐怕和甫见疑，只得罢休。吃过稀饭，大家道谢辞别。

　　次日，步青又找筱渔。筱渔分明在家，晓得步青必要和他纠缠，叫人回说不在家。步青没趣自归。这时已逼年关，步青所指望的，是这注地皮款子。谁知筱渔竟不上钩，弄得进退为难，到得三十晚上，诸债毕集。步青是超前逃到浦东朋友处躲债去了。妻子也另赁了房子住下。债户追到赔德里，那有影儿，只好罢了。步青过年后，慢慢的打听没事，然后回到租界。有一天，在五云日升楼吃茶，可巧被绸缎铺里的伙计扑面撞着，就向他索去年的欠，通共一百廿元。步青道："我去年被南汇一个朋友约去帮忙办喜事，到家迟了，所以没和你们清算。我既回来，自然一二日内就来还清的，你何必这般着急呢？"那伙计听他说的有情有理，便也无言自去。步青从容吃茶，坐到晚上才去。回家把积欠算过，大约非有二千多块钱，开销不来。现在所有的，不过三四百块钱，便把衣裳首饰典当，也还不敷。横竖没人知道自己的住处，遇着债主，躲掉便罢。因此不放在心上，一般在外面混搅。

　　一天，独坐无聊，踱到张园，泡了碗茶，在那里细品。张园是倌人来往的去处。步青一眼望见金宝钿，陪着一位客人吃茶。那人和金宝钿眉来眼去，十分亲热。步青看得动火，只是自己手里无钱，无可奈何，只好别转头，不去睬她。又坐一会，忍不住站起来要走，忽然宝钿的大姐，走到面前，说道："汪大少，为啥勿来？只不过欠倪两百块洋钱，勿犯着勿来哙！"步青臊得满面通红，只得答道："我为着南汇一个朋友，约去办喜事，没在上海过年，昨儿才来的。原打算今天来摆酒，只是有一位朋友，约着吃番菜，吃过了番菜，再来吧。"大姐见他身上衣冠楚楚，倒也不疑，叮嘱着晚上必来，跟她先生自去了。

　　步青举步欲行，刚出张园向东走了一截路，可巧又碰着一个查裁缝，是常年给步青做衣服的。计算欠他的账,大约也有五六十块,两节没有还一个大钱。这查裁缝既然遇见步青,那肯放他过去,只不敢动蛮。当下便问他要钱。步青叫他明天来取。查裁缝道:"我到你公馆去过,门都锁了,没一个人在里面。我打听左右邻居,知道你搬场未久,只不知住在那里。汪老爷,你可怜我们手艺上赚几个钱,是不容易的,还了我吧!"步青怒道:"混账东西! 我又不少了你的钱,为何半路上和我下不去? 你开帐来,给你便了!"查裁缝道:"不是这般说。汪老爷是何等样的富贵人,何至于少我们的钱? 只是小店也一般请着伙计,也要开销工钱、饭食、油火;再者,丝线、炭火,那一件不是钱买来的? 况且汪老爷的衣服,工钱只二十八块,代料倒有三十来块。人家只认得我,我没法交代,实在赔垫不起!还求你高抬贵手,救我则个!"步青道:"糊涂东西! 我原叫你到我家里来取,这是在路上,一味的同我蛮缠,成何体统! 难道我来逛张园,还带了钱还账不成?"查裁缝道:"该死! 我只知道向老爷讨钱,却不知道问老爷住处,究竟老爷搬到那里?"步青道:"我现住虹口广东路第五十五号。你去找我便了。"查裁缝心中不信,待步青转过身躯,他便跟在后面,察看他的踪迹。步青转了几个弯,到得西新桥,望巷子里一钻,幸亏查裁缝眼光尖亮,随即跟了进去,只见步青站在一家门口打门,有个娘姨开门他进去。查裁缝哪敢怠慢,一脚跨进了大门,嚷道:"汪老爷,你好歹赏还欠我的六十块钱吧!"步青料不到他跟来,被他这一嚷,大吃一吓,回头答道:"这是什么地方,你敢混闹! 去叫巡捕!"查裁缝道:"什么地方? 你好来得,我也好来得;你叫巡捕,我也要叫巡捕。你欠我的钱,我来讨债,没什么犯法,便到公堂上,也说得去的! 汪老爷,你要不还我的钱,我便去登告白,叫人知道你如今躲债在西新桥六十七号门牌。你债主一齐拥着来的日子有哩!"步青听他说话蹊跷,知道这人有点儿难缠,骗是骗不过去的,只得转过脸笑道:"查师傅,你不要着急,我还你钱,你请进来坐吧。"查裁缝不管好歹,走到中间屋里,一屁股埋在椅子上坐着。步青取出他开来的账,和他细算,要打个七折,不肯;打到九折,还不肯。查裁缝拿定了他的把柄,定规要收足钱。步青没法,只得照账算给六十元零二角,一文都没少他的。查裁缝拿了洋钱,弯弯腰说声:"对不住! 下次有衣服做,我再来报效。"步青道:"我也怕你这位大师傅了。我要做衣服,宁可开销现钱,给别人做去,再不敢请教你了。"查裁缝呵呵大笑,袖了洋钱自去。谁知他这一去,被几处绸缎店、皮货店都知道了汪步青的住处,要债的跟踪而来,络绎不绝。步青躲在楼上,只叫娘姨回债。要债的破口大骂。步青忍不住火冒,也不敢发作。

是晚一夜没睡,左思右想,别无生路,还是去找吴筱渔,问他借这么二三千块钱开销开销,然后好在上海滩上做人。主意打定,次日起一个绝早,趁着要债的没来,偷偷走到六马路,弯过宝善街。只听得有人说道:"粪太太来了!"步青举眼细瞧:只见一个妇人,蓬头散发,身上穿件灰鼠皮袄,月白湖绉面子。一双小脚,上面罩着黑湖绉的裤子。包车夫推着她过去,众人视线为之一集。欲知此人为谁,且听下回分解。

第 十 七 回

专利无妨营贱业　捐官原只为荣身

却说汪步青走到宝善街,听人传说,粪太太来了,十分诧异,忖道:"太太也多,从没听说过有什么粪太太的。"

慢言汪步青诧异。且说这粪太太姓包,嫁的丈夫姓阿,是个种庄稼的出身,名唤大利。那时英、法诸国,初到上海来开码头,人烟稠密,只是一桩极不妥当的事,那大家小户出的粪,竟没摆布。当下便出了许多晓谕各乡的告示,招募乡人,到租界来担粪。不但溏干各色,上好粪料,情愿奉送,而且还要重重的给那担粪人一注赏钱。阿大利时来运来,首先挑着粪担,到租界出粪。外国人见他为人诚实,就派他做了个粪头,叫他到各乡招人来挑粪。

包氏既嫁了过来,夫妻两口儿,倒也十分恩爱。包氏劝丈夫道:"你有这条好路,为什么让人去做?我们何不开他一个粪厂,专门收粪,贩给乡下,不是大大的利息么?"大利道:"粪厂如何开法?"包氏道:"你去租他一个厂篷,打他几十个粪桶,雇人挑来。他们得的酒钱,我们提三成,作为开销之用,其余粪价,赚下来的,都是我们的好处。"大利大喜,于是竭力经营,果然把这粪厂开起来。包氏天天起早,到厂去查考那些粪担。自此赚的钱,一天多似一天。始而小康;继而大富。大利买田买房子不算外,又捐了一个同知衔的候选知县①,都是靠着粪上得来的。包氏做了太太,却不肯忘本,每天清早,仍到厂验收粪担。凡遇乡绅酬应,请到大利,大利总说是务农出身,最犯恶人提起他收粪的事。有人故意呕着他玩,叫他什么粪大老爷,他便着急,送这人一块洋钱,求他下次不要再叫。后来知道他脾气的,趁便敲竹杠,问他借钱;不借,便说要替他登报宣扬。大利急了,托中间人说法,送了几十块钱,方才了事。

---

① 同知衔的候选知县——已取得同知(府、厅的辅佐官)官衔,候选替补实缺的知县。

　　同时一位花儿匠，也因会种花，把自己的田，通都种花。谁知上海的花，却很值钱，上品的都要卖到几十个钱一朵。这花儿匠姓王名香大，有五个儿子：大的十六岁，次的十五岁。他自己种花，叫儿子提篮去卖。起初不过略沾微利，后来索性在租界上，开了一个花厂。各处弄子里卖花的，都来贩他的花。买卖兴旺起来了，连年发财，就捐了个三品衔的候选道①。家里造了一座花园，取名趣园。落成的一天，请了许多绅士赏园吃酒。阿大利也在绅士之列，所以也请了来。

　　原来香大虽说做了道台，却不知道道台的体统，从没在官场中应酬过的。大利既是知县，更不知道做知县的规矩。这日大会，都有些正途、捐班、署过事、补过缺的人在里面，大利慌慌张张的走了来，见着人就是请安，口称大人。有几位道府职衔的，见他戴的水晶顶子，知是同通州县等类，倒也居之不疑；有几位知县班，见他请安，自然回安。听他口称大人，连说："不敢！我们是平行。"大利也不知道什么叫"平行"，撇着蓝青官话道："都是卑职的上司，应该这样称呼的。"一会儿主人出来。他两人平时并不认得，见主人戴的顶子一般是蓝的，而且透亮，知道官职不小，连忙爬下地去磕头。香大还礼不迭。两下都是粗人，身体来得笨重，不知怎样，大利的头，套在香大朝珠里；香大的手，又叉在大利朝珠里，二人同时起身，用力过猛，两挂朝珠，一起迸断，散了满地。家人赶忙上前捡拾。谁知大利的朝珠，是沉香的；香大的朝珠，是奇楠香的。不但颜色相仿，而且大小一般，家人那里辨得出，各把珠子的数目捡齐了，给主人过目。香大倒识货，骂道："混账东西！你捡错了。这里头一大半不是我的！"大利也坐在那里动气，骂家人道："我是一百廿两银子买的沉香朝珠。你捡来的是什么木头做的，夹杂了许多！"到底还是香大细心，对着大利拱拱手，道："吾兄不须动怒，这些粗人，那里知道！好歹我们把两串朝珠，聚拢来细看吧。"大利应了几声是，道："大人说的不错，卑职也是这个主意。"于是二人凑在一处捡那朝珠。捡了半天，总算分清，只有两粒颜色香味，都差不多。香大说："这粒是兄弟的。"大利说："那粒是大人的，这粒是卑职的。"争论半天。大利始终不敢和香大驳回，只得胡乱认下了。在旁观看的人，又是好气，又是好笑。

_____

　　①　三品衔的候选道——已取得三品官衔，候选替补实缺的道员。

　　香大要夸示他的园林的好处,就请众人去看花看树。大利见花树旁边,埋着一缸粪清,在那里流连品题道:"众位大人,不要看轻了这一缸粪,全亏它,才能栽出这些花树来。"众人也不理他,掩鼻走过。香大道:"这些花树,都是兄弟亲手栽的。"内中有位候补府说道:"为什么不雇个花儿匠?"香大道:"如今的花儿匠,实在没本事。栽的花,都开得不茂盛。"那候补府道:"香翁,真要算得老前辈了!"香大回过味来一想,暗道:"可恶,他揣着我的底细,这还了得!"只恨自己的口才不利,没得话儿回敬。大利见树旁许多扁叶子的青草,不辞辛苦,一把撩起衣服,蹲在那里,一棵棵的拔它出来。香大陪着几位道府绅董,谈那种花树的道理。猛回过头,见大利蹲在建兰①圃里,不觉诧异,走近前去看时,只见五十棵建兰,被他拔去四十多棵,只剩得六七棵了。跌足叫道:"老兄莫拔!老兄莫拔!这是极贵重的兰花。"大利听得有人叫他,吓了一大跳,站起身来,道:"你这一片青草,要它则甚?害得别的花树,都长不好的。我们田里,是寸草不留的;有了草,就害了稻。我是最勤的人,不比他们那般懒惰。"香大气得哑口无言。众人听得他们拌嘴,都赶过来看:只见大利拔的果然都是上品的建兰,只还没开花,有些已经透箭了,都道可惜。香大说不得,把长衣卸下,叫人把自己的锄头和黄泥水罐拿来,亲自动手,把一棵棵的兰花重新理好,锄松了土,仍复种下。

　　这个工夫,却很大了。里面来请吃饭,香大只是不理。来客饿得肚里尽叫,一起回到花厅上。只香大一个人在那里栽兰花。大利不好意思走开,陪着他,要想帮忙,香大不许他动手。大利呆呆站着在旁边静看。众客见他二人,只顾栽花,要想各散,只因路远,回去吃饭,是来不及了。明欺主人是个混蛋,就叫他家人把酒席开出,大家吃起来。内中一位候补府伍仲如道:"少见这样的粗人,也要捐什么功名,充当绅士。"有个即用知县江子履道:"不要看轻了他,他倒是实业上发的财。他捐官是可鄙,他经营实业,这般勤苦,创成这个局面,却也不易。将就些的人,那里及得他来!"仲如道:"什么实业不实业,只不过是个花儿匠罢了!还有那位,开口就称我们大人,究竟的不知是甚人?"末坐一位县丞,姓邬表字闻甫的,道:"这人我知道,他是收粪起家的。"仲如笑道:"就是俗称粪大老爷的

---

　　① 建兰——福建产的兰花。

么?"闻甫道:"正是他。"子履也笑道:"一熏一莸①,十年尚犹有臭。今天好算的香臭会、花粪宴了!"众人大笑。

　　直至酒席吃完,看看日落西山,二人还没回来,众人只得到那兰圃去和他道谢,要散。香大说声得罪,随他们自去。自己的花,也种得差不多了。又一会,园中业已上灯,这才把花种完,弄得两手都是泥浆。家人知道他的规矩,把一只瓦盆,注满了水,来给他洗手。然后穿上长衣,踱上花厅来;一看人都散了,大吃一惊,问家人道:"他们都到那里去了?"家人回道:"都吃过饭回去了,不是还来和大人道谢的么?"香大道:"我并没听见。"家人道:"大人一心对着栽花,所以没听见。"香大道:"谁叫你开饭给他们吃的?"家人道:"他们饿不过,自己催着开席的。"香大道:"他们倒吃饱了,我吃什么呢?"家人道:"只开了两桌,还有一桌没开。"香大道:"快开来,我们同吃吧!"家人道:"使不得,还有一位阿大老爷呢!"一语提醒了香大,就亲自到兰圃去寻阿大利。不知后事如何,且听下回分解。

① 一熏一莸(yóu)——熏,香草;莸,臭草。《左传》:一熏一莸,十年尚犹有臭。

第 十 八 回
开夜宴老饕食肉　缝补子贫妪惊心

却说王香大不见了阿大利,找到兰圃,哪里有大利的影儿？香大东张西望的找去,只因天光已晚,园中树木又多,愈加难找。香大纳闷,赌气自回花厅,打从他那一对均窑瓷①的金鱼缸前走过,忽见黑团团一个影子。香大吃惊,暗道:"不好! 哈巴狗在这里吃金鱼了!"走近看时,原来不是狗,却是一个人,蹲在金鱼缸边,对着那缸拉屎哩。香大大怒,骂道:"那个混账东西,敢在这里糟蹋我的金鱼缸？吃我一脚!"说罢,伸脚踢去。那人一只手拎着裤子,夹了半段粪站起来,道:"是我。"香大对面细认时,原来正是大利。香大两脚蹬地,怨道:"你和我有甚冤仇？为什么拔了我的建兰,又来毁我的金鱼?"大利只不作声,在草地上找着一块瓦片,把粪刮干净了,慢慢说道:"卑职只当是两只粪缸,却不晓得里面有什么金鱼,请大人记过一次吧!"香大又是好笑,又是好气。没法,只好叫几个家人来,把金鱼用铁网捞出,另外养着。把缸里的水出干净了,等明天早起洗缸换水。这一闹又是一个钟头。香大心中虽然愤恨,却因大利是客,不好得罪他,只得邀他上花厅上去吃饭。大利听得他一声请吃饭,本来肚里出空,饿得慌了,连忙把袍褂一臂挟起,匆匆便上花厅。香大哈哈大笑道:"老兄怎样乱跑,小心跌了一跤。"大利不理。香大只得慢慢地跟上厅来。

这时早已上灯,光如白昼,瞧着一桌红红白白的菜果,大利馋涎欲滴,恨不能就上去吃,转念想道:"这是道台大人请吃饭,不当顽的,他还要送酒哩。我倒要穿上衣帽才好。"主意已定,便一件件的穿着起来。香大见他这般恭敬模样,倒也想着官场请客,是要送酒的。连忙也穿上补褂②。家人见此情形,暗道:"我们老爷倒有些意思,看这光景,是要送酒的了。"

---

①　均窑瓷——宋朝均州窑烧的瓷器。

②　补褂——旧时高级官员的服官。

赶紧把一壶花雕①烫好,杯筷早已摆齐。香大旋转身躯,向家人取过酒壶,满满斟了一杯,送至第一席。大利也晓得回送。二人送过酒,请过安,这回没闹岔子。家人暗暗点头,互相诧异。二人入席,家人来请升冠。这才把帽子摘下来,朝珠褂子也卸了。香大举杯道请,大利就不谢了,举杯一口喝干,任意吃菜。香大也饿得慌了,等不及上头菜,早把八个碟子里的菜吃完。大利没法,只得把果子来补虚。一会儿上燕菜,香大就敬了大利一筷。大利用匙送到嘴里,只觉得淡而无味,就不肯吃第二筷了。鱼翅来时,大利倒觉得很好吃,拖拖拉拉,洒了一桌的汁。家人明欺他是个粗坯,也就装呆不来替他擦抹了。大利又见上了一盘大肉丸子,却不知道其名叫做“狮子头”。但是平生喜吃的是猪肉,见这样大的肉丸子,不觉笑逐颜开,拼命叉了一大块,拖到身边。谁知这狮子头太烂了,未及到口,蹋的一掉。可巧掉在膝上,把一件品蓝实地纱的袍子,溅了一大块油迹。大利吓呆了。那狮子头早已滑到地上去,两只哈巴狗争这肉,猜猜猜叫起来。大利的家人,赶忙取一块潮手巾,来替大利擦。香大又跳起来,道:“这是我的手巾,别要擦油了!”家人没法,住手。大利担了心事,吃菜的威风,也稍止了。众家人倒有了吃剩菜的指望。一会儿饭来,大利胡乱吃了两碗。香大只顾自吃,把一只冰糖蹄子,夹了一半拖在饭碗上吃完了。接连又吃了两碗饭,方才住手。大利站起来,和香大请安道谢,这才套上褂子,戴上帽子出门。马车早已伺候。

大利回到家里,龚太太埋怨道:“怎么一顿昼饭,吃到这时才散,你那里去顽的? 从实说来!”大利道:“冤枉! 我那里去顽? 王香大那个瘟道台,自己有了个花园,稀罕不过。我替他拔了几根草,他就说是什么建兰,一棵棵的自己栽去,一直栽到天黑,这才吃饭,所以晚了。”龚太太审问明白,不作声了。大利才敢探下帽子,剥下褂子。龚太太眼尖,见大利袍子上一大块油迹,骂道:“你还说没去顽? 这块油迹,必然是婊子和你吵时沾上的!”大利红涨了脸,却不好说出所以然来。龚太太大怒道:“我辛辛苦苦,挣下几个钱给你,吃是吃的,穿是穿的,功名是功名。你这没良心的东西,倒要在外面嫖! 花了洋钱不算,还毁了好好的一件实地纱袍子,快给我滚出去! 这般没出息,不配做我的丈夫!”吓得大利面无人色,袍子

_____

① 花雕——上等的绍兴酒。

也脱不下了，不知不觉跪在粪太太的面前。粪太太叫家人来赶他出去。那跟着大利赴席的家人，连忙上来禀道："老爷并没到别处去。"话未说完，太太大怒道："哦，狗才！都是你引诱着老爷，在外边胡闹的！"原来那家人名唤黄升，年纪甚经，相貌又生得标致，所以太太疑心他引诱。闲话休提。

当下黄升跪下叩响头，再禀道："小的跟老爷在王家花园里，一直等到下午，还没饭吃，打听他们，才知道王大人在那园里种兰花，要把昼饭当做夜饭吃哩。小的饿得慌，还是他们厨头要好，给小的一份点心吃了。小的要到园里打听老爷怎样，他们不叫小的去，说：'你的主人，闯了乱子。你又去闹岔儿，被我们大人知道了，送到巡捕房去，不当顽的！'"黄升说到这里，粪太太动气道："什么了不得的道台，不过是个花儿匠罢了！他的行业，也和我们差不多，就敢这样的欺人么！我也会起花园，也会请客，也会替你老爷捐道台，只要有钱，那一件不如他？他倒势利起我来么？你也像个脓包，为什么不回敬他几句？"黄升道："小的怎么不回敬他？小的道，你们大人也认得巡捕房么？送我倒不妨，只怕送我们老爷不得，我们太太就到过巡捕房，和捕头都熟识的。你们敢送他，我就拜服。"粪太太道："放屁！我那里认得捕头？你几时看见我到过巡捕房？你这狗才，在外面混造谣言，这还了得！我这里用不着你，快给我滚蛋！"黄升只是磕头，跪着又说道："后来听说厅上开席，小的只道老爷也在里面吃。哪知跑去看时，老爷并没在里面。上灯后，王大人想吃独桌，把老爷关在园里，不去理他。幸亏他的家人看不过，才去请老爷的。又是半天不来。小的打听，才知老爷在他们金鱼缸里拉了屎哩。"太太大笑道："也出出气！"大利跪在那里骂黄升道："你这个混账东西，说话不留神！"黄升不理，接着说道："开席后，王大人倒和老爷送酒，很客气的。老爷不该贪吃那镇江菜的狮子头，一大块掉在这袍子上，所以沾了这块油迹。小的顺手取一块毛巾，替老爷擦，又被王大人吓住了。"大利恨恨地道："偏你会说！可恶，可恶！"谁知黄升这一番话，说得粪太太深信不疑，叫他们主仆两人一起站起来，叫大利把袍子脱下，交给黄升找个裁缝收拾去。这回事才得结局。

次日太太起身，对大利道："你们吃得舒服，我也想请客。你替我去找位先生写请帖，还要好好的定一桌鱼翅酒席。"大利道："这些事，交给黄升办去吧。"太太道："胡说！我不放心他，定然要你去办！"大利又找着一个愁帽子戴在头上了。太太在簿夹子里，抽出几副大红帖子，吩咐大利道："木作店里的陆太太，纸扎店里的王太太，香店里的韩太太，杂货店里的周太太，都要替我请来。就只王道台的太太，虽说我们世交，他们势利不过，我不要请她。"大利道："不好意思。他们尚且请我吃饭，你也应该复东。"太太骂道："你这不要脸的，他请你吃饭，要你复东，与我何干？"大利招了骂，才不作声，取着帖子就要走出，太太叫他回来道："且慢，这王太太虽然势利，我到底要请请她，叫她知道我们，也是个绅户人家，并不是什么乡下人。"大利只有答应的分儿，匆匆出去，到东隔壁胡四家里，意欲请他西席①老夫人陆屏东写；三脚两步跨进书房。屏东先生正和学生背书，因他那学生背"三字经"②背不出，屏东气得拍台打凳。这个当儿，倒把大利吓了一跳，几乎缩了出来。屏东见是大利来找他，连忙起身让座，问明来意，屏东大喜。原来大利虽然是个富绅，左右邻居，知道他惧内，银钱作不得主，大家不去巴结他；唯独粪太太是著名有钱的，只恐巴结不上，屏东也是这个意思。听说粪太太要请他写请客帖子，十分情愿，便走到窗前，把一个学生赶掉了，就他桌上，把红帖子折了又折，一面问大利请的什么人。这一问，把大利问呆了，只记得一位王道台太太，其余都忘记了；红涨着脸，一个也说不出。屏东道："怎样，你都忘记了么？"大利才逼出一位王道台太太来。屏东只当他还能一一说出，便把墨来磨浓，第一位自然是王道台的太太了。然而要先写日子，或午刻、申刻，只得又问大利，大利又回答不出。屏东道："请回府问清楚了，再写吧。"大利只得回家，问他妻子。粪太太道："你真是个饭桶！"就把日子和请的那几位客又说了两遍，叫大利背出来。大利又背了一遍，却还漏了一位。粪太太大怒道："待我去说。你除了能吃饭，没得别的用处！"当下粪太太就自出门。大利陪在后面，来到胡宅。屏东一眼望见粪太太来了，只乐得眉开眼笑，起身相迎，口口声声的太太恭维她。又亲自泡了一碗好茶请她吃。那知粪太太对着自己的丈夫，虽然严厉，见了陆先生，却有说有笑的。屏东和她攀谈一回，胡乱把帖子写好。粪太太谢了又谢，这才夫妻二人同回。

---

①　西席——有钱人家请来教子弟的老师。

②　三字经——旧时儿童启蒙读物，每句三字，所以称为三字经。

　　大利知道太太是明天请客,当天赶到租界上定菜去。黄升发帖子。
太太暗道:"别人倒不要紧,就这王太太是做官人家,必然朝珠补服的来
赴席。我倒不好将就,也要穿了补服陪她。"想定主意,便叫娘姨。她用
的娘姨,原来是一个驼背。太太叫她帮着掀开箱子,取出一件纱外褂来。
一看,并没补子①。太太猛然想起,去年伍大爷从京里出来,送了我一副
五品补子,我还没有用过,今番何不拿出来用用呢? 就把箱子锁好,又从
一只小皮匣子里拣出那副补子来,看了半天,忖道:"我虽然有这副补子,
却从没有用过,怎样缝法呢?"就问驼背娘姨道:"这里有裁缝没有?"娘姨
道:"这一段没得裁缝,太太应该知道的。就只对门周大娘会做裁缝,替
人家做的衣服好着哩。"太太大喜道:"快替我去叫她来!"那娘姨果然去
把周大娘叫来。粪太太道:"你缝过补子没有?"周大娘道:"怎么没有?
我缝过的补子多着哩! 这条街上,随你那一家要打补子,都是我替他
缝。"粪太太不懂得她的意思,只道她果然缝过补子的,就把褂子和补子
交给她。周大娘见了这三片东西花花绿绿的,从来也没请教过,倒弄得没
法了。粪太太道:"你把这补子缝在这褂子上,到底会不会?"周大娘计上
心来,暗道:"我只说是会,这注生意就做成了。"想定主意,便连声称会。
粪太太就交给她做去。周大娘左看右看,猛然想起:"今年正月初一,到
陈太太家里去拜年,陈太太正在那里拜祖宗。她褂子面前有一块绣花的
补丁,料想就是这件物事。但是好好的一件褂子,为何加上这块补丁,真
正坑死人! 我且不要管它,照着那陈太太褂子模样缝罢了。"周大娘不由
分说,拿起一片补子,就在那褂子当门缝起来。缝好这半边,又缝那半边,
倒也很快。一会儿,门前的补子缝完,拎起褂子来要缝后面,仔细一看,失
笑道:"哎哟! 这件褂子穿不得的了。"不知后事如何,且听下回分解。

---

　　①　补子——旧时官服上的徽识,缀在前胸及后背,用金线及彩丝绣成。清代制
　　　　度,文官绣鸟,武官绣兽。

第 十 九 回

大请客逼走蠢夫　巧骗钱愚弄傻子

　　却说周大娘给粪太太缝补子,把后面的一大片,缝在前面了。拎起来一看,原来褂子两爿大襟,被那整块的补子缀拢了,没法儿穿上身去。周大娘不觉失笑,把这褂子看了半天,又把补子细看,实无法想;再把包里的那块补子拎出来一看,才恍然大悟道:"噢! 原来这是两片儿。我拿来缝在前面,不是恰恰配上两爿大襟么?"想定主意,拆去了前面的再缝,果然绝不碍事,这褂子可以穿得的了。大娘又把后面的褂子胡乱缝好,送给粪太太。粪太太十分留神细看,看不出破绽来。给她二十个钱。周大娘不受,道:"恭喜太太,升官发财! 穿到这乡绅的衣服,是件大喜事,请太太高升些!"太太道:"你休做梦! 我乡绅当了多年,不是今天当起的。这样的衣服,穿惯了,只算家常便衣,有什么稀罕? 缝这几针,给你二十钱,还不好? 真是一个大钱一针了。你不要便罢! 缝这几针,本不该拿人家的钱,下次叫你做了别的衣服,一总算吧。"周大娘听了大惊,连忙把二十钱取在手里,道:"工钱就算是二十个,还求太太给几个赏钱,到底是件喜事,我给太太磕头道喜。"说罢,磕下头去。粪太太被她缠得没法,只得给她十文钱的喜封。周大娘才欢喜,道谢而去。

　　到晚黄升回来,请的客,一起都说来的。上灯后,大利方回,把手巾包在桌上一甩,道:"总是你要请客,害得我到处奔波,受尽了乌龟王八的气!"粪太太见他这个样儿,老大动怒,骂道:"你今天发了疯么? 敢在我面前这样放肆! 你自己没本事罢了,定一桌菜,也用不着到处奔波,真正是个饭桶!"大利被粪太太一吓,骇得不敢作声。粪太太又道:"你定的菜怎样? 定好没有?"大利道:"定是定好了,要六块钱一桌哩。"粪太太怒道:"那里有这个价钱。又不吃鱼翅燕窝?"大利道:"只怕都有的。"粪太太已经舍得请客,也就没得话说。

　　次日,粪太太一早起身,梳妆起来。年纪虽大,到底还有点儿丰韵。到得九下多钟,杂货店里的周太太来了。原来这太太从前和粪太太最知己的,一般是自创自立,苦挣出一个基业来。自己的男人,都不中用,靠着妻子吃碗现成茶饭罢了。但是如今粪太太的家私,几十倍于周太太,就有点儿看她不起。周太太也觉得贫富悬殊,不敢时常登门闲话了,以此反觉疏阔。今天粪太太请她吃饭,正好借此叙叙旧谊,所以早早的来了。粪太太见她来得这般早,很不自在,暗道:"我是要和王道台太太叙叙罢了。她倒来得恁早,我倒要应酬她,真是晦气!"然而说不得,只好请坐献茶。周太太见粪太太接待她,却是淡淡的,虽然心中纳闷,脸上却不肯露出来。一边赔笑和粪太太交谈道:"姊姊,我们有一年多没见面了。你如今发了福,比从前大不相同,常言道:'相随心转。'姊夫做了官,姊姊心也宽了,应该发胖。"粪太太搭讪着道:"说哪里话,我比去年瘦了许多,只为你姊夫捐这个小功名,我费尽千方百计,好容易抽出一注款子,给他现现成成的捐去。阔是阔了,就只银钱艰难,家里不够用了。"周太太道:"别说客气话。姊姊还说为难,我们是不要过日子了。"粪太太忖道:"原来她们只当我家是个大财主哩! 唉,千万不该请她来的,把我家有钱的样子,都漏在她眼里了!"正是后悔不迭。

一会儿,木作店里的陆太太,纸扎店里的王太太,香店里的韩太太,一起来了。粪太太一一招待,团团坐定,七张八嘴,问粪太太好。那粪太太是何等本领,酬应上很功夫的,见什么人,说什么话,那有一些差儿。这班人见了粪太太,都觉瘎①促不安,只恐被粪太太笑了去。

粪太太一面和她们闲谈,一面想起王道台太太就要来了,我莫如先穿起补服来等候吧。想定主意,便安排众人坐定。自己走进房里,披上褂子,又戴朝珠。在穿衣镜子里照了半天,觉得整齐得很,便放心走出来,暗道:"王道台太太一定是穿褂子戴朝珠来的。她不知怎样讲究哩? 且莫管她,各有各的出色处。"不言粪太太肚里寻思,再说陆、王、韩诸位太太,见粪太太补褂朝珠的走出来,大家诧异,一起起立,问道:"太太今儿什么事,莫非是生日么? 我们失贺了!"粪太太忸怩道:"不是什么生日。今天请了王道台的太太,她们是做官人家,一定穿了补服来的,我不能不陪她。"众太太听了,这才明白。韩太太只听人说过朝珠补褂,却从没见过,便特地走到粪太太身边,尽着瞧看。又把粪太太的沉香朝珠,嗅了半天,

---

① 瘎(lì)──糙米。这里指不自在。

道:"阿弥陀佛!这香珠定然是西天来的,我们上海那里有这般香珠?真正好闻哩!"王太太听得,也来嗅嗅,十分赞好。谁知陆太太、周太太都要看朝珠,都围着龚太太看。忽听得外面打门声响,黄升戴了红缨帽子去开门。

一会儿,绿呢轿子抬了王道台太太进来。背后一个家人执着帖袋;一个大脚娘姨跑得满头是汗,在轿背后把金水烟袋摘下来,扶着王道台太太出轿。大家定睛看时:原来一位二十来岁的太太,满头珠翠,装束得艳丽非常。就只没穿补褂,却是一件小袖管的夹纱衫,底下纱裙,青缎鞋子,并没什么与众不同的去处,就只举止大方,身材伶俐罢了。龚太太迎下阶去,握了她的手,上得阶来,请她炕上坐。她再也不肯,在旁边椅子上坐了。龚太太亲自献茶。王道台太太道:"我们都一家人,大姊千万不要客气。"龚太太道:"太太是知道我的,本来就不会客气。"于是大家坐定。王道台太太一一问了众人姓名。大家见龚太太尚且拘拘束束的,如今见了王道台太太,哪里还敢出气,自然成了木雕泥塑般的模样。龚太太呢?见了陆、王诸太太,随意挥洒,不在心上;见了这王道台太太,也有些气馁,收敛了许多,规规矩矩的陪着谈天。王道台太太见她穿着补褂,怪热的,便道:"大姊,把那褂子脱了吧,今儿天气,实在热得厉害!我们都是知己,便衣吧!妹子是向来懒怠惯的,论理初次到府,也该穿补服来才是。"龚太太红着脸道:"只因太太光降,不敢怠慢,应该穿褂子的。"王道台太太并没作声,那眼光只注射着她面前那块补子,半晌道:"大姊的补子,是那个裁缝缝的?缝倒了。你看,那鸟儿的头都朝下了。"龚太太低下头去看时,果然鸟头朝下,不觉愤怒,骂道:"都是那臭花娘闹错的!"说罢,立起身来,走回房里把朝珠摘下,褂子脱了。王道台太太只道她动气,便道:"大姊恕我失言!其实那补子是缝错的。"龚太太道:"这是对门周大娘缝的。这个臭花娘,倒被她骗了三十个钱去。"王道台太太道:"乡里人从没见过这样的东西,自然要缝错的了。"原来龚太太请王道台太太来,要摆点儿阔相给她看看的,谁知倒被她笑了去,很不自在。驼背娘姨送上莲子汤来。龚太太先敬了王道台太太,然后送给别位。大家连汤吃完,只王道台太太略尝两口,便把碗放下了。

坐谈多时,却不见馆子里的菜送来。龚太太着急,便叫黄升去催菜。谁知黄升出门闲逛去了,叫不应他。要叫大利,当着众客,不好意思叫,只得亲自走到后面,去找大利。谁知到处找不着,找到灶间屋里,只见有人把张脚凳垫着,在饭篮里取锅粑吃。细瞧正是大利。驼背娘姨在灶窝里打盹。粪太太一声吆喝,把驼背喝醒了。大利也吓了一跳,从脚凳上跳了下来。幸亏一只脚尖着了地,没跌过去。粪太太指着骂道:"你这个没中用的东西!你定的菜,怎么这时还不来呢?快替我催去,跟了菜来!没得菜,你也休想回来,我是不与你干休的!"大利大惊,只得趔到房里,披了一件长衫,飞奔出去。走到西门,才恍然悟道:"哎哟!不妥,不妥!我定菜时,没有交代他送到公馆里,如今叫他送来,岂不是桩难事么?且休管他,去催催看。"转念一想,又失惊道:"哎哟!我这菜是那里定的?我就没有看见他这店有招牌,到那里催去呢?"这一急,直急得大利满头是汗,脚步都慢了。一路走,一路寻思,那里记得出这个定菜的店。瞎找了半天,总是找不到,暗道:"不好!今天早起本就眼跳不止,只怕不得回去的了!像这样的日子,我也过不来了,莫如寻个自尽吧!"

当下大利横了这个短见,就想着怎样死法,方才爽快。左思右想,没得主意。抬起头来,忽然看见一爿烟膏店,暗道:"有了!我莫如买他二钱烟膏吞了,倒死得容易。"身边一摸,幸亏还有用剩的五角小洋,就取出两角,买了膏子,又想道:"我这么死在路上,也不稳当,还是到巡捕房前去死吧。那里塞门听①,又干净,又宽敞,巡捕又近,不能不来料理我,准其如此便了。"定了主意,便一边走,一边想,想起死的苦处,不觉号啕大哭;想起老婆的酷虐,生了还不如死了。不觉万念俱灰,看看将要到巡捕房,打开罐子,踌躇要吞,不料背后有人一把把他的烟罐子抢了去。大利大惊,回头看时,原来是他的好友夏病畦。大利哭道:"你打从那里来?我几乎不能和你见面!"病畦道:"大利哥,你好好的十万家私,自己又是五品衔知县的前程,像你这样福气,上海滩上也数一数二的了!为什么要寻短见?"大利道:"一言难尽!"病畦道:"这里不是说话地方,我们到前面馆子里去吃饭再谈吧。"大利此时正饿得慌,听说有饭吃,哪有不情愿的理,便把寻死的一条算计,置之九霄云外了。

二人踱进叙乐园,一直上楼。病畦叫了一盘白斩鸡,一盘凉拌肚子,一个虾仁中碗;叫烫四两高粱酒,对酌。大利饮酒中间,便把他老婆怎样

---

① 塞门听——英语 Cement 的译音,即水泥。

看不起他,怎样凌虐他,一五一十,告知了病畦。病畦手在桌子上一拍,道:"有这样的厉害老婆,我早起不休她,晚上也把她休了!"大利摇手道:"休得乱道! 我如何敢休她呢? 我家里一草一木,都是她挣下的。我五品衔知县的前程,也是她替我捐的。我哪里敢休她呢?"病畦道:"虽如此说,她挣的就是你的。你为什么替她划分得这般清楚? 要知她没有你,也撑不起这个场面;况且房子虽是她造的,地盘须是你的。这笔账算起来,她的家当,你也不至没份。好是夫妻,不好就是冤家。你听了我的话,我有个法子,叫你没钱而有钱,没妻而有妻。你信不信?"大利道:"人家都说,你是我的军师。我多天没会你,做的事没一桩顺的。早知如此,我上来定菜的那天,先来找你,也不致闹这个乱子。如今弄得有家难奔,我不死还等什么!"说罢又哭。病畦道:"你快休如此! 今天晚上,到我家里去睡。我来和你运谋,包管你有好处便了。"大利听了大喜。不知后事如何,且听下回分解。

第 二 十 回

逞凶锋悍妇寻夫　运深谋滑头掮地

却说阿大利听得夏病畦说,能替他运谋,收回权利,十分大喜,便鼓起兴致来,吃酒吃饭,狼吞虎咽的,把三样菜两碗饭吃个罄尽。病畦却只吃了一碗饭,算账一元二角,自然是病畦惠钞。二人同出店门。病畦又请他去吸烟,大利辞道:"我向来不吸,你是知道的。"病畦道:"你陪我去躺躺吧。"大利应允,便踅到宝善街一个公司烟馆楼上。病畦去挑了烟来,尽量呼吸。原来这公司烟馆,所贪图的是取它那点儿灰。病畦吸过烟,斗子里满满的都是灰,通归烟馆里挖去,闲话休提。

二人一同下楼。病畦又领大利到了胡家宅野鸡窠①里,找到一家熟识的野鸡,叫做花翠琴。原来这花翠琴和病畦,要算一对野鸳鸯。病畦除非不到马路,到马路总要住在她家的。今天同着阿大利,倒不便住,不过借这里打个尖站,和翠琴会会面罢了。谁知翠琴却已上青莲阁去。她的妹子翠环在家,走来陪客。大利见这个女子,长得十分貌美,衣服又穿得齐整,只当她人家小姐,和病畦是甚亲眷哩。又见病畦和这翠环动手动脚的,心里有些诧异,忖道:"病畦也太没道理了!人家闺女,怎么好调戏她呢!"一会儿,翠琴回来。大利见她穿件湖色罗衫,白纺绸的裤子,涂脂抹粉,十分妍丽。一进房门,就叫夏老爷。病畦和她说不出那种亲爱的样子。大利渐渐的悟到这里是个堂子,两个女的必是倌人。江北娘姨道:"这位老爷,今天也住在这里吧!恰好两间房,一人一间,没有再巧的了!"病畦道:"这位是阿老爷。他家太太厉害,你留他住了,被他太太知道,找上门来,你怕吃不消哩!"那江北娘姨道:"只夏老爷喜说这没来由的话。太太是何等身份,那里会找到我们这里来呢?"病畦道:"你不信,只叫你们小姐问阿老爷便了。"那翠环听了,果然把半边身子靠在大利身上,问他太太怎么厉害。大利臊得满面通红,一句话也回答不出。翠环一

①　野鸡窠——即下等妓院。下文野鸡,指的是下等妓女。

把将大利手拉着，走到对面房里。江北娘姨跟着过去，开了灯，敬了瓜子。翠环就向大利切切私语，无非是劝他住下。吵了半天，病畦踱过来。翠环才放了大利，附着病畦耳朵，道："这阿老爷到底肯住不肯住？他做什么买卖的？"原来翠琴姊妹二人，都是扬帮，还没学会上海话，所以对病畦、大利说话，都系乡谈。大利不甚懂得。病畦却句句听得出。当下也附着翠环的耳朵，答道："这位阿老爷，是大有钱的！你没知道上海有个粪太太么？就是他的老婆。只是今天他却没带钱来，迟这么一两天，我和他同来，住在这里便了。"翠环大喜，拼命巴结大利，约他明天来住。大利心痒难熬，巴不得今天就住，却因没有洋钱。病畦催他同行，只得怏怏而别。

当下回到病畦家里，只听得楼上女人声音叫道："三丫头，你下去看看，你爸爸回来没有？房东讨房钱，来过三次了。明天不给他，他要叫巡捕赶我们出去哩！"原来病畦租了一幢房子，虽是小小的房间，也要六块钱一月。他把楼上做了住房，楼下做了客堂。只因这月没得油水到手，吃用通是赔的，十分艰难，所以欠了房钱没付。房东要叫巡捕来赶他，那是没法的事。病畦的意思，这注房钱，要出在大利身上的了。生怕他女儿下楼，直言不讳，把底细给大利知道了，反觉坍台，赶忙走上楼去。他老婆见病畦回来，指着骂道："你这不要脸的老乌龟！天天躲在野鸡堂子里，连家都不顾！今天也想到回家么？快拿洋钱来给我，好付房钱！"病畦只是摇手，道："你别乱嚷，下面有位客在那里。"他老婆道："什么客不客？都是狐群狗党罢了！你怕我不怕，快拿二十块钱来，我便不作声。"病畦急得没法，道："洋钱都有，好奶奶，你别嚷吧！"他老婆伸手，道："拿来！"病畦只得屈了一条腿跪在凳子上，靠近她身边，附耳道："我今天领来的这位朋友，就是粪太太的男人。很有钱的，却是个傻子。我想大大的骗他一注钱，我们拿来享用，岂不快活？所以叫你别嚷，被他看出破绽，这事就不成了。"他老婆听了这话，大喜，这才不嚷了。却对病畦道："房东来讨房钱，这是桩急事，明天又要来的，没二十块钱给他，休想住得安稳，这便如何是好？"病畦道："我现在一块钱都没有，说不得你把我打给你的金元宝簪，去押二十块钱来，暂且应急。三五天内，这阿傻子的洋钱，定然送上门来，那时，我加倍给你。"他老婆道："你别骗我。我只有一支金元宝簪，如何舍得押去！"病畦道："限我五天内，要没有四十块钱给你，真就算是个乌龟，好不好？"说得他老婆也笑了，只得答应。

病畦赶忙下楼,叫人在客堂里安了一张床,又搬下一床被铺,给大利铺好了。又把烟盘摆出来,就与大利对躺着问道:"今天那个翠环,你到底爱她不爱呢?"大利红着脸道:"我很爱她哩!"病畦道:"你爱她也徒然。没得钱,她是不留你住的。"大利道:"住一夜,要几块钱呢?"病畦道:"不多,花到一二十块钱也够了。"大利吐出舌头,道:"要这些钱,那里住得起呢?"病畦笑道:"你怎么装穷?说这般的穷话,给谁听呢?"大利发急道:"我并非装穷,我实在没有钱,你是知道的。"病畦道:"我替你算过了。你家四爿铺子:茂森洋货店,华美钱店,观云靴鞋店,乐醉轩菜馆,一处赚二三万一年,四处就是十多万一年。还说没钱,这话骗谁呢?"大利道:"你也不像我的知己。你不知道,这都是内人开的么?我那里用得到她一个钱?"病畦道:"唉!你真是个傻子!你在府上,自然用不到她的钱。你到这里,她就管不到你。你明天到你家开的四爿铺子里,只说你家太太要钱用,折子忘记了,没带来。一处提五六百块钱,四处就是二千多块钱,足够你用的了。"大利道:"掌柜的不肯付,怎样呢?"病畦道:"包你取得到便了,你去试试看。"大利甚喜。原来大利立志不回家去,所以不怕。他的意思,有二千多块钱,足够一世用的了。一宿无话。

次早,病畦替他雇了一部马车,到他四爿铺子里,果然掌柜的不知大利家里的内情,——照付。大利拿到了二千四百块钱,回到病畦家里。病畦早在门口迎接。见他取了偌大一注洋钱回来,十分大喜。当下替他运进了洋钱,开发过车钱,拉了大利的手,道:"你如今才知自己是个富翁么?洋钱多了,不好放,我替你存在楼上吧。你要用多少,给你多少;至于你到堂子里,那些开发,你是不会开发的,我替你开发便了,包你不吃亏。"大利大喜。病畦把洋钱一封封的点过,拿上楼去。他老婆自然十分欢喜,就要拿两封。两封是一百元。病畦不肯,道:"这是人家的洋钱,要等我想出法子赚下来,才是我的。"他老婆动气,又要嚷了。病畦没法,给了她五十块钱,这才把二千三百块,铺在一只皮箱里,拿了五十块的钞票,和大利去吃番菜,叫了几个局。大利从来没经过这般快活。直头如登仙府了。晚上就住在翠环家里。接连畅快了三日。

这天,病畦可巧有事,没有工夫领大利出去。大利在病畦家住宿。病畦的老婆,十分巴结他。酒菜都是到扬州馆子里叫的。大利享用得分外舒服。次日一早起来,开门小解去,忽见一个蓬头女人掩入,被她一把头发揪住,骂道:"你这个老杀才! 泼天胆大,骗了我四爿铺子里的钱,在这里开心,还了得! 快跟我去!"大利听得出是他老婆的声口,只吓得魂不附体。原来这女人真个是大利的妻子粪太太。她自从那天大利去后,菜和人均不见到,直至日落西山,客都散尽。粪太太愤火中烧,不觉肝气大发,病了三天。后来打听得大利在她店里拿钱,又打听得大利住在夏家。这天一早坐车来找大利。走过宝善街,被汪步青见了。打听起别人,才知这事始末,按下慢表。

再说汪步青走到吴筱渔公馆里,要想借款。筱渔还没起身,步青只得坐候。直坐了两个钟头,筱渔方起。步青道:"我实在过不去了,你总要帮帮我忙才好?"筱渔一面洗脸,一面慢慢答道:"你何至于此。你要借多少钱?"步青道:"至少三千块钱,才够开销。"筱渔摇头,道:"我是没钱。家叔虽说有钱,未必肯借。"步青大为失望,起身要走。筱渔道:"且慢,有个商量。"步青听他口气活动,只道肯借了,便道:"要是令叔肯借,我就多出点利钱不妨。"筱渔道:"利钱倒不在乎的。家叔如今要娶陆小宝做妾,鸨母①讨价五万银子,家叔急切筹不出这注款子来。你要有处斗成那注地皮买卖,这话就好说了。"步青喜道:"这有何难? 只是要照原价,我却找不到主顾;要肯跌价,这事准当效劳。"筱渔大喜道:"既如此,有些指望。家叔说七万银子,也就可以出脱的了。"步青允诺。筱渔便和他到和甫面前去说。和甫答应了,兑了三千现洋,借给步青。步青拿到这注洋钱,回去开发一切,才得无事。便到处访问地皮买主,那里访得着呢? 便想借着吃花酒,通通声气。谁知他做的金宝钿,又嫁给汉口的茶商去了,因此也没兴致。又因银钱上不宽余,只得罢了。

一天,在四海升平楼吃茶,遇着云升客栈伙计王阿大,闲谈起来,说他栈房里住的一位山西客人,要开什么织呢厂,在上海买了地皮造房子哩,还差三亩地。步青问起了他买的地皮在那里,阿大回言不知。步青就请阿大引进,见了这位山西富商。原来姓夏,名时中,表字子羽。谈起来甚合适,一见如故。问他买的地皮,可巧和吴府地皮接连的。步青拿出手段来,和他做这注买卖,一讲便成,卖了八万银子。除却还吴和甫三千块钱,步青还赚了五千多银子。自此专意掮地皮,弄了几年,居然发财,手里有

①　鸨母——开妓院的老板娘。

一万多银子,便去营运。也是他该当发迹了,那生意一年胜似一年,直积到六万银子,买了一所房子,家里包了马车。

　　这时的汪步青,比从前大不相同了。专和些官场中人来往,花天酒地,闹个不止。一天,席上遇着一位尹道台,是江西候补道,引见①出京,路过上海,住在泰安栈。步青和他谈得投机,就请他吃番菜。陪客是张季轩、郭从殷、蒋少文、毕云山这一班人。诸客都到,只尹道台还没来哩。步青催请过两次:第一次说不在家;第二次说大人在栈房里吃过饭了。步青怒道:"好大架子!什么稀罕,上海的龟奴贼痞,只要有钱,也捐个候补道做做。即如我要捐候补道,有什么难处?只消多捐几亩地,一个候补道就到手了。我好意请他吃番菜,他倒摆出道台的架子来。可恶,可恶!"季轩听了大笑。不知后事如何,且听下回分解。

---

①　引见——就是引见皇帝。清时凡是京官五品以下,外官四品以下,考绩优异,或由主官保举的,或由关系各部带领引见。

第二十一回

为捐官愿破悭囊　督同伙代售湿货

　　却说张季轩听了汪步青的话,大笑道:"你不要看得道台不值钱,如今停了捐,你有钱也没处捐去。"步青愈加动气,胡乱吃完了番菜,各自散去。步青咽下了这口闷气,立誓要捐他一个二品衔的道台。到处打听,果然朝廷业已停捐,没处下手,只得罢了。谁知他的官运发作,可巧这时山东水灾,朝廷不得已,又开振捐。江苏巡抚派了一个委员,到上海来劝募。有人通知了步青,步青大喜,暗道:"我这回是道台稳稳到手。"当日去找自己开的钱铺子里一位伙计,姓唐名仁,表字济川的,和他商议,要提一万银子捐官。

　　原来步青这钱铺子开在西门里面,名为通源钱庄。唐济川是从小吃钱饭的,只为他算法精通,从学生升到管账。人都说他科甲出身①。上海城里要开钱铺子,除却他没有第二把手了。他有一种本事,拿一吊制钱给他一看,用不着数,他就知道这一吊钱,缺了几个串;或是足的,百不失一。有人问他怎样学到这么精,他道:"这是实在的功夫,须少时学的。我那时在铺子里学数钱,数了两遍还要错。后来有人教我一个法子,叫做数瓦。天明起来,我就望着对面人家的瓦,一块块的数去,那里数得清。天天这么数,数惯了觉得有些意思。一鳞鳞的数去,把他家一屋的瓦都数过了。后来那家叫了个瓦匠看漏,我和瓦匠说明,跟他上屋去点瓦。按着片数点去,果然不错。自此遇瓦便数,数熟了,肚里有数,望去多少尺寸,就知是多少瓦。我又用这个法子数钱,那消几个月,这钱就用不着数,一看就知道缺不缺了。"那人听了,十分拜服。后来济川管到两个钱铺子的账,一年有几百吊钱的薪俸;而且为人老实,人家把银钱交给了他,就像是自己的银钱一般。只会替他盘出利息来,本钱是一个都少不了他的。步

---

　　① 科甲出身——原意是指应科举考试而被录取的人,这里用来比喻唐济川从
　　　 学徒升到管账,就像科甲出身一般。

青久闻这人的名,好容易出了重聘,把他请来管账。他何尝天天坐在店中,只消管一笔总账。他手下的伙计,没一个不是精细老到的,所以请他管了账,那一个店里的人都要归他请,他才接办,闲话休提。

且说这时步青走到通源钱庄,可巧济川在这铺子里算账,见东家来了,也不起身相迎,只管算他的账。步青走近账台,道:"济翁,你且停一停算盘,兄弟有一桩要紧事情,与你商议。"济川道:"步翁请坐,我还有三五笔账算完了再谈吧。"步青没法,只得坐下,等他算完了账再说。等了许久,他才算完,手里提了一支二马车的水烟袋①,起身让步青里面坐去。

原来柜台后面有一间小小客堂,也摆着台凳桌椅,还供着一个财神龛子,收拾得非常洁净。大凡做东家的人,只要这铺子里赚钱,走进来都是一天喜气,看待这朝奉,分外尊重他,亲近他。这通源钱庄本就很赚钱的,步青那有不快乐的道理。到这客堂里一坐,就如登了仙境一般,说不出的快活。坐定问道:"今年买卖怎样? 有多余的款子没有?"济川道:"买卖还好。但钱铺子的银钱是活的,有多余的款子,就去放利,哪里肯捆着现的,存在家里呢?"步青点头,道:"济翁做买卖,果然有主意。只是兄弟意思,要去捐官,提一万银子出来,过几天便去上兑。兄弟早就有这个意思的。自从朝廷停了捐输,只得罢了。如今好容易开捐,这机会不好错过。济翁,你说是不是?"济川道:"步翁要高升,兄弟也不便阻挡。但我们这铺子里,实在没有现银子。步翁交给我二万银子,不上三年,除了官利,还多余万把银子,分几处放给字号铺里。我去拿折子给步翁看便了。"步青止住道:"不必。兄弟很知道济翁是不会错的。实因等着这注银子用,所以来和济翁商量。"济川道:"别说存放在人家的银子,一时提不出;就能提得出来,也不便提。我们这样局面的铺子,只三万银子的本钱,已觉着调排不转,再提去了一成,这铺子那里撑得下去呢? 步翁要是收歇了倒使得;提银子是使不得的!"步青被他回得决绝,顿口无言。这钱铺是自己顶赚钱的买卖,哪里肯收歇呢? 半晌道:"这么说来,兄弟的官,只好不捐的了!"济川踌躇一回,道:"提是提不得。步翁要银子用,宁可出利钱借去,倒使得。"步青摇头,道:"兄弟有了现钱不用,倒出利钱去借,干什么呢?"济川道:"步翁开的铺子也多,浦东还有洋货铺哩,听说买卖不见得

---

①　二马车的水烟袋——一种老式水烟袋,外边没有铜套子与烟匣。

很好,为什么不把来盘给于人,足有万把银子收得回来。"一语提醒了步青,忖道:"果然不错! 浦东那爿铺子,实在招呼不到。前天毕云山要盘我的,莫如答应了他吧。"主意已定,便道:"济翁的话,果然不错! 兄弟一准这么办法。"正待辞别出店,忽见外面正下着大雨哩。济川道:"天有饭时了,步翁还是在这里吃了饭去。这样大雨,街上也走不来,雇他一顶轿子去吧。"步青允了。济川叫厨房添菜。一会儿,饭菜开出,只五碗一盘,红暾肉,青烧鱼等类,都颇有鲜味。步青道:"我天天吃番菜、吃花酒,也实在吃腻了,倒是这样的家常便菜好些。"一面说,一面添饭,倒吃了两碗。

饭后轿子搭来了。步青上轿,出城回家。走过的马路,只见都有水淹着。步青忖道:"雨也小了,怎么这水不退呢? 莫非潮水涌上来的么?"一路思忖。到得家中,门口院子里,都有水淹着。幸亏台阶高,水还没淹上来。他娘子却在楼上。步青开发了轿钱,也上楼去。只见他妻子和姨太太在一处,商量着绣一块补子。步青道:"你们不要再绣了,我就要捐二品衔的道台。这补子是五品的服色,用不着它的了。"他妻子道:"当真么?"步青道:"那有假的!"他妻子大喜,把针线停下。步青道:"今天下雨,有个朋友约我吃花酒,我也不去了。我们来碰和吧。"他妻子道:"脚色不齐全。"步青道:"请了对门的陆小姐来就够了。"当下就让娘姨去请。

一会儿,陆小姐来了。步青见她脚下穿一双小黑皮靴,头上挽着一个懒髻,淡淡的抹些脂粉,却有天然风韵,暗道:"堂子里面,就没这般出色的人才。"当下叫娘姨调开桌子,四人碰起和来。陆小姐恰好坐在步青的下家,碰过一圈,大家没甚输赢。陆小姐做一副万一色,一万开招,就等一张七万。步青是筒子一色,可巧抓了一张七万来,踌躇一会,舍不得拆;又因陆小姐面上,便顺手打下去。陆小姐把牌一摊,和下来了。一算廿六副底子,三抬二百零八副,正是步青妻子的庄,要输四块一角六分。他妻子怒道:"没有这样打牌的! 分明知道她是万子清一色,怎么发张七万呢?"步青道:"我也是筒一色,这张牌照例要发的。"他妻子道:"你把牌给我看。"偏偏步青的牌推乱了。他妻子道:"这输账是要你惠钞的。"步青笑道:"有限的事,我惠便了。"陆小姐倒不肯收。步青强着她收了。自此陆小姐连和几副,赢到二十三块多钱。步青输了十三块;他妻子和姨太太共总输了十块。吃过晚饭,步青还想再碰,陆小姐家里有人来接,要回去了,只得罢手。原来陆小姐是步青妻子的干女儿。她家也很有几个钱。陆小姐是许给一位富商的儿子,还没出嫁,闲着没事,时常来汪家走走的。这回碰和,总共只二十几块钱输赢。步青本来输得起,不以为意,连妻子和姨太太的输账,都归他出。一宿无话。

次早步青起来,梳洗既罢,吃了早点,便套马车,去找毕云山。这毕云山原是华海帆的儿子。他老人家当过怡和轮船上的买办,去世后很剩下几万银子。云山倒会经营,把来开几个铺子,连年发财,有将近十万银子的光景。他的买卖,都在浦东一带,所以想盘步青的洋货铺子。云山就只喜嫖,一年倒有大半年住在堂子里。这天步青来找他,他公馆里的人回道:"我们少爷有十来天没回来了。"步青知道他在西荟芳金小玉家,便叫马车拉到四马路。步青下车踱到金寓,问起云山来,并没住在她家里。步青诧异道:"难道云山又做了别人么? 这真没法儿找他的了。"只得回去。一连几日,访不出云山消息。

一天起来,忽听得外面传说浦东泛了潮水上去,淹没了好些人家。步青大惊,慌慌张张催点心吃了,要到浦东去;还没起身,只听得打门声响。家人开门时,原来正是浦东洋货铺里掌柜的余仲蕃。步青忙赶出去见他,道:"我们铺子里怎样了?"仲蕃道:"不须说起,昨天三更时分,大家在睡梦里,忽听得外面人声嘈杂,王筱山第一个惊醒,叫唤起来,我还当是失火;及至穿好衣服,点上手照看时,床铺底下,通都是水。我也顾不得,赤着两条腿,招呼大家一起用力,把些洋缎、洋湖绉、羽呢、哈喇,通都搬上楼去。那里搬得及,还没搬到一半,都被水浸透了。"步青跌足道:"这便怎处?"仲蕃道:"有什么法子呢! 这是天意。我们忙了半夜,两条腿都浸胖了。我幸亏遇着一只救生船,渡到这里来的。他们还都在铺子里的楼上,守着货色哩,倒要运些饮食去给他们吃才好。计算起来,这时水也好退尽了。我来时已退了许多。这回真是个劫数,死的人也就不少;我们单湿了些货色,已是侥幸的了!"步青道:"什么侥幸! 这货物一湿,把我一个二品衔的道台都做掉了! 不知道还有法子想没有?"仲蕃道:"法子是有得想的,只是要收回成本,总有些烦难;至多收回一半,已算是极好的了。"步青只是叹气。仲蕃催他预备些饭食,去给同事吃。步青没法,只得叫家人到小饭馆子里,叫几样菜,一桶饭,跟着余先生同去。步青也就套车,渡江到了浦东。只见大家小户,冲塌了的房子不少。那些被难的人,男号女

哭,很觉惨然。

这时水已退尽,街路上还是一片泥泞。步青雇了一部车子,到得自己的店里,果然楼底下都被水浸的湿透,幸而砖墙结实,还没冲倒。步青三脚两步,上了扶梯,见那些同事,也很可怜,一起赤着两腿,躺在地铺上。步青问道:"你们吃饭没有?"大家见步青来,都起身,道:"偏过了。"步青就叫他们把湿透的货色翻开来看看。谁知一铺子的货色,湿了一大半,余剩的另外堆在一边。步青道:"这湿货堆在一处,是要霉烂的,说不得大家辛苦,把它一卷卷的摊开方好。"众人答应,一起动手,把来摊开。实在货多,那里摊得下,只摊了十来匹,已经满屋是洋布呢绒了。步青无可奈何。一会儿,仲蕃走来,道:"不要摊,不要摊。我已借到了一片晒场,停会儿就有人来运货。你们的衣衫裤袜,也租到了。"众人大喜。步青见他办事周到,倒也放心,便道:"我这个铺子交给你,随你摆布,横竖少折阅些,我都感激你的!"仲蕃道:"步翁美意,我们都知道,请回公馆吧。这里的事,自有我们大家料理,不碍事的。"步青又再三重托了他,这才雇车渡江回公馆去。

隔了两日,天也晴了。仲蕃送来一篇账,把铺子里原存的货色,及现有的货色,都开在上面。步青细看,原来少了洋布十匹,大呢三匹,海虎绒两匹,洋缎五匹。核算下来,已觉折本不少,心下踌躇道:"这水打湿了,是应该的,怎么会缺少的呢?"仲蕃道:"这是抢不及了,被漂去的。"步青分外懊恼。不知后事如何,且听下回分解。

第二十二回

卖贱货折却倘来资　得主顾欢迎上门客

　　却说汪步青因洋货被水浸湿，又失去许多值钱的呢绒等类，十分懊恼，说不得同余仲蕃赶到浦东，把货物查点清楚。当下雇船载来上海，在大东门、西门一带，摆了几处摊子，减价出售，叫店里伙计们管着，果然有些人来买。谁知那些伙计们，只是看买主的辫子曲不曲：不曲的，他便多减些价卖给他；曲的，便少减些价。报账时却将最贱的价目开上，明欺步青不知道。这却难怪他们，原来步青因为他们不当心，失去若干货物，将他们薪水扣除了一个月，以致大家离心，趁此机会，乐得赚他几文。

　　这宗湿货，卖到一个多月，方才卖完。结下账来，整整的折阅一万银子。步青无可奈何，捐道台的那句话，只得暂时搁起。只因心中纳闷，也没出去吃酒碰和，就在家里，请了对门的陆小姐来，和一妻一妾碰和。那陆小姐做了步青的干女儿，自然不避嫌疑，未免勾勾搭搭。这日碰和已毕，步青叫陆小姐到自己书房里去看照片。他娘子和姨娘怕惹厌没去。陆小姐倒有兴头，跟着他干爹登登登下得楼来，正要跨入书房，不料大门没上闩，有两个客人推门闯了进来。陆小姐大惊，只得退缩了几步，自上楼去。步青定睛看时，这两位客人，却不认得，见他们一贫一富：一个衣衫着得十分齐整；一个衣服却着得很旧的。那气概并都不凡。只得迎上几步，问道："二位来到舍下，有何见教？"那着得齐整的道："听说这里有位汪步青先生，在家么？"步青道："在下就是汪步青。不知吾兄贵姓尊名，一向少请教。"那着得齐整的，答道："兄弟是范慕蠡，这位是江西刘浩三先生，特来拜访的。"步青向在上海，就听说范家是个大富户。慕蠡是少年豪爽，花柳场中很出名的，大家叫他阔少范。料想他们登门拜访，必有事故。这一宗好买卖上门，哪里肯当面错过呢？这时步青胸中把和陆小姐玩耍的一片热心，化为冰冷，那神光全注在范慕蠡身上了。

　　当下连忙让他们到书房里坐，叫王福泡上好的雨前茶，拿香烟、雪茄烟来。慕蠡和浩三踱进书房，就见这书房虽小，倒也布置齐整，铺设精良。

上面一副对子,是庄大彤写的,称他为表侄。慕蠡暗道:"原来他是庄府上的亲戚,算起来要比我长一辈哩。"一会儿家人送上茶来,另有一个东洋描金托盘,托着五支包金的雪茄烟,十支埃及国制的上品纸卷烟。步青敬上雪茄烟时,慕蠡不吸,身边取出一支翡翠烟管,另外又掏出两支雪茄烟来,赠给步青一支,道:"兄弟这烟,是托人在美国带来,算是极品的了。步翁尝尝。"步青谢了。接在手中,把托盘转敬浩三。浩三本不吸烟,因爱那埃及纸烟装卷工细,取了一支。三人吸起来。浩三没吸过烟,咽下去,有些呛,咳嗽几声。步青只觉得慕蠡的雪茄烟,来得味儿清纯,十分赞美。

　　慕蠡道:"兄弟来请教的,只为吴府上一片地皮,靠着李家北厂,兄弟想买他的。听说吴府上地皮,都是步翁经手,要请费心代为说合,谢仪照提,不知步翁意下如何?"步青掀起两个肩头,赔笑道:"好说,好说。慕翁的事,兄弟应该效力,用不着谢仪。只是这吴老头儿,脾气很大,碰着他高兴,把地皮跌低了价钱卖出去,也是有的;碰着他扳难起来,说价一万,休想九千九买他的地皮。兄弟从前替他经手一注买卖,总共三亩地皮,他讨人家八万银子。人家还到七万,他还不肯卖。后来急等着钱用,便宜出脱了,还不到七万的数目。如今他在这地皮上面,得着甜头,财是发够了,也不等着钱用了。要想买他的地,就如去求他一般,这买卖很难说合的。"言下低着头做出想主意的模样来。慕蠡素性爽直,见他这样为难,只道事儿不得成功,便起身告辞道:"既如此,只好罢了。惊动,惊动。"步青连忙止住道:"慕翁休得性急,这事总在小弟身上。慕翁的大名,小弟是久仰的。吴和甫那老头儿,也早知道慕翁欢喜爽快。小弟叫他定个老实价钱,省得噜苏便了。但不知近着北厂的那一块地,总共多少亩?"慕蠡道:"北厂西边一块,约有十来亩,料想都是吴家的。他肯卖时,就请说个价目,兄弟明天候信。这片地,比不得热闹地方,总要便宜些才是。"步青连连称是,又道:"慕翁只管放心,小弟总要替慕翁说合这桩事,不叫慕翁吃亏,一准明天晚上,在一品香给信吧。小弟去定了座,再行奉请。浩翁也请同来。"浩三道:"奉扰不当。"步青道:"什么话,我们一见如故。小弟最爱朋友,巴不得多结几位知己,热闹热闹。"慕蠡道:"步翁也是个爽快人。我们也不客气,明天准到便了。"说罢,起身。步青这才放心送他们出去。原来马车已在大门口等着,只因车轮是橡皮包的,所以来时并没听见声音。

　　步青送客回来，心里很喜，暗道："我湿货上折了一万银子，就在这注买卖上连本搭利收回，有何不可？"转念道："我那陆小姐，好容易被我哄下楼来，又被他这两人冲散了，如今不知回去没回去哩？"一面踌躇，一面急急地跨上扶梯。他娘子迎着。步青问道："陆小姐呢？"他娘子道："她家里的娘姨，叫她回去了。"步青大失所望，只得以为后图。当晚步青有事在心，饭也没得心思吃，要想去找筱渔；奈为时已晚，他是早经出门的了，只得耐心过了一宿再说。娘子的房里没趣，就到姨娘的房里躺烟铺。十二点钟，就睡了。

　　次日一早起来，早膳已毕，过了瘾，看看表上，已经九点钟了。料想筱渔也要起身，随即上车到得吴公馆门口。步青是出进惯的，一直走到筱渔的书房。家人送上烟茶二事，回道："少爷昨天回来得迟，这时还没起身哩。汪少爷要有话说，请坐一会儿等等吧。"步青道："你不要惊动他，我坐一会儿便了。"家人去了。一会儿，又送了四碟干点心来。又是一具极精致的烟家伙。步青大喜，便躺下烧烟，补吸了两筒。筱渔还不见出来。步青觉得没趣，回头见榻上有几本长方的小字石印书，取来消遣。打开看时，是一部"滑头记"。逐回看去，都是骂的滑头，怎样骗人钱财，窃人货物；后来又说什么捐地皮的滑头，怎样以贱作贵，怎样欺瞒买主。步青读了一遍，由不得良心发现，悟到自己执业的不堪处来，面红耳热。过了一阵，良心复昧，忖道："我吃这碗饭，虽说混账，然而他们那般有钱的，来历也就不正，知道他是怎样讹索人家来的？骗他几文用用，也不伤天理。我虽说会骗，还没这书上说得厉害。他那法儿，尤其周到，叫人一时间勘不出他细底，所以做这注生意，身份还要抬高些。昨天我恭维范慕蠡，幸未被他看出破绽；千万不该请他吃番菜，这是我没主意，露出马脚，叫他猜定我有大好处在内，贪图做这一注买卖。将来还起价来，总不能如我愿的了。唉！可恨，可恨！"

　　步青正在后悔不迭，搦①着这本书出神，不提防筱渔掀帘进来，叫声："步哥。"原来筱渔和步青，近来结拜了个异姓兄弟，所以叫他步哥，闲话休提。步青听得筱渔唤他，猛不防吓了一跳。见是筱渔出来，将书掷过一

---

　　①　搦(nuò)——握，拿，捏。

旁,立起身欢然答道:"筱弟,你今天起得恁迟,昨儿在那里吃酒的?"筱渔道:"步哥,不瞒你说,我昨天在清和坊洪寓摆了一台酒。有两位朋友,定要翻台,情不可却。三台吃完,几乎天光大亮。今天起得迟了,倒累步哥坐候了许久。"步青道:"那倒不要紧,只是老弟这样常常熬夜,恐怕身子吃亏。你也是四十来岁的人了,比不得少年人精神好。你脸上比前瘦了许多,这不是玩的!"筱渔道:"金玉之言,不是真正知己,也不肯说。我也觉得很苦,以后外面的应酬,也要预备躲掉几处。花钱呢不要紧,就只身子吃不住。"步青点头,道:"正该如此。"

筱渔问步青为什么多天不出来,步青道:"原来老弟还没知道,愚兄开在浦东的洋货店,被潮水将各货浸湿,不说它了,又被人家暗算了好些货色去。卖时又没工夫去查看,果然吃了大亏,折了一二万银子的本,心里纳闷,懒得出来。我们疏阔了这许多天,今儿是要紧来看看你的了。"筱渔道:"足感厚意!小弟也因公馆里事儿忙,加上些没法儿的应酬,直头没得一天闲空,早要来候步哥,总不能如愿,好在我们知己,不在乎这场面上的了。"

二人一问一答,谈得高兴。家人送出早点,原来是两碗面。筱渔请步青吃,步青道:"我吃过早点的了。"筱渔道:"多时了,吃些不妨。这面是小厨房下的,先用鸡鸭口蘑冬菇,熬成汤,调起面粉来;擀成这面,分外可口。你不信尝尝看。"步青果然尝了几筷,十分好吃,不知不觉,一碗面吃完了。"筱渔还吃稀饭。步青躺下去吃烟。一会儿,筱渔也吃完了,叫人添上一盏烟灯,二人对躺着吸烟。

步青趁这个当儿问道:"老伯的地,有一块在李伯正北厂的西边么?你知道不知道?"筱渔道:"怎么不知道?这片地倒有九亩六分三厘,只因坐落的偏僻,没人肯买。家叔的意思,有十二三万块钱,也肯出脱的了。你有主顾么?"步青道:"有是有一个主顾。但是十二三万块钱,据我看来,还要大大的打个折扣,方能成交。前途劈口就说,地方偏僻,要便宜些才肯买哩。"筱渔道:"没多少折头可打。总之,不到十万块钱,家叔不肯卖的。"步青道:"且说起来再说。"筱渔附耳道:"这注地我可以作得主,你只和前途尽心做去,要满了十万块钱,我们每人就有五千块钱的好处。"步青道:"做得到吗?老伯何等精明,那里哄得他过?"筱渔道:"步哥,休得多疑。你不要管,包在我身上便了。"步青大喜道:"既如此,我便做去。

但是照例的提头,不在其内的。"筱渔道:"那个自然。"青步欢喜别去。

到得晚间,步青早已定过一品香的座,请过范、刘二人的了。看看表上,时刻已到,便叫套车到一品香去。坐候一回,范慕蠡和刘浩三都到。步青请他们坐下点菜,开了两瓶外国酒,三人同饮。慕蠡道:"那地皮的事,究竟怎样?"步青道:"这事兄弟只当容易说合,谁知吴老头儿,这九亩六分三厘地,要卖十五万块钱,兄弟也嫌其太贵,慕翁是不消说,有银子犯不着买这样的贵地。"慕蠡怕的是人家奚落他,被步青这么一激,倒动了气,把手在桌上一拍,怒道:"十五万块钱,什么稀罕?上海滩上,难道只有他该地皮的阔,我倒不信。就这么十五万块钱买他的!"步青觳觫①恐惶,半晌答道:"慕翁,不要动气,他虽讨十五万,也总要还个价。哪怕三千五千,总要扣掉一点儿,这注买卖才说得去;要是这么一口价,别说慕翁太觉吃亏,就是兄弟也不肯说合。岂有此理! 这样偏僻地方,那里有一万五六千一亩地的价钱,和甫也太心狠了!"慕蠡听了,只当他是个好人,说的公道话,十分信服。不知后事如何,且听下回分解。

---

① 觳(hú)觫(sù)——十分害怕的样子。

第二十三回

大资本加捐大头衔　　假性情暗换假官照

话说范慕蠡被汪步青一席话激怒了，果真花了十五万块钱，买了那片地皮。汪步青平空发了一注大财，真是喜出望外。这样一来，他捐官的思想，竟要实行了。此时捐官减成，江苏省派来官员，虽是价钱太贵，步青尚有别法可想，可以和收捐的官员通融，打个七折。就由步青的五品前程，加捐二品衔道员算起，不过七千多两银子，便可以上兑，作为实官到省。步青向来是做生意的，这"做官"二字，原是外行，急急绷绷把地皮上的赚头，凑足了此数。

看官，你道此话怎样讲起？原来步青有个朋友，是个末代秀才，姓古名奇，号仲离，排行第三，生得翩翩年少，顾影自怜，专在堂子里讨生活的；而且声气广通，专门交结原差包探①，出入衙门，嘱托公事。此时正在办捐，到处拉拢朋友。听得步青要捐二品衔的道员，于是托了朋友转辗攀援，居然见面，一说就成。那知道这古老三，平时只在女人身上做功夫，至于官场公事，也是个门外汉。他在外面的功架，只好欺饰乡下的守财奴；要是一拿到场面上比较，便要弄穿了不值半文钱。

这一次汪步青加捐道员，原有个居中引荐人，名叫尚小棠。尚小棠也是专门使人上当，好以敲诈取财。平时与古老三狼狈为奸，也非一次。这一次，虽非有意播弄汪步青，却是做惯了假戏，也就忘其所以，不必择人而施。这一回劝好了汪步青，先将捐款上了兑。古老三第二日，恭恭敬敬，穿了衣帽，翎鼎辉煌的拿了执照，送到步青家里去道喜。汪步青也觉欣然。一时送过了客，拿了照，与太太、姨太太看过了，大家也就喜气冲冲的，不由得心花怒放。究竟这照的来历，也不知道去考究考究。

于是步青与太太、姨太太商议，拿了一本皇历，拣定了日子，祭祖，请

① 原差包探——原差，便是衙门中的公差。包探，又称包打听，是过去上海公共租界巡捕房所雇用的便衣侦探。

客。遂定了一品香房间,邀请同乡同行宴饮,并请定了张季轩做陪客,以示夸耀,借此一泄那日在番菜馆里闷气。那知道这张季轩是个咭呤①非凡、乖巧不过的人。在席面上问起步青捐款银数,大为便宜,便起了疑心,就问步青捐照,是在那一省捐项下捐的;并告知步青于今只有奉天②、广西两省可捐实官,除此以外,都只有虚衔可捐。又问步青道:"步翁,于今办捐的委员,只有姓史、姓王的两处,可以报捐。步翁究不知在那一处报捐的?"步青终是个生意场中人,不知做官的诀窍,听了张季轩这么一问,不觉发一个大瞪,竟一时回报不出来,既而一想:"我花了这些钱,难道是假骗他们,我没有捐这个二品衔道员不成?我不如拿出来,让大家见见世面,以夸阔绰。"便对张季轩道:"兄弟虽然初入仕途,终究季翁是个老前辈,我还要拿出那张照来,请季翁指教指教!"一面遂呼跟来的人到公馆取照。不一时取到,在席面上摊开了,请张季轩过来看。步青得意洋洋,颇有骄矜之色。岂知季轩不看则已,一看了马上就发大笑道:"步翁,你这个捐在那个手里捐的?"步青竟忘了古老三,不觉信口直说道:"是在尚小棠那里捐的。"季轩又发话道:"步翁,你不是上小当,竟在上大当了!中国无论那一项公事,只有日子是标硃的,哪有连年月日期一概标硃的。这个……恐怕有些靠不住呢!"说罢,扬长而去。步青走过来,仔细一看,果然这捐照连某年某月某日的数目字,通是写着红硃字。

步青不知就里,既当了大众,又在兴头,受此一激,顿觉失色,含羞带怒,心中有个说不出的苦处。好容易敷衍散了,也不回到公馆里去,便坐马车顺便先到西荟芳金小玉家,去找毕云山,要请云山查究此事。岂知毕云山相好金小玉楼下的叶如花,就是古老三的相好。当时步青将捐官情形,告知云山一遍。云山即指楼下,说道:"如此说来,这个案就犯在这个堂子里了。"步青不解其故。云山说:"听说楼下叶如花,做了一个古老三客人,要好得极,说是要去做官去了,连公事都是在堂子里办的;并且听见说,前日又奉了札子,要去带兵去哩。不晓得是不是这位古老三,姑且叫叶如花上来问问看。"遂吩咐娘姨去叫如花。一时如花上来。云山是有钱的大老官,久已在堂子里有声名的,如花以为代她荐局,殷勤招呼。云

---

① 咭呤——机灵。
② 奉天——即今辽宁省。

山开口便问古老三踪迹，叶如花一一说了；并且说："俚日日来浪倪房间里，写格噶红字，说是大人老爷，才是俚写出去噶，阿要海外？"云山、步青一听，俱心里明白了。谢了如花。如花别去。步青就要马上叫巡捕，等古老三来了，拉他到巡捕房吃官司，说他骗钱卖假照。云山道："且缓一步，其中必有窍妙，且待我打听一番，再行举动。到那时候，我帮了你再打官司不迟。"步青终是生意场中人，也怕惊动官府，就托了云山办理此事。

云山送过了步青，然后再写张请客条子，到楼下请古老三上楼说话。古老三向来脾气，欢喜拉拢朋友，此时如花已经对古老三说过，方才问他之事。古老三以为又有生意可拉，立即上楼应召。彼此通过姓名之后，遂谈及步青查究官照之事。古老三不觉大惊，勉强支持，颤声说道："这是没有的事。或者居中人有什么缘故，待我查问一查问，便可明白了。"古老三遂辞了云山下楼。云山也为情色所迷，那里再去过问。

古老三遂出了堂子门，一直来到香粉弄五福栈，去寻尚小棠。小棠又不在家，找了许久，方找着了，大为惊惶，要他赶快去打点，情愿退捐钱，再受罚。小棠听了大声叱道："这一点点小事，何犯着这样着急？明日我去，包管无事！"古老三将信将疑，只得暂别。

到了次早，果然小棠去访步青，一见面，便问："捐照是假的吗？古老三真真岂有此理！真菩萨烧个什么假香？昨夜我听了说，我气得了不得！"说着，便把古老三痛骂一番。步青以为小棠真有性情之人，便将捐照拿出来请他来看。小棠一看又骂，骂个不亦乐乎，方将捐照折叠好了，收在自己身上，大声对步青说道："这桩事步翁虽然罢休，我也不肯干休的！天下哪有这样欺朋友的？我必拿了这个照，送他到新衙门①去办他！"说罢，即气愤愤而去。步青和做梦一般，由着他跳骂一顿。一会儿连人影也看不见了。赶忙再去请云山来商量，恐怕小棠同古老三逃走。岂知古老三、小棠两个，并不溜之乎也。过了一会，小棠又自走来对步青道："这一下可不好了！我闯了一个大祸来了！我拿了那张照去问他，骂了他一顿，说他是假的，要去送官办他。古老三大为动怒，说我污坏他声名，要和我拼命，一路追来了。"说犹未了，门上报古三老爷到。步青尚未吩咐请进，古老三已气冲冲走了进来，忙说道："这还了得！我办了一世

---

① 新衙门——旧时设在上海公共租界内的会审官署，受理租界内的诉讼案件。

的捐,从来没有坏名声,今日倒被你这个流氓,拆了梢①不成!"自己脱了长衣,大有争斗的样子。步青恐怕尚小棠和古老三相打起来,忙来拆劝,便道:"说这张假照的事,却不关小棠兄的事,本是张季轩说起来。张季轩捐了多年官,交结官场,也不知多少,难道真照假照,他还认不得吗? 这个照分明是假定了。老三,你却不要错怪了人。"古老三道:"你说我假照,你拿得稳么?"步青道:"照现在小棠兄身上,你拿出来看,中国捐官的执照,多也多极了,哪有连年月日多是标红硃的? 你欺侮我,也不是这样欺法的!"古老三道:"你说我照是假的,你敢签字吗?"尚小棠忙插嘴道:"不要说步青兄肯签字,连我都可以写凭据签字,说是你的捐照假的。"古老三道:"好好! 就请签字说吧!"便向怀里揣出一张花鼓格的合同样式的纸头,念道:"立合同字人汪步青、古仲离,今因捐到几千几百几十几号捐照,报捐二品顶戴候选道,一纸。如有查出此照确系假造者,罚银一万两;如系诬指者,罚亦如之。凭中立此为据。中见尚小棠。光绪某年某月某日。汪步青、古仲离同立据。"尚小棠一看,便叫管家拿出一支笔,争忙签了字,便掷与步青,朗声道:"步青兄,你签,你签! 这个事还扳不倒他,办他,那还成个话吗?"步青久已心恨古老三骗他的银子,那里还顾及别的,也就立刻签了字。仿佛这一次,古老三没有不吃亏的样子。古老三等到签了字之后,忙将那张花鼓格凭据收起,就翻脸对步青说:"去去去! 我们同去见常宫保②去! 我们这个差使,原是常宫保委把我的。你也说我是假的,他也说我是假的,岂不于捐务有碍,故意煽惑人心吗? 我的前程事小,于国家财政却大! 这种奸商,不办几个,我们的捐,不用办了!"说罢,便怒狠狠的要拉他同走。小棠忙拉住,道:"古老三,不用野蛮。汪步青是有身家的,难道签了字,还会逃走不成? 这个事原难听你一面的话,且待汪步翁查明了,定有个水落石出的。这张照在我中人手里,决不会吞没你的。诸事有我,你明日问我就是。"古老三听了此话,便约定明日定要回音,方能应允。尚小棠也拍拍胸脯,慨然自任。于是古老三兴辞而出。这里尚小棠方与汪步青商议办法。要知后事如何,且听下回分解。

---

① 拆了梢——即敲竹杠。

② 宫保——清代官名,即太子少保。

第二十四回

争戒指如夫人动怒　垫台脚阔门政宴宾

话说汪步青正在与尚小棠商量查办古老三假照之事,却好毕云山来请步青到金小玉家吃花酒。步青要拉小棠同去,小棠只得做了不速之客,一同坐马车到西荟芳去。彼此又在花酒席面上谈起此事。云山说:"这事原是张季轩发难的,我去请了张季轩来,还是求他指点吧。他的声气也通,常宫保那里他是常常去请安的,或者可以说句把话,也未可知。"步青道:"好却好,不过季轩一来,又要在我们面前充内行,我实在不服气! 难道没有了他,我们连一些官场事体都不懂吗?"云山知道步青两次被季轩奚落,心中颇为不悦,便道:"季轩呢,这时候也无处寻他。我顺便邀我一个把兄弟来,这个人就是湖州陈太史①。去年新从山西学台②任上回来,向来和我来往。现在西安坊花巧林家,一请就到。他是个翰林,断没有一个做官的道理不懂得的。我去请来,一问便知。"步青此时官兴勃发,颇想交结几个官场,听说一个做过学台的翰林,那有不愿意见面的,不但答应了,而且催着云山写请客条子去请。

不多一时,果然就将这位陈太史请到了。云山指引见面之后,便将步青如何捐官上兑,如何被季轩奚落了一番,如何尚小棠与古老三打架,如何立字任罚,详详细细说了一遍。陈太史便问:"这张照现在那里?"小棠说:"现在我身上。"立刻取出,送过陈太史来看。陈太史接着,翻来覆去,看不出一毫是假;而且年月之外,只有日子是填红字的,并没有一丝一毫破绽。陈太史道:"这个照并不假,怎的张季轩欢喜管闲事多嘴,吵得人心上不安?"步青走近前来,自己手里拿着那张照再看,仍旧和那天一张一样,第几千几百几十几号,一丝也不错;照上花纹暗号,一丝也不改移。步青不觉大诧,恍如做梦一般,一时回过味来,方悔刚才签字鲁莽,反被旁

---

① 太史——明清两代,称翰林为太史。
② 学台——即学政,也称学道、学院,是主持一省学政和科举的官员。

人笑话,说是自己花了钱,真官到手,反说是假官。自己弄坏自己声名,终究不脱这个买卖人本色。一时心里又羞、又惭、又怒,便问尚小棠道:"我虽一时糊涂,难道你也跟着我打面糊吗?"尚小棠道:"我又没有办过捐。我听见说是张季翁说是假的,他是上海第一流人物,难道会说假话么;所以我一听就气,一气就跑,一跑到他那里,就和他吵。我哪里懂得假的真的?"说到这里,步青哑口无言。陈太史道:"管他真的假的,只要辨明了就是了。"云山道:"是的呀!辨明了,只要步翁不花冤钱就是了,何必这样发急!"步青道:"你看得不打紧,他要罚我一万银子呢!"陈太史道:"怎的要罚一万银子?"云山道:"不是刚才说过,他们立个什么合同。那个假,罚那个。"陈太史道:"这也由不得他罚,我明日亲自和常宫保说。他们当差使的,哪个敢和上司来打斗?说开了就罢了。"步青听了,着实感激。云山也代他千恩万谢。只有小棠心里暗暗叫苦,好容易套着一笔生意,又被这个姓陈的拆穿了;白费心思,还要倒贴用钱。面子上又不得不装作正经样子。一时酒罢各散。云山和步青再三拜托了陈太史,叮咛而别。

　　这里小棠赶忙报信与古老三知道。此时古老三却不在金小玉楼下叶如花家。小棠知道老三别有藏娇之所,在六马路仁寿里。一气奔到仁寿里,敲了半响的门,也不见有人答应,只得折回古老三家里报信。谁知古老三正在家里,和他的如夫人斗口,两口子正在吵得不可开交。恰好小棠推门而进,古老三的如夫人,正在开门而出;两个人不知不觉,撞了个满怀。老三的如夫人冲门直出,像是要寻人拼命的样子。小棠不知原委,也不便拉转,听其忿忿而去。这里古老三也顾客人,披了一件长衣,一手扣钮子,一手就招呼东洋车,跳上车,便望南赶去。小棠也不便在古老三家中痴呆呆的候着;也只好随后追来。追不上几步,却看见垃圾桥河下,聚了许多人在那里立看。远远望见一男一女,正在互相争执。走进一看,不是别人,正是方才吵闹的古老三,一夫一妻,互相争扭。小棠看了不雅观,只得相劝,死命的拉他两人回来。一拉拉到古老三家中。古老三的如夫人放声大哭,说不出那种伤心悲切的样子。此时古老三反哑口无言,由他如夫人横七竖八的乱骂。骂停之后,方对尚小棠说道:"尚叔叔,你不晓得,我家老三愈嫖愈昏了!前回拿了我的金刚钻戒指,送了他的相好,也不管它,到底还是自家的东西;这回愈弄愈高了,他竟骗到我们女伴里东西,骗到龙太太的金刚钻了。弄得这龙太太早一趟,晚一趟,来逼我要还戒指。我这个死不长进的老三,也不知拿到那里去相与人了。害得我无脸见人! 我好命苦呀!”说罢又哭;哭罢又骂。小棠等她骂完了,方说道:“这个金刚钻,是不是六颗小金刚钻镶成的?”古老三的如夫人喜答道:“正是,正是! 你看见现在那里?”小棠道:“我看见在老三的一个朋友手上。”老三的如夫人道:“是那个朋友?”小棠正待说出,老三却在旁边做手势,要他不要说。不提防被老三的如夫人看见了,知道有些跷蹊,于是逼紧了要问。到底小棠被她逼不过,只得说道:“就是老三的朋友何子图拿去了。”老三的如夫人听了,顿时勃然大怒,指着老三狠狠骂道:“我看你去死不远了! 我的兄弟两千五百银子,都被他骗光了! 你怎的又被他骗上了,又骗你朋友老婆的戒指! 那可不管你的朋友不朋友,脸面不脸面,我今天要定了!”说罢,一头撞在老三的怀里,要和古老三拼命。古老三急了。尚小棠方说道:“三太太,你也不必这样了。何子图这时候,还在家里未起身呢,不如赶到他家,问他要了回来,还了人完事。”古老三如夫人一想不错,也不与古老三商量,便哭哭啼啼自出门赶去。这里古老三急得跳脚,忙对尚小棠道:“完了,完了! 我的包捐事办不成了! 我这个姨娘赶了去,还有什么好话对何子图说,一定是得罪何子图,弄得不欢而散!”也不顾陪客,立即披了衣赶去。

　　尚小棠无精打采,倒把捐照的事搁过一边,只好专门做和事老人,替他们夫妻解和,也急忙赶去。赶到何子图家中,问古老三夫妻两个,已经来过,并没有寻着何子图。现在必定是赶到四马路何子图书店中去了。于是又追到何子图的书店里去,岂知古老三夫妻也到过了,在书店中打听了何子图在新清和里相好家里,古老三夫妻也已赶到新清和里去了。尚小棠知道一定要弄出笑话来的,也就赶来听笑话。一走到新清和里高小鸿家里,便听得楼上吵得热烘烘的。只听得古老三如夫人一个人的声音,咕唰咕噜,不知说些什么,其余都是鸦雀无声。小棠上楼一看:只见何子图面红耳赤,坐在烟床上,垂头丧气,一言不发。满房中娘姨大姐,撅了一张嘴,并不招呼客人。一种冷淡光景,实在令人难受。子图一抬头,忽见小棠来了,喜出望外,并不去理睬古三太太,便自拉了尚小棠,到外间来商议,且说道:“现在我这个戒指也已押在一个朋友家里,我这里又有别的一个钻石戒指,在我手里。你随便拿去押上六七百洋钱,赎了那个出来,省了些事,还了她吧!"小棠道:"你不说这个钻石戒指也是别人的吗? 押了这个,赎了那个,这个戒指的主人来问你要取还,你又怎样呢?"子图道:"那不管它了。这些人都是王八蛋! 为了这个钱,便这样认真,这算得什么? 你看北洋阮大臣,他少年的时候,哪一个把钱看的这样认真的? 你不用管,赶快弄了来吧! 火烧眉毛,且顾眼前。暂且把这个怨鬼送退了再说!"小棠向来知道子图性情是爽快的,果不多时,押了一个,赎了一个,当面还了古三太太。大家都觉无趣,兴辞各散。

古老三正要送他如夫人回去,小棠拉住道:"暂缓一步,我有话说。"于是立在马路上,将陈太史的情形说了一番。古老三想了一会,道:"不怕,常宫保的门上,是和我把拜的。他现在北协诚抽烟,我去找到了他,要他屏之门外,不见这个陈太史。我们还是要敲他姓汪的竹杠。"说罢,即刻吩咐如夫人先回,自己即与尚小棠同到北协诚楼上来开灯。尚小棠和古老三一上楼,堂倌小阿四便拿了几张纸片,递与古老三。古老三接着一看,都是请他吃花酒的。最后一张,写出一个姓周的,请到公阳里金菊仙家。上面写出"有要事商量,立候立候。"古老三一看,便对小棠说道:"请坐一坐,我去去就来。"小棠知道这个姓周的,是个道台衙门门政管家①,素与古老三交好,想必又有机会可图,故此匆匆而去。

小棠一面吃烟,一面静想,不觉沉沉睡去。睡到傍晚,堂倌小阿四来招呼,说是要吃晚饭快哉。小棠方睁开眼,问甚时候了。小阿四说:"八点钟哉。"又睡了一会,始能收拾起身。忽见古老三醉醺醺的走来,满面红光,一脸酒色私欲之气,竟忘记自己本题,是来找常宫保的门政二爷的。匆匆即出。走到半路,方才想起,重复回到北协诚烟间。寻了一会,也未见着,只得和小棠二人赶到洋务局②常公馆商量。这位门政仍不在家,各人只得暂且分手而回。要知后事如何,且听下回分解。

---

① 道台衙门门政管家——就是道台衙门的传达总管。
② 洋务局——清代办理外交事务的机关。

第二十五回

炫东家骗子吹牛皮　押西牢委员露马脚

　　话说古老三、尚小棠当夜为了捐照的事,去寻常宫保门政,商量一切。一时急切难见。次日一早,尚小棠又赶到古老三家中,催逼老三来寻。是日恰逢礼拜,老三正是游散的日子。老三便写了请条,约了这门政,到海天春便饭,并约小棠一同晚餐。到了晚间,小棠遂赴古老三之约。其时半夜笙歌,六街灯火,正是嘈杂的时候。小棠惦念着陈太史之事,无心留恋,急急忙忙,走到海天春,寻到古老三座上。一看,满座坐的都是熟人。除了道台衙门门政周荣卿,便是常宫保门政,以及包探癞痢阿五,新衙门差头林老头儿;再有几个报馆访事的。主宾杂坐,颇极欢洽。也是满堂声伎,并不寂寞。尚小棠也便坐下,叫局点茶。无非是些老花样,也无可记的。

　　酒阑人散,老三便对小棠说:"那件事已经办妥了,你还是今夜讨回信去吧。"小棠点头称是,遂各自分散。小棠再跑到汪步青公馆里。步青并不在家。又寻到金小玉家去打听毕云山,恰好云山、步青都在一起。彼此招呼让座,问及古老三那张合同之事,小棠只推不知。等不一会,楼下传呼客来,有人走上楼梯,即问:"毕老爷在么?"小棠侧耳听去,明是古老三的声音,深恐两头见面,说话不接头,露出马脚。幸喜毕云山乖巧,知道汪步青这个人,有财主脾气,不愿见古老三的面。忙呼娘姨大姐,领到外间坐下。小棠也不出去,静听古老三发话,无非是一派夸张之言。一会又说:"我是新拜北洋阮大臣门下,方才弄到这个差使。这里上海道,就是兄弟的把兄弟;这里新衙门委员,都是兄弟的晚辈;就是常宫保,也不敢难为兄弟。见了兄弟,还要客气三分。我本来不愿意当这个差使,因为马上就有阮大臣的兄弟,调我兄弟到苏州去做带兵官,我不过暂时代人经手的。我的东家,也是阮大臣本家。云翁,你想像兄弟这般的人,难道会做假戏的吗？步青未免太多疑了！"云山听了这一派炎炎大言①，竟无从回答，只得唯唯称是。古老三又道："步青他既敢和我立合同，我也不怕他少的！步青他当的买办，我会有本事，明天就要常宫保撤他的差事！"步青在里房，虽未听得明白，倒是云山捏了一把汗，恐怕两个人见了又打架，忙敷衍过去，请他到楼下自己相好的地方暂坐，迟刻再说。古老三洋洋得意，即分手下楼，走进叶如花房门，对着叶如花道："这些臭买办，弄了几个钱，又不懂做官的道理，便要和人拌嘴，这不是梅香要和小姐争风吗？"如花也觉得做着一户有光彩的客人，自己脸上也添了光彩；也可借此在相帮、乌龟、娘姨、大姐面前，吓吓他们。一时便兴头的了不得。忽而说茶冷了，又不换茶；忽而又说烟烧坏了，又不换烟。打鸡骂狗，弄得楼下人一片声快响。小棠静听，声声入耳，不觉暗中好笑。原来上海这班富翁，如此无用的，从此遂起了一个轻视之心。

这里云山受了古老三激刺，不觉动怒，接连写了几张请客条，到处找寻陈太史。——回复俱说不在。云山反急了，送了客走之后，便到陈太史公馆，亲自来寻。坐待许久，也未见回。大家都是酒色昏迷之辈，除在火头上不能办事，一时火性过了，又将这事搁起来。倒是小棠，专在此中讨寻生活，反催古老三好几次，要向汪步青索这笔罚款。汪步青只要自己捐照不错，不上人家当，那张合同上，罚款不罚款，以为有了陈太史这位朋友，断不误事，也置之九霄云外，并无心挂及此事。单单一位尚小棠，以为这些富翁都是无用的废物，乐得讹诈几个钱花用花用。

大凡人一存了歪心，就没有好结果。于是日复一日，时时逼着古老三，来催云山向步青要立索罚款。云山始而不问，继而看见古老三势脉来得凶，自己想想，也犯不着帮了汪步青得罪古老三，就此向外推出不管。古老三又只得来逼步青。终是贼胆心虚，又恐过于激烈，惹起旁人代抱不平。无奈节关已近，别处再无张罗，又经不起小棠的日夜撺掇，久而久之，竟忘其本，几次来向步青力索。步青不是推出门，就说是生病。古老三看得待他太淡薄，也不免动了真气，看看节期将近，又是步青亲笔签字的东西，这一次要弄不到手一笔大钱，上海也不用住了！竟自横了心，向各处书差说好了，竟自在新衙门告了一状。新衙门向来老例，只要有了公事，

———————

① 炎炎大言——说大话。

便可出票传人。过了几日,新衙门传票出来。大家以为此案,都可以借此发财,那一个不赶着去办。不一会,传票到了汪步青的公馆里。汪步青一见大为不悦:世上哪有捐了官,一点光彩事没有进门,倒先吃官司。然而木已成舟,怨也无益,只得硬着头皮,再去找云山。再由云山去催陈太史,说不了,再破费几个,送礼请花酒。果然捐了官,便有了声势,哪怕就在这里打官司。这些场面上的人,都肯帮忙的。传单一到,早已有人,通知商会,做了保人。这个案子就此延搁下来了。古老三向来声气广通,但是认识一班当底下人的,不是管家,便是包探原差。古老三虽然满身官气,满口官腔,终是嫖客出身,脱不了滑头格式,滑头脾气,究竟于官场一道,多半隔膜。看官,你想,造一张假照,尚且不会得标硃,连个年月都一概会得红字,其余没有见过世面的笑话,多也多极了。

闲话少说,书归正传。当时新衙门把这件案子延搁下来,大家彼此没事,也还不至于失面子。谁知古老三手头空虚,一心要想发横财,日日去递催呈。新衙门不得已,又出传票。汪步青事到临头,也知躲避不过,只得自己去寻陈太史。陈太史知道步青是个富翁,也便降格相从,请进客厅会面。步青再三恳求。陈太史不得已,就在客厅当面写个信,送到常宫保公馆里去。常宫保回信说不在家。步青只得托了又托,暂且辞出。到了第二日要上堂时候,步青只推有病,叫一个跟班的投到。新衙门委员,知道他是体面商人,也不好发作,只得暂且搁过一边不提。这里步青着急,等了一日,陈太史回信,也不见到,不免又到陈太史公馆来催。陈太史说:"我现在有一笔账,尚缺二千银子,实在心绪不佳,不暇顾及老兄的事情,千万你去托别人去吧!"步青一时福至心灵,便道:"这是小事,只要老兄肯代兄弟帮忙,这些小事,马上就送来暂用,决不误事!"陈太史道:"我们虽心性相投,究竟是萍水相逢,那可就讲通财大义呢!"步青说:"客气!将来仰仗的事多呢!"陈太史道:"如此我是脱空了身子没有事,我便今日代步翁办去。"彼此约定,告别。一时步青送到二千银子庄票①。陈太史马上就到常宫保公馆,告知此事。常宫保马上吊了门簿一查,查了许久,并没一个姓古的是办捐务差事的。显系假冒讹诈,不禁大怒,立刻传了新衙门委员到公馆,吩咐要他拿究严讯。新衙门委员遵奉宪谕,回了衙门,

---

① 庄票——旧时钱庄的支票。

立刻加差锁拿。这里门政得了消息,赶忙到古老三家里报信。偏偏老三不在家中,只得告知古老三的如夫人。如夫人又听不清楚,也无从去找老三。真真古老三晦气临头,新衙门的差人并不到别处去寻古老三,偏偏走到西荟芳叶如花家去寻,一寻就寻到了。不由分说,竟自和包探走进房门,一链子锁了出门。你推我挽,把一个古老三和强盗一般,捉到巡捕房去。这里早有人通知汪步青。步青又连接陈太史的信,知道详细情形,喜不自胜。

　　次早即预备上堂打官司,赶忙办齐了二品顶戴,买大帽子装顶子,好不兴头。这里又有人通知尚小棠。小棠知道此事一定要连累到身上,左右一想:"三十六计,走为上策,不如溜之乎也,乐得大家干净。"主意已定,连夜赶上轮船,回到南京去了。单只剩下古老三。次晨一早,解到公堂审问。一时汪步青也到新衙门候讯。堂上问到这案,开口便问古老三是那一年奉札,古老三道:"我并未有奉过札子,不过代朋友帮忙劝捐的。"华官一想,这头一句话,就问不出他的假冒凭据;外国人最重凭据。同坐有领事,未便再问下去。就改口问道:"你如何借端拆梢汪大人一万银子?"古老三道:"我们并不敢拆梢汪大人。现有笔据在此,请堂上细看。"说罢,便将合同呈案。堂上问官打开一看,便问谁先写合同,汪步青道:"是他写好来的,要我签字的。"堂上又问见中是谁,汪步青说:"也是他的朋友。"堂上又问见中何在,原差赶上前低声说道:"见中昨夜已经逃走了。"堂上就拍案大怒:"这么说来,不是显系圈套讹诈拆梢吗?"外国领事最恨的是拆梢,也指着骂道:"代姆俘虏①,代姆俘虏!"堂上华官见了领事动怒,只得判道:"拆梢是真,罪应监禁六个月。"领事道:"太少,太少!要监禁一年!"遂批定一年。华官心中,又恐外国人疑心得了富商的银子,又将汪步青传上来,说道:"你千不该万不该,不该签这个字。姑且小小罚你一罚,罚你五百银子,做善堂公款。将此合同销毁,完案。"下面原差便吆喝把古老三带了下去。汪步青也退了下来。听见古老三发感慨道:"今而后,我晓得交结包探差人,竟自不能帮我一些儿忙的。"浩叹而去。要知后事如何,且听下回分解。

----

　　① 代姆俘虏——英语 Damnfool 的译音,是一句骂人的话,即该死的东西。

第二十六回

办军装太守开颜　送首饰商人垫本

　　却说汪步青为着捐官,几乎上骗。幸而古老三的假委员破案,自己占了上风,十分感激陈太史。又因这一来,官场的声气,觉得通了好些;仔细想着,并没什么不得意。

　　这天,从家里出来,想去找张季轩谈天。马车刚出弄门,忽然见南头一部包车,内中坐着一人,不是别个,正是旧友单子肃。步青忙叫停车。子肃也下车,二人同到公馆。步青让子肃到花厅上,升炕坐下。子肃道:"步翁到那里去?"步青道:"兄弟今天抽空拜两位客,没甚事儿。子翁光降,必然有个道理。我们多谈一会儿不妨。"子肃道:"兄弟也没甚事,只因要到广东去,替敝东张罗一注买卖。官场的应酬,步翁是知道的,免不了靴儿、帽儿、补儿、顶儿。步翁,你如今是二品顶戴,做大人了。那从前的五品补服好借给小弟用一用么? 靠着步翁的福,将来二品是不敢指望,只要升上一级,弄个从四品的起码大人,阔他一阔,就是万分之幸了!"步青道:"子翁也休过谦,兄弟却没捐过五品衔。只是这补子还有,从前本打算捐五品的,因此托人打从京城里买了两副。这种东西,我们上海却买不到,待我送给你吧。"子肃起身道谢。步青就去把补子找出来,送给子肃。子肃再三称谢而去。

　　慢提汪步青便去拜客,再说单子肃系买渤洋行的买办,正是个五品衔候选知县出身。买渤洋行因他和官场联络,特地访请的。每月薪水银三百两。订定合同,一切应酬费用都归洋行里贴补。子肃得了这个美馆,说不得在外面张罗。一年多,没见主顾,银子倒用去三千多两,觉得对不住东家。这回破釜沉舟,远行一趟,却指望收它个一本万利哩。

　　闲话休提。当下子肃搭上轮船,到得广东省城,找个客栈住下。同伙去了两位。所喜广东官场倒有几位熟识的,逢路打听。可巧广西派了一位委员,陆襄生陆大人,到上海采办军装。这陆大人是候补知府,和广西常备军总统①李启莊世交关亲的,因此襄生在他营里当营务处;只因添招马队,去打土匪,所以要添办军装,陆大人才到广东哩。子肃打听得这个消息,当天就去拜陆大人。襄生不知就里,挡驾不见。子肃连忙送了他家人门包五十两。真是银子说话,哪容襄生不见么? 这次去拜,自然请见了。子肃当将来意说明。襄生诧异已极,并不很信。次日午间,子肃着人送一桌满汉席②给襄生。襄生看那手本③,原来单敬送的。襄生打定主意不受,吩咐来人道:"我在客中,一个人也吃不了这桌酒席,你抬了回去吧。"来人哪里肯听,请一个安,回道:"主人再三交代,总要请大人赏收。"襄生决意不受,硬叫他抬了回去。不多时,子肃亲自押着酒席,仍复送来,禀道:"这点儿敬意,不算什么,总求大人赏收才是!"襄生道:"兄弟一个人,再也吃不了,白糟蹋了可惜,子翁抬去转送别人吧。"子肃道:"大人可以请客的。"一句话提醒了襄生,暗道:"广州府请我吃过饭,我何不转送给他,也见我们交情。"主意已定,便应允收了。赏给来人两块钱。子肃坐谈一会儿自去。晚上子肃又到襄生寓里,约定明天去逛花艇④。襄生喜的是珠江风景有趣,一口应允。

次日,襄生早起,正在梳洗,家人回道:"单老爷来了多时,在客厅上等着哩。"襄生忙道:"快请他上楼来。"家人便去把子肃请上楼。襄生道:"累子翁候久了,多多有罪!"子肃连称不敢。家人送上早点,襄生邀子肃同吃。家人收拾好了烟具,子肃见他一支枪是假厓竹的,倒有了年代;一支是化州橘红做的;一支是茅竹镶银的;都不甚精致。烟灯也不好,是遂生烟具铺买来的。当下襄生吃过早点,早有家人把烟泡子上斗。襄生躺下,举起枪来,呼呼的抽了四口,再行掉边,照样也抽四口,这才让子肃道:"子翁,尝尝我这云南烟土好不好?"子肃真个躺下,吸了两口,道:"好是很好,就只淡些。卑职有藏下的云土陈膏⑤,那是好极的。还是那年中国和日本打仗时买来的,有十多年了,那面子上结了一层绿油。卑职问过

---

① 总统——当时称统率军队的军官。
② 满汉席——清代对盛大的宴席,称为满汉全席。
③ 手本——当时下官见上官时,写官衔姓名的帖子。
④ 花艇——有娼妓伴游的船。
⑤ 云土陈膏——云南产的陈年鸦片烟膏。

他们吸烟内行的人，都说，这烟吸了连痨病都医得好，不要说什么肝气、痰喘、胃脘疼痛等症，那是烟到病除。"襄生听了大喜。原来襄生本有胃脘痛病，所以吸上这烟，也就只早起八口，是紧要的，以后吸不吸听便。他候补时倒不妨事，尽管独自一个吸，没人来问罪；偏偏进了营盘，又是簇新常备军营务处，自己知道要使出些文明的劲儿来，不好意思公然摆出烟具吸烟。没法儿，早起关着房门，躲在帐子里面吸，无奈烟气是关不住的，一丝丝的透到外面，门外的人都闻着有些香味，大家暗中知道，陆大人是有烟瘾的。因他是总统的亲信人，谁敢在虎头上捉虱。自此襄生的烟吸得根牢蒂固，再没有后患了。只是向来躺着吸不敢昭彰，也无心讲究这烟膏烟具，觉得不甚爽快。此时听得子肃说有那样好烟，不觉馋涎欲滴，暗道："据他说那烟，吸一口足抵八口，不知道他肯送我不肯？"想罢，趁势问道："子翁，这烟有多少呢？好借几钱尝尝么？"子肃道："大人要吸，待卑职去取来，这原是为着大人们预备下的。"襄生喜道："那如何当得起呢？"子肃忙写一个字儿，叫家人去把小皮箱里两只白瓷缸取来。二人入榻闲谈，襄生道："我们要算一见如故，不拘形迹的了。你再休大人卑职的闹起来，我们还是结了异姓兄弟吧。"子肃道："卑职那敢仰攀？既承大人如此错爱，卑职就拜大人做老师，明天备礼过来。本来卑职仰慕大人，也不止一天了，好容易会面，一面跟着大人学些乖，再求大人栽培栽培，也好出去干点儿事业哩。"襄生道："子翁太谦了。"不料子肃从此改口，不闹什么卑职大人，口口声声叫襄生老师，自己称门生。襄生居之不疑，十分畅快。

　　一会儿云膏①来了。襄生看时，原来两个大白瓷缸，约摸有六寸围圆，八寸来高，两缸足有五六十两。不觉大喜，连连称谢。子肃把缸打开，就在烟盘里取一个小银盒子，把那根象牙烟捎挑出，挑满了一盒，便去替他卷了一口，上了斗，双手捧枪送给襄生。襄生吸过一筒，觉得异常舒服，赞道："好极了！我自从吸了这几年烟，也没吸过这般好烟。但是这么两大缸，我受了也觉不安，收了一缸吧。那一缸你留着自己吸。"子肃道："门生吸烟本是没瘾的，家里还有，老师尽管留下。"襄生笑逐颜开，只得收了。当下又额外多吸了两口，子肃也陪着吸。襄生叫家人又挑满了一盒，带到艇子上去。子肃身边掏出一个金表，看时已是一点多钟了。子肃

---

　　① 云膏——即上文"云土陈膏"。

道:"我们去吧。"襄生道:"我想吃过饭去。今天炖了一只鸭子,还有广州府送来的几样菜哩。我又叫他们买下了砐①,不吃却糟蹋了。"子肃道:"艇子上的菜,也还下得去,门生特地叫他们备了两桌,还约了两个朋友,在那里伺候老师。这两个敝友,弹唱都内行的。门生觉得广东调不好听,还是串几出二簧西皮有趣些。只怕他们都在那里候久了。"襄生道:"你太费心,也罢,我们就去。"

二人又躺了一回,这才叫家人取出衣服换好。原来是件湖色熟罗夹衫,蓝宁绸大襟夹马褂,衬着一张黄中带青的脸皮,十分出色。轿子搭到楼下院子里,二人同上珠江,直闹到晚间十一点多钟,这才散局。子肃果然拜了襄生做老师,送了襄生一副烟家伙,据说是八百两银子买的。襄生是久在两广,知道上副烟家伙要值千把两银子哩。

混了几天,同上轮船,买的是鲤门大餐间票子,都是子肃惠钞。那两个会唱戏的朋友,也跟着同回上海。难得风平浪静,子肃见襄生闲着没味儿,便凑趣道:"老师会碰和么?"襄生触着旧兴道:"那是我最喜的事。自从到了广西,此调久已不弹了。"子肃大喜道:"趁着在船上没事,我们凑成一局好不好呢? 那二位挨②位朋友,要算得好手。"要知挨拉朋友,就是会唱戏的人,都是宁波原籍,却生长在上海的。一是余小春,一是周大喜。子肃虽说他们是挨拉朋友,其实两人说得一口好官话,挨拉的土音,早已没有了。子肃要说他碰和好,特提出他是宁波人来。闲话休提,当下叫人到账房里去,借了一副麻将牌来,调开桌子,四人上局。余、周、单三人约定了,只许输不许赢,说明一百元一底。上场第一副,是子肃平和。子肃道:"我闹了个锅盖和,今天要输到底的了。"襄生打起精神,接连和了五副,连了三个庄,面前排了三大注洋钱。小春、大喜还好,子肃早输下了六十块钱。八圈打罢,三人都输了,襄生赢到三百五十七元,觉得不畅快,再连四圈。上场时,襄生牌风不好,一圈下来,输了八十多块;第二圈襄生的庄,起出牌来看时,倒有十二张筒子,三张一筒,一对九筒,二三四五六七八筒搭着一对九万,把九万拆开发下去,小春碰了。轮着襄生摸,可巧摸着一张一筒,襄生且不开招,把那张九万又发了。对面大喜发下一张七

---

① 砐——多的意思。这里指数量词。

② 挨(āi)——依次,顺次;靠近。

筒,子肃道:"筒子要留心哩!"转过来襄生摸一张九筒,分明和了,却嫌副子不多,便把一筒开招,摸着一张五筒,把牌摊下。三人见是清一色,都站起来齐声赞道:"好牌!"子肃道:"了不得,四十二加八是五十副。自摸两副,五十二副三番四百十六副;三百副封门足够了。一家要输六十块钱,横子加算,这还了得!"小春、大喜笑道:"我们每人预备一千块钱输,大约够的了。"子肃也笑道:"只怕要输到一千光景哩。"话休絮烦。四圈碰完,襄生足足赢到八百六十三块。子肃输到五百二十一块,道:"还好,只输了一半!"次日晚上,又是一局。襄生赢得不多。船到上海,公馆早已预备停当,一切都是单、余、周三人料理。天天吃花酒、碰和、看戏、吃番菜、逛花园,自不必说。大约襄生虽入仕途,也从没经过这样舒服的日子,又妙在要什么有什么,先意承旨的这般有趣。

一天,走过大马路,见有一家天宝银楼,襄生想起现在的金价便宜,打他一副金镯子,倒还上算,便叫停车,进去说明打一副六两重的金镯子。铺子里自然应允。襄生回公馆后,却早忘怀了。隔了十来天,襄生在兆贵里黄翠娥家吸烟,忽见他家人领着铺里的伙计,送上一盒首饰,两对镯子,都是金的,连嵌钻石,约摸值一千几百银子。襄生道:"我用不了这些首饰。"那伙计道:"这是单老爷付过了钱,叫我送来的。"襄生只得收了。翠娥向襄生要首饰,襄生送她一对环子,上面两粒钻石,却是真的,足值三百多块钱。翠娥也心满意足了。晚上便请子肃吃酒,见面再三道谢。正在划拳行令的时节,却见家人送上一封信来,襄生取来看时,原来是他的家信,拆开一瞧,才知他兄弟和他商量一家南货铺召盘,打算盘他的,还短三千块钱哩。襄生拉着子肃商议。子肃劝他只管叫令弟盘下来,三千块钱有处设法。襄生重托了他。次日下午,子肃匆匆赶来,手里握着一张纯大庄的票子,交给襄生。襄生看时,果然三千元,很觉得不过意,道:"这注钱,我要出张借纸,照大例八厘起息吧。"子肃道:"什么话?老师要用钱,哪里还须写什么借纸,起什么利息?"襄生道:"我心里很是抱歉,既然如此,只好暂挪用的了。"子肃道:"正该如此。"当下席散无话。不知后事如何,且听下回分解。

第二十七回

谈交易洋行爱国　托知音公馆留宾

却说单子肃在黄翠娥家席散后,仔细盘算账目,应酬那陆襄生的银子,已经花到六七千两,踌躇道:"再垫下去,外国人就要发话了,赶紧和他谈这注买卖吧。"想定主意,次日请襄生一品香吃午饭,余小春、周大喜同去,直候到两点多钟,襄生才到。子肃坐了主席,请襄生点菜,开了两瓶外国酒,一面吃,一面闲谈。子肃道:"正是老师办军装的银子,汇到没有?"襄生道:"银子么? 我已经打电报去催过了,只是我们总统吩咐办三千杆德国新式枪,前天来电,又说只要办两千杆哩。"子肃登时脸色呆了,道:"哎哟! 门生早经告知了外国人,说的是三千杆。如今只要两千杆,这便怎处?"襄生停了半晌,答道:"这是没法的事,你赶紧回复外国人,且慢办货,只等广西电汇的款子来到,便订合同。"子肃忖道:"这是我错了,应该早些和他订了三千杆的合同。如今少做了一千杆枪的买卖,吃亏不小。也罢,还有两千杆哩,加上皮带水桶等类,每件多开他几两银子,也就补得过来。"想定主意,便对襄生道:"全仗老师做主,门生便去通知外国人,只怕他们已经办齐,那就费了手脚。"襄生连连称是。大餐已罢,子肃躺在炕上替襄生烧烟。襄生道:"贵行里的军装器具都有标本么?"子肃道:"怎么没有? 门生现带在此。"说罢,站起来,在一个皮包里取出标本,给襄生看。原来襄生虽说在营盘里当营务处差使,却从没到过外面,没见过这些东西,只新式枪还认得,其余饭桶、水桶等类,一概不知,看了半晌,只觉得图画精工,十分叹羡。子肃道:"老师到底是办军装的内教①。不瞒老师说,上海滩上,就只敝行存心公道,不惜花了重费,派人在英国、德国、法国、美国天天调查,见他们出了一种新式器具,便绘图来预备各省采办。老师是知道的,办军装的弊病,饶他赚够了钱,还没好货色给人家。敝行的东家,原也是中国人,不过在新加坡多年,倒像个外国人。这行是

_____

①　内教——即内行。

和荷兰国人拼股开的。他常说我们中国人替中国人办军装,本是为将来保护中国人用的,断乎赚不得钱,只不折本便可承办。那些靠着军装赚钱的人,都是丧尽良心! 要晓得枪炮不中用,打起仗来,伤了多少同胞的性命,这罪孽却不小! 他所以不愿在这军装上面发财。老师,你遇着我们这班人,也是合该广西人有造化哩!"襄生大喜道:"别说贵行办的军装好,广西人有造化,就是我遇着你这般好门生,我的造化也就不小。"子肃哈哈大笑道:"老师快休这般说,被人家听得,倒像我们无私有弊了。"小春、大喜齐道:"那倒没这般人说我们作弊的。再者,真金不怕火来烧,就是有人胡说,也不相干。"子肃点头称是。当下襄生过了瘾,各自散去。

次日,襄生又打电报到广西去催款。两天没得回电,襄生着慌,叫人到电报局去打听,才知梧州的电杆被土匪折断了几十枝,电线也断了,报却打不通,正在那里赶修哩。襄生只得耐心守候。子肃又来探信,襄生说知就里,子肃没法辞去。

襄生在寓无聊,想到黄翠娥家吃晚饭去,忽见家人递进名帖,襄生看时,原来姓鲁名国鳌,背后注了一行小字,是仲鱼行二。襄生从没会过这人,只得叫请。一会儿,仲鱼下车进来,襄生见他红顶花翎的,知是一位二品官员。当下让坐送茶。仲鱼道:"久仰襄翁的大名,幸会,幸会!"襄生问起来由,才知这仲鱼是二品衔直隶①候补道,也因办军装到上海来的。只因人地生疏,无从请教,打听得襄生也是办军装来的,因此特来拜候。二人寒暄一会,谈到军装的事。襄生不愿把实在情形告知他,敷衍一番。仲鱼探听不出个道理,只得别去。

谁知上海市场上的信息,通灵得很,早有人知道鲁仲鱼是直隶委来办军装的,就中有一个捐客姓黄名时,表字赞臣,赶到仲鱼寓处拜访,仲鱼请见。赞臣分外谦恭,口口声声称他观察,自称晚生。再三献勤道:"上海采办军装,弊病说不尽,除非我们体己的人,才肯说实话。那军装在外国却不很值钱,到了中国,就长出几倍价目,其实都是他们洋行经理人赚钱,以致我们吃亏。晚生倒认得和瑞洋行里一位买办,他也是吴县人,和晚生同乡。这人姓余,表字伯道,生来耿直,从不知道掉枪花的。观察要和他谈谈,晚生去领他来。"仲鱼喜道:"好极,费赞翁的心! 但是客寓里不便

_____

①　直隶——即现在河北省。

说话,兄弟请他在番菜馆吃饭再谈吧,就烦赞翁陪客。"赞臣道:"晚生的意思,番菜馆也不便久坐,晚生倒有一个极清静的地方,不晓得观察肯去不肯去?"仲鱼道:"既如此极好,为什么不肯去呢。"赞臣道:"晚生放肆说,有个倌人谢湘娥,住在三马路。晚生向来做她的,今晚就在她家摆酒,请观察和敝同乡谈话吧。"仲鱼脸上登时呆了半晌,道:"这些地方,兄弟是不去的。"原来仲鱼久惯官场,深戒嫖赌。赞臣道:"本来堂子里如何好亵渎大人,只是上海和别处不同,外省官府来到此地,总不免要走动走动,也没人来挑剔的。再者,此地的大注买卖,都要在堂子里成交,别处总觉得散而不聚哩。"仲鱼转过念头,答道:"既如此,为着公事倒不能不破例的了。"赞臣大喜,和仲鱼约定晚上送请片来,辞别自去。仲鱼心下踌躇,不知这黄赞臣究系何人,他的话靠得住靠不住,委决不下,等到七点多钟,果然有人送来请片,是三马路谢寓。黄赞臣请的。仲鱼便叫套车,车夫本来认识,到了谢寓,仲鱼上楼,果见赞臣出房迎接。湘娥淡妆素服,妖艳绝伦。那房间里陈设,虽也平常,好在雅洁可爱,心里倒觉舒服。赞臣引见那两位客,通知姓名,一是常熟翁六轩;一是元和萧杭觉。那二人深知仲鱼是采办军装的道台,十分恭维。仲鱼自觉光彩,便问赞臣道:"贵同乡约过没有?"赞臣道:"请过两次了,怎么还不来到?"回头对娘姨道:"快叫相帮再去找余老爷。"相帮去了半天,才来回道:"余老爷回苏州去了,兰桥别墅说的。"赞臣道:"他说几时回来?"相帮道:"他没说,只说余老爷家里老太太病重,只怕一时不得回来。"仲鱼插口道:"要算兄弟无缘。"赞臣道:"不妨,待晚生写信去催他来吧。"当下客齐,摆上席面。赞臣虽然满肚皮的心事,脸上却不放出,勉强打起精神应酬。不料仲鱼一意只在公事上面,绝没心情和他们玩耍,见买办不来,便欲告辞,碍着面子,不好意思,勉力奉陪罢了。赞臣请仲鱼叫局,仲鱼只是摇头不允。这个当儿,却被同席的萧杭觉看出他是曲辫子来了。只为是赞臣口里的一块肥肉,不好就夺过来,提起精神和仲鱼讲些闲话,做出满面孔正气。仲鱼倒觉钦佩他。再看别人多只叫一个局,杭觉后面却坐了三个倌人。他那衣服装束,都很值钱,举止也还大方,像是个世家子弟,气味相投。赞臣虽精明,到底不脱滑头习气,便思请教杭觉一番话,也碍着赞臣,不便发表。酒阑客散,自回客寓不提。

次日,仲鱼那里有人来拜,看名片上写的是萧虚二字,仲鱼诧异道:

"原来上海人拜客,都不消素来认识,就好投名片的;倒要请他上来,看是何人。"想罢,便吩咐家人道请。不多时,客上楼来,仲鱼一眼见是杭觉,这才明白,原来是熟识的,只没知道他大名。当下会面甚喜,谈了许久才去。次日,仲鱼回拜杭觉,见他公馆房子很宽敞,一般有马房、马夫、马车,门口还排着许多衔牌,知他上辈是署过上海道的。杭觉请他在花厅上坐了。仲鱼见他花厅上列着四个熏笼,都是铜的,古色斓斑,十分可爱,问起来才知是汉朝之物,因而谈到古玩。杭觉请他到书房里,把家里藏的珍贵宝石,名人手迹,一起搬出来,给仲鱼看。仲鱼最喜这些东西,一一品题,大约假的多,真的少,就只一部米南宫①的手迹,倒还像真,约摸值百来两银子。杭觉说他这些书画,都是重价买来的。当天杭觉叫厨房里备了菜,请仲鱼吃饭。虽是五盆八碟,却也样样丰盛可口。仲鱼在客寓里没吃过一顿好饭,这时胃口顿开,饱餐一顿,赞不绝口。杭觉道:"五马路洪寓的菜,比别处好得多,今儿晚生本打算在他家请客,屈观察去一陪吧。"仲鱼应允。晚上果然到洪寓。杭觉请的客,却和赞臣不同,问起来都是官家子弟,摆酒又叫双台。仲鱼愈加信他是个阔人,银钱上先靠得住,不觉想把自己的正经公事和他谈几句。酒后客都散了,仲鱼拉杭觉躺在榻上,问道:"杭翁住在上海多年,总知道军装洋行哪家公道些,还望你指教,指教!"杭觉道:"观察不问,晚生也不敢说。只因办这事的滑头太多,就是黄赞臣,不是晚生背后说他,也就不甚靠得住哩。晚生却和采声洋行的外国人熟识,要和他们做买卖,连九五扣都可以省却。观察不信,到别家去打听行市,就知道他家的货色,便宜得许多。"仲鱼大喜道:"既然如此,你何不早说? 我款子都是现成的,讲定了价钱,就好订合同。"杭觉道:"且慢,晚生先去找行里的外国人,约定时刻,和观察会面,那时再讲价钱不迟。"仲鱼称是。当晚各散。

隔两日,杭觉来找仲鱼,道外国人约的,明天十二点钟在一品香会话。仲鱼道:"甚好。"杭觉道:"晚生还要赴几处的约,我们明天在一品香会吧。座呢,晚生去定好,写信来通知观察便了。"仲鱼道谢,杭觉自去。次日果然有人送来一函,是杭觉知会仲鱼定的第一号。仲鱼看表上已是十一点半钟,忙换了衣服,套车到一品香。直等到十二下半钟,杭觉领了个

---

①　米南宫——宋书画家米芾的别号。

外国人来,脱帽为礼。仲鱼只是点头。通问姓名。杭觉的外国话原来甚好,翻译出来才知他是穆尼斯,英国伦敦人,东洋行的总经理。仲鱼生性最怕外国人,见了上司倒能不惧,侃侃而谈的;见了外国人,说不出那一种忸怩之色。他的意思,觉着外国人的势力,比上司大了百倍。外国人说的话,上司尚且不肯驳回,何况自己? 又且他们文明,自己腐败,有些愧对他哩。这种蹋鋦①的样子,早被萧杭觉看出,肚子里暗暗地笑他。不知后事如何,且听下回分解。

---

①　蹋鋦(jú jí)——畏缩不安。

第二十八回

穆经理行踪诡秘　萧翻译酬应精明

却说萧杭觉见鲁仲鱼和穆尼斯会面，跼蹐不安，知道他初见洋人，有些畏惧，不觉暗笑。穆尼斯问仲鱼官阶姓字，由杭觉一一代述。侍者送上菜单，穆尼斯点定，侍者见请的外国人，哪敢怠慢，分外服侍得周到。穆尼斯把标本取出，交与杭觉递给仲鱼看。仲鱼打开时，见有些快枪的样式，知道是军装标本，就只种类太多，又没译成中国字，一件也说不出名目。幸亏自己带了一张原开的单子，只得托杭觉按图搜索。哪消半刻，杭觉都替他圈了出来。恰好上菜，仲鱼一面吃汤，一面看那标本。不料六寸阔的袖子一拂，一碗蘑菇鸡丝汤，拍的翻了转来，连碗打得粉碎。标本上，衣服上，都污湿了。穆尼斯瞪着眼睛看他，杭觉只是好笑。仲鱼不觉失色。侍者听得响声，赶来收拾，并不提起赔碗，又拧了两块面巾，替他擦干净了衣服和标本。且喜这汤来得很清，没甚油腻。衣服上虽有些湿痕，却还没变色；那标本倒擦坏了些。仲鱼不敢再看，把来搁在一旁。接连上菜吃饭。饭后，仲鱼便问价目。穆尼期的洋纸洋笔是随身带的，取了出来，摊在桌上，歪着身体，捺定笔，左牵右牵，牵出许多虫蛇的模样，又且非常之快，不一会，把军装的价目，齐都开好。仲鱼自然不认得。杭觉取去，注明了中国字，这才知道各种的价钱，比在天津估的便宜许多。仲鱼大喜，拉着杭觉商议打个八扣。杭觉去和穆尼斯交涉了，对仲鱼道："穆先生说的，这都是实价，要办时便订合同。"仲鱼无奈，只得应允。穆尼斯又叫杭觉和仲鱼订定后日九点钟，到采声洋行订合同。仲鱼唯唯应了，惠了钞，又赔了八角洋钱的碗价子，这才各自散去。

次日，仲鱼拿了单子，找人打听，并都说是便宜，仲鱼放下了心。当晚，仲鱼因在堂子里吃酒，回寓迟了，睡起看时，那表上已是九点三刻钟。仲鱼着急，暗道："不好！外国人是最讲究信实的，我误了钟点，准会不着他，还要被他说我们中国人腐败哩！"忙叫家人预备早点，吃了好去。正在匆忙的时节，忽见一个人闯进来，仲鱼抬头时，正是萧杭觉。仲鱼道：

"了不得,我今天误了大事! 你看,钟上快十一点钟了,穆先生打不到哩,如何是好?"杭觉道:"不妨,穆先生只怕还没到行。"仲鱼道:"岂不此理?他们外国人最讲究信实,这时只怕等得不耐烦走了。"杭觉笑道:"外国人约了外国人,自然不差一分钟。他们约了中国商人,就预备人家晚到的;况且约了中国做官的人,差这么一两点钟,也是常事。他们说得好,中国人要办事认真,没什么延宕①,也做不来官哩。他们是把我们的脾气,约摸着看得透了,我们乐得将计就计,迟点儿去,不妨事的;早去倒要我候他,不甚上算。"仲鱼听了甚喜。当下二人吃过早点,依杭觉的意思,还想延捱②,倒是仲鱼性急,催他同上马车。到得洋行,杭觉领着仲鱼到一间写字房坐下,却有一个中国人坐在那里写外国字,见他两人进来,也没起身招呼。杭觉反去就他,站在他桌旁,问道:"穆尼斯先生来了没有?"那写字的人把头一抬,见是杭觉,便没好气的答道:"你问他怎的? 他有两礼拜不来了。"杭觉吃惊,退缩了两步,回到仲鱼坐的椅子边,附耳道:"穆先生本来很忙,只怕今天不能来了。我们到他住宅里去找他。"仲鱼只得起身。二人出门,行里没一个人来理他们,就如没见他们一般。二人上了马车,杭觉气愤愤的对仲鱼道:"你看,我们中国人要算没志气,做了外国人的奴才,连本国同胞都瞧不起了! 那个写字的,还是我们同学,尚且如此!"仲鱼叹道:"怪他们不得,总是我们国家太弱了不好。"二人一路闲谈,杭觉忽见路途不对,叫马夫望大马路走,从斜桥穿出颐园去便是。马夫听他吩咐,加上几鞭,到得颐圆,已有饭时光景。杭觉一眼望见穆尼斯同着一个中国装的外国人,走下台阶来了。便叫停车。二人跳下车来,杭觉领仲鱼找着穆尼斯,彼此招呼。仲鱼见穆尼斯脸上酒气上泛,连眉毛胡子通是红的。那中国装的外国人,辞别自去。杭觉又替仲鱼请穆尼斯到得大餐间坐定。穆尼斯是已经吃过饭。杭觉就和仲鱼二人要菜吃饭。穆尼斯和杭觉说了几句话自去。仲鱼一面吃饭,一面问起情由。杭觉道:"穆先生说的,今天并不是有意失约,只因这件事儿有些难处,不先付这么三五万银子,不便代办,空订合同,那却不成。我们商议妥了再说吧。"仲鱼暗自忖道:"先付定银,也还说得去,只是为数太多,这个外国人到底

---

① 延宕(dàng)——拖延。

② 延捱——延长时间。

靠得住靠不住？况且到他洋行里，既没见他，到他住宅，偏又在这里遇着了。莫非他们做就圈套，骗我的银子么？倒要留心才好呀！有了，我且暂时敷衍过了他们再说。"想定主意，便道："这银子是现成的，我们还要商议商议。"杭觉踌躇道："这事观察要早定主意，和外国人交易，没甚游移的。付银子这事便成；不付银子，他们行里的买卖大，也不在乎这一注。就是怕别家买不到这样便宜货色，错过了可惜。"仲鱼道："兄弟虽没办过军装，却听得人说，从没先付银子，再取货的；再者，穆先生又是初交，兄弟还要打听打听，方敢付银子。"杭觉着急，暗道："被他一打听，这事便闹坏了。我再下说词，看他如何。"便道："穆先生果然和观察是初交，但同我素来认识。他是采声洋行的总经理，住宅在派克路，这园里出去便是。观察不信，只问这园里的人都知道的。"说罢，立刻叫堂倌找了园里一个体面人来，杭觉问他穆尼斯来历，那人说出来和杭觉说的一些不错。仲鱼始信以为真，当下允了他先付三万银子。二人同上马车，杭觉半路下来，找朋友去了。

　　仲鱼回到寓中，委决不下。晚上，上海道请他吃饭，仲鱼席间问起穆尼斯来，没人知道。仲鱼纳闷。

　　次日，一早起来，亲自到采声洋行问总经理穆尼期先生。他们回说出去了，仲鱼更觉穆尼斯是采声洋行总经理，有实无虚。恰好有人送来一封信，拆开看时，一字不认，原来都是外国字，就想去请杭觉，可巧杭觉走来，仲鱼给他信看。杭觉一面看，一面点头，道："穆先生请我们今天六下钟在金隆吃饭。"仲鱼道："什么叫做金隆？"杭觉道："金隆是个外国馆子，开在泥城桥哩。"仲鱼道："辞了他吧，外国菜兄弟吃不来。"杭觉道："使不得，外国人请吃饭是辞得的么？待我替观察写回信允了他吧。"仲鱼没法，只得听其所为。杭觉道："有外国信封信纸么？"仲鱼道："没有。"杭觉叫人到自己的车上取来一个皮包，打开，取出信封信纸，写了回信，着人送去。仲鱼道："兄弟实吃不来外国菜，就是一品香的牛舌，兄弟吃了几乎要呕出来。"杭觉道："不妨，那时我替观察点几样中国做法的菜便了。"仲鱼没得话说。杭觉道："我们金隆会面吧。"仲鱼道："兄弟人地生疏，还是杭翁屈驾同去方好。"杭觉应允自去。

　　到得五点钟时，杭觉果然又到仲鱼寓里，却见仲鱼在那里吃面。杭觉知他吃不来外国菜，打点儿底子的。仲鱼面罢，二人都出门上车，到了金隆馆。仲鱼见这个馆子果然华丽,一排有一二十幢房子,铺陈得十分整齐。侍者领他们到一处。却见一条华人不许吐痰的字样,贴在那里。杭觉道:"我们是英国穆尼斯先生请的。"侍者才领他们到另一间房子里。穆尼斯早已拱候。杭觉招呼仲鱼不要乱坐,座位前有各人名字的。一会儿,穆尼斯请他们入座。仲鱼尽瞧桌面上,找不着自己的名字,正在着急,杭觉挽定他坐下,穆尼斯不觉好笑,杭觉也笑了。仲鱼不知道他们笑的什么,原来外国的礼,男客须挽引女客入席,如今杭觉来挽仲鱼,倒像当他女客看待了,所以好笑。仲鱼见桌上摆列着许多器具,都不解作何用处,最奇的许多花草,都不是中国所有,红紫纷披,十分可爱。杯碟刀叉,比一品香愈觉精致。酒菜都是杭觉代仲鱼点的。汤来酒到,据杭觉说,这是葡萄牙酒;吃完上鱼,又换了一种白酒。吃到英国火腿,又换了一种红色的酒。据杭觉说,这是法国的酒,叫做什么波根。这时仲鱼觉得酒菜都很有味儿,后悔不该吃那一碗暇仁面的,弄得好菜都吃不下。叫到布丁①,仲鱼便不敢尝,直等咖啡茶来吃了。席散。穆尼斯又领了杭觉、仲鱼去打弹子,捺风琴。杭觉件件皆精,仲鱼却是门外汉。看那表上已是十点钟,这才各散。临别时,杭觉对仲鱼道:"穆先生约观察明天两点钟到采声洋行订合同。"仲鱼应允。

　　次早杭觉又来找仲鱼,见面问道:"银子预备没有?"仲鱼道:"银子是现成的,就只外国人不甚靠得住。"杭觉道:"有我哩,包管没舛误②。"仲鱼没得话说。这日杭觉就在仲鱼寓里吃午饭。仲鱼在皮包里取出一张银票,上面注明三万两。看时已近两点钟,二人同到洋行。这番不比上次,行里有人出来招待问:"二位莫非是找穆先生的么?"杭觉道是。那人领了他们,走到楼上一间屋子里坐下。一会,穆尼斯来了,行过拉手的礼,自和杭觉说话。等了半天,杭觉告知仲鱼同去看军装。仲鱼跟他们到一间屋子里,见有些军帽、军衣、喇叭、鼓、水桶、皮带、枪刀,各色齐备。仲鱼目迷五色,对杭觉道:"照单子上都是要的。"杭觉道:"穆先生说的,观察开的单子,有十五万银子的货色,如今先付五万定银,好去办货。"仲鱼道:"前天说明白的了,先付三万,为何又要五万?"杭觉道:"这是订货的银

―――――――――――

①　布丁——西洋的点心,用奶油鸡蛋等制成。

②　舛(chuǎn)误——错误,差错。

子，并没什么争论的。"仲鱼道："不是争论，这时银子凑不出，只有三万两。"杭觉道："这么说来，这注买卖是做不成的，我们再会吧。"仲鱼拉住了他，道："千万你替我出力，再和穆先生去讲。"杭觉只是摇头。仲鱼没法，允他三万五千。杭觉冷笑道："须不是小菜场上买鱼买肉，哪有这般交易的。"仲鱼情知不能少付，只是话已说出，面子上转不过来，只得说道："既如此，待我设法，三天后再听回音。"杭觉道："这还说得去。"当下便去和穆尼斯说明，三天后再议。穆尼斯应允，这才各散。不知后事如何，且听下回分解。

第二十九回

脱手失官银委员遇骗　从容开货价买办知机

却说鲁仲鱼应允了萧杭觉，三天后交出银子，回到寓里，独自踌躇道："银子呢，不要说五万两，就是十万两，也还现成。只是上海的买卖，爽快不得，好叫我左右为难。"正在出神，却见家人递进名片，原来是王翰林拜会，仲鱼忙叫请进来。一会儿，翰林走入。

这位翰林姓王名澄，表字览甫，和仲鱼同年①，放过一任广东学台，见时局维新，自己从没研究过新学，自备资斧②，前赴东洋，游历了半年回来的。听说仲鱼在此，特来拜会。当下二人见面，翰林谈起东洋许多文明景象，仲鱼十分叹羡。翰林又道："兄弟离了中国，也只半年，倒有两桩可喜的事。"仲鱼问他两桩甚事，览甫道："第一是立宪，第二是戒烟。"仲鱼道："一些不错，这两桩果然是可喜的事。我前天看报上的告白，也就只两件东西，算是最时髦的。"览甫问那两件，仲鱼道："第一是亚支那的戒烟丸；第二是各种教科书。实在亏他们想得出这种法子赚钱，也要算中国维新后的实业发达哩。"览甫哈哈大笑道："老同年真是个趣人，这话说得有味儿哩！"仲鱼皱眉道："览翁，你不要说我是趣人，我有一桩没趣的事儿在此。"览甫问甚事，仲鱼道："兄弟来采办军装，览翁是知道的，如今遇见一位外国人，他说是采声洋行的总经理。他应允我承办这注军装，只是要下五万两的定银。你说不给他呢，货色又算他家的好，价钱又比别家公道；要给他呢，又怕靠不住，兄弟实在委决不下。览翁，你说给他是呢，不给他是？"览甫道："老同年，你也太虚心了，外国人难道来骗你五万两银子不成？慢说他们本来讲究信义通商，十分靠得住；况且他们来到中国，都是有钱的人，要骗也不在乎五万两银子。依我说，尽管给他；还有洋行在这里，怕他跑到天外头去不成？"仲鱼拍手，道："览翁的话，果然说得爽快，

---

① 同年——旧时同榜考取的人，称为同年。

② 资斧——路费。

叫兄弟顿开茅塞！到底览翁到过外国,知道他们情形。兄弟只在中国混日子,被人家骗得胆小,连外国人都不信他起来,真是冤屈了好人！一准听你的话,明天便去付银子。"览甫道:"那倒使不得,不要因兄弟一句话,就付银子,还要揣他底细;再者,付了银子,也要取他收条,宁可小心,才不至于担错。"仲鱼点头称是。览甫道:"老同年独居也觉寂寞,为何不出去逛逛?"仲鱼道:"兄弟倒清净惯了,花天酒地,没甚意思。"览甫道:"逢场做戏,这有什么要紧。"当下览甫拉了仲鱼,同到一家堂子里吃了便饭,这才分手。

次日,仲鱼到银号里写了一张五万两银子的票子。去找杭觉,却没找到。午后,杭觉来见仲鱼道:"穆先生对我说的,要是观察拿不定主意,这买卖宁可不做。"仲鱼道:"什么话,兄弟本就决计和采声订合同,银子已筹到了五万两。今天去找杭翁,就为这桩事。"杭觉笑逐颜开道:"既如此,我们去把草约打定稿子,明天会议吧。"仲鱼应允。

次日,杭觉来拉仲鱼,同到颐园。穆尼斯在园拱候。三人见面,共观草约,却是中西文合璧的。仲鱼见约上没甚可议之处,仔细揣摩一番,也觉妥当,便各人签了字。杭觉道:"这纸是要重誊的,今天同到行里交了银子,取了收条,明天再签合同上的字不迟。"仲鱼道:"先订合同,再付银子。"杭觉无奈,就约晚上在一品香订合同,明天付银子,当下各散。晚间六下钟,三人都到一品香,把合同写好,又都签了字。杭觉道:"这合同且归穆先生收执,付了银子,再交观察,各人收执一纸。"仲鱼应允,这才议定次日八下钟到洋行里交银子,仲鱼一个冷团子落下肚去。料想这事没得游移了。

次早赶到洋行,穆尼斯已到。杭觉对仲鱼道:"合同上尚须改动几句,并不关这买卖事,只因华文和西文语气有些不对,现在已经打人翻译去了;等他译出来,就好签字。观察的银子,就请先付,这里一面去办货,省得耽搁日子。"仲鱼听他这话说得有理,就当着穆尼斯把银票交给杭觉。杭觉接在手里,认明规银五万两不错,便转交穆尼斯;又和他说了几句外国语,二人同上楼去,撇下仲鱼独自一个坐在客厅里。仲鱼十分惊疑。暗道:"这事不妥,我银子交出,他们不付收条,合同又没交出,万一变了脸,我一些凭据没有,哪里打官司去? 不该轻易付他银子。"转念又想道:"不妨,他们还在这行里,怕什么? 我在这里守着,他们须索飞不出这个大门,我只守住这门便了。再者,他们要付收条,也要去写,只怕这时写收条去了。"胡猜一阵,没得主意,只有眼巴巴的看准那座洋行的大门。许久,穆尼斯在前,萧杭觉在后,打从楼上下来,橐橐橐皮鞋声响。一会儿,走入客厅,杭觉脸含笑容道:"观察久候了。"一面安慰,一面在穆尼斯手里取了那张收条,交给仲鱼,道:"这是五万两银子的收条,观察藏好了。"仲鱼把来细看,都是洋文,一个字也认不得,只盖的一颗橡皮圆章,上面确系采声洋行四个中国字,倒没虚假,便对杭觉道:"这收条须注明中国字。"杭觉道:"没这个办法,观察尽管放心便了!"仲鱼无奈,只得把来藏在身边,又道:"合同几时译好?"杭觉道:"横竖就去办货,迟早不妨。合同译好,我便送到尊寓便了。"仲鱼没得话说,当下各散。仲鱼回到客寓,想找一个译西文的,译那收条,奈人地生疏,一时找不着。

隔了三天,没见杭觉把合同送来,忍不住找他去。打门半天,没人答应,却见门上贴了一张招租条子。仲鱼起了一个疑团,找邻居人问信,都说这萧家搬到别处去了。仲鱼大惊,就去找穆尼斯。颐园里坐了半天,也没见穆尼斯来。赶到采声洋行,可巧是礼拜,关着门,没人在内。仲鱼无奈,只得回寓。次日,等了一天,哪有杭觉的影儿,越发动疑,连忙带了收条,再到采声洋行,问:"穆尼斯先生在这里么?"里面有个中国人,穿着外国衣服的,答道:"我们这里并没个穆尼斯先生。"仲鱼道:"呀!怎么你们行里没个穆怪斯先生呢?他是你们行里的总经理。"那人答道:"我们行里的大班是老克斯,不是什么穆尼斯。"仲鱼从怀里掏出那张收条来,递给他看,道:"这不是你们行里总经理,收了我五万两银子的笔据么?"那人执着收条,看了半天,看完了,眼望着仲鱼道:"阁下贵姓,台甫①?"仲鱼告知他姓名,也问他。他答道:"我姓向,贱号欧生。不瞒仲翁说,你上了人家的当,这不是什么收条,是敝行里的军装价目单子。记得前天有一个假扮外国人,领着两位,来到敝行里,说要办十万两银子的军装,莫非就是仲翁这桩事?"仲鱼听了这话,身子凉了半截,却不甚信,便道:"我不信有这事,贵行里如何容得假冒?"欧生道:"敝行里遇有主顾,总是一般接待,哪里有工夫去辨他真假呢?"仲鱼跌足,道:"这便如何是好!我哪里赔累得起?这是直隶总统派办的事,如今在贵行里出了乱子,应该替我设法!"欧生道:"那倒不相干,敝行

---

① 台甫——敬辞,旧时用于问人表字。

是外国人开的，就是直隶总统亲自来到上海，上了人家的当，敝行也管不得许多。"仲鱼无奈，只得作揖，道："这事总求欧兄设法！"欧生道："我却没有法子。我领你去见我们华经理吧。"

当下欧生果然领仲鱼，走到楼口一间房子里，只见一色的外国桌椅，十分精致。里间房里，走出一个人来，年纪约有四十多岁，穿着宁绸袍子，海虎绒①马褂，脸上戴着金丝边眼镜，手上套着两个金戒指，满面笑容。通问姓名，仲鱼才知他姓卢，表字茨福，浙江宁波府人。欧生替他把来历说明，茨福便讨那张收条看了一遍，又细问他交易情形。仲鱼一一告知了他。茨福道："唉！这也容易看出是假，几次往来，他都不在我们行里，这就分明是假。"仲鱼道："总怪兄弟糊涂。现在求茨翁设法，好歹追出这注银子，兄弟方有交代。"茨福道："仲翁的军装还要办么？"仲鱼道："怎么不要办？兄弟是专为着这事来的。"茨福道："既如此，这注买卖却须照顾敝行，兄弟就替仲翁设法根究，只怕原数收不回来，讨到一半就很费力的了。"仲鱼道："怕的是捉不到这两个贼子，既然根究着了，他要不照数交出来，要他脑袋也是容易的。"茨福冷笑道："仲翁虽说有这权力，然而经官追究，包管捉不着人，这事只好私下追访。兄弟知道这班人也很有些党羽，捉是捉不到的。况且他们都有律师保护，便和他打官司，也打不赢的。"仲鱼听了，心下踌躇，只得再三嘱托茨福，代他做主。茨福道："让我去打听打听再说，三天后给回音吧。"仲鱼和他约明，三天后再到洋行探听信息。茨福道："兄弟自早起九点钟至十二点钟，总在行里。"仲鱼点头。当下作别回寓。

这时陆襄生的军装，却已与单子肃订定合同，广西的汇款也到了，听说鲁仲鱼上了人家的骗，特来问讯。仲鱼觉得脸上下不来，隐约和他说个大概，并嘱咐襄生不好声张，现在还在这里追讨哩。襄生摇头道："追是追不到的了，我倒有个主意。"言下附耳对仲鱼说了些话。仲鱼只是摇头，说到后来，仲鱼却也会意。自此和襄生结为知己，天天来往。这是闲话休提。

再说襄生这次采办军装，连借带用，已卷去了万把银子。后来又开了一笔花账，也几及千金。单子肃自然提了官的扣头，还有私的。余小春、

_____

①　海虎绒——即长毛绒。

周大喜两人,也弄到七八百银子。这军装是不消说,都拣外国末等的货色,开上个大价钱罢了。所奇的是鲁仲鱼一片至诚,预备来上海采办便宜货,谁知上了一个大当,弄得进退两难。幸亏陆襄生提醒他,才知那万两银子是追不回来的了,只得勾通采声洋行买办卢茨福,做个花手心,把这差使敷衍过去。想定主意,便天天和陆襄生往来,请教法子。襄生叫他先跟自己学嫖学赌,还须学那滑头的谈吐模样。果然仲鱼资质聪明,不上半个月,学得件件精工,襄生大喜别去。

这时采声行的卢买办已经回复仲鱼,两个骗子,察访出根由,都是上等流氓,现今有了银子,逃往新加坡做买卖去了。他们很有手段,一时无从硒缉。仲鱼只好罢了,却有意和卢茨福联络。当晚便请他到堂子里吃花酒,摆了个双台,原来卢茨福早经请过仲鱼花局,见他拘拘束束,毫没一些应酬的本领,暗地笑他应该上当。此次见仲鱼到了堂子里,挥洒自如,说几句话也还在那个模子里,不觉纳罕,这才敢和仲鱼谈起办军装的话来。当下附耳道:“仲翁,这采办军装的差使,也不是容易当的。如今各省办的军装,虽说有便宜、吃亏,大都不相上下,只你要弊绝风清,绝了多少人的后路,这是第一过不去的事情。人家怀恨在心,找着点岔儿挑剔起来,那是没招架的。再者,仲翁现在又出了这个乱子,一下子丢脱五万两,如何交代呢? 要不是羊毛出在羊身上的作弄一番,这差使决不讨好。仲翁,你须放圆通些才是!”仲鱼道:“叫我怎样圆通呢? 这差使是北洋大臣委的。他那里非常认真,决不容一毫苟且,这便如何是好? 再者,贵行里也是划一的价钱,怎样设法把这五万银子销纳进去?”茨福道:“仲翁要说是贵省办事认真,却没有法想;要说敝行里的买卖,却也上下不等。遇着认真的认真;不认真的活动些也不妨事。只要买卖大,总可通融。”仲鱼大喜道:“既如此,我们两人须得商议商议,只要货色下得去,不受挑剔,这卖卖一准照顾贵行便了。”茨福大喜。当下二人仍复入席,到十一点钟才散。

次日,茨福的柬,约仲鱼吃酒。仲鱼不比从前怕进堂子。这时晓得上海堂子里有绝大的世界,一切实业商务,都在其中发达,不敢不问津了。见茨福来了请客条子,连忙换一身时髦衣服,乘车而来。茨福愈加殷勤,茶烟已罢,二人便躺在榻上,密切谈心。茨福把一张单子递给仲鱼看,仲鱼仔细看时,原来是军装的原价,和那摊派上五万两的虚价。仲鱼看罢,脸上呆了。不知后如何,且听下回分解。

第 三 十 回

谈骗局商界寒心　遇机工茶楼把臂

却说鲁仲鱼见卢茨福开的军装单子,太觉昂贵,呆了脸,独自踌躇道:"我要不办他的货呢,别家洋行不知道我失却五万两银子,不能开入单子;要办他的货呢,这军装太贵了。回去交不下账;卸不了责任。这便如何是好?"茨福也明知他意思,半晌问道:"到底怎样? 这价钱还算顶便宜的,别家洋行开出来的货目,作兴要加一倍哩。观察要知道这军装的价钱,可大可小,没得一定。采办委员却没出过乱子,随他督抚精明,关涉到外国货色,价钱的上下,只好听凭委员说去。为什么呢? 外国货价的涨落,一时调查不清;督抚虽说精明,他天天公事忙不过,哪有工夫认真考验去。再要像观察这般实心办事,世间也没有第二位,尽管糊弄一回,不妨事的。"仲鱼忖道:"他倒说得有理。"却也没法,只得答道:"既如此,就定下了吧。这单子给兄弟带回去,明天就订合同。几时办得齐货呢?"茨福掐指①算了一遍,道:"总要两个月后办齐。这军装归兄弟办,却用不着定银,见货付银便了,不比什么穆尼斯。"说罢笑了,仲鱼也觉好笑。当晚席散各回。

次日,卢茨福约鲁仲鱼到行订了合同,果然外国字也有,本文却是中国字。仲鱼看了一遍,十分妥当,这才放心。北洋有电报来催军装,仲鱼只得电禀说,洋行里办货还没到,外国的军装这时缺少,价钱也抬高了,等各件齐全,总要一两个月方妥哩。一面又催卢茨福赶紧办去。

当晚茨福请仲鱼在林媛媛家吃酒,生客倒有十来个人,内中一位姓费,表字小琴的,和仲鱼很谈得入港,局散后,小琴约仲鱼、茨福翻台。席间谈起仲鱼遇骗的话,小琴道:"上海滩上,这样的事情很多,随他久惯在此的人,还要上当,莫说是初到此地。记得去年有一位朋友,姓萧表字仲瞒的,他家私也不多,四五万银子光景。他的朋友有名有姓,叫做什么任

---

① 掐指——扳着手指。

海帆。起初约仲眴合公司开造纸厂，仲眴不允，后来他又对仲眴道：'我做一注落水的买卖，不要你拿出本钱，我替你附入一股，一个月后便有分晓，你拿稳着赚钱。'仲眴道：'到底多少银子一股呢？'海帆道：'不多，只一千二百两银子一股，横竖不折本的，你尽管放心！'仲眴很不愿意，道：'我不合股，我这时没钱。'那海帆也不理他，扬长去了。再隔几天，仲眴又在茶馆里遇着了海帆，急问道："你们那注买卖，我决意不合股。'海帆道：'我已经把你的股份，打在账上算了。'"仲眴怒道："这是什么话？我没答应，你为何硬派我入股？'海帆道：'不妨事的。你休着急，横竖折不了本钱；就是折本，也只二三百银了，算我的便了。'仲眴和他交往得久了，不好意思，只得应允。谁知过了一月，那海帆竟送到合股赚的银子八百多两。仲眴大喜。海帆又劝仲眴合股再做，仲眴暗忖：'不花一个本钱，差不多赚到对本的利，有什么不愿做呢？'当即爽爽快快的答应了。又隔了两个月，海帆送到九百多两银子。后来仲眴性起，索性合了两股，果然赚到两千多两。前后核算，统共赚到三四千两银子。仲眴自然和海帆结了知己。"仲鱼道："这真算个知己，世间哪里有这样的好朋友，几次三番替他赚钱的？就是赚了钱，又没凭据，不好留着自己用么？巴巴的送上门去，哪有这个呆子？"小琴道："仲眴要这样设想，就不至于上当了。"仲鱼道："以后怎样呢？"小琴道："以后海帆就和仲眴说，那造纸的利钱，比这个还大，不止对本哩。仲眴道：'果然有这样大的利钱，我们为什么不做呢？'海帆道：'你不信，没法！我有几位朋友，已经凑成十四万两银子，加上你十二万两，总共有念六万两，就好买地造厂，开办起来。你能凑出十二万两么？'仲眴把舌头都拖了出来，道：'我哪有这个力量呢？'海帆道：'又不要你独出十二万，你只要去拼有钱的，便凑得出了。'仲眴利令智昏，当时虽没答应，回去却很踌躇，设法自己拿出二万，外面又凑了四万，总共有六万银子，和海帆说，情愿入股。海帆道：'六万银子，还差了一半。也罢，你再去张罗六万，这个先入股不妨，我去找各股东会齐定议。'仲眴信以为真，会议下来，仲眴入了股。事隔一年，仲眴把这六万银子交了出去，杳无音信。那出四万银子的人，都来找到仲眴，仲眴只得同他们去找海帆。海帆道：'公司里正等着你那六万银子开办哩，你招到没有？'仲眴道：'我们不是入了六万银子的股么？'海帆道：'不算，还须招六万银子，等股齐了，开办起来，终有利钱哩。'仲眴气得目瞪口呆。这事还搁在那里，没有个收梢哩！"仲鱼道："原来上海的骗子，当他一注买卖做，居然肯花了几千银子的本钱骗人。"小琴道："岂敢。上海的商家，总带三分滑头气息，才能做得来哩。"仲鱼不觉叹气。茨福一言不发，和他叫的倌人密切谈心。

一会儿，仲鱼又向小琴道："正是小翁说那造纸厂，果然利息浩大么？兄弟也听得人说，还有什么织呢制革公司，玻璃公司，都是好利息。"小琴道："怎么不是？这样的买卖，叫做文明商业，另外有一班人做的。他们也不和我们来往。"言下把手指着茨福道："茨福和他们倒有些来往。为什么呢？他们办机器，倒还有请教茨翁的时候哩。"仲鱼便问茨福，茨福道："是的。他们一班人也多是兄弟认得的。就是要办苏州水电公司的姜春航，现在还和敝行有交涉哩。"原来鲁仲鱼在北洋的时候，就听得有人在督辕里讲那公司的事业，津津有味。制台极喜听这一派话，恨自己都是外行。这时正要调查个头绪，回去也好夸张几句，充个内教哩。当下听得茨福说起姜春航来，便道："莫非就是报上载的那个姜大令么？"茨福道："正是。"仲鱼道："兄弟久闻这人的大名，意欲会他谈谈文明事业。"茨福道："这极容易，明天兄弟请他吃酒，屈观察作陪便了。"仲鱼大喜称谢。

次日，仲鱼和小琴在一品香吃晚饭，看那表上已是九点钟，茨福的请客条子才到，仲鱼就和小琴同行。这一局，却不在林媛媛家，又换了一个什么添香阁。仲鱼、小琴上楼，见上面两间房子，前间是住房格式，也和别处堂子里相仿，只多挂些字画，很幽雅的。茨福起身相迎。还有一位面生的人，也相迎作揖。仲鱼问起姓名，那人先请教了仲鱼，才说自己姓名。仲鱼知道就是姜春航，再三说久仰。各人坐定，却见倌人周碧涟淡妆走了出来，略略应酬几句。茨福道："这位碧涟先生，恰是当今才女，你不信，请到她后面书房里去看。"仲鱼初进门来，见她房间里并没烟榻，倒各处挂满了字画，已觉刮目相看。如今又听得茨福说这话，便忙起身，大家踱到后面房里。仲鱼见小小一间房子，摆了一张写字桌子，上面满堆书卷。一个大竹根雕的笔筒，插下了许多支笔，屏对各种笔都齐全。茨福给仲鱼看那壁上挂的十二条条幅，道："这就是碧涟先生的诗。"仲鱼走近细看，却是绮怀七律①，一首首的读下去，分明是人送这倌人的。再看落款，才

---

①　绮怀七律——写爱情的七言律诗。

知是长洲①何莲舫作。后面和韵的诗,料想是碧莲所作。句法倒也雅饬②,字画也端正。仲鱼把这十二首诗都看完了,果然落了碧涟女史的款。忖道:"有这样的诗才,可怜流落烟花。"茨福道:"如何? 我说是当今才女!"仲鱼道:"果然名下无虚。"仲鱼又见书桌上摆着几部诗集,原来是"张船山③集"、"何大复④集",还有一部"唐宋诗醇⑤",仲鱼暗道:"能看到这样的诗集,其人可知了。我倒不好和她谈文,怕被她笑我浅陋。"当下打定主意,不肯乱说。茨福道:"只为春航先生最犯恶堂子里讲交易,我们所以找着这个地方。虽说未能免俗,究竟比别处好得多了。"春航道:"兄弟不是矫情,只为上海的滑头买卖,都在堂子里做,兄弟是怕极的了,再也不敢问津。"茨福脸上一呆。

一会儿,外面说:"台面摆好了,请用酒吧。"茨福道:"兄弟为着春翁不喜热闹,今天不请外客,也不叫局,我们吃酒清谈吧。"春航大喜。当下各人入席,碧涟作陪。酒过数巡,茨福道:"春翁的公事,究竟怎么会落在扑伊的手里?"春航道:"不要说起,这都是吃人家的亏。去年承陆中丞批准了这件公事,便下了札子,叫兄弟承办。一位朋友,他说可以招股,须得札子个凭信。兄弟没法,交给了他,就回湖北过年去了。谁知他招股不着,跑到上海,找着这个外国人扑伊。那扑伊原是开洋行的,他早和兄弟麻缠过,想要承办这自来水的机器,兄弟没答应他。他又骗兄弟的朋友,说有十万两的股子,须看札子才能入股。那朋友果然给他看去,被他扣留了,说札子和股本,都肯交出,只要先合他订合同,所有苏州自来水公司应用机器,通归他办。茨翁,你想这合同哪里敢订? 订了这个合同,不是将来受他的挟制么? 这事还仗茨翁设法,托贵行里的外国人,去和扑先生说情,把札子还了兄弟吧。将来招定了股本,开办时,再和他订合同。现在实不能预定;机器作兴照顾他家的。"茨福道:"兄弟自然帮忙,只是这注机器,还是敝行承办稳当些。究竟有兄弟在里面,不叫春翁吃亏。"春航

---

① 长洲——即苏州。

② 雅饬(chì)——雅致。

③ 张船山——清代诗人,名间陶,号船山。

④ 何大复——明代诗人,名景明,号大复。

⑤ 唐宋诗醇——书名,清乾隆十五年御定,内容是对唐宋两代的诗,加以通评。

大喜。仲鱼便请教春航自来水究竟有何利益，春航道："苏州的利益，不如敝省；敝省的利益，都仗着外江。只看那汉阳门通年没有干的日子，要在那里办好了自来水，正是无穷之利，可惜已有人承揽去了。苏州城里比湖北吃水便当，怕造好了利益有限；只是世界渐渐的文明，也有人知道自来水的好处，卫生上大有关系的。趁早办好，省得被别人抢去办。久而久之，利益收得回来，这是愚见如此。"仲鱼听了，十分佩服，席散后各自回寓。

　　真是光阴似箭，仲鱼在上海忽忽不知又过了两月。这时卢茨福替他办的军装，已都齐备，请仲鱼去点验明白，点账付钱，仲鱼便领着军装回天津去了。茨福又忙这姜春航的事。原来姜春航因扑伊不肯交出札子，采声洋行的外国人，也说不下这人情，只得到处托人设法。

　　一天，遇见了刘浩三。那刘浩三是从前在湖北找樊制台时认得春航的。这时范慕蠡的学堂，已在那里盖房子。浩三闲着没事，预备些教授汽机的法子。一天闷坐无聊，踱到张园安垲地①，登那最高的一层楼上，只见四面人烟稠密，一派都是西式瓦房，远远望去，那汽机的烟囱林立，浩三不觉感慨道："汽力发明，不知多少年代，如今连电力都已经发明了，我们中国连汽机的学问，都还没有学到。只看这上海，还是外国人的机器厂多，中国人的机器厂少；若到内地，更不知机器为何物，至多不过有两部脚踏洋机，缝纫些衣服罢咧！学堂里或者还有汽机一科，那是绝无仅有；况且纸片上的学问，说不到施之实用。机器都须办自外洋，开不了个造机器的厂，如何望工业上发达？工业上不发达，商业上决不能和人家竞争，终归淘汰罢了！"浩三正在那里浩叹，忽然背后有人在自己肩头上一拍，浩三回头看时，只见这人穿着宽袍大袖的衣服，极像官场上的人，又像是经商的，却也有些面善。浩三道："阁下像是会过的，兄弟的脑筋不灵，记不出贵姓大号了。"那人道："兄弟姓姜，贱号春航，我们是在湖北督辕遇见的。后来还在黄鹤楼上吃茶，领了许多大教，素知浩三先生是中国一位大工师，怎么把兄弟忘记了？"浩三作揖，道："忘怀了故人，多多有罪！原来是春航先生，几时到这里来的？"春航道："我们下去吃茶细谈。"不知后事如何，且听下回分解。

————————

　　①　安垲地——张园内的建筑名。

第三十一回

刘浩三发表劝业所　余知化新造割稻车

　　却说刘浩三遇见了姜春航,春航约他回到楼下,拣张桌儿坐下。堂倌送上茶来。浩三道:"春航先生几时来上海的? 怎么知道兄弟在这里?"春航道:"兄弟是正月间就到上海,只因家兄想办苏州水电两个公司,承陆中丞批准了,交下札子,听兄弟承办;遇着一位朋友,肯代招股本,札子被他拿去,落在外国人手里,兄弟到处设法,这札子总取不回来。寓里坐着,气闷不过,出来散步,可巧上楼见浩三先生直往前走,越看越像。谁知浩三先生走到顶上一层楼去了,只得斗胆跟着上楼,果然不错,是浩三先生。我们要算是他乡遇故知了。"浩三道:"春翁谈什么水电公司,又是什么札子被外国人取去,一派迷离闪烁①,兄弟实不明白,还望详细告知。"春航只得把前事述了一遍。浩三道:"这事不难,待兄弟引你去见一个人,自然有法取到札子的。"春航道:"真的么?"浩三道:"兄弟从不打谎语的。"春航站起身躯,深深的和浩三打了一恭,道:"如此感激得很!"浩三道:"小事,没什么难处。"春航道:"浩三先生,那樊制台后来究竟怎样的? 听说他调到两广去了,浩三先生为什么不去呢?"浩三道:"樊制军自然是一片热心,想做几桩维新事业,只是他的事儿太多。大凡做官的人,各管一门的事,尚且忙不了,中国的督抚,又管刑名②,又管钱漕③,又管军政,又管外交,又要兴办学堂、工程,又要提倡工艺,几乎把世间的事,一个人都管了去,哪能不忙;既忙,势必只顾了这头,顾不了那头,弄得一件事也办不好。他还要天天会客,还要天天看他照例的公牍,就算做督抚的,都是天生异人,脑力胜人十

---

　　①　迷离闪烁——模糊不清;含混不清。
　　②　刑名——旧时,官署里主刑事判牍的人,称做刑名。
　　③　钱漕——田赋和水运。

倍，也要有这个时间干去。督抚所仗的是幕友①、属员，然而中国人的专制性质，决不肯把事权交在别人手里，总要事事过问，才得放心。那些属员、幕府，也带着娘胎里的腐败性质来，要有了事权，没人过问，他就会离离奇奇，干出许多不顾公理害百姓的事儿来了。樊制军的忙，就是百事要管，又没工夫管，遍了百事，因此把要紧的事，都遗下了，没工夫办。兄弟的事，就是被他遗下的那一桩。后来看他杳无音信，客寓里的费用浩大，连几件破衣服几乎典当一空，只得回去。闲在家里，又受老婆的气，只得来到上海。幸亏从前在轮船上遇着一位富商，很谈得来，想起这人很有作为，学那毛遂自荐②，见面一谈，蒙他十分信服。如今买了地，造了房子，要开工艺学堂，有个吃饭的地方罢了。"春航道："那不用说这学堂的总办一准是浩三先生的了。可喜，可喜！"浩三叹道："有什么可喜？兄弟的意思，总想我们中国人集个大大的资本，开个制造机器的厂，兄弟进去指点指点，或者还不至于外行。将来发达起来，各种机器不要到外洋去办，这才利权在我。如今十分如意，也只能做个学堂里的教员，不是乏味的事么？"春航道："那倒不是这般说，浩三先生的本领，兄弟是知道大可有为的，只是时还未至。既然做教员，就能教授出一班好学生来；将来工匠一门，不用聘请外国人，就是有人开造机器的厂，也有内行人指点，不至于刻鹄不成③了，暗中的公益很大哩。"浩三道："春翁的话也不错。兄弟是见到外洋已经趋入电气时代，我们还在这里学蒸气，只怕处处步人家的后尘，永远没有旗鼓相当的日子，岂不可虚！更可怜的连汽机都不懂。春翁没听说赫胥黎④说的优胜劣败么？哼，只怕我们败了，还要败下去，直至淘汰干净，然后叫做悔不可追哩！"春航听了，面色惨然。二人慨叹一回。春航忽然拍桌道："我们都做了呜呼党，也是无益于世。且休管它！你没见那一群乌

---

① 幕友——旧时官署中办理文书及一切助理人员的通称。

② 毛遂自荐——毛遂，是战国赵平原君的食客，他曾自荐到楚国，说服楚王，与赵合纵。后人便把自我推荐，称为毛遂自荐。

③ 刻鹄不成——这是一句成语：刻鹄不成尚类鹜。意思是仿效不完全像但也很像。

④ 赫胥黎——（Thomas Hery，1825—1895）十九世纪英国的生物学家及哲学家。

鸦,都没入树林去么？它也只为有群,没受淘汰。我们有了群,还怕什么呢？天已不早,我们吃晚饭去吧。"浩三起身,二人找到一个馆子,吃了晚饭,约定次日会面,当晚各散。

次日,春航去拜浩三,可巧浩三在范慕蠡的办事室内,商议开学。家人递进名片,浩三告知慕蠡,慕蠡道:"甚好,请来谈谈。"家人领春航进来,只见堆着许多生熟各铁,那屋子里也很乌糟的。走进一个院子,却豁然开朗,一带西式楼房,三面环抱。那院子也很宽敞,堆了好些盆景的花草。前面玻璃窗里,三个人在那里立谈。家人领了自己直走进去,这才认清是浩三。当下作揖招呼。浩三指着一位穿着织绒马褂的,道:"这位就是范慕蠡兄。"春航连忙作揖,道称久仰。慕蠡还礼,请他坐下。

叙谈一会,慕蠡问这水电公司的办法,春航把详细情形和他说知。慕蠡道:"那还了得！春翁该早来问我们,何至上他们的当呢？外国人不说他了,只这位贵友,为何这样冒失？"春航道:"真是后悔嫌迟了,好歹要求慕翁设法！"慕蠡道:"单是兄弟一人,也想不出法子,我去找李伯正先生商议这事。不瞒老哥说,我们在上海做买卖,从来没受外人欺侮的,也罢,我先写封信去问他,何时得闲,我就领你去和他会面。"说罢,便叫家人去拿信笺来;一会儿,信笺取到,慕蠡把信写好,叫人送去。又道:"春翁就在敝厂吃饭吧,等李伯翁的回信来,我们就好去找他。"春航道:"李先生做的什么生意？"慕蠡道:"春翁怎么连李伯正先生都不知道？ 他是扬州的大富翁。现今他在上海做的事业也多,坐实的是织绸的南北两个厂,少说些,也下了几百万银子的资本哩。"春航听了,才知是个大有名望的人,料想总能替自己出力,不觉暗喜。

慕蠡就和浩三商议学堂的事。慕蠡道:"兄弟打算收三百个学生。"浩三道:"兄弟的意思,学生倒不在乎多收。这工艺的事,第一要能耐苦,那文弱的身体,是收不得的。第二普通的中国文,和浅近的科学,要懂得些;外国文也要粗通,省得我们又要教他们这些学问。总而言之,要认定这个学堂是专门研究工艺的,才好求速效哩。报考的学生,须牺牲了他的功名思想,英雄豪杰思想,撩低了自己的身份,一意求习工艺,方有成就。其实做工的人,并不算低微,只为中国几千年习惯,把工人看得轻了,以致富贵家的子弟,都怕做工,弄成一国中的百姓,脑筋里只有个做读书人的思想;读了书,又只有做官的思想,因此把事情闹坏了! 如今要矫正他这个弊病,勉强不得,且看来学的立志怎样罢了。"慕蠡道:"这话甚是。兄弟在这学务上,不甚内行,把这全权交给浩翁吧。"

一会儿,饭已开好,慕蠡请他们到正厅吃饭。春航见他厅上摆设,果然华贵。饭后,李伯正那里的回信来了,慕蠡念道:"来字瘰悉。今日商学开会,弟不得闲。明日三时,乞枉驾叙谈。"春航听了甚喜,当下略谈片刻,告别回去。

慕蠡托浩三把学堂招考的告白拟好,当日就叫人去登报。这信息一传出去,就有许多人前来报名。原来这学堂叫做尚工学堂,不收学费。学堂外面,另有宿舍,分上下两等:上等的一间房子里住五个人,每月连膳费五块钱;下等的一间房子里住十个人,每月连膳费只收三块钱。还有一带劝工场的房子,预备人家租着做工的。慕蠡的意思,总要多收学生,也是广惠寒微的好念头。浩三拗不过,就在工艺里面分出三级:第一级是各科粗通,专习理化、热力汽机的;第二级是各科未通,一面补习,一面学工的;第三级是各科并未学过,上半日认字读书,下半日做手工的。又劝慕蠡从东洋办些器具来,以备临时试验。只教员难聘,幸亏浩三旧时的同学不少,写信去招徕了好几位朋友,足可以开学的了。浩三又想出一个主意,叫慕蠡另开一个劝业公所,将来学堂里制造出器物来,就规劝业公所发售。慕蠡一一应允。

不上十天,报名的人已有了五百多人。内中单表一家姓余,名知化的,听说有这一个好学堂,忙同两个儿子前来报名。

原来这余知化家世务农,到知化手里,偏喜做工。他想出一种新法,造出一具耙车,一具割草。人家几十个人耙田还耙不干净,他只一把耙车,何消片刻,已经干净了;那割稻车更是巧妙,一天能割一百亩田。如今且说他那耙车的式样,原来和马车相仿,一般有两根车杆,套在马身上走的;后面两个小轮子,便于转动。那两个轮子里面,一块平板,底下藏着许多钢齿,田里面收过了麦,余下些零碎麦穗,或是割过了草,堆在田里晒干了,要收回来,就用这个耙车。知化亲自动手,把马套上,拉到田里,拣那有麦穗和草的地方走去,车轮一转,那板底下的钢齿,便把麦穗和草一齐卷了起来。要放下时,只把连着钢齿的柄一振动,卷起的草穗,都一起落下了。

人家见了这件东西，甚为纳罕，都来问知化。知化把造法——告知他们，无奈他们总悟不透，而且惜费，不肯仿造。不消说这利益是知化独扛的了。

后来割稻车造好了，知化有意卖弄，候他自己田里的麦熟了，偏不去割。人家都忙着割麦，知化的佃户来道："我们田里的麦好割了。"知化道："且慢，我自有道理。"佃户知道他又要闹什么新鲜法子，只得由他。再过几天，人家田里的麦都割了不少。一天，知化等到天黑了，把制造的新式割稻车推出去，也是用马拉的，走到田里，整整的割了一夜，那百来亩田的麦齐都割完。次早，有人走过余家的田，不胜诧异，见黄云似的满田麦子，齐都没有。惊道："不好了！余家的麦被人盗割了！"一传十，十传百，哄动一村的人，都来余家问信。及至到了余家场上，只见一堆一堆的麦排列着哩。众人都要争先访问这稀奇事儿。知化的娘子，见这班人蜂拥而来，只道是抢麦哩，吓得乱叫地方救命。知化还在院子修理那部割稻车，听得外面喧嚷，慌忙走出，只见场上簇拥着几十个人，他娘子在那里指东划西的乱嚷。知化早知就里，便道："列位乡亲，料是为着这麦来的？"内中一个蟹箝鬚子的舒老三，一个吊眼皮的杨福大，一个跷脚的萧寿保，抢先问道："知化哥，你弄的什么神通，怎样的一夜工夫，你田里的麦都割完了，而且一堆堆的排在这里？"知化道："我也没什么神通。割麦是件省力的事，犯不着费力的。"舒老三道："你这小子，说得这般容易！你老子使出了吃奶时的气力，一天也不过割得两三亩田的麦子。你这一大片田，至少也要用几十个人割，如何一个人一夜工夫割得了呢？并且齐都堆好，我只不信。"知化道："我一个人怎么割得了呢？这都靠我那部车子。"杨福大道："什么车子？你动不动闹车子，照你这么说，世上的人都不要种田了，都叫车子种去。你不是个妖人么？快把你那妖车推出来，给我一把火烧掉了，省得害人！"知化本意要显他器具精工，劝人仿造的，听他们这般说，唯恐毁坏了这部车子，不敢孟浪①，只得答道："列位既不信，各种各的田，犯不着烧我的车子。我并没叫列位把车子种田，有什么害人呢？"福大没话说，老三和寿保却都要看他的车子，还有众人齐都眼巴巴的要看，便都骂福大道："真是，余大哥自愿把车子割麦，和你我有什么相干？

---

① 孟浪——鲁莽。

都是你胡说人！你不喜看他车子,快请走开,我们要看哩!"福大还说要
烧车,被众人一拳一脚的把他打得逃走了,这才央求知化把车子推出来。
知化见众人诚心要看,就叫他们远远站着,自己走到院子里,把车子套上
马,拉到空地上。知化预先吩咐他们,只准看,不准动手。众人见乌压压
的一部车推出来,便都像看玩把戏似的团团围着这车子。不知后事如何,
且听下回分解。

第三十二回

农务机千塍并举　公司业两利相资

却说舒老三、杨福大领着一班人,围着余知化造的车子,看了半天,看不出个道理,心中纳闷,只得去请教他。知化道:"这车子是仿西洋式造的,并没什么奇怪。那做工的妙处,都在这几个剪刀上。中间那个有齿的轮盘,叫它活动,自然像人手一般,割麦堆麦,都随心所欲了。"众人听了,兀自不解。确信余知化并不是什么妖人,他造的车子也不是什么妖车。大家情愿拜知化做师父,学造割麦车的法子。知化道:"种田的机器多着哩。会造了一样,就会造各样,只是看来容易,你们却学不来的。"杨福大掀起那只吊眼皮的眼睛,怒道:"你不肯教我们罢了,倒说我们学不会,这话真正呕人哩!"知化正色道:"我巴不得你们都学得来,我不惜费了工夫教你们;只是要学这些机器,须从'三字经'读起,且把中国字认会了,还须学些算法,这才讲得到怎样冶铁,怎样造轮,怎样做剪;怎样的尺寸,齿轮的机关就灵,怎样的毫厘,剪却可巧齐着麦秸好剪,怎样的斗笋,那剪下的麦,可巧堆成一垛。看看这种不要紧的东西,却有一定算法,不是学了什么小九九、乘法、归除,就能教得会的。"舒老三、杨福大听了,齐都吐舌道:"原来有这许多讲究在里面,我们连小九九都不会,今生今世学不来的。"便都一哄而去。知化赶忙把割麦车推回家里。

饭后没事,知化要做有轮双耒①,细想那片簧怎样挺法;正想不出主意,忽见舒老三、杨福大领了一位先生来。知化认得这先生姓周名萝公,要算这乡天字第一号的先生。他肚里的书,也不知有多少部,什么"西游记""三国志"等类书,倒背都背得出。乡里大大小小的事,哪一个不要去请教他呢? 今天出了一件新闻,舒、杨两个人赶到他家里报信,萝公只不信,所以同来调查。当下便问知化道:"他们说你造了一部车子,一天能割几百亩田的麦,果是真的么?"知化道:"不敢,我是造着玩的,没什么大

---

① 耒(lěi)——一种农具。

用处。"周先生定然要看车子,知化只得同他走到车子边细看一回。问他作用,知化备细告知。周先生探下眼镜,深深作揖,道:"你真是诸葛孔明再生了!"知化连称不敢。周先生道:"你休得过谦,诸葛孔明会造木牛流马运粮,你会造车子割麦,再造一件种田的器具,不是配得上孔明么?"知化却不知道诸葛孔明是什么人,只知木牛流马既能运粮,料想是件机器,想道:"原来中国人也有会造机器的,周先生到底看的书多,知道这些典故,我再不好对他乱说的了。只怕这些法子,他也懂得。"当下谦逊了一会,周先生自去。

自此人都称知化为赛孔明,又叫他的割麦车是孔明车。知化听了,非常得意。只是这有轮双耒,一时造不成功,心里纳闷道:"到底我于机器上面不甚精,像这样马力运动的机器,尚且造不好,还想造什么汽力运动的机器吗?"自己怨恨了一番,就注意想叫两个儿子学工。听得范家开了这个工艺学堂,十分喜悦,暗道:"这是机会来了!"只见他两个儿子,在那里削竹骨子扎风筝,却都把竹骨子用戥子秤着分两。知化把来细看时,原来扎的一只鹤,上面安排着簧管,风吹得会响,不觉大喜,暗道:"看这两个孩子不出,倒有巧思,天生的工人手段哩!"当下便叫他们道:"阿发,阿宝,你这风筝是哪个教给你做的?"阿发道:"没人教过,是我们想出来的法子。"知化大喜。不一会儿,风筝做好,知化看他们把风筝放上天空,果然簧管都会发声,就和吹笙一般价响,那音节极好听。知化道:"我看你们手工很巧,现在虹口开了一个工艺学堂,我送你们进去学工艺好么?"阿发道:"什么叫做工艺?"知化道:"工是做工,艺是习艺。人都要有技艺,才能寻钱过活。最好的技艺,莫如做工。你看上海若干机器厂,都是外国人学习了工艺,创造出机器来,赚中国的钱。我们学就了工艺,也好想出个新鲜法子,赚人家的钱使。"阿发、阿宝都欢喜道:"既这般,我们情愿去学。"父子商量定了,知化就和他娘子说知。

次早替他两个儿子换了一件新竹布衫,知化领着到了虹口。只见一爿织绸有限公司北厂,再走过去,就见工艺学堂报名处的条子贴出。可巧刘浩三正在那里监察,知化上去报名。那干事员问了姓名,知是余知化,大喜道:"吾兄是著名会造机器的,令郎定然聪明,将来是要做中国的大工程师哩!"知化道:"兄弟一知半解,算不得什么。这两个孩子,倒还有些巧思,受了贵校的教育,自然会做个匠人罢了。"浩三听得他懂机器,不由要请教他。干事的代为说知来历,浩三十分起敬,问他农务里的机器怎样造法,知化一一说明。浩三道:"你不要居乡种田了,我们学堂里要请你哩。你把造成的割麦机器和耙车,卖给我们学堂,做个陈列品,当我们这里的试验机器的教员不好么?"知化道:"好是甚好,只兄弟没这个本事,怕当不来哩,还是回去种地好些。兄弟的种地,强似别人,只因有两部机车,省了许多人工,花费不多,收成却倍。这两部机车,是靠它吃饭的家伙,卖是不肯卖的。"浩三道:"既如此,敝学堂里情愿出重价,请知翁再造两部。这是公益的事,知翁有这样的本领,不好吝教的。"知化只得应允。浩三要同他去见慕蠡,知化道:"今天回去有事呢,改天再来吧。"浩三和他再三订定了后日会面,知化领了两个儿子自回。当晚浩三就和慕蠡说,乡间出了一个奇人,能仿造外国的割麦机车。慕蠡惊喜道:"有这事么?他是怎样学成的?我们同下去拜他吧。这样有学问的人,我们该当致敬,不好等他来的。再者,去看看他的机器,也广广眼界。"浩三道:"如此甚好。"

　　次日一早,慕蠡和浩三坐的一部马车,到马路尽处,就有许多小车子来揽主顾。慕蠡无奈,只得和浩三坐了小车,一路下乡。浩三道:"哎哟!我忘记了他的村名,这便哪里去找他呢?"慕蠡道:"不打紧,像这样的人,乡里应该闻名的,只消一探问,便找得着。"浩三就问车夫,车夫道:"乡里有的是菜花、豆花、棉花,却没有芋子花。"浩三道:"不是的,我问一个人,叫做余知化。"车夫道:"这个人喜吃芋子花么?这是没有的。"浩三和他说不明白,只得罢了。不觉到了一所村庄,车夫把车子停下。慕蠡、浩三只得给他钱,步行访问,人家都回说不知道。

　　二人无可如何,打算回去,浩三忽然悟道:"须这般问,包管他们知道。"想罢,便问人道:"有个姓余的,他造了一部割麦机器车,他住在哪里?"那人道:"就是赛孔明余阿大么?他住在前面,一片树阴底下哩。"一面说,一面用手指着那片树阴。浩三注意看时,果见一块空地,排列着几棵杂树,门前一带竹篱,七八间瓦房,料想是余家的住宅,便领着慕蠡往前走去。慕蠡道:"我们天天在热闹场中混日子,真是乏味,哪能及得他怎样清幽,倒是无忧无虑,享一世清福!只这一派风景,租界上就找不到。"浩三也十分叹赏。二人上前打算打门,谁知乡里人家的门是常年不关的,门口站着一个十二三岁的女孩子,梳着一对桃子式的乌髻,浩三问道:

"这里是余家么?"女孩子道:"是的。"浩三道:"余先生在家么?"女孩子道:"驾着车子耙田去了。"浩三道:"田在哪里?"女孩子指着东边一片平畴,道:"那就是我们的田,有百来亩哩,不知他在哪里。"浩三就和慕蠡对准女孩子所指的东边田里走去,远远望见一匹马拉着一部耙车,另外还有一部垃圾车似的,一男一女驾着走。浩三急欲上前,脚下一个滑跶,跌在田里,溅了一身湿泥。慕蠡急把他扶了起来。田里的路很窄,两人挽扶着一步一颠,看看走近车子,浩三急叫道:"余先生,我们特来候你。"知化听得人唤他,回头看时,原来就是工艺学堂的人,便忙把车拉到陌畔,拱手道:"劳驾不当! 这位贵客是谁?"浩三道:"这就是敝东范慕蠡兄,特诚拜候的。"知化道:"亵渎得很,快请舍下坐去吧!"慕蠡道:"在下久仰先生的大名,特地拜访,还要请教些机器的学问哩。只这一部车子,是怎样用法的呢?"知化道:"这部车子,没什么奇,只不过收点儿田里的柴草罢了。"慕蠡和浩三细看时,果然造得精工。慕蠡又问道:"额外那部车子,什么用处的?"知化道:"这是装草的车。"

言下,招呼他娘子,拉了车,同到家里,请范刘二人在客堂里坐下。慕蠡举眼看时,墙壁上粘满了机器图。浩三背着壁,一一细看。知化忙着叫他娘子烧茶做饭,道:"二位来了这半天,就在舍下吃饭吧,只是没有好菜吃。"慕蠡正欲领略田家风味,一口应允。一会儿,知化送出茶来,倒是细叶寿眉,就只带点儿烟熏气,开水倒是清的。慕蠡略略沾唇,不敢多喝。不多时,饭菜端出来,调开桌子,大家坐下。慕蠡看这菜时,和自己家里迥不相同,一派的粗瓷碗,盛着一碗肉片炒韭菜,一碗粉条烧的肉丸子,一碗炒鸡蛋,一碗黄闷鸡,一碗苋菜烧豆腐。知化已是特色,怎奈慕蠡不大喜吃。浩三倒还吃得来。一会儿,又托了一大盘饼出来,却是葱油做的。慕蠡吃了一块,十分可口,肚里饿了,索性大吃起来。二寸见方的块子,吃了四块。知化尽让着吃,慕蠡只得加上一块,已是撑肠拄腹的了。

饭后闲谈一会,说起机器,知化道:"单是农务里的机器,外国种类也多,一时记不清楚。我知道的,可分成三类:一是手运动的机器;一是牲口运动的机器;一是汽机运动的机器。手运动的机器,中国多有,不消仿造;牲口运动的机器,除耙车、割稻车外,还有新式有轮的双耒,新式撒种车,割青草新式车;汽机运动的机器,有钢丝汽机耒车,打稻轮机等类。这些汽机运动的机器,我们没本钱的,造它不起;造好了也不便用,这须种了几

千万亩地,才用得着哩。"慕蠡道:"我想种田也好和公司种的。"浩三道:
"有什么不好呢?只是中国的农民,各人种十来亩地,一家靠它过活;公
司种田,未免夺了农民的利益。这事怕做不得哩!"慕蠡道:"我倒想来试
办,但不知汽机种田,有怎样的好处?"知化道:"汽机种田,不但汽机须
造,连田也要改过样子。田里须有安置汽车的空地,这机车有转轴,用钢
丝牵着耒车走的;车的耒头,有的六耒,有的八耒,或十耒。耒车行动一
次,好耕若干行土。我们坐在车上,看机车自己行动,耒车跟着走,一边走
一边耕,不久就把全田耕完了。看似费重,其实省费。一部机车,不知抵
多少人工马力哩!"慕蠡听了,十分欣羡,决意要造机车。

　　当下谈得入港,不知不觉,日已西斜。知化领他们去看了割稻车。浩
三通都知道它的造法,说明缘故。知化十分佩服。知化又请教浩三,造有
轮双耒车的造法,悟出那片簧的用处。慕蠡道:"兄弟的意思,要在租界
左近买几千亩地,创办几部汽机车,全用西法种田,开开风气,不想什么大
利益。二位先生看是做得做不得?"浩三道:"要肯开风气,就有大利益;
只是这里的地贵,怕没这些资本。"慕蠡道:"兄弟原是虑着我们上海的
地,被外国人买了不少去,要不早些去买,通上海的田,都入外人之手。我
想自己没资本,尽可合公司办的。其实不碍农民的生计。为什么呢?他
们把地皮变出钱来,又好做别的买卖去了。总之,只要在我们中国里面,
出头创办新事业,面子上看去,似乎夺了穷人的利,到后来获了赢利,穷人
都受益的。"浩三听了,低头一想,道:"慕翁这话,倒合了计学①公例。为
什么呢?大资本家合成公司,果然生出子财,兴办的事儿更多了。办一桩
事,就有无数佣人跟着吃饭,所以上海的乡里人,有饭吃的多,没饭吃的
少,比内地觉得好些。就是公司多,机厂多的缘故。顽固的人,都怕仿学
西法,夺了穷民的利益。即如开矿,怕坏风水;造铁路,怕车夫造反。这些
迂谬的议论,误了许多大事!要不然,中国的铁路,早些开办,何至外人生
心,夺去许多权利去呢?种田虽说尚不要紧,其实用了西法,出粟分外多。
你想,粟多了,不怕不够吃,穷人还有饿死的么?工艺上也是这个讲究。
出货多,自然获利多,只消商家代为转运流通,就没有供多求少的弊病。
但是第一要义,总望熟货出口,不然,但能抵制外货,工商界上影响还小

_____

　　① 计学——经济学的别称。

哩!"慕蠡一番理想,被浩三说穿了,不觉大喜。

天色不早,二人告别回去,再三叮嘱知化,有空到厂谈天。刘、范二人,仍复一路步行,走出村庄,到了马路,马车却不见了。二人只得雇了东洋车回来。到得铁厂,就有人报告道:"东洋来了一位先生,像是杭州人的口音。你说姓杨名必大,有个小名片儿留下的。他说他住在文明旅馆,务要会范先生和刘先生,有紧要的话讲哩。"慕蠡取名片看时,果是杨必大,表字成甫,浙江杭州府钱塘县人,东京职工学堂的卒业生。慕蠡大喜道:"又是一位实业家来了。他说几时再来呢?"伙计道:"他说明天一早再来。"慕蠡道:"他来了,务必请他进来见我。"伙计唯唯答应。不知后事如何,且听下回分解。

第三十三回

留学生说明实业　小富翁信用高谈

却说范慕蠡和刘浩三,从乡间回到铁厂,晚间无事,又谈了些机器的利用,并商议纠合公司,购买田地,用汽机耕种的许多法子。浩三替他定了些公司章程,直至十二点钟,各人睡觉。

慕蠡记挂着杨成甫要来会话,次早才只七点多钟,早已醒来,连忙起身梳洗。早点还未端上来,只见老妈子来说道:"王伙计说,外面有个姓杨的,等了多时了。"慕蠡道:"为什么不早来讲。"当下匆匆走出,只见刘浩三陪着一人,形状甚是粗鲁,穿件半新不旧的洋绉夹衫,却扣了一条腰带。一件夹纱马褂,几乎要破了。一双手露在袖子外面,漆黑带黄,皮肤都起了皱纹。慕蠡大失所望,暗道:"这样的粗人,肚里哪有什么道理? 料想谈不合适的。我倒为了他起了个早,倒屣而迎①,真不上算。但既会面,又不好露出慢客的神色,被人家骂我恃富而骄,只得打起精神应酬他。"

浩三和那人见慕蠡走来,起身招呼,通问姓名。慕蠡知他果是杨成甫,只得说声久仰。成甫道:"我等素昧平生②,论理不该过来惊动,只是兄弟在东洋学堂里,就听得人家传说,上海的实业家,著名的就只有两位:一是扬州李伯正先生,一是慕翁。兄弟的意思,现今中国,农的农,工的工,商的商,难道没有实业? 但和五洲比较起来,中国的实业跟不上欧美百分之一。学界的口头禅③,都说现时正当商战。据兄弟看来,其实是工战世界。工业兴旺,商战自强,实因商人是打仗的兵卒,工人是打仗时用的克虏伯炮、毛瑟枪。那兵卒没有器具,哪里打得过人家呢? 农人便是粮饷;有了枪炮,没有粮饷,兵丁不至解散么? 所以农业也该讲求的,这都是

---

① 倒屣(xǐ)而迎——屣,鞋子。倒屣而迎,急忙起身迎客,把鞋都穿反了。
② 素昧平生——从来不认识。
③ 口头禅——原指有的禅宗和尚空谈禅理而不实行,也指借用禅宗用语作为谈话的点缀。通常指经常挂在口头的词句。

实业上的事。朝廷立了农工商部，虽说逐件振兴，但这些事靠定政府的力量，也还不足恃，总要人民能自己振兴才是哩。兄弟来的意思，并不是想和慕翁合公司，创实业，只不过胸中有这些愚拙的见识，要和慕翁谈谈罢了。"慕蠡忖道："看他不出，样子来的粗鲁，学问却是胜人；谈出来的话，极有见解，不是拾人家唾余的。"当下慕蠡不由得心中起敬，那神色也就两样，先自谦道："兄弟也算不得什么实业家，李伯正先生才算是个实业家哩。但兄弟的意思，极指望攀附实业，现在开了个工艺学堂，昨儿又亲自下乡访着一位能制耕田机器的。如今和我们浩三先生商量，要开一个新法耕田公司，不知道开得成开不成哩。成翁是一位有学问有见识的人，要肯赐教，就请在敝厂住下，将来请教的事情多着哩。"成甫未及答言，慕蠡觉得肚子里饿，请杨、刘二人到客厅上坐了。家人送出早点。成甫是吃过的了，慕蠡自与浩三同吃。成甫道："慕翁到底是个实业家，于农工上面留心，这新法耕田公司，一准可以办得。方才浩三先生已经谈过了，所说贫富都有利益的话，实系确凿的道理。世人只看了一面，眼光不远，也因学问不足的缘故。二位这么一说，解了社会上许多疑惑，已是有功的了。学堂办法也好，只是这样大规模，可惜限定上海一隅，内地沾不着利益。兄弟的意思，想仿着慕翁这样办法，到杭州去办一个职工学堂，学生并不能多收，只收四五十个学生，开开风气罢了。"慕蠡未及答言，浩三道："这是正当办法。如今学堂开的不少，穷苦的人家，进不来学堂，子弟没处读书，指望教育普及，哪里办得到呢？兄弟也有这个意思，多开半日学堂，好叫人家荒不了本业。成翁想开职工学堂，更是一举两得。还要请教这学堂怎样办呢？"成甫道："兄弟办这学堂，经费不足，只拣粗浅的科学及初级的国文历史教授，是一初等小学堂模范。课本却比初等小学多些。为什么呢？这是预备工界人来学的。年岁在十五以上为合格，教员只请三人，课程只早半日，下半日须做工。做工分五类：一是竹工，专做竹器，粗的箩筛等类，细的翻簧等类。二是木工，专做木器，粗的寻常木器，细的洋式木器。三是漆工，东洋的漆器何等精巧，贩到我们中国，都获利很厚。大凡使用的东西，不问大小，都能赚钱。然而大件的货色，人家赚了钱去，我们大众惊心动目，都觉得膏血被人吸去，要想个抵制之法。至于小件的东西，人都忽略，只道这点儿值不了多少钱，随它销售去吧。谁知件儿虽小，它却销售极广，又便宜，又讨巧，人人都爱，个个要买，不知不觉,把利益尽都让给人家沾去,岂不可怕! 中国是没统计的,到底进口货,那样销的旺,商界里的人未必都能知道。现在虽有些人想创办新制造,抵制外国货;却都是大商富翁,这些细微曲折之处,他们没工夫算计,只好让给我们来办。要知道工商两界,没什么难懂的秘诀,只消猜得透人家心理。外洋知道我们惯用的东西,他却仿着我们做法,变换了种种式样,来诱我们购买。他又知道我们只贪便宜,他就核算着成本轻的,多中取利。绫罗绸绢,那一样不是仿中法织的。颜色花纹,几乎驾于中国之上,价钱却便宜了一半还不止,难怪其畅销的了。我们想做洋庄的买卖,除了丝、茶、绸、皮、羊毛、草边等类,还没销过什么熟货,赚人家的钱,很觉万难。且研究我们中国人的心理,叫人家都买本国的货,这就是塞漏卮的第一个妙法。但是我们的力量,办不来机器,制不出各货,先从手工做起,慢慢扩充便了。第三却是罐头食物,这注买卖,却甚通行,又极易做;蔬果鱼肉,都好装罐。将来铁路通了,这买卖还要兴旺哩。现在出洋的学界商界里的人,比从前不知多了几十倍。多有饮食不惯,思量些乡味吃,哪里办得到呢? 我想罐头食物里面,只广东的荔枝、兰花菇、波罗蜜、洋桃最多,其余山东的肥桃,松江的跻菜、鲈鱼,塘栖的枇杷,常州的马山杨梅,绍兴的冬笋,四川的冬菜,天津的鸦儿梨,深州的桃子,没一件不好装罐头的。甚至初春的嫩笋,夏初的蚕豆、茄子、豆荚、白菜、黄芽菜,看来都不值钱,久客异国的人,尝着这些香味,哪有不馋涎欲滴,宁出重价买的么? 所以这买卖,大可做得,只要配置得好,自然购者纷来。第四是洋烛。洋烛的销场,不用说是极广的了。像这样容易造的东西,我们不能自造,还用人家的,岂不可笑可叹! 现在我们打算仿造,但是造洋烛须用石灰、牛油。石灰是容易办,牛油却不易办。为什么呢? 内地宰牛的少,官府又禁屠宰,牛油缺乏难收,不得不采办料子,倒要费些本钱哩!”

　　浩三、慕蠡听他一番说法,津津有味,都十分钦佩。成甫又道:“富商的经营,办机器,开厂房,都是绝大的事业;财源所聚,关系国本,富商多,国家自富。古人有句话,叫做‘藏富于民’,早见到民富自然国富。只可怪古人既然重民富,为何抑末那等厉害? 周法始行征商①,汉制更是贱

---

　　① 周法始行征商——周代制度对商人征重税。

商，①，究竟是甚意思，二位高明，该有一番说法。"浩三道："中国地居黄河、扬子江两大流域，土地实在肥美，因此习惯做了个重农的国度；又从古至今，不喜交通，除了汉武帝、唐太宗、元世祖三位雄主，还喜东征西讨，至如所称仁君圣主，总之不喜用兵，只须保守自己的国度，又都怕农民没饭吃，以致辍耕太息，造成许多乱象，所以重农抑商，是古来不二法门②。如今才悟出商人关系的大，工人关系的更大。但是悔之已晚，早落后尘，赶紧振作一番，还救得转哩。"成甫道："兄弟的意思，商人关系虽重，却不能替许多同胞，个个谋他的生计；生计还是要自己谋的。只是商人能够提倡扶持，也是正当的义务。现在除了学界人知道外面的世局，以外就只商界里的人，开通的多。农工两界，十分闭塞。农民呢，只知种他的田，和商界没甚交涉；工界却和商界直接交涉哩。我想二位负了这样的大才，又有资本，为何不提倡一番？"慕蠡道："兄弟也极愿提倡，只是想不出个法儿。成翁有何见教，做得到的，兄弟决不推诿。"成甫道："兄弟有两种办法，都能开通工界的人，鼓舞工界的人，叫他们艺业发达。"

　　慕蠡便请教他那两种办法。成甫道："第一是开工品陈列所。外国的工艺，有政府提倡；我国政府，虽说近时也有提倡工艺意思，但是未见实行，须先从商界提倡起。这个工品陈列所，就开在上海，一面登报告白，不论什么手工美术，只要做成一种器物，经本所评定价值，就陈列在这所内，听人批买。这么办法，随他内地壅滞的工品，都能畅销。工人见自己手造的器物，都有利益，自然会做工的格外加工做活，不会做工的，见工业里面的人，也会发财，大家情愿做工，不想别的主意了。第二是工业负贩③团。我在东洋，就见他们的负贩团十分发达，穷人靠此吃饭的，实在不少。现回中国，谁知上海也很有日本人的东来负贩团。他们以为中国是个病夫国，别的不须贩去，只消多运些药去医他们的病。浅田饴、日月水、胃活、中将汤，贴满了招子不算外，却有他们男的女的，拎着个皮包，在茶坊里，酒肆里，饭馆里，涎着脸兜主顾，连城里都会去。遇着城隍奶奶生日，或是

---

① 汉制更是贱商——汉代规定商人不得衣帛乘车。

② 不二法门——佛教用语，意指唯一的门径。用来比喻独一无二的途径或道理。

③ 负贩——小商贩。负，背。

出会,热闹的时节,他们便来了。神色却极谦和,不露出他们是强国国民的神气来。我们被他们兜揽得不好意思,哪怕没病的人,也要买几张头痛膏,回去给老婆贴。看得稀不要紧的生意,他们却衣男食女,都靠着这上面哩。我又佩服他们耐苦,三五十个人,聚在一处,赁两三幢房子,摊地铺睡觉。一早起来,拎着皮包上街,饭食不消说是清苦的了。大日头里,大雨里,拼着晒去淋去,这是何苦来? 只不过挣一碗饭吃。我见人家照片,照着一个上海小滑头,穿着一身极时髦的衣服,左手托着一碗饭,右手捏着一双筷子,迷齐着眼睛,侧着脸儿,像似望着别人笑,显出自己顶尖的滑利,骗得到一碗饭来吃。这不是骂尽了中国人么? 其实衣食住三个字,五洲人类,哪一个脱得了。所说是生存竞争,做了个人,并非不该吃饭的,可耻的是骗饭吃。中国骗饭吃的人太多了,被人家笑话了去。如今要叫有本事吃饭的人多,自然骗饭吃的人少了。我说这个工业负贩团,就和工品陈列所相附而行的。负不起的东西,有陈列所替他们销售;负得起的东西,等他们实业界中的人,负着贩买,只不过替他们提倡个结团体的法子。说起来内地的人很可怜哩,长到三四十岁,走的路不过下乡二三十里。眼里认不得字,听人传说皇帝是金龙下降,曾国藩①是蟒蛇精转世,这般没对证的话,还印在他们脑筋里。三三五五,茶棚下谈的都是说神道命。穷到彻骨,还不知道营谋本业,倒去烧香祈福,算命求财;眼前许多利益,呆木木的,只觉得取不到手。你说可怜不可怜,可笑不可笑! 我所以望二位拼着几间房子,作为负贩团的住处,并替他们预备下饭食,只从自己同乡中招徕。那些没本业的人,见有这样现成的衣食,那个不愿来呢? 等他们货物售出,便结算一次,还我们房金饭费,他们也自情愿。这个风气开了,不待我们张罗,自然有人效法而行。负贩的人源源而来了,却不是商界中又添出一桩营业,工界里销售无数滞货么? 但是章程却要定得细密,省却将来许多唇舌。中国人不讲公德,须立出许多限制的条款;要不然,这团体是容易解散的。"

　　成甫说完这一篇话,足有半个时辰。慕蠡、浩三并都佩服。慕蠡年轻喜事,当下就定主意,开办这个负贩团,托浩三和成甫商订章程。原来浩

---

　　① 曾国藩——清湘乡人,道光时进士,曾镇压太平军天国起义,先后调升直隶和两江总督。

三在慕蠡厂里，表面上觉得清闲，其实也很忙的，单说订章程，也不知替他订了多少。也有用，也有不用；也有办得成的事，也有办不成的事。总之，慕蠡的志愿是好的，办事是顾公益，很热心社会的。当时李、范齐名，都称第一等实业家。其实李伯正家资殷实，举办几桩大事业还容易。慕蠡承袭父亲遗下家私，还不上百万，幸亏连年买卖好，觉得赢余。这回创办工艺，就要花费不少。只他爱做维新事业，花些钱也是情愿的。闲话休提。

当下慕蠡留成甫、浩三在西厢房里订定负贩团章程。浩三对慕蠡道："这负贩团虽说是小，然而关乎一乡的公共事业，我们不便独自出头，须多约几位同乡商议商议，作为公举才好。"慕蠡醒悟道："我们同乡里面的人，果然维新的不少，发财的也很多，我们本有个会馆，我想这事总须开会。我们就发传单开会，议他一议吧！"成甫道："既如此，这章程不必定了。"慕蠡道："这章程还要费心订好。有了个草底子，开会时，大家议定就容易了。"成甫道："贵同乡的团体，本来就好，敝处要议这事，就费力了。"慕蠡道："也不见得。贵省同乡是著名有团体的。"成甫道："兄弟的意思，也指望贵处做个表率，敝处就大家信用兄弟的话了。"慕蠡未及答言，只见家人上来回道："伍大老爷拜会。"不知后事如何，且听下回分解。

第三十四回

扶工业高人远见　派捐资财虏潜逃

却说范慕蠡家来了一位客,是李伯正厂里的收支。这人姓伍,表字有功,原是读书人。因有志实业,伯正特聘请他来管理银钱的。当下为着一注银子,和慕蠡有交涉,特来拜访。二人会面后,理论清楚,慕蠡与谈开会议负贩团的话。有功道:"这事谈何容易？贫民有了这条路,个个要来托足,哪里遍给得来？"慕蠡道:"好在限定了工艺,要没工艺制造品,我们也不能收留的。"有功道:"这还可以。"慕蠡道:"这事须贵东与闻才好。"有功道:"待兄弟回去和他说知。敝东是关公益的事,没有不肯做的。"慕蠡喜道:"如此,费心！上海这一方面,也只贵东和兄弟有同志。待兄弟把章程订好,两三日内去会贵东吧,还望有翁怂恿他出头。"有功道:"敝东在实业里面,本就很热心的,只是工夫实在少,忙不过来,也是苦境。兄弟回去极力怂恿便了。"慕蠡送客回来,杨成甫也就辞别回去。慕蠡嘱咐道:"兄弟已约定伍有功,三天内去会李伯正先生。我们章程,须预备好了,把去请教他。"成甫道:"既如此,兄弟回去拟个草底,请浩三先生改削吧。"浩三谦言不敢。成甫去了。

次日饭后,果然一大篇章程稿子送来。浩三阅看办法,都有秩序,只是词句不甚明达,只得把他的意思,曲曲的写了出来,改完,再给慕蠡看。慕蠡大喜,便叫人约了成甫,次日去拜李伯正。

成甫到得那天,一早来了。原来慕蠡本是富家公子,平时嫖赌吃喝,没一件歹事不干的;这时遇着几位有学问有思想的人,谈的都是正大话,渐渐把他旧习惯暗中移换了,专意研究实业。只是素性起得甚晚,浩三劝他起早,吸受新鲜空气,于卫生上极相宜的,慕蠡就学起早,天天限定七点钟起身。这天成甫来时,业已起来,还没梳洗。成甫候了一会,才得会面。早点已毕,成甫催道:"我们去吧。"慕蠡见壁上的挂钟,才只八点零五分,道:"早哩,九点钟去恰好。伯正先生总须这时起身。"成甫道:"为何起得恁晚？"慕蠡道:"也难怪他。他一天到晚,没片时歇息,晚上料理些厂里

的事,总须过十二点钟睡觉,再也不能早起。"成甫道:"这样说来,有钱的
人,倒没有我们没钱的自由。"浩三道:"本来如此。没钱人的事业,却没
有有钱人做得这么大。"慕蠡道:"惭愧!我们做的事业,都是为己的,没
有为人的。"成甫道:"这倒不尽然,为己的利益,就是为人的利益。"慕蠡
道:"这话怎讲?"成甫道:"自己有了利益,才能分给别人。表面上看去,
大股东设的大公司,固然官利、红利,通都入了自己的囊中,殊不知他公司
里养的一班人,都是分他的利益的。批发贩卖,出口销货,从中又有许多
人得了利益。偏灾水旱,捐助多少,国家又获着他许多利益。亲戚朋友不
时沾润,同乡里面又得着了许多利益。农民的生货,都卖给他去制造,农
民不是又得了利益么?总之,一个人做事,做不成一桩事;一个人想获厚
利,获不着分毫的利。农工商贾,就是合成的一个有机动物,斗起笋来,全
都活动;拆去一节,登时呆住了。我国的人,悟不到此,大家有个独攘利权
的念头,你争我夺,就如自己的手和自己的脚打架;相残过度,甚至把这一
个有机动物毁坏了,方肯罢手。譬如把夺利的心放淡些,人家也获利,自
己也获利。这利源永远流来,岂不更好么?慕翁倒和寻常的商人不同,除
了自己的实业,还肯开劝工场、工业学堂;再创办这个负贩团,件件谋的公
益,我们人人佩服的。"慕蠡谦虚一会,看那钟上快到九点,便叫套车。

　　慕蠡、浩三、成甫同到虹口,进了厂,有人领着到三间公务厅坐下。一
会儿,伯正踱了出来,慕蠡指给成甫和伯正会面。成甫见伯正衣冠朴素,
一股善气迎人,不觉暗暗佩服。慕蠡把负贩团的章程给他看,伯正却从头
至尾看罢,沉思一会,道:"兄弟的意思,这事不要限定方隅①。总之,我们
为公益起见,只要工艺发达,就是大家的幸福。限了方隅,倒不能发达了。
为什么呢?我国的工艺,本是幼稚,聚各省的精华,还敌不过人家一部分;
倘然限定某府某县,这到底有没有学习工艺的人呢?即使有了,也寥寥无
几,不成一个局面;倘然没有这个局面,撑持不起,更是坍台。所以我说要
普通办法。工艺的范围,虽然极大,但是成物不易,不愁资本周转不来。
还有一个法子,起先是奖励粗的,以后便挑选精的。那粗糙的工艺品,经
我们提倡,有了销场,自足立脚,再有精致的出来,渐渐可行销外国,将来
粗糙的,销场日少,人都想做精致的,暗中和那教育一般,还怕工艺不发达

---

①　限定方隅——方隅,疆界;限定方隅,指限制在一个地区。

么？只是这注本钱，却要耗费不少，就同振济似的，不能指望人家归还。久而久之，总能收得回本钱，利息是没有的了。诸君以我这话为然，我便捐二十万银子，再由会中各位商界热心人捐助；有五十万银子，也够几年开支的了。"慕蠡、浩三、成甫都拍手称快。当下约定日期，由他们四人出名，印发传单。伯正匆匆有事，范、刘、杨三人，只得告别。回到华发铁厂，浩三写下传单，慕蠡叫人去印刷好了，只两日已经印来，便差人分头发去。又议定借新开商业公园做集议所。

原来这商业公园，也是慕蠡创议和李伯正二人出资创立的。购了三十亩地，逐渐经营，凿了一个大池，种了许多荷花，养着无数游鱼。池塘四围，都有小石，叠出了幽岩深谷的样儿。最妙是水中间棋布星罗的几个小岛，上面也种有松树、冬青、竹子。有一只小船，好似驾着上去。池中还有一方亭子，特派两个仆役，在里面做菜烹茶。这亭子四时相宜，十分高爽。池外疏疏落落，有几处茅屋竹篱，夹着几处华丽的屋宇。秋光野色，令人有山家之乐。华屋云开，尤有俯视一切气概。这屋内除了吃茶饮酒外，不收客人分文，只禁止攀折花木，毁坏器物。不但富商大贾，常借这里宴会，就是那些贫民，也有来登楼远眺，临水观鱼的。慕蠡又请海内外的名家，题了若干字画。伯正又把家藏的几件古玩和字画，董香光、米南宫这些人的真迹，捐入了好些。连一班名士好古雅的人，都来赏玩不已。传单发出去，人人都愿到场。

这日，伯正特破除一日工夫，起了个早，来到本会。慕蠡是不用说，和浩三、成甫都到了公园。伯正道："我忝居发起人之列，还没知道这会叫做什么会呢！"慕蠡道："这是兄弟失于呈阅，这会叫做商助工会。"伯正道："好一个正当的名目。"伯正早吩咐厨役备下许多饭点，预备散会晚时好吃。只一位位的依次入园，都是有钱的商家。伯正和慕蠡十成里认得五六成。成甫、浩三一位都不认得。后来汪步青也来了。原来这时汪步青也开了一个华整烟厂，烟是做得精美可口，价钱极便宜，不但有爱国思想的人，喜吸他家纸烟，连车夫等类，贪图便宜，一般来买着吸；销场极畅，多中取利，倒赚着不少。慕蠡问起情由，着实赞他会做买卖。

看看时刻已届，来的人也稀少了。点齐人数，有一百二十多人。成甫、浩三便请问了慕蠡、伯正，即行开会。成甫摇铃，浩三代表李、范二人演说。立言的大意，是工商两界利害相因，不要说商贩起家和工人毫不相干,须知目前的生货,贩运销售,不过暂时之利,而且个人之利,银钱亏折,将来流入外洋,中国商人只怕没站脚地步。工人既没本领,又没资本,一件工艺品都不能发达,佣雇的多,独立的少。理想看来,工人先受淘汰,商人继受淘汰,农人最后也至于受淘汰。士人既没这三界人养活他们,自然早在淘汰之列了。岂不可怕! 现在要振兴商业,和欧美人抵敌,从哪里抵敌起,难道靠着贩卖生货,弄几个人家不心痛的钱,就能抵敌了么? 虽说通商口岸,机厂林立,只能稍稍抵制他们的制造品罢了,况且没见抵制得过! 人家制造得精致,我们制造得粗劣,价钱高下,纵然相仿,已经比不过他。人人愿买洋货,华货滞销,即看洋纱厂的布,积存许多;眼见得华人织布一局,又要涂地。其间商界失败的,也不一而足。推原其故,总因不知工艺是商界之母;母既失却,子息哪里取偿得转? 诸君要商业发达,除非扶助工艺。目下能掷却无数钱财,扶助工艺,将来收回的利益,十倍还不止。只不过获利迟些罢了。扶助工艺,自然集资开工业学堂,设劝工场,办工艺品陈列所。这些事业,收效还缓,最好是设工艺品负贩团,叫穷乡僻壤的工人,都知道造出器具,不愁没处销售,自然争相手造,由粗至精,渐渐发达了。这团体的势力,日增日广,难保不能置备机器,化出许多大事业来。现议集合五十万银子的资本,广建房舍,借与母财,教导工人鸠合团体,竞胜斗巧。诸君如愿赞成,还望随意资助。李、范二位,共捐银三十万,尚短二十万两,是要诸君凑足的了。只听得十来个人拍手赞成,其余却没动静。浩三又请他们赞成的签字,只四十来人签字,其余都推财政支绌。伯正、慕蠡又再三劝助,这才各人书写十两八两的,总共不上千元。

　　伯正、慕蠡、浩三、成甫面面相觑,无可奈何。成甫心生一计,请李、范二人拣那大富的捐银若干,次富的捐银若干,小富的捐银若干;并告知他们这是一回的事,不再举行的。伯正发表这句话后,就指定十几位富商,每人捐银若干,凑成十万,还有十万金,派匀着叫他们认捐。大家没法,只得签字。

　　内中只一位富商,姓陈名园,表字秋圃的,这人出身寒微,经过一场战乱,拾着一块羊脂白玉的拱璧,回家卖给一个富人,得着两千块钱。他却善于心计,城里几家钱铺,又都认识。他便耐着清苦,把这二千块钱运动;钱价低时,便兑钱;洋价低时,便兑洋。只这么倒换腾挪,几年工夫,已经富有万余。他便贩丝贩米,又贩麻,到东洋去卖,连年赚钱,家私有一百多万,却一钱舍不得用。他还有一种脾气,买卖喜独做的,不肯合股。有人创办一个水泥公司,十分厚利,对本也不止,劝他入一千股,他掩着耳朵逃走了。此次入会,原来不知其详,只当是同行请酒,欣然来了。及至到了这里,见大家那股行径,十分诧异。刘浩三演说时,可巧他和一位同行谈买卖,没听得真。后来见大众捐钱,他还以为江北水灾助振的。原来秋圃这人,别的钱不肯花,独喜做好事,施僧舍乞,惜老怜贫,所说救人一命胜造七级浮屠①这句话,深印入他的脑筋。今见众人有此义举,不觉慨然捐了八块钱,写上簿子。后来见李、范二人出头,派他摊捐一万银子,不禁吐出舌头,缩不进去。考问所以,才知原委,立起身来告辞。伯正再三挽留,哪里留得住。乘人不见,脱身去了,连八块钱的捐款,都被他涂抹了去。众人交头接耳,议论他的鄙啬。幸亏几位识时务的商家,帮着李、范二人说话,大众不致反悔,照着分派的数目,写上簿子。伯正、慕蠡甚为喜悦。当晚治酒留众商小饮,尽欢而散。内中几人还面带忧疑之色,酒菜都鲠在喉间,正是扛上了场,没法应酬罢了。散会时,伯正和慕蠡商议道:"兄弟天天忙不过来,这事须买地盖屋,分头办理。我叫有功出来代表吧。"慕蠡应允,这才各散。

次日,成甫又到铁厂,和慕蠡商议购地,恰好伍有功也来了,会着慕蠡,袖子里拿出一张银票,是二十万两。今天工业学堂开学,浩三也已到堂去了。有功、成甫谈到购地的话,慕蠡道:"这地皮却不要成块的,务须多购几处。这团房宜分造各处的。"成甫极意赞成。慕蠡又道:"地皮的事我们都是外行,须找汪步青去。"当下就叫家人拿片子去请汪大人。

不多时,步青坐着马车来了。慕蠡和他谈起购地的事来,步青道:"我久已不做这事了。"慕蠡忖道:"不错,他如今已是四品大员,身份高了,哪里还做捐客? 是我失言了。"又听得步青接着说道:"我因捐客的饭,不是正经人吃的,有几位学堂朋友,都劝我改行,都说要为久远之计,除非创办实业。我问他实业是哪几桩呢? 他们一口气说了几十种,我觉得都做不到,只纸烟公司成本还轻,我就做了这一种。我把平时开的几爿不相干的店都收歇了,独入了公司的股,算我是第一个大股东。在厂里掌了全权,事情倒也顺手,不但买货的作不来弊,连做工的想要赚料,都被我

---

① 浮屠——也作浮图,这里指佛塔。

觉察出来,辞退了几个,挑选本厂里的学生顶缺。因此名誉还好,货也销通了。地皮的话,我找一位行家,替慕翁接谈吧。"慕蠡道:"果然捐客饭是滑头吃的,步翁如此大才,犯不着混在里面,兄弟极佩服卓见! 纸烟抵制外货,步翁这思想尤高,拜倒,拜倒! 只是兄弟信的是步翁,转荐这人,不知怎样呢? 上海的滑头多,步翁倒要留心!"步青道:"不瞒慕翁说,我在捐客这一行里,要算个大头目了,几个大捐客,像蔡菘如、徐雪山、瞿仲虎这般人,都和我极要好的。"慕蠡道:"蔡菘如兄弟也见过的,这人倒还大方,就请他来接洽吧。"步青甚喜。当下留函给蔡菘如自去。慕蠡只得叫人去请蔡菘如来。家人回说:"蔡老爷昨天住在清和坊徐金仙家,他公馆里已着人去请他了。"慕蠡只得静候。

一会儿,菘如来条,约六点钟在一品香会面。慕蠡就约定成甫、有功晚间同往。及至六点半钟,三人到得一品香,原来房间是菘如定好,人却还没到哩。直候到八点钟时,菘如方到,迎面春风,十分和蔼。成甫见他只和慕蠡、有功交谈,并没和自己寒暄一句,那一种市侩神情,却掩不住似骄非骄,似谄非谄的。总之,这一副可憎面目,叫人受不住。这才佩服慕蠡、有功到底是买卖场中混得熟了,和他谈得很热闹。谁知菘如眼里,见成甫这人皮肤漆黑,浊气熏天,衣服又极不时髦,露出寒俭的神气,哪里看得起他,自然相应不理的了。

闲话休提,再说范、伍谈到购地的话,菘如道:"老实说,地皮的买卖,像兄弟这般人,都有明扣暗折的。慕翁这事,为公益起见,兄弟应该效劳。明扣照例,暗折情愿奉让。这事交给兄弟办去,包管妥当便了。"慕蠡大喜道:"菘翁肯如此尽力,我替众工人多多致谢!"菘如道:"好说。"慕蠡又重托了他,菘如匆匆还要去赴一个和局,两个酒局,只得告辞。慕蠡惠了钞,这才各散。不多几日,菘如就替慕蠡觅得十四面地,却分散二十一处,慕蠡觉得合用,知会了有功,即时定局。菘如饶没暗扣,却还赚到万把银子。不知后事如何,且听下回分解。

第三十五回
卷烟厂改良再举　织布局折阅将停

　　却说范慕蠡把负贩团的地皮买就，一面雇匠人盖屋，一面发了告白，招人入团。这时杨成甫见团事准办，急急回家创办学堂去了。刘浩三因工业学堂开学以来，事情很忙，没工夫再顾到负贩团事。慕蠡哪有工夫兼管团事呢？急须找个替人，和浩三商议。浩三道："这事须商界中有点学问的人，方能管得来。我于商界中人，并都不认识。前天听得汪步翁谈的，他有朋友劝他办实业，意思就好，莫如托他介绍一位吧。"慕蠡恍然大悟，立刻套车到华整纸烟厂，却见步青短衣窄袖，在机器栅里督视。慕蠡暗道："步青这人，一变了平时腐败习惯，这样勤力，还愁商务不发达么？"正在思忖，有人报告步青，出来迎接，陪到客厅里坐下。步青穿上长衫，慕蠡道："打岔不当。我们这团事渐渐逼近了，房子业将完工，入团的人也有了许多，有些工艺品都堆在厂房里。成甫是回去了，浩三管着那个学堂，分身不来，兄弟更是忙碌，哪里能管这事？只我们一片心机，创下这个事业，要给个外行的人管了，定然闹坏了局面。这事须得色色在行，还须热心任事，方敢交给他管去。但这人哪里去找呢？"步青道："兄弟倒有一位朋友，姓杜名瀛，表字海槎的，他系开通新社的干事员。曾经到过东洋，学过三年工艺，这事定然在行的；再者，他一片热诚，极想做个有名誉的人，待兄弟介绍他和慕翁会面吧。"慕蠡大喜。当下约定次日十下钟，约杜海槎到华发会面。慕蠡辞别去了。

　　再说那杜海槎是牖智学堂卒过业的，又在东洋学习工艺三年，慨然有兴工艺的思想，只是苦无资本。回到上海，偶见亲戚家里买了一丈羽绫，预备做短衫裤的，内中还附着两卷洋线，细看直和中国的丝线一般，十分光彩，暗道："外国的制造品愈形发达了！这件东西，又不知暗中夺去若干利益！"心中纳闷，便别了他的亲戚，想找个花园散闷。抬头遇见一位同学潘人表，拉着手道："久违了。听说你在东洋，甚时回来的？"海槎道："前月方回。"人表道："我们找个茶馆谈心去。"海槎一肚子的不合时宜，正待发泄,恰好遇着知已,十分快活。

　　二人便找到江南烟雨楼。这时还早,茶馆里静悄悄的,二人坐下谈心。人表道:"东洋到底怎样文明?"海槎道:"文明的话,口头谈柄罢了。统五大洲的人,比较起来,不见得人家都是文明的,我们都是野蛮的;况且文明野蛮的分际,我们要勘得透,其中的阶级穷千累万哩!譬如一种知识,人家有的,我们没有,我们便不如他文明了;又譬如一种事业,人家有资本在那里创办,我们没资本,创办不来,我们又不如他文明了。把这两桩做比例,推开眼界看去,文明哪有止境呢?一桩两桩小小儿的优胜,就笑人家不文明,就像鷽鸠笑大鹏似的,早被庄老先生批驳过。现在世界,并不专斗文野;专斗的是势力。国富兵雄,这国里的人走出来,人人都羡慕他文明,偶然做点野蛮的事,也不妨的;兵弱国贫,这国里的人走出去,虽亦步亦趋,比人家的文明透过几层,人人还说他野蛮,他自己也只得承认这个名目,有口也难分辩。据现实而论,自然我们没人家文明。只须各种文明事业,逐件的做去,人家也不能笑我们野蛮了。"人表十分佩服,便道:"我们几位同志,新立了一个开通社,专门研究科学,贩买仪器。老同学肯入社么?"海槎便问人表索阅章程,当允入社。社中公举他当了干事员。

　　海槎结识了几位商界中人,有心提倡工业,因此和步青认识。步青既应允了慕蠡介绍海槎,抽闲半日,访到开通社。只见一间屋子里,烘烘的火烧,一股酸臭气,触着鼻子,异常难闻。步青大惊,叫道:"你们屋子里走水了!"忽见两人赶出,问道:"哪里走水?"步青指道:"那不是火光么?"两人笑道:"这是我们试验的化学。"步青红了脸,访问海槎。两人指他到账房里去。海槎正在那里制小地球,见步青来了,起身相迎。步青寒暄数语,便走近案旁,看他制的地球,已经粘好,上面画了红黄青绿四种颜色,深浅各别,经纬线亦已画就,亚细亚洲写全了。步青叹以为奇。海槎道:"这是极易做的。小孩子的玩具,没甚稀罕。"步青便把来意说明。海槎道:"这是极好!难得李、范二君这样热心,只是兄弟在这里不能脱身。"步青道:"那边的事业大,公益多,海翁应该辞却这边,就那边才是。"海槎也觉动念,约定晚上再给回音。步青自回华整。到晚海槎欣然而来,应允了慕蠡的事,步青大喜,同到华发和慕蠡会面。一见如故,订定合同。自此团里的事,都归海槎经手。

　　步青回到华整,恰好单子肃在那里等候已久,步青道:"子翁,深夜来到敝厂,有何见教?"子肃道:"不要说起,我们合股开的华经纸烟公司要失败了!"步青道:"你们这公司,我也早有所闻,只怕整顿不来。"子肃道:"正是。我被洋行里的钟点限住,没工夫去考察,以致如此。这公司共是十股,七万银子开办的,我倒入了四股;其余六股,只王道台是三股,那三股是零星凑合。本该我来经理,因我没工夫,王道台派了他的亲戚陆仲时经理。这位仲时先生是湖南候补知县出身,革职回家的。官场的排场很足,哪里做得来买卖呢?直弄得一团糟。我听得些风声,今天去查账,只恨我这事也是外行,一切进货出货,肚里没个底子。请步翁把贵厂的账目,借给我一看,就有数了。"步青依言,把账给他看。子肃记不清楚,拣几条紧要的抄下,闹到十一点钟,才辞别回家。

　　次日一早,子肃到了华经,仲时还没到厂,也不开工。栈司忙着上楼,子肃紧跟着上去,只见横七竖八,几个伙计都睡在床上。桌上的麻将牌还摊着没收。栈局忙着收牌。子肃大怒,把他们的牌都撒到窗子外面弄里去了。发话骂栈司道:"钟上已八点多了,你们干的什么事?这早晚也不来伺候先生们起身?这牌是哪里来的?先生们在这里睡觉,你们就敢玩牌?这还了得!快一个个的替我滚蛋!"那栈司吓得脸皮变色。床上的伙计,也都惊醒,一个个翻身起来。子肃更是恶作剧,并不下楼,靠定那张麻将桌坐下。那些伙计羞愧无地,只得慢慢的穿衣服下床,都红涨了脸,一言不发。子肃道:"诸位先生辛苦了!起晚些,不要这么早。今儿是兄弟来惊动了不当!兄弟只因这班栈司太没规矩,居然敢玩牌,犯了我们厂里的条约,在这里申饬他的。"内中一个伙计道:"玩牌的事,却不和栈司相干。昨天晚上,来了几个朋友,硬要在这里玩牌,我们劝他不听,连这牌还是隔壁人家去借来的。"子肃道:"我原说栈司没这么大的胆子。我们的规则不是悬挂在那里么?诸位总该遵守,就有不知趣的朋友来,搅乱我们的大局,也该拒绝。总之,股东拿血本出来做买卖,总想赚钱;诸位得了薪俸,就该认真办事。如今华整华升两家都好,除官利外,还有分红。我们天天折本,批出去的纸烟,不是味儿太辣,就是带霉。开工忒晚,机匠也没人管束。栈司更是不守规矩。拿几个股东的钱耗折完了,诸位又到别处去吃饭了,只我们股东该没翻身。这还算有良心么!陆先生呢,怎么还不见到?"伙计都面面相觑,答道:"陆先生本来要到吃饭时才来哩,吃了饭就去的。"子肃道:"这不是笑话么!"转念一想:"陆仲时在厂里,上上下下都厌恶他,为他排场太大,动不动呵斥人,这话只怕伙计们栽他的,我不可为其所用,倒要仔细考察。"当下便叫栈司去请陆老爷。去了半天,栈司回来道:"昨天陆老爷没回公馆。"子肃已知就里,便吊账簿核对,各项开支倒也不离谱子,进货并不很贵,销路也不为不多,只是货色卖不出,人家都不来续批了。子肃叫他们拿做好的,拣几种来看,极好的纸烟,尝着味儿也纯,一些破绽没有。

子肃只得回到洋行,到处打听,并都打听不出。子肃心生一计,走过四马路,见一家铺子里,挂着一块招牌,上面写的是华经纸烟。子肃指明要买。那里的人道:"没有了,只老牌强盗牌。"子肃殊为诧异,接连问过几处,都是如此。子肃没法,最后问到一家小铺子里,倒还有几包。子肃买了一盒,可巧遇见一位华升厂的伙计,这人姓司空表字吉人,本系子肃认得的,荐到华经,仲时没收,转荐华升去的。子肃有心访问他,拉他到易安吃茶就坐。子肃拿出那盒纸烟,正待吸时,吉人道:"单先生,且慢吸,给我替你考验。"子肃真个给他,他把这纸烟在茶桌上竖着一抖,那烟末就下去几分,露出一段白纸;再抖几次,烟末又下去几分;接连抖时,烟末下去了一半。子肃大惊,道:"这是什么缘故?"吉人道:"这是伙计赚料的确证。"子肃道:"敝厂里的烟,出得最多,用料极省,怎么会有弊病呢?"吉人道:"正恨贵厂出的烟多,料子又省,所以弄成这种东西,哪里销得畅呢?"子肃道:"他赚料是不至于的,我们查察得极认真。"吉人道:"薪水既少,还把同事看得太轻,人人都有异心,暗中要做手脚,场面上虽然好看,那是不中用的。"子肃尤觉悚然,擦着自来火吸这烟时,一股霉气,几乎呛出血来。子肃发恨,把烟摔在地下。吉人拾了起来,笑道:"单先生,不要动怒,这烟末中间还有一个毛病。"子肃道:"倒要请教。"吉人把纸卷拆开,给子肃细看时,里面包着一团碎末,显系两种货色。子肃道:"这是什么道理?"吉人道:"贵厂里一位同事,他曾和我谈过的。他道:'我们辛辛苦苦来到上海做伙计,原指望每月赚几文薪水,捧牢着这个饭碗,替主人家出力。如今三块五块钱一月,哪里够吃用? 事情又忙,一天做到晚,连苦工都不如,自然要想额外的利益。'后来,我又打听贵厂的烟料,有人家用剩下的,转卖给贵厂。两个伙计,已经赚着一大注钱去了,难怪销场不好了。"子肃听了,不觉恨恨,当即各散。

　　次日找到王道台，聚集了股东，公议办法。依王道台的主意，就要停办。子肃道："做买卖的人，总要有耐性，这时停办了，不是净折本么？我想整顿一番，还好翻本。"王道台知子肃是经商好手，就公推他主持。子肃大喜。当即到厂，把同事齐都辞退，找着司空吉人，把厂务全交给他，另用一班伙计。子肃考验过，都是认真做买卖的。把旧料贱价出售，另办新料，工人也都换过。登告白跌价。果然出的纸烟，十分紧密，味儿也纯了。价钱也便宜。几天工夫，已经销到整千包。子肃洋洋得意。

　　这天礼拜没事，有位朋友是通瀛织布厂的总收支，姓许字晴轩的，子肃和他最为莫逆，约在第一楼中层会面。届时子肃径到第一楼，晴轩早躺在榻上专候。子肃道："我们有半个多月不会面了，厂里的事很忙么？"晴轩道："不消说起，这厂支持不下去了！"子肃道："怎么会支持不下去呢？去年不是赚到几十万银子么？"晴轩道："这厂本来是个极大的局面，三百万股本，应该做极大的买卖，方有利益。从前办事的人，失于检点，走漏货色，混赚银钱，那是人人知道，不用我说的。如今换了总办，各事整顿，略为好些。我又献计，把那些吃干俸的人，裁撤完了，办事的薪水，分外加优，立下规条，小工偷棉纱的，重重罚他。我挑选几个老实工人，每逢放工时，站在总门口抄纱，屡次抄着夹带的棉纱。这时也渐渐没有敢偷了。这样办法，总算尽心。无奈出货虽多，销路不畅，栈在那里不动的布，屋子里都装不下了。开销是照常的，天天吃本，哪里支持得下呢？"子肃道："为何纱布停滞？"晴轩道："这其间的缘故很多。织布厂比从前多了几倍，内地的用布，是有数的，货色多了，谁还要买；再加水灾荒欠，各项买卖吃亏，不至纱布。原不能怪我们办事不好。"子肃道："虽如此说，别家的纱布也还有销场，单只贵厂这般停滞，又是什么缘故？"晴轩道："敝厂的布，本就太粗，这是机器使然，价钱却甚便宜的。如今已决计停工，等市面好时，再议开办。"子肃道："这一停工，不知多少人失业哩！"晴轩道："这也顾不得他们。"子肃道："贵厂的停工，就是中国商界的代表。"晴轩问其缘故，子肃道："一物滞，各商亏。这里停工，那家歇业，我预料将来的商界，一天里败一天。"晴轩道："这是你过虑，应该不至于此。"子肃道："并非我过虑，商界怕的是折本，喜的是赚钱。见这行买卖赚钱，便大家蜂拥去做；见一家折本，个个寒心。商界因此不能发达。不但不肯做的，添了商界许多阻力；就是那蜂拥而做的,也是商界的大阻力。以此推论,中国的商人,都是这个性质,必有一天,同归于尽的。除非有些资本大,或是团结坚的人,方能支持下去哩。将来商界中战胜的,都是资本大,或团结坚的人。"晴轩听了,不觉触动一件心事。不知后事如何,且听下回分解。

第三十六回

提倡实业偏属乡愚　造就工人终归学业

却说总收支许晴轩,因纱布滞销,工厂停办,正在走投无路的时候,听得单子肃说出一大篇名论,不觉触动一件心事。当下惠了烟账,匆匆的起身别去,便到总经理杨凤箫屋里,要和他商量厂事。只见凤箫的马车夫,拉着一匹菊花青的马,在那里溜,仰面对晴轩道:"许老爷,不是找我们老爷么?他在新清和金娥卿家,只怕这时和局上场了。"晴轩只得叫包车夫趸到新清和。走进门时,只听得楼上麻将牌声清脆。上楼见吴达甫、陈筱春、诸霭如、陆仲笙都在那里,却都是厂中前前后后的朋友。在局四人:一是凤箫不用说;二是任桂轩;三是包法裁;其次便是达甫。

大家见晴轩来了,齐道:"好极!达甫有了替工。"晴轩道:"我是有正经公事,来和凤翁商议的。"凤箫道:"你又来了!厂里业已停工,还有什么公事?我顾不得许多,碰和要紧。"晴轩笑着,开口不得,便问道:"你们是照旧的码子吧?"筱春在旁插嘴道:"今儿是三百块一底,达哥已是一百九十九元下去了。我们二人合碰的,不知什么道理,法裁的清一色偏和得出;我们一副三番一色,就被人家抓凑了。"晴轩道:"我不信,我来替你们翻本。"达甫垂头丧气道:"你别想替我们翻本,我这牌风是被筱春斗坏了,好在只这一副,让我碰完了,你接下去碰吧。"晴轩点头,手里捏着一只水烟袋,站在法裁背后观看,只见法裁手去抓着一张牌,做势搔痒,一转眼间,把牌摊下和了。原来自抓白板。晴轩自觉疑心,当下心生一计,故意嚷道:"不好,不好!我有一桩紧要的事,约着朋友在那里等我哩,说不得去一趟。"达甫道:"碰和要紧。"晴轩道:"我去就来。"言下披上马褂,登登下楼去了。直到摆抬面时,晴轩方来。碰和的四位,也已结账。法裁赢到五百多元,达甫输了一底。吃酒中,晴轩拉着凤箫,对躺在榻上,谈起厂里的事。晴轩道:"机器久停是要坏的,存货堆积,也搁利钱,我们总须设法贱售存货,开工再织新货才是。"凤箫道:"你这话也是,我们从缓商议吧。"当下吃完各散。

晴轩见凤箫无意整顿厂事，只得另觅机缘。谁知浮沉许多年，高不攀来低不就；幸亏自己稍有几文积蓄，做些零碎的买卖，倒也很过得去。

又过几年，上海的商情大变，几乎没一家不折本。满街铺子，除了烟纸店、吃食店、洋货店，还都赚钱，其余倒是外国呢绒店，日本杂货店，辉煌如故。中国实业上，失败的何止一家。晴轩虽说多年混入商界中，这些大处眼光却还短少，也没工夫去调查研究，只是觉得银根极紧①，一切往来交涉，总不是宽裕景象。

一天，有事到苏州去，住了几天，仍复回到上海。当时写了招商公司②船的大餐间票子。你道晴轩为何不趁铁路？原来汽车③虽快，却怕头晕，因素日脑中有病的。闲言慢表。再说晴轩有几位苏州朋友，约他在租界上一个新开扬州馆里吃中饭，吃得酒酣耳热，到了时候，这才下船。只见那大餐间里，旷荡荡的就只自己一铺，差不多开船时节，只见一人匆匆忙忙，叫挑夫把行李挑上船来，随后自己下船，进了大餐间。晴轩见他身穿一件酱色鲁山绸④的夹衫，分明是复染的。眼睛上一副眼镜，倒是金丝边的。铺盖之外，还有一个大皮包，一只网篮。这人皮肤是黄中带黑，脸上带着乡愚气息。晴轩踌躇道："此人来得尴尬，莫非不是好人。"那人一面把铺盖摊好，一面打开皮包，取出一本洋装书，放在枕边，预备要翻阅的光景。这时船已开行，他却不看书，请教晴轩姓名。晴轩告知了他，也请教他姓名，他道："我姓余名知化，是上海乡下人，务农为业。"晴轩道："这回来苏州，是什么贵干？"知化道："兄弟造了几部舂米机器，被一位朋友看见了，硬要试用这机器，其实造得还没精工，因他急于试办，只得送给他。现在他在无锡纳了行帖⑤，收米学舂，特请我去指点一切，幸亏机器倒还应手，一天好出七八十担米。"晴轩听了，不觉吐舌道："了不得！余先生有这样大才，还说在乡下种田，这话兄弟不信，莫非说谎么？"知化道："兄弟平生没他长处，就只不肯说谎话。兄弟其实是个村农，只因小

---

①　银根极紧——金融用语，指流通货币减少，周转不灵。
②　招商公司——清同治年间设立，官商合办的轮船公司。
③　汽车——指火车，因以蒸汽作动力，故名汽车。
④　鲁山绸——鲁山县产的绸。
⑤　行帖——官署发给中间商的营业许可证。

时候就喜留心这工艺上面的事,略能制造罢了。被真正内行看见了,连嘴都笑齾。"晴轩道:"什么话,要是造得不好,哪里能舂这好多米? 余先生休得过谦,实在还要请教!"知化连称不敢。

略谈一会,知化便看他的洋装书。晴轩凑近看时,一字不识,问起来,才知他看的是西文算学,晴轩尤其佩服。看看天晚,船上开出晚饭,晴轩和知化一桌吃。晴轩开出路菜,是半只板鸭,一方南腿,叫茶房切好送来。知化也打开了一瓶外国酒。

二人浅斟低酌。知化问起晴轩职业,晴轩告知就里。知化道:"通瀛实在可惜,固然做不过外国人,也是经理不善。"晴轩呆了脸。知化自知失言,忙把话岔开道:"现在的买卖,渐渐显出优劣来了。外国人天然占了优胜的地位,中国人虽说商务精明,只能赚取巧的钱,实业上竞争不过人家,终归失败的。你看,李伯正先生生何等精明,他的资本又丰富,现在南北两厂,连年折本,差不多支持不下。但是此人一倒,商界上大受了影响,因他被累的,固不必说,单就那靠他吃饭的人,通都失业;再指望有个大资本家,开这么大工厂,只怕没处找去。"晴轩道:"既然李先生这样精明,资本又富,怎么会折本呢?"知化道:"工艺上的事,全靠会翻新花样。李先生别的做法,通都精明,只这翻新上斗不过外国人,因此货色滞销,本利上都吃了大亏。大凡买卖做得大,折本更是容易,不知不觉,几百万折下去不足为奇,要想恢复时,资本没有了;入股的也就惧怕,不敢再入股子。所以中国的公司,除非一帆风顺,方能撑持,一朝失败,没有不瓦解的,是魄力不足的缘故。"晴轩听他这般议论,虽是海阔天空,却也着实不浮,不觉渐渐入港,就把自己商务的本领,谈了几句,说的自然都是内行话,知化自然佩服。只是知化的见解,却和晴轩不同。晴轩谈的利益,只是一行一店,或个人的利益;知化谈的利益,却是各行各店,一国的利益。其实纳入一行一店以及个人,也没有不先沾利益的。

饭罢,晴轩取出两支雪茄烟,送知化一支。知化不吸。晴轩取火自吸,背靠在辅上,问知化道:"真是,我听说上海有个负贩团如今怎样了?"知化道:"甚好! 内地的货色,销路广了许多。如今内地人的脑子里,也知道有实业,居然也会仿造什么肥皂、洋烛等类。虽说事业不大,却夺回好些利益,只是制的粗糙些。这是资本不足,学业不精的缘故。"晴轩叹道:"我们中国人的学业,断乎不得精的,动不动大家要想速成,这工艺上的事,虽是速成得来的?"知化道:"这句话要算知言。果然工艺不可指望速成,但不知哪样事速成的来?"晴轩笑道:"我也不知哪样可望速成;但觉得'速成'二字不好。"知化道:"一点不错,资本短少,也是一个大弊病。第一办料不讲究,做出来的货色,还不止差了一成,这都是念于发财,误于将就;弄到后来,发财不成,反倒折本。这是我国人的通病,没法救药的。我佩服的,只一位大实业家,果然与众不同,现在上海。"晴轩道:"莫非是唐浩川么?"知化道:"浩川只知运他的白铁、焦煤,如何算得实业家?"晴轩道:"莫非是郑素明么?"知化道:"他是磨面公司的一部分,虽是实业,也算不得大实业家。"晴轩道:"我知道了,必是汪步青。"知化道:"呸!那捐地皮的主儿,偶然赚得几文,哪有大实业的魄力?"晴轩道:"到底是谁?"知化道:"我说的是范慕蠡先生。他虽说袭了父亲的余业,却全亏他能信有学问的人的话,办的事也,总在实业上面。即如他开的工艺学堂,办的劝工所,真是有条有理,日起有功。将来中国的实业,在他一人身上发达。好在他费用并不多,造就人利益人却不少。如今上海那些文晚桌椅,新巧器具,美术玩物,人还当是东西洋来的,其实都是工艺厂制造。就这上面,慕蠡也很赚几文。只因销场极好,抵得上外国器具的缘故。"晴轩道:"我也听说有个工艺学堂,出货极好,常想去考察一番,为是不急之务,路又远,也没工夫去走这一趟。"知化道:"什么话?这是当今第一件的紧要事务,你怎说它不急?凡人做买卖,且不说于社会上有益,只核算自己的利益,也须设个久长之法。即如晴翁逐贱贩贵,何尝没有利益?但是拿不稳的一件事,倘然失败,连一辈子的心血白费了!唯有研究实业,制出各种新式器物,人人爱买,个个争收,拿稳赚钱;而且可以长久,为什么不去做呢?"晴轩道:"余先生只知其一,不知其二。口口声声说实业,这岂是人人做得到的么?通上海也只一位范慕蠡,他是原底子有钱的人,能创这个局面,要是别人,如何做得到呢?即如工艺学堂、劝工所,这些事儿,房子要钱,器具要钱,请教员要钱,买书籍仪器要钱。我们手里所有的,至多不过八千一万,要像这样开销起来,不上几个月,事没办成,我倒已经变成一个穷汉了。所以说是不急之务,没工夫去理会他。"知化道:"晴翁先生,你又误会了。我说的话不是这个意思。"晴轩道:"怎么呢?"知化道:"我说实业,也并不是专主开工艺学堂。大凡垦务、渔业、森林、开矿种种的事业,哪一件不是实业,只要人肯去做。"晴轩道:"你愈说愈

远了。这样的事,更非大大的资本做不起来,我是今生休想。"知化道:
"难道真个有来世么?"晴轩不觉失笑。知化道:"我们做了中国人,中了
社会的习气,凡事都愿独自一人做,利益也顾独自一人享,如何做得出大
事业呢?据我看来,方才说这几桩事,并不难做,只要大大的开个公司做
去,就做成了。况且这几桩事,人人知道有利益的,为何不做?"晴轩道:
"这话果然。我也想拼公司,只是有钱的人,各有各的营运,说起公司来,
他们都觉为难不信,这也是风气未开,无可奈何的。"知化道:"风气不算
不开,只是人人都胆子小,也自有失败的公司,被他们作为殷鉴①的缘
故。"

　　二人长谈许久,听钟上正打十一下,船上搭客并都睡着,静悄悄的,只
有机轮激动水声,铿訇澎湃,煞是好听。二人开铺睡觉,知化倒枕便已睡
着。晴轩细想知化的话,极有道理,可惜说得太高,我们做不到。又盘算
几桩买卖的事,盘算许久,直到两点多钟,才能睡着。

　　次日清晨,船已到岸,大家忙着上岸。晴轩、知化也都起身。知化道:
"晴轩先生,尊寓在哪里?"晴轩和他说了,知化道:"我明天来候你,同你
去看工艺学堂、劝工所,再见一位大工程师。"晴轩唯唯答应,各自到寓不
提。

　　次日,知化果然来了。晴轩请他在客堂里坐下。原来晴轩租了三幢
房子,家眷住在楼上,底下专备会客的,摆设得极其幽雅。留知化吃了便
饭,套一部马车,二人同坐;到了虹口,直抵工艺学堂歇下。知化是算定
的,知道十二点至一点半钟,浩三没事。二人便直到浩三卧室。浩三却在
那里画海棠式、樱花式、玫瑰式、菊花式的各种碟子,见知化进来,起身相
迎,又和晴轩厮见。浩三对知化道:"你的令郎,实在聪明不过!现在手
制的玩具,销场第一,到底家庭教育好!"知化谦让一回,说明看学堂的来
意。浩三道:"须得他们上工时去看,才有意思。"

　　到得一点半钟,学生排班,分头各向各的习艺处去。浩三领了余、许
二人,一处处的看来。只见做木器的,做竹器的,做玩器的,织绒毯的,织

---

①　殷鉴——《诗·大雅·荡》,"殷鉴不远,在夏后之世。"意思是殷人灭夏,殷
　　人的子孙,应以夏的灭亡为鉴戒。后来泛指可以作为后人鉴戒的前人失败
　　之事。

线毯的;漆工、绣工、刻工无一不精,外间工人哪里做得到? 还有学制机器的,学制五金器具的;最上等的,却在书本上用功,更是深莫能测。晴轩觉得洋洋大观,赞叹不已。知化却和浩三讨论制造方法,晴轩全然不懂,无从插嘴。看完后,浩三自去上讲堂。知化又领晴轩到劝工所。陈列的各种器物,五光十色,夺目怡神。内中一个大瓶,却系铜质,上面花纹比景泰蓝①还好数倍。经理人说,要卖五十两银子哩。外国人买去三个,这一个前天送来,大约不久就有人买去的。晴轩非常艳羡。看够各种,知化要走,晴轩请他到汇中西菜馆吃了西餐,这才各散。

晴轩见工业这等发达,便到处运动,想振兴实业,终于被他运动出一位大实业家,纠合一个公司,赚定许多荒地,大兴垦务。晴轩入股不多,谁知新法耕田,其利十倍,不上数年,晴轩连利连红,分到十多万银子。

自此中国人也知道实业上的好处,个个学做。要知我国人的思想,本自极高明的,只要肯尽心做去,哪有做不过别人的理? 却被一个穷极无聊的刘浩三,一个乡愚无知的余知化,提倡实业;工商两途,大受影响,外国来货,几至滞销,都震惊得了不得。市上的现象这般好,做书人也略慰素心,不须再行絮聒②了。

---

①　景泰蓝——镶法琅在铜坯或银坯上制成的工艺品。明朝景泰年间,这种工艺在北京特别发达,以后就通称这种工艺制品为景泰蓝。

②　絮聒(guō)——唠叨,啰唆。